Das terras bárbaras

TORDESILHAS

Das terras bárbaras
Ricardo da Costa Aguiar

PARA MEU FILHO

PRÓLOGO 9 DA BOCA DE QUEM FALA

CAPÍTULO 1 12 DA MUDANÇA DE CÉUS E DE ALMAS

CAPÍTULO 2 28 DAS TERRAS BÁRBARAS HOSPITALEIRAS

CAPÍTULO 3 44 DA AMIZADE CONSIGO MESMO

CAPÍTULO 4 62 DA ANGÚSTIA DOS PODEROSOS

CAPÍTULO 5 81 DOS OLHOS QUE TANTO CHORAM QUANTO VEEM

CAPÍTULO 6 98 DA ÚNICA CURA DE TODOS OS MALES

CAPÍTULO 7 117 DA ABUNDANTE SEARA EM CAMPO ALHEIO

CAPÍTULO 8 137 DA PROPRIEDADE E DO USUFRUTO DA VIDA

CAPÍTULO 9 157 DO JUNTAR AÇÃO ÀS PROMESSAS

CAPÍTULO 10	174	DO PESO DAS DESGRAÇAS
CAPÍTULO 11	192	DO REI ESCRAVO DE TANTOS SENHORES
CAPÍTULO 12	211	DOS TENDÕES E DAS ARTICULAÇÕES DA SABEDORIA
CAPÍTULO 13	231	DO COMER MUITO SAL COM ALGUÉM
CAPÍTULO 14	249	DA PROPORÇÃO ENTRE O INFINITO E O FINITO
CAPÍTULO 15	267	DO ROSTO SORRIDENTE PARA AS INJUSTIÇAS
CAPÍTULO 16	285	DAS RÃS E DOS REIS
CAPÍTULO 17	304	DO PROPÓSITO DAS COISAS
EPÍLOGO	321	DO NÃO ACRESCENTAR MAIS PALAVRAS
AGRADECIMENTOS	327	

PRÓLOGO DA BOCA DE QUEM FALA

"Verba attendenda, non os lo-quentis. Utile consilium dominus ne despice servi. Nullius sensum, si prodest, tempseris unquam." **(Dionysius Cato**, *Distichorum Catonis*, Livro III, capítulo 12)

Deve-se prestar atenção nas palavras, não na boca de quem fala. Não desprezes um bom conselho do teu escravo. Não desprezes o ponto de vista de homem algum, se for útil. (Dionísio Catão, *Dísticos de Catão*)

— Avise quando vier a Ouidah, quero mostrar-lhe sua tumba.

Assim me levaram ao local onde estou sepultado: por acaso. Eu sei, não existe surpresa mais perturbadora. Também foi por acidente o tropeço no funesto pergaminho que transcrevi nas manhãs modorrentas de Cotonou. As maiores surpresas estavam todas naquelas páginas aveludadas.

A diferença de fuso horário, quatro horas à frente do Brasil, assegurava que os telegramas do ministério só chegariam à tarde. Mesmo quando recebia alguns despachos, na maioria das vezes eram instruções administrativas e me tomavam poucos minutos de trabalho. No início, não sabia o que fazer com tamanho tempo livre em um lugar quase sem opções. O calor não ajudava. Um relato do século XVII caído em minhas mãos ocupou a arrastada estadia no Benim.

As letras longas tinham sido cuidadosamente desenhadas, quatrocentos anos transformaram a tinta em marrom-escuro. Havia ali muito sofrimento, que ganhou a roupagem luminosa dos pontos na tela do meu computador. Uma alma seiscentista possuiu aquele corpo eletrônico e terminei por copiar cada uma das palavras do manuscrito secular.

A trágica jornada do jesuíta Diogo Vaz de Aguiar e a aventura da transcrição de suas memórias chacoalharam minha vida.

O trabalho de reproduzir aqueles escritos foi rápido, consumiu cerca de um mês; porém, o que encontrei neles deu início a uma busca de quatro anos por várias cidades. Fui escavando o antigo Diogo do mofo e da poeira, perplexo a cada passo.

Não me surpreenderam os acontecimentos narrados no pergaminho, por mais dramáticos que fossem, mas sim as semelhanças com minha existência minúscula. Como o jesuíta, fui pisoteado pelo Estado e sacudido pela Igreja enquanto fazia pesquisas em documentos do tempo da Colônia. Do mesmo modo, prostrei-me impotente diante das injustiças e soube o que é ser acusado de algo que talvez nem tivesse feito. Meu infortúnio não se aproximou do dele, no entanto tive minha cota.

Ele não conseguiu tudo, ao contrário do que insistia em dizer. Meu velhíssimo avô conseguiu atravessar resoluto os dias a ele destinados — e isso não é pouca coisa. Ao tocar aquelas folhas quebradiças, bem frágeis pelo passar dos séculos, achei que cheiravam a terra molhada. Depois de terminada a transcrição, reconheci nelas o odor de chão e de sêmen.

Nada disso importa, atolei-me em divagações. Peço desculpas e volto à estaca zero. Assim começava o relato sombrio do avô dos meus avós:

Quando Nuno Lopes caminhou para as ondas, mordi a orelha de Bárbara. Ela deu um pequeno grito, que se confundiu com o guincho das gaivotas. Seu marido não se deu conta, e de nada se aperceberam os negros da terra. Foi como se eu tivesse murmurado uma prece, escondido pelo capuz do meu hábito. O vento soprou forte. Demorei a limpar a areia dos cílios; naqueles segundos ela tinha avançado para Nuno Lopes, que enterrou até as sobrancelhas seu chapelão de couro. *Cum sale et sole omnia fiunt.* Então a sumaca atracou, com as provisões e dois noviços. A bordo só havia homens, berrando em suas saltimbarcas coloridas, mas no cais eu só via Bárbara, calada. Talvez

"Sol e sal livram a gente de muito mal." (provérbio latino)

essa seja a recordação mais viva do tempo em que estive mais vivo, dos anos no Brasil.

A memória tortura-me com a nitidez dos acontecidos. Cometi muitos desatinos, porém nenhum maior do que me ter engajado na entrada para prear índios no Guairá. Tudo perdi, restaram-me pergaminho e pena para escrever estas lembranças nos minutos em que consigo pensar, depois de baixar o calorão úmido do dia e antes de cair a noite pesada. Quem, neste canto esquecido do Reino, leria minhas páginas, se esses negros conhecessem letras? Aqui posso registrar os fatos conforme a verdade, com isso poderei visitá-los daqui a alguns meses, mor de descobrir aquele que fui.

Alguém, nesta costa d'África, entenderia as veredas que o Senhor colocou à minha frente e eu só fiz palmilhar? *Daemonium vendit qui daemonium prius emit.* Pois Ele não colocou "Quem demônios compra, demônios vende." (provérbio latino) Judas na Terra para trair o Salvador e dessa maneira construir a Paixão do Cristo? Também colocou a mim, para trair o Mundo Novo confiado por Sua mão aos reis de Portugal e de Espanha. Evitei transformar-me em quem nunca quis ser, foi assim que me tornei quem sou.

Tive tanto medo de perecer que decidi não mais falecer da vida presente. Basta! Vou ocupar-me de outros afazeres. Já dei à morte todas as oportunidades, na travessia do mar oceano, nas matas em que me embrenhei e na companhia dos Kaingang. Deus inundou a humanidade com vagalhões de amor e não aspergiu em mim uma gota sequer desse dilúvio de misericórdia. Talvez Bárbara ainda seja formosa, quiçá eu volte a catequizar em Santana de Parnaíba, mas com certeza Nuno Lopes estará morto.

Apesar Dele, consegui tudo o que quis.

1 DA MUDANÇA DE CÉUS E DE ALMAS

"Ut quocumque loco fueris uixisse libenter te dicas; nam si ratio et prudentia curas, non locus effusi late maris arbiter aufert, caelum, non animum mutant, qui trans mare currunt." **(Quintus Horatius Flaccus,** *Epistolae,* **Livro I, capítulo 11, versos 24-27)**

Onde quer que tenhas vivido, poderás dizer que foste feliz. Porque se a sabedoria e a razão levam tuas preocupações, e não algum lugar com vista para o oceano, aqueles que cruzam o mar mudam de céu, mas não de alma. (Quinto Horácio Flaco, *Epístolas*)

Dei um grande aborrecimento a meu pai, mesmo que ele negue isso. Apaixonei-me pelo latim ainda adolescente. Não fosse essa paixão precoce, jamais teria mergulhado nas memórias do desafortunado jesuíta.

O ilustre Mendonça, professor de português do colégio, ofereceu-se para dar aulas dessa língua morta a uns poucos alunos, nas noites de quarta-feira. Meu interesse era vago, achava curioso decifrar as raízes latinas de tantas palavras de uso diário, mas não havia lá muita motivação para perder as noites de quarta-feira. Foi Mendoncinha quem colocou meu nome na lista para completar o mínimo de cinco alunos que o pai gostaria de reunir. "Paciência", pensei comigo, "vou a duas ou três aulas até a Páscoa e desapareço depois do feriado." Não desapareci, o latim virou minha obsessão.

A concisão das frases, o cantar das declinações, os volteios de uma combinação infinita de modos de dizer, a ciência e a sabedoria enormes colocadas em três ou quatro palavras pequenas — tudo era encantador naquela língua que nada tinha de morta. *Latina lingua*

"A língua latina não é indigente." (Marcus Tullius Cicero, *De finibus bonorum et malorum*, Livro I, parágrafo 10)

non inops. Vieram os autores. Virgílio guiou-me tal qual havia feito com Dante, no entanto Ovídio foi, desde logo, um velho amigo. Quando li *A arte de amar* pela primeira vez, tive a impressão de que seus versos deliciosos fossem antigos conhecidos. Foi o latim que me levou à Faculdade de Filosofia, Ciências e Letras. Não sei o que meu pai, advogado, esperava. Ele sorria quando eu o chamava carinhosamente de "rábula". Não sorriu ao me saber aprovado no exame vestibular.

Fui compreender meu pai passados alguns anos, na conclusão do curso. Abri o jornal em busca de emprego, porém os classificados tinham sido escritos em uma língua estranha, hostil. Tudo o que se pedia ali me era distante. "Experiência em vendas", "habilidade matemática", "conhecimentos de contabilidade", "resistência dos materiais", "circuito transistorizado". Ninguém falava em Catulo, nenhum empregador buscava Cícero. Deveria ir a uma entrevista de emprego no centro da cidade, uma vaga de estoquista que oferecia um salário decente. Não cheguei a saber o que seria um estoquista, porque choveu naquela tarde que passei debaixo da marquise com meu colega de colégio, Binho Mesquita. Dele ouvi sobre o concurso para o Ministério das Relações Exteriores, fiz a inscrição imediatamente e fui aprovado seis meses depois. Minha mãe ficou feliz com a expectativa de passar futuras temporadas em Paris. Meu pai ficou triste, porque, como disse, nunca houvera um amanuense na família. Eu fiquei indiferente. No Itamaraty eu poderia ao menos ler Horácio e Tibulo.

O velho advogado fez uma única tentativa para me afastar da diplomacia, ao pedir que eu fosse ao encontro de Rocha Pombo. Em casa, o nome de Marco Aurélio Rocha Pombo era sempre seguido pelo suspiro de minha mãe: "Coitado". Para mim, ele era sinônimo de ameixas brancas, que recebíamos em caixas todo Natal. Parece que a família dele e a de meu pai foram vizinhas em Piraju, no interior de São Paulo, onde disputavam a ameixeira que nascera no terreno de uma para despejar os frutos no quintal da outra. Rocha Pombo e o futuro rábula vieram juntos para a capital e habitaram a mesma república infecta no bairro da Liberdade, até que algo os separou. Imagino que tenha sido ou mulher, ou dinheiro. Um virou jurista respeitado, outro ingressou na carreira diplomática. Voltaram a se encontrar dali a vinte anos, porque Rocha Pombo não conseguia obter documentos para sepultar a filha criança que morrera no Marrocos em um tolo acidente de bicicleta. Meu pai providenciou o traslado do corpo, e Adélia, assim se chamava, foi enterrada no túmulo da nossa família, no Araçá. Desolado, o diplomata afastou-se da carreira por uns anos, porém retornara e estava de passagem por São Paulo quando o rábula pediu que eu o procurasse.

Cheguei ao hotel no centro da cidade na hora marcada, o porteiro sussurrou um "Ah, o embaixador", interfonou, e Rocha Pombo mandou que eu subisse. Era o sujeito mais peludo que eu vira na vida. Abriu a porta de cueca samba-canção e camiseta regata, como um daqueles ursos vestidos de colete para pedalar triciclo. O cabelo em profusão, a barba cerrada, o peito aveludado de penugem, Marco Aurélio Rocha Pombo era um homem de Neandertal. Segurando os sapatos com cuidado, colocou os óculos e despejou um montículo de areia grossa amarelada em uma folha de jornal. Abriu meus dedos e passou-os naquela poeira, encarando-me risonho: "Areia do Saara".

O embaixador explicou que não era um habitante deste século, mesmo as dezenas de viagens ainda não o haviam acostumado à ideia de acordar no Cairo e dormir em São Paulo. Falou da "descompressão necessária" que antes permitiam os cruzeiros de navio. Contou que passava frio no Egito, criticou Heródoto com a tal dádiva do Nilo e desandou a falar de Flávio Josefo.

"Puxa-saco filho de uma puta", ressalvou, "vivia pendurado no saco do imperador, mas era brilhante." Se Cristo havia causado tamanha comoção na Palestina, por que não havia menção a isso na obra do historiador judeu? Leu-me em voz dramática o trecho do *Testemunho de Flávio* que fala de Jesus, ouvi fascinado. Falamos de Tácito e de Tito Lívio, nenhuma palavra sobre o Itamaraty. Que carreira maravilhosa, em que as pessoas leem Flávio Josefo e carregam areia do Saara nos sapatos. Semanas mais tarde, desembarquei em Brasília.

Antipatizei com o meu primeiro chefe, o embaixador Cunha Mello, assim que o conheci. Tenho horror a pessoas com orelhas de abano e as dele não só eram muito grandes, eram também pontudas. Da mesma forma, tenho horror a pessoas que falam com as mãos cruzadas na cintura, naquela pose eclesiástica que afeta solenidade. Não tolero pálpebras flácidas, daquelas que tiram o brilho dos olhos e transformam pessoas em lagartos, como as do embaixador. Na verdade, tenho horror a pessoas, basta procurar que encontrarei nelas algo que me causa asco. *Odero, si potero; si non, invitus amabo.* No caso da "Fiandeira", não foi preciso procurar, a aversão foi instantânea.

"Odiarei, se puder; se não puder, amarei contra minha vontade." (Publius Ovidius Naso, *Amores*, Livro III, elegia 11, linha 35)

Pelo que me contaram, chamavam-no Fiandeira pelo hábito de tecer intrigas. Jogava o contínuo contra a secretária, o porteiro contra a moça da limpeza, o ministro de Estado contra o presidente da República. Tinha iniciado a carreira em Paris, para onde levara um valete com o devido visto de empregado doméstico. Sempre que alguém ia à casa de Cunha Mello ouvia que o valete estava de folga. Achei a história curiosa, no entanto não me incomodou. O que realmente incomodava era o hálito pútrido do embaixador.

Da porta da minha sala à mesa havia uns bons quatro ou cinco metros. Cunha Mello se acostumou a ficar à porta, insinuando adultérios e lamentando promoções de incompetentes. Todos os promovidos eram incapazes, só mudavam os expedientes sórdidos de que se tinham valido para obter suas promoções. Eu mal o ouvia, preocupado em não respirar para assim evitar o hálito de chorume.

A situação piorou. Talvez a Fiandeira achasse que eu tinha algum interesse naqueles relatos de sobrancelhas erguidas e leves meneares de cabeça em reprovação. Mesmo que eu escutasse calado aquelas intrigas do Balzac orelhudo, ele não arrefecia: passou a sentar-se na cadeira em frente à minha mesa. Essa provação durou cerca de três anos; foram exatos trinta e quatro meses inalando miasma. Até que aconteceu o desastre. O hálito fétido virou minha vida do avesso.

Cunha Mello entrou na sala falando e falando, enquanto agitava um papel. Era uma minuta de ofício que eu havia encaminhado na véspera, um pedido de rotina para a embaixada em Londres. Tratava de uma concorrência pública que o Reino Unido iria realizar para a compra de motores elétricos destinados à Força Aérea Real.

— Não se pode limitar nada, não se podem excluir alternativas!

Não entendi. Dizia que o ofício limitava as chances de empresas brasileiras participarem da tal licitação, que os termos eram inadequados, que a descrição era incompleta. Prosseguiu, irrompeu a barreira da minha mesa, puxou uma cadeira e sentou-se ao meu lado. Iríamos reescrever o ofício juntos, iria me ditar umas partes.

Um ofício daqueles poderia ser reescrito em dez minutos, entretanto Cunha Mello já estava lá fazia meia hora, bafejando estrume. O nojo foi crescendo, transformou-se em pânico, até que me estiquei para buscar uma régua. Quase caí, a cadeira balançou perigosamente e Cunha Mello amparou-me, segurando meu joelho.

Aflito por escapar da brisa de pântano que exalava daqueles lábios gorduchos, demorei bom tempo para perceber que a mão da Fiandeira continuava pousada em minha coxa. Levantei, apanhei algo na prateleira, sentei e o embaixador tornou a apertar-me o joelho. Quando era menino, ergui uma tampa de bueiro e um ajuntamento de baratas se dispersou. Várias subiram pelas minhas pernas, por baixo da calça, e continuaram subindo por mais que eu batesse nelas. As baratas estavam de volta, subindo, revirando-me o estômago. Cunha Mello moveu os dedos com preguiça, avançou e chegou à virilha. Sussurrou-me, pestilento: "Sabia". Levantei de um salto e o embaixador foi ao chão, esparramado, de canelas estiradas.

O contínuo entrou bem na hora em que estiquei o braço tentando erguer a Fiandeira, e então recolhi e estiquei-o novamente para estalar um tapa na bochecha bem barbeada. O funcionário afastou-me e ajudou Cunha Mello a se levantar, murmurando: "Porra, bateu no velhinho!".

O incidente aconteceu pouco antes do almoço. Por volta das duas horas, o ministério inteiro cochichava que eu havia estapeado a Fiandeira. No meio da tarde, sabiam todos que havíamos nos atracado e rolado pelo carpete imundo. No final do dia, era público que o embaixador havia me traído com o contínuo e eu tinha me vingado. A sindicância foi instaurada naquela semana.

O processo interno foi rápido. O corregedor começou por escutar a versão da Fiandeira, a do mero acidente, uma queda da cadeira, nada de mais, não compreendia por que tanta comoção em torno de algo tão banal. Ouviu em seguida meu relato, de que esticara o braço para amparar o embaixador e, com o susto, o havia atingido no rosto por descuido. Por fim, o corregedor registrou o testemunho do contínuo, de que entrara na sala a tempo de me ver ajudando Sua Excelência a se recompor. Cunha Mello continuou na chefia do departamento, com sua dignidade restaurada e um ninho de bactérias devorando-lhe a gengiva. Já eu, fui chutado para a África. Parti em menos de um mês. Soube depois que fora negada a embaixada em Madri à Fiandeira — eu estava vingado.

Todo diplomata brasileiro em algum momento passa por um posto C. São capitais desconfortáveis, seja pelo calor, seja pelo frio. São países com os quais o Brasil não mantém laços econômicos e políticos relevantes. Pior, são postos onde existe risco de doenças e de violência. É sempre nos postos A onde se assiste à ópera e se janta bem. A mim tocou o Benim, no terceiro ano de carreira.

Não achei ruim a ideia da transferência para a antiga Costa dos Escravos. Corri a ler tudo o que havia sobre o país e a região, transformei-me em africanista instantâneo. Cativaram-me a cultura, a história, o povo, sobretudo os Agudás que, libertos no Brasil, retornaram à África para ali serem chamados de "brasileiros". Nos corredores do ministério, os colegas lembravam que João Cabral de Melo Neto despachava no Senegal em mangas de camisa, à sombra de uma árvore, com os pés em uma bacia de água gelada. "O Benim fica muito ao sul do Senegal", repetia, mas passei a pesquisar a oferta de condicionadores de ar.

Faltando poucos dias para o embarque, encontrei por fim o único diplomata, em Brasília, que havia servido em Cotonou. Trotamos apressados pelo corredor, eu falando e ele escutando, até que entrou no elevador e, pela porta que se fechava, disse: "Não deixe de visitar nossos parentes". Foi o que soube do Benim antes de descer do avião.

Quando a porta da cabine se abriu, lembrei-me de João Cabral. "Tomara que a embaixada tenha uma árvore frondosa no jardim. E água corrente." O calor era pavoroso. Ali me esperava um período tranquilo, todos haviam dito. Ninguém avisou que ali me esperava a descoberta que traria séculos para dentro da minha mocidade. De qualquer maneira, fiz uma viagem bem menos penosa do que fizera meu antepassado, quase quatrocentos anos atrás. Mais do que isso, comecei minha vida de forma bem menos atribulada:

Não sei se haverá pergaminho bastante nesta terra sem Deus para escrever do mel e da bílis que Ele despejou sobre minha juventude. Fui feliz na minha meninice, em Pinhel. Acompanhava meu pai ao vale da Mula para vê-lo abrir as pernas na ribeira de Tourões e dizer: "Um pé em Portugal e outro em Espanha, não sou súdito de nenhum dos Filipes". Eu respondia: "Quem não tem rei faz sua lei", como havia me ensinado. Eu teria levado uma surra de cinto de couro cru se ele soubesse que eu assim terminaria minha vida, sem rei nem lei. Ria todo o tempo, ele acordava rindo e eu ia dormir ouvindo seu riso.

Na minha partida para Coimbra, meu pai continuou rindo à beira da estrada, apesar de saber que não nos veríamos mais. A tísica, que já tinha levado minha mãe, iria corroer sua risada sonora. Além do cheiro das cabras, o que mais recordo de minha infância na serra é o sabor do pimentão amarelo. Cultivávamos em volta da casa, cresci mastigando a casca suculenta e cuspindo as sementes. Quando parti para estudar, levei um baú com poucas roupas e um vaso daquele pimentão amarelo da serra.

De Coimbra só me lembro das dificuldades. O pouco dinheiro que meu pai mandava mal cobria as despesas de alimentação. Eu sentia as pedras agudas debaixo da sola das alpercatas, tão quentes no verão, mas não podia comprar sapatos novos. Nem sempre os colegas pagavam o acertado pelas aulas de latim. Não sei o que teria feito se não fosse frei Mendes Costa, com sua bondade aconchegante, seu Porto perfumado na ponta dos dedos esguios. Algumas vezes me perguntaram como pôde o filho de uma das melhores famílias do Reino, um homem de qualidade, abraçar a Companhia de Jesus.

Confesso que não sei, jamais entendi por que frei Mendes Costa escolhera aquele caminho, sendo estudioso reservado, enterrado em livros. Nunca percebi nele algum idealismo. Também nunca vi nele alguém preocupado com a próxima refeição. Sua gentileza infinita sabia melhor a pajem d'El-Rey do que a jesuíta, talvez por isso eu espalhasse que frei Mendes Costa havia conhecido o irmão Francisco Xavier na infância e ficara encantado com as notícias de conversões que vinham da Ásia. Esculpi esse frei Mendes Costa piedoso para protegê-lo dos que perturbavam sua leitura de Horácio. Foram deste os primeiros versos profanos que li. *Prima dicte mihi, summa dicende Carmoena, spectatum satis et donatum iam rude quaeris, Maecenas, iterum antiquo me includere ludo?*

"Tu, Mecenas, que na primeira poesia foste cantado por mim, que deves ser cantado na última, queres de novo, no antigo jogo, incluir-me, bastante visto e já licenciado?" (Quintus Horatius Flaccus, *Epistolae*, Livro I, epístola 1, linhas 1-3 [a seu mecenas])

A sala de frei Mendes Costa era o melhor abrigo que um estudante poderia encontrar na solidão de Coimbra. Eu pisava macio nas alcatifas de seda, não voltei a ver castiçais com arandelas de prata como os dele. Reservou-me um aposento no sótão, muito frio no inverno, abrasador no verão, porém bem iluminado. Junto à grande janela envidraçada, coloquei meu vaso de pimentão amarelo para sentir o gosto de casa sempre que a saudade apertava. Filipa servia leite fervido com canela, deixando um rastro exótico no ar. A jovem aia esperava que frei Mendes Costa assentisse com a cabeça antes de arrastar os pés até minha cadeira e verter o púcaro com a bebida fumegante, somente meia xícara. Nenhuma vez ouvi frei Mendes Costa dirigir-se a Filipa, creio que a criada se comunicava com o dono da casa por sinais para não interromper as leituras. Ela era da minha idade, talvez um pouco mais velha. Gorducha, mal cabíamos naqueles dois côvados do meu catre no sótão.

Se o vento assobiava nas ruelas, eu me estendia nas declinações latinas, pedia trechos dos clássicos e me agasalhava na voz suave de frei Mendes Costa, atrasando o frio que iria me subir pelos tornozelos assim que tomasse o rumo do meu aposento. Em um canto da sala, refletindo no teto as chamas da lareira, ficava o escudo d'armas do meu mentor. Uma das melhores famílias de Portugal, com leite e canela. Jantava com ele quase todas as noites, não me lembro de ter visto um único prato de estanho naquela casa. Na saída, me oferecia um arrátel de pão, que seria meu desjejum solitário. Chegou a descerrar minhas mãos para nelas colocar meia pataca de prata. Um bom homem, meu segundo pai.

Terminado o curso de letras, filosofia e teologia, comuniquei a frei Mendes Costa a intenção de ir a Roma pleitear ingresso no Seminário do Vaticano. Não disse a ele, mas era de fato apenas uma intenção, soterrada pela falta de dinheiro e de amizades. Olhando por cima de meu ombro, o velho jesuíta murmurou: *"Consilium faciendo, facto adhibeto medelam"*. Uma semana depois, levou-me ao

"Ao que está feito, remédio; ao por fazer, conselho." (provérbio latino)

Colégio de Jesus, de Simão Rodrigues. Acompanhei-o, envergonhado da minha roupeta de estamenha e calções de picote ao lado daquelas finas meias de cabrestilho de pinhoela e rico escarpim de linho. Eu não sabia que eram tantas as almas que habitavam o Novo Mundo. Nunca havia pensado quão grande era nossa missão, em um mundo de tal modo esparramado.

Ao iniciar os estudos, eu repetia para frei Mendes Costa: "Mas somos tão poucos". Terminado o curso, em uma carta da Companhia para o frei, li de relance menção à Costa da Mina, carente de preces e de braços. Imaginei que iria para alguma missão africana, no entanto meu destino seria o Brasil, "aonde levará a Palavra aos gentios e fortalecerá a fé do povo do Senhor". Mas são tantos, somos tão poucos!

Um mês após a notícia, partimos os três, freis Duarte Aires, João de Sá e eu, para Salvador. Não soube se meu pai havia recebido a carta em que eu explicava a grandeza de minha missão, em uma terra distante, com tantas almas e escassos pastores. "Somos poucos", eu dizia, "mas somos tudo de que o Senhor precisa para resgatar aquelas almas." Ao raiar o dia do embarque, prometi a Filipa que escreveria, escreveria sempre. A bordo da carraca, ocorreu-me que ela, analfabeta, pediria ao velho jesuíta que lesse minhas cartas. Não podia fazer isso com meu mentor, foi melhor não ter cumprido a promessa. Acho que ela se esqueceu de mim quando ganhou o colete de catassol, presentes valem mais do que memórias. Escrevi para frei Mendes Costa nos anos seguintes. Filipa, creio que morreu ainda jovem.

Segui para o porto com meu baú de roupas e uns poucos livros, abraçado no meu vaso de pimentão amarelo, agora frondoso. Hoje, passadas dezenas de anos, acho que tudo o que me aconteceu era previsível naquela manhã de março, só não era previsível que um camponês, filho e neto de camponeses, pudesse estudar em Coimbra. Tampouco frequentar a casa de uma das melhores famílias do Reino, para lá tomar leite quente com canela. Achava que iria começar vida fresca, não imaginava que trocaria um passado novo por um futuro envelhecido.

Nunca morri tanto nem tantas vezes quanto nos três meses da viagem de Lisboa a Salvador. Tive boa surpresa ao saber que iríamos para o Brasil na carraca lusitana *Sam Vicente*, que era o nome de meu pai e de meu destino. Auspicioso. Corri ao porto para vê-la: da altura de uma catedral, com três mastros que eram três carvalhos, contei de um lado catorze escotilhas, que escondiam catorze bocas de canhão.

Partimos no dia da Anunciação da Virgem. Para mim, era clima de festa, mesmo que houvesse mulheres chorando no cais e marujos em tabardos puídos subindo a bordo, cabisbaixos. Frei Duarte Aires e frei João de Sá eu conhecia, e só no embarque fui conhecer frei Ruy Munhoz, "já meio santo", conforme disseram os outros dois. Não conseguia chegar à escada, a multidão se acotovelava, marinheiros misturados com suas famílias, caixas, sacos e barris. Soube depois que éramos setecentas e oitenta almas.

Às vésperas da partida, tinha sido assaltado pelo medo de morrer afogado em uma daquelas tempestades tremendas, que quebram os navios como castanhas e engolem tudo o que dentro vai. A primeira nau que vi foi aquela em que embarquei, no Tejo. Veio-me o velho do Restelo e "uma vela em frágil lenho" do poeta. Nada disso. A *Sam Vicente* era um castelo de madeira sólida, rija e firme, construída de bom cedro-de-goa e com cordames recentes. Subi, afinal, com meu baú e meu vaso de pimentão amarelo. Ela afastou-se lentamente do cais, com estalos, suave e digna. Avançamos no mar da Palha, enxerguei ao longe o brilho do Mosteiro dos Jerónimos e distingui as torres da velha Sé diminuindo debaixo do vento. Em poucas horas, dei a volta completa no convés e mar era só o que existia. Que viesse o Brasil!

Logo conheci Pedro Albuquerque, um marinheiro esférico. O ventre rotundo, o rosto de lua cheia, as mãozinhas gordas, tudo nele era redondo. As carnes fartas esticavam seu ferragoulo de baeta, testando as costuras. Estava ao meu lado no instante em que os três freis abriram a porta da nossa cabine e a encontramos atulhada de sacos. "Terá sido um engano", apressou-se frei Duarte, disposto a procurar o contramestre para saber qual seria a cabine que nos fora prometida. Recebi com alívio: naquela não caberíamos os quatro, talvez ali se acomodassem duas pessoas.

— Não há engano, bons freis.

Custou-nos entender que Pedro Albuquerque, em uma voz redonda e macia, explicava como nossa cabine havia sido vendida por marinheiros a mercadores que buscavam espaço. Cada saco a mais, apontava, representava lucro enorme, tamanhos os riscos da viagem à China. Vários marinheiros faziam aquela jornada só pelo rendimento do espaço alugado.

— Mas é nosso espaço, é o espaço que a Companhia nos reservou, pelo qual se pagou!

Frei João bufava, tentando entrar na cabine atulhada. Agarrou um saco e o atirou para fora, com o pescoço todo vermelho, entretanto quando já atirava o segundo foi detido por Pedro Albuquerque.

— Calma, bom frei, a viagem é longa e são muitas as tempestades. É comum homens serem lançados ao mar em noites de chuvas, fácil como vosmecê lança esse saco. Sempre haverá quem ajude os ventos a lançar homens ao mar.

Levantei os punhos, que, de tão cerrados, tanta era a indignação, machucavam-me as unhas. A impotência abateu-se sobre nós, aquela ameaça que pesaria nas semanas de viagem foi o bastante para desistirmos da cabine. Deus proveria outro lugar para nossa acomodação. Pedro Albuquerque fez-me um sinal para acompanhá-lo, esgueirou-se pela carga amontoada no tombadilho para chegar a uma portinhola. Abria para uma espécie de sacada de madeira, com amurada baixa, sobre o leme da carraca. O barulho das ondas era forte, mal o escutei dizer que meu vaso ficaria bem ali, onde teria sol e chuva e estaria ao abrigo dos ventos. Olhava-me com um sorriso bondoso, de olhos arredondados. Foi o que fiz. Ali deixei meu vaso e continuei com Pedro Albuquerque pelo porão, até uma carga de tecidos em que pude me alojar com algum conforto. Tirei do baú meu breviário e os *Exercícios espirituais* de Santo Inácio: estava instalado. Era um canto sob o convés, perto de uma escotilha. Foi decisão acertada, os sacos serviram-me de leito, estive ao abrigo das chuvas e tive ocasião de me servir da escotilha.

Após a partida, por volta da tércia, vi frei Duarte e frei João dobrados sobre a amurada, amparados por frei Ruy. Passei a tarde com eles, bem fracos, tudo haviam posto para fora e nada conseguiam pôr para dentro. Sentavam contra o mastro, demasiado pálidos, e se debruçavam para vomitar o que não havia nas suas entranhas. Não falavam. Senti-me mais e melhor do que meus irmãos, firme ao lado deles, ereto, alheio ao balouçar da embarcação. Contudo, Deus nos fez iguais e se apressa, em Sua infinita misericórdia, a nos mostrar iguais se queremos ser diferentes.

Na segunda manhã da viagem, recolhi-me à sacada na popa, ao lado do meu vaso de pimentão amarelo para, na solidão, estudar os *Exercícios espirituais*. Uma leve pressão na testa levou-me a esfregar as têmporas com a ponta dos dedos, tentando concentrar-me na leitura. Mil borboletas esvoaçaram em meu estômago, algo pesava em minhas tripas, os gases que subiam com ruído não aliviavam. Levantei-me para respirar ar puro, vi o horizonte que oscilava e deixei jorrar da boca as bolachas com carne de porco salgada. Pela primeira vez, tive medo de morrer. O estertor veio em vagas, tudo se contorcia. Sentei-me e masquei um pimentão amarelo do meu vaso frondoso. O sabor da minha serra natal não acalmou a tempestade que acontecia debaixo da sotaina, os jorros continuavam. Frei Duarte e frei João tinham despertado curados, era meu consolo. Se sobrevivesse, seria igual a eles. Conforme Deus havia querido desde o início.

— Ai, meu bom frei, que quase me parto em dois!

Pedro Albuquerque e eu nos deixamos cair sobre os sacos de tecidos, trocando minúcias das desgraças em nossas entranhas. As mãozinhas rechonchudas acariciavam o ventre globular. Ali ficamos esperando a ressurreição da fome, até que fomos buscar bolachas e bacalhau. Amanhecemos bem, muito amigos, e com humildade pediu-me a confissão. Pedro Albuquerque tinha-se assustado, como eu, e achava prudente passar sua alma a limpo. "Não posso ouvir sua confissão, ainda não fui ordenado", falei enquanto nos dirigíamos para a sacada da popa. Ao lado do meu vaso de pimentão amarelo, escutei os pecados daquele homem. Eram os pecados de uma criança, mereceram leve penitência.

Perdi a conta de quantas horas passei conversando com Pedro Albuquerque nas semanas seguintes. Era sapateiro, nunca tinha entrado em um navio. Sua esposa e suas filhas haviam morrido das bexigas, na vila de Foros do Freixo, que se despovoara com a doença, e ele perdera tudo. Viera a Lisboa à cata de qualquer emprego e achara o melhor deles, pois que na carraca teria teto e comida e, em terra, poderia buscar ouro e pedrarias. Iria com a embarcação até o final. Desceríamos ao sul para alcançar a costa da Guiné. Dali, guinaríamos a sudoeste, cruzaríamos o Equador para Salvador e a carraca costearia até os trinta graus de latitude. De São Vicente, onde eu desembarcaria, continuaria para Tristão da Cunha, contornaria o cabo da Boa Esperança e, se escapasse do cabo Agulhas, rumaria para Moçambique. O próximo destino seria Goa, dali para Malaca e finalmente Macau, aonde esperava chegar em setembro.

Pedro Albuquerque sonhava em trabalhar em uma feitoria, ganhar uns contos de réis para com eles comprar sedas e especiarias, que venderia na volta a Portugal. A pequena fortuna assim amealhada serviria para montar uma oficina de sapateiro na velha capital, com alguns ajudantes, na qual só atenderia a filhos-de-algo. Ouvi esse sonho todas as noites das semanas subsequentes, interrompido por arrotos que se despregavam da pança arredondada.

Os marujos, sempre silenciosos, queriam confessar-se. Eu explicava que ainda não tinha tomado os votos, não podia oficiar o sacramento, porém podia conversar. Naquela sacada vários se confessaram, escutei a mesma história repetidas vezes. Um deles perguntou-me o que era o pecado. Respondi que pecado era estar distante da face luminosa do Senhor. Retrucou que era tão feliz pecando que estava mais próximo da face iluminada Dele do que muitos dos santos. "Não existe felicidade no pecado", insisti. "Padre, o senhor não conheceu Domitila", sorria. "Peça perdão ao Senhor, ore pela Graça", murmurei. Avançou com seus lábios e, quando virei o rosto, enojado, puxou-me os cabelos. A língua era pegajosa e fria, tinha gosto de sal, mas as mãos eram quentes. *Peccatum omne voluntarium est, et sine voluntate non committitur.*

"Só existe pecado voluntário, porque sem vontade não se comete." (expressão latina)

No quarto dia começou o fedor. A maioria dos marinheiros não tinha estado em uma nau, grande parte era de lavradores, carpinteiros, pedreiros que mudavam de vida. Tinham medo das latrinas, perigosamente penduradas nas amuradas. O cheiro subia do porão qual uma espuma. Tudo ali rangia, tábuas e vigas gemiam, reclamando umas com as outras das dores das marés. Ouvi o contramestre dizer a frei Duarte que nos acostumaríamos. Não me acostumei. Era uma sinfonia de odores, acres, azedos, pontiagudos. Banhado pelas ondas de pestilência de urina e de suor, lembrava-me do leite com canela. Uns marinheiros torravam castanhas em um braseiro no tombadilho. Eu aproveitava então para ficar próximo, de tal modo que a fumaça tirasse o cheiro que impregnava meu hábito. Ficava grato por uns minutos sem o fedor estonteante.

Após dez dias de viagem, um novo fedor se juntou aos demais, o do medo. Eu passava boa parte do tempo na sacada da popa, lendo meu breviário e mascando com nostalgia meus pimentões amarelos. Apoiado na amurada, não me cansava de ver peixes-voadores e os tubarões que os perseguiam. Foi por isso que não vi a aproximação dos navios corsários, a bombordo. No crepúsculo, entrei para atender ao ofício com os freis e era tudo de que se falava: as naus, com bandeiras da flor de lis, haviam-se aproximado rápidas e mantinham distância segura dos canhões que o capitão mandara assestar. Os franceses viram que nossos canhões não eram poucos, talvez não lhes tenha ocorrido serem pouquíssimos os marinheiros que sabiam manejá-los.

Ao amanhecer, subi ao convés e lá estavam as naus gêmeas que nos acossavam com prudente afastamento. Os homens ficaram calados. A carraca navegava pesadamente, sem a leveza dos corsários. Sob a bandeira das flores douradas, eu podia pressentir huguenotes que não respeitavam as propriedades e os domínios dos reinos católicos. Escureceu e lá ficaram.

Pela segunda vez, tive medo de morrer. Vi no cenho franzido de Pedro Albuquerque que pensara o mesmo que eu: estávamos acomodados a bombordo, se os franceses disparassem estaríamos bem na mira dos canhões protestantes. Naquela noite não preguei o olho, esperando o primeiro estrondo. No alvorecer, ali estavam. Moveram-se as estrelas, a lua escorrera pelo céu e o sol subira, contudo os franceses não se haviam movido. O capitão não saía da ponte, nada sabíamos sobre como reagiria se os huguenotes disparassem. Só se ouviam as ondas no convés, os marinheiros amarravam cordames, mudos. Segui para a sacada e lá, sozinho, passei a manhã lendo, orando e mascando meus pimentões amarelos.

O sol estava quase a pino, levantei-me para comer algo. Estavam diante de mim duas sombras ameaçadoras, bem próximas. Elas haviam avançado, agora pela popa. Eu podia ver pequenos tripulantes andando pelo castelo de proa. Pareceu-me que tinham espaço, imaginei que aqueles corsários pudessem dormir estirados, não amontoados iguais a nós. Vinham perseguir a carraca. Na verdade, vinham perseguir a mim, que era o homem que estava mais à retaguarda do que todas as setecentas e oitenta almas da nossa embarcação. Senti os músculos dos braços gelados, o estômago duro, minha energia escapou inteira pelas mãos que apertavam a amurada, foi-se o apetite. Fiquei um bom par de horas com os olhos fixos nas embarcações gêmeas. Súbito, percebi: tinham ficado menores. Distanciaram-se, no pôr do sol já não as via. Não voltaram. O perigo havia passado. *Futura pugnant ne se superari sinant.* Quem me dera, a viagem

"O futuro luta para não se deixar governar." (Publillius Syro, *Sententiae*, linha 202)

mal havia começado, coisa bem pior me espreitava nas dobras do futuro.

2 DAS TERRAS BÁRBARAS HOSPITALEIRAS

"In ultimas expellaris terras licebit, in quolibet barbariae angulo colloceris, hospitalis tibi illa qualiscumque sedes erit." (**Lucius Annaeus Seneca**, *Epistulae morales ad Lucilium*, **Livro III, epístola 28, linha 4**)

Relegaram-te às terras mais distantes, mas, em qualquer canto de terra bárbara onde tenhas sido forçado a habitar, naquele lugar, qualquer que seja, terás uma morada hospitaleira. (Lúcio Aneu Sêneca, *Epístolas morais a Lucílio*)

Quando nada acontece na vida, fica a impressão de que nada jamais acontecerá, de que tudo à frente será mero prolongamento daqueles dias insípidos. Até que o inesperado volta a dar sabor às horas. O primeiro ano no Benim foi de um tédio mortal. Pouco havia a fazer. A pequena Cotonou logo esgotou seus minguados atrativos, apesar de ter-me surpreendido com o artístico restaurante dos belgas Riquet e a apetitosa galeria de arte de madame Kpassé.

As viagens ao entorno se multiplicaram depois que chegou o novo carro da embaixada com o acessório mais importante do que rodas, volante e motor: um potente ar-condicionado. Na mesma temperatura da minha São Paulo natal, os vidros fechados para a poeira das estradas e para o pio de tantos e tão estranhos pássaros, iniciei curtas excursões pela região. Hoje me arrependo de não ter começado por Ouidah, a uns quarenta quilômetros de Cotonou. Ali conheci a Fortaleza de São João Baptista de Ajudá, ponto de embarque de escravos para o Brasil a partir do século XVIII. Voltei outras vezes, magnetizado pela Porta do Não Retorno, o arco que aponta para o mar e pelo qual passaram as multidões que morreram no Novo Mundo.

Habituei-me a ir almoçar em Ouidah e sentar nas proximidades da Porta do Não Retorno, só para me envolver naquela atmosfera de desesperança.

Spes alunt exsules. Não falava com ninguém. Errava pelas ruas calçadas de pedra, fazendo estranha figura com meu vasto chapéu de palha. Admirava casas que poderiam estar

"As esperanças alimentam os exilados." (Desiderius Erasmus Roterodamus, *Adagia*, Livro III, centúria 1, provérbio 92)

em Lisboa ou em Salvador, contudo não conseguia conhecer a Basílica da Imaculada Conceição de Maria. A igreja estava sempre fechada, os horários de culto nunca coincidiam com meus passeios pela cidade. Até a manhã em que precisei trocar o pneu do carro. Antigamente era muito fácil trocar um pneu, as ferramentas e o sobressalente estavam ao alcance, visíveis. Nesses carros modernos, a troca de pneu tornou-se uma odisseia tecnológica. Eu não estava pronto para a eventualidade de um prego igual àquele que tinha guardado no bolso. Tive de incomodar Mathieu, o motorista, que estava de folga naquele sábado. Enquanto esperava, abriu-se a porta da basílica. Dentro estava abafado, a nave parecia maior e nela o padre recolhia pétalas de flores amassadas.

Padre Gustave Dohou circulou, curioso daquele forasteiro que segurava um extravagante chapéu de palha. Dobrou uma coluna, veio em minha direção e sentou-se ao meu lado, com os dedos bem abertos sobre os joelhos. Com uma voz grave que parecia não caber naquele corpo pequeno, perguntou se eu sabia da visita do papa Bento XVI. Respondi que sim, que pretendia vir para a visita se minha embaixada fosse convidada. *"Quelle Ambassade, puis-je vous demander?" "Du Brésil"*, respondi, o que pareceu abrir uma válvula no religioso. Começou a falar em português.

O sotaque era levemente continental, algumas palavras soavam estranhas (perguntou-me se "buscava catre" na cidade), porém era compreensível e agradável. Estivemos juntos por cerca de duas horas, tratando do Benim, da política, da vinda do papa, da Copa do Mundo, dos males da pimenta e da razão de aquela ser uma "basílica" se ali não havia relíquias de santos.

— Não há santos enterrados aqui, mas sim vários portugueses e escravos brasileiros que para cá voltaram.

Dei-lhe meu cartão, na certeza de que iria retomar aquela prosa.

Padre Gustave telefonou-me passados dois dias, bem antes do que eu esperava. Achei que pediria algo, no entanto foi breve:

— Avise quando vier a Ouidah, quero mostrar-lhe sua tumba.

Sempre quis saber onde eu seria sepultado, falei para mim naquela segunda-feira, ao desligar o telefone. A princípio, achei curioso o rápido recado de padre Gustave e pensei não ter entendido bem o telefonema, tamanha era a estática da fiação precária. A curiosidade cresceu para ansiedade. O sábado demorou; contudo, assim que chegou, voltei a Ouidah para conversar com o religioso. Mas ele não estava, tinha ido ao interior abençoar um parente que agonizava.

Naquela falta do que fazer, a ansiedade cresceu para angústia. O acaso acenava com algo novo e ao mesmo tempo me distanciava da novidade. Passaram-se mais duas semanas até que eu retornasse à basílica, cuja porta padre Gustave abriu destravando pesados ferrolhos que ecoaram pela nave. O sorriso tão aberto parecia aumentar aquele homem baixo e curvado. Tomou minha mão entre as suas e apertou-a com força. Desculpou-se: estava bastante atarefado preparando o roteiro do papa, não poderia me atender naquela ocasião. Não compreendi, faltavam três anos para a vinda de Bento XVI. Só vinte dias depois ele voltou a me telefonar, perguntando se eu poderia vê-lo no sábado.

Onde morava padre Gustave? Fiquei imóvel diante da basílica, após verificar que todas as portas estavam fechadas. Só me restava sentar à sombra do meio-dia e aguardar o horário da missa. Não foi preciso, mal eu me sentara e o padre dobrou a esquina, acenando para mim com seu largo sorriso de braços curtos. Tomou outra vez minha mão nas suas e não a largou, como que a me preparar para a surpresa que reservara. Perguntou se poderíamos seguir no carro.

O pequeno trecho poderia ter sido feito a pé, mas o sol a pino e a poeira mostraram que padre Gustave tinha acertado ao pedir o carro. Afastamo-nos pouco da cidade, até o muro caiado do cemitério sem portão. Mostrou-me as várias lajes de granito. Pareceu-me estar no cemitério judeu de Nova York. Em Manhattan, em meio aos arranha-céus coruscantes, estão as tumbas dos pernambucanos fugidos da Inquisição no Brasil para a liberdade religiosa da Nova Amsterdã — os Nogueira, os Carvalho, os Pereira. Ali em

Ouidah, eram os Souza. Havia João, Pedro, Mateus, Marcos, Lucas, Paulo e outra variedade de nomes bíblicos. Também havia alguns Silva: Joana, Concepção, Inês, Catarina, Violante, Josephina. Uns foram escravos libertos no Brasil que regressaram à África, outros eram seus descendentes, os Agudás, como o próprio padre Gustave. Daí vinha seu português empoeirado, com tantas palavras de séculos passados. No centro dos jazigos, com lápide muito limpa e legível, estava Diogo Vaz de Aguiar.

— Curiosa coincidência, padre. Não é só meu nome de família, é o nome de meu pai.

— Foi o que pensei, deve ser seu antepassado. Percebi assim que o senhor me deixou seu cartão da embaixada. Procurei por seu nome no Google e encontrei o de seu pai. Pensei em mandar uma foto deste túmulo. É a sepultura mais antiga do cemitério.

Assombroso. Padre Gustave desfrutava da minha perplexidade ao mirar a tumba com o nome de meu pai, tão bem cuidada que pensei em não contar aquela descoberta ao advogado doutor Diogo, confortável em São Paulo. *Sepulchri immemor struis domos.* Cercado por famílias de Agudás parentes entre si estava aquele velhíssimo Diogo, nascido em Pinhel em 1598 e morto na Costa dos Escravos em 1676.

"Esquecido do túmulo, constróis casas." (Quintus Horatius Flaccus, *Odes*, poema 28, verso 14)

Havia mais. Padre Gustave tomou-me novamente as mãos tal qual um parente próximo e levou-me para o carro, fechou a porta e disse pelo vidro aberto:

— Foi bom que tivéssemos demorado a nos ver. Tive tempo de procurar.

Voltamos à cidade. Eu caminhava para a basílica, o padre me chamou e entrou na pequena casa amarela do outro lado da praça. O interior era amplo, bem maior do que sugeria o estreito jardim de fora. Ali, vencendo estantes, caixas e pilhas de papel amarradas com fitas, padre Gustave avançou para uma grande pasta de papelão vermelho, que colocou à minha frente, sem deixar de sorrir.

— Não posso dá-lo ao senhor, mas se quiser pode copiar e me devolver.

Na pasta estava um maço de pergaminhos bege, bastante escurecidos, todavia não a ponto de impedir a leitura das longas letras desenhadas. As folhas haviam sido costuradas com uma linha fina e frágil (talvez por isso alguém tivesse guardado tudo naquela pasta). Cheirava a barro fresco. Folheando apressado, vi que algumas passagens estavam borradas, contudo o início era nítido: "No anno da Graça de Christo de 1643", começava o texto em português, anunciando as memórias de um certo Diogo Vaz de Aguiar "que muito soffrera entre os sam paulistas na capitania de Sam Vicente", e apesar disso oferecia ao futuro "relaçoens de cousas do logar de Sant'Anna de Parnahyba que he util saber aos homens que venhaõ do Reyno".

Ali estava o relato do velho Diogo que tanto padecera "na parte do Brasil". Padre Gustave se divertia com minha surpresa. Passou-me a pasta vermelha e repetiu as recomendações de que a conservasse bem.

Em Cotonou, decidi transcrever o pergaminho folha a folha. Imaginei que pudesse haver folhas grudadas que descorariam se eu as separasse sem cuidado. A disciplina de transcrever uma a uma me forçaria a zelar pela integridade daquelas páginas quebradiças que fariam a delícia de diferentes insetos. Também decidi que não ligaria o ar-condicionado do escritório. Se aquelas folhas haviam se conservado por quase quatrocentos anos na umidade e no calor de Ouidah, a súbita queda de temperatura e o ar seco poderiam afetar seu estado e perder para sempre as aflições do meu antepassado.

Foi assim que, em uma manhã de segunda-feira, em dezembro de 2008, comecei a copiar aquelas memórias do meu velhíssimo avô, enquanto não chegavam telegramas de Brasília.

O texto tinha longas passagens em português alternadas com reflexões em latim. A letra grande naquelas cem folhas de pergaminho facilitava meu trabalho. Padre Gustave telefonou duas vezes, uma no Natal e outra no Ano-Novo, para me cumprimentar e saber do trabalho. No terceiro telefonema, notei nele alguma inquietação pela tardança, lembrou gentilmente que fizera um empréstimo.

Em meados de janeiro, eu tinha pronta a transcrição. Retornei a Ouidah e assisti ao padre Gustave enterrar na estante, entre duas caixas pardas, o corpo das lembranças daquele meu antepassado. Lamentei que não existisse uma maneira de gravar o cheiro de terra molhada dos pergaminhos. Lamentei bem mais que não tivesse fotografado aquelas páginas, o que só me ocorreu quando enviei o texto para meu pai.

Não havia aquele sujeito que sussurrava no ouvido de César: "Lembrai-vos de que sois mortal"? Pois eu tinha o meu próprio *memento mori*, uma foto em que aparento uns dez anos de idade e que sussurra no meu ouvido: "Lembre-se de que você é ridí-culo". Nela trajo camisa marrom-café, calça laranja boca de sino, cinto preto com enorme fivela de estrela prateada, mocassins hediondos que engolem meias amarelas. Repugnante. A foto vinha-me à mente a cada tentativa de cortar algum trecho do relato do Diogo seiscentista. Ele me acabrunhava com seus arroubos barrocos, suas frases de efeito e seus parágrafos piegas. Fiquei tentado a transcrever apenas os fatos e saltar as linhas em que ele se revela, a diluir seu estilo rebuscado em algo mais digestível. Não, não o fiz. Eu tinha sido exposto ao mundo naquela foto constrangedora, ele que se expusesse em sua literatice pretensiosa. Não cabia a mim lembrá-lo de que foi mortal, meu dever era salvar seu pergaminho do calor pavoroso do Benim.

> "Lembre-se de que você vai morrer" ou "Lembre-se de que você é mortal." (expressão latina)

Da distante São Paulo, meu pai, Diogo, escreveu comovido e surpreso com a foto da "sua" tumba. Agradeceu o envio da transcrição, lembrou que Diogo era um tio seu morto no berço e que Diogo tinha sido seu avô, em cuja homenagem ele havia recebido aquele nome. Até onde se lembrava, os Diogos Vaz de Aguiar paravam nesse meu bisavô.

Não era verdade. Voltei a escrever a meu pai para informar que havia descoberto pela internet a existência dos apontamentos de um Diogo Vaz de Aguiar. Era um comerciante de Santos, alguém sem importância, no entanto de relativas posses, que em 1735 deixara anotações hoje valiosas porque descrevem mercadorias que havia recebido danificadas de seu fornecedor em Portugal. Em uma linha dos apontamentos, o Diogo santista registra muito brevemente que encomendara um corte de lã a ser entregue em Coimbra a "Dyogo fillo de meu irmaõ Jerónimo Vaz de Aguiar". Desses tantos Diogos meu pai nunca ouvira falar. Reclamou, porém, que a transcrição das memórias tivesse trechos em latim: "língua que, como você sabe, meu filho, domino tão bem quanto o aramaico". "Se não para seu velho pai", concluiu, "conserve esses escritos para seu filho e outros Diogos que venham depois dele."

Comecei a tradução desses trechos em latim no mesmo dia, adaptando passagens que o linguajar da época tornava obscuras. Em português moderno, a história do velhíssimo Diogo era ainda mais terrível. Poderia ter sido uma tragédia grega, em que todos caminham para um final inevitável, tragados por um abismo de acontecimentos. Contudo, era uma tragédia colonial seiscentista, ali não havia abismos. Meu avoengo poderia ter modificado seus acontecimentos a cada passo, mas escolheu a trilha difícil, manteve-se grudado a quem ele achava que poderia ter sido. Tínhamos muita coisa em comum e naquela época eu pisava o solo em que ele havia vivido, passeava pela praia em que ele havia aportado:

Eu morreria mais duas vezes naquela viagem. O capitão ignorou-me durante todo o percurso. Achei que evitava a mim e aos três irmãos, que mal circulávamos pelas poucas braças do castelo de proa. Vim a saber, era meio surdo e seria preciso falar muito alto, acima do ruído das ondas, para que ele entendesse. Acostumei-me a ficar encostado à amurada, esperando algo no horizonte, escutando o vento bater nas velas e os tamancos dos marinheiros no convés. Passava a maior parte do tempo com Pedro Albuquerque, ouvindo histórias balofas e sonhos rotundos.

A pessoa que mais me interessava na carraca era o piloto Fernão Goes. Era um homem capaz de ler a natureza da forma que eu lia meus *Exercícios espirituais*. Era gentil comigo, apesar de conversar pouco. Na manhã em que o conheci, disse-me que havíamos voltado ao rumo certo: apontou um cardume escuro que acompanhava a carraca a estibordo. Para mim, eram peixes; para Fernão Goes, eram bússola, astrolábio e quadrante. Esses instrumentos, aliás, estavam sempre ao alcance do piloto, que os consultava muito imóvel. Fantástico ler dessa maneira a harmonia do cosmos e receber das estrelas o caminho a ser percorrido. Eu ficava ao seu lado por longos períodos. Murmurava para si mesmo: "Ah, agora sim, os ventos". Eu nada percebia, mas ele de imediato reagia aos ventos com um movimento no timão. Esticava o pescoço para melhor examinar uma corrente marítima e logo em seguida voltava a ajustar o timão com uma precisão que me encantava. Certa feita, deu uma forte guinada, porque pássaros brancos sobrevoaram a carraca e subitamente mudaram de rumo. Os mapas eram quase ilegíveis de tão velhos, o que não fazia diferença, porque não me lembro de tê-lo visto consultando um portulano.

Em uma de nossas raras conversas, Fernão Goes contou que seus mapas eram os relatos que lhe haviam feito os pilotos velhos e experientes. Não que fosse rude, era apenas silencioso, talvez achasse mais envolvente confabular com a natureza do que comigo. Deu-me a primeira lição de navegação que tive na vida. Mostrou-me, com o astrolábio e o quadrante, como medir a altura dos astros em relação ao horizonte e assim determinar a latitude. "Latitude não se erra nunca", dizia amiúde. O problema é que a longitude era adivinhada — e aí entravam os peixes, os pássaros, os ventos, as correntes, os mapas da natureza. Também a bússola não era confiável, conforme me mostrou, já que duas ou três bússolas apontavam para dois ou três nortes diferentes.

Latitude não se erra nunca. Fernão Goes tinha razão, desde que os astros fossem visíveis. É por isso que eu jamais o culpei pela tragédia. Por ter passado horas ao seu lado, admirando sua arte, sei que ele não foi o responsável por tantas mortes.

O calor aumentou gradualmente à medida que nos aproximamos do Equador. Uma madrugada fresca transformou-se de repente em aurora abrasadora, acordei empapado, a roupa grudava na tábua que eu cobrira com palha rala, e o fedor tinha mudado. A partir dali, a umidade passou a ser sufocante. Com o corpo pesado, frei Duarte não mais arrancava baralhos dos marinheiros para jogar ao mar. Frei João assistiu impassível aos quatro marujos que se reuniram em torno de uma gravura obscena. Não intercedíamos nas brigas para se acalmarem. Tudo era sentar e esperar, além de respirar o vapor fétido que vinha do porão. Eu me refugiava na sacada, mascando meus pimentões amarelos, entretanto não lia os *Exercícios espirituais* desde que descobrira que a tinta começava a borrar e as páginas colavam. Guardei o livro em meu baú, enrolado em lã que cheirava a podridão.

A carraca mal se movia, as velas tinham preguiça e se mantinham flácidas. O anoitecer era de caçar piolhos nas cabeças e de catar percevejos nas pernas; tinham se multiplicado como os filhos de Abraão. Ao amanhecer, com uma ponta de faca que começava a enferrujar, eu arrancava piolhos das mechas de Pedro Albuquerque e ele das minhas. Os homens agarravam cordames com uma das mãos e com a outra coçavam o crânio e as barbas.

Foi então que sobreveio a desgraça, e, pela terceira vez, tive medo de morrer. O céu foi perdendo a cor, o sol empalideceu e nuvens altas tudo cobriram. Dia cinza sucedeu-se a dia cinza, não se via a própria sombra no convés, não chovia e não ventava. Ao lado de Fernão Goes, amargurava-me sua angústia, procurando algum astro no céu, noite após noite, por uma brecha naquela cortina de chumbo, o quadrante inútil à sua frente. Latitude não se erra nunca, porém ali não se conseguia sequer tentar o erro. Foram duas semanas assim, até que caiu uma chuva leve e o céu se abriu. Enxerguei o pavor no rosto de Fernão Goes quando calculou a latitude. Tínhamos nos afastado do curso, não havia peixes ou pássaros para o piloto ler e as velas dormiam, vazias.

Passaram-se outras duas semanas. Assustado, Pedro Albuquerque reclamou que lhe doíam as mandíbulas. Em pouco tempo, ele e tantos outros tinham as gengivas horrivelmente inchadas.

Os dentes eram arrancados com facilidade, como espinhos inconvenientes. Pedro Albuquerque chorava, com a boca pútrida. O físico veio sangrá-lo, tomou igual aos outros a poção de ervas, no entanto agora lhe doíam as juntas, mal podia se mover. Apavorado com a epidemia, eu passava períodos mais longos na sacada, com meus pimentões amarelos, contudo a consciência me arrastava de volta aos doentes e no porão abraçava marinheiros tais quais crianças.

Pedro Albuquerque não queria morrer, deitava a cabeça em meu regaço e não se importava com os piolhos que passavam da barba aos cabelos. Tinha as gengivas amarelas. Murmurava-se que o físico não tinha carta de examinação; o clister, a purga e a sangria não surtiam efeito. Na terceira semana, começaram a aparecer os mortos, a peste ceifava dez ou doze tripulantes diariamente. *Mors dat cunctis legem: tollit cum paupere regem.* Das setecentas e oitenta almas, foram cinco as que não tinham contraído os esporos fatais. Frei Duarte faleceu da vida presente enquanto dormia, morto da doença que Deus lhe deu, uma mazela que não cessava de se espalhar.

"A morte dá a todos a mesma lei: com o pobre leva o rei." (Lucianus Samosatensis, *Opera Luciani philosopi*, "De morte carmen horrendum")

No dia de Corpus Christi, frei João fez a grande procissão. O exército de desvalidos seguia o andor com o Santíssimo Sacramento, dando voltas do castelo de popa ao convés. O ofício alongou-se pela tarde, uma brisa forte virou vento e a carraca estalou, movendo-se. Todos gritaram e todos berraram ainda mais ao surgir terra firme. Era a Costa da Mina, escutei Fernão Goes dizer ao capitão. "Estranho que o mal de Angola tenha nos alcançado tão longe de Angola", respondeu ele, mandando o piloto atracar.

Retornei à sacada e caí de joelhos. Deus, em sua infinita bondade, havia me coberto com Seu manto poderoso e impedido meus dentes de caírem. Tinha sido um milagre. Das setecentas e oitenta almas, umas seiscentas haviam sobrevivido à epidemia, mas só eu não tinha as gengivas amarelas. Era um sinal.

Passamos cerca de um mês no Forte Duma. Foram dias de demorados banhos na fonte próxima ao forte e de longas refeições. Naquele intervalo, marinheiros voltaram a ser tecelões, sapateiros, alfaiates, ferreiros, sombreireiros, correeiros, barbeiros, carpinteiros e merceeiros. O pichel de vinho corria de mão em mão, enfiávamos dedos ávidos nas gamelas de madeira, a tamboladeira não esvaziava nunca. Ali conheci a *nana*, cada fruta daquela pesava três onças; em cachos, os nativos se referiam a elas como *b'nana*. Também havia outras frutas novas, de uma acidez agradável, além de porcos e galinhas cinza. A tripulação recuperou-se, as gengivas desincharam, todavia os dentes que se foram não renasceriam. O capitão deu ordem para que se recolhessem as colubrinas, as mechas e os bota-fogos, as clavinas e os barriletes de pólvora ruiva de bombarda. Íamos zarpar.

Tive uma única alegria naquela viagem, que foi o embarque de negros da Guiné, amarrados dois a dois e logo acorrentados no porão. Havia sobrado espaço, com tantas mortes pelo mal de Angola, razão para o capitão aceitar uma carga de peças a serem vendidas no Brasil. Homens mascavados de barba rala, cobertos com marlotas, entregavam os negros ao capitão.

A bordo, fui tratado com certa distância fria: abençoado por Deus e incólume na epidemia, passei a merecer alguma reverência cerimoniosa dos marinheiros, mas não de frei João e de frei Ruy, aquele "a meio caminho da santidade". Estes andavam às voltas um com o outro e me evitavam. Paciência, restava-me a companhia de Pedro Albuquerque, que continuava a confessar seus pecados de criança.

Vieram os ventos, e a carraca, abastecida, fez-se ao mar, rumo a Salvador. Fui ao porão ver os quarenta negros acorrentados. Sentei-me em um barril, procurando distinguir os que tinham alma. Eram silenciosos, mal se moviam, nem se entreolhavam. Não pareciam incomodados com o calor tão úmido. Um deles estava recostado à coluna de madeira, um negro franzino de belos dentes e olhos muito grandes. Fitava-me fixamente e eu a ele, arrebatados por nossas diferenças. Não tinha interesse por negros, já os havia visto em Portugal, disfarçados de brancos, em mangas bufantes e chapéus de penas. Meu interesse estava reservado para os índios. Apesar disso, aquele africano atiçava minha curiosidade.

— Seu Deus vai soprar as velas desta nau, padre?

O negro tinha um linguajar curioso, um sotaque gutural, porém se expressava em português compreensível. Na breve conversa, disse-me seu nome, do qual não me lembro, e de onde viera, algum lugar perdido naquela terra que ninguém queria. Nos dias seguintes, voltei a descer ao porão, fascinado. Sentava-me em um barrilete e rezava alto para que me escutassem, porque aquela era a imagem do inferno. Dessa forma deviam atravessar a eternidade as almas distantes da face resplandecente do Senhor: empilhadas, sem poder mover-se, deitadas na urina e no excremento, de pálpebras fechadas para melhor meditar sobre os erros que haviam cometido. Na subida ao convés, ao ar puro, pensava que assim devia ser a ascensão depois de séculos no Purgatório, o alívio infinito e a vontade de esquecer sons e odores. Naquela antevisão do inferno com que Deus me agraciara não se encaixava o negro sentado contra a trave, sempre de olhos bem grandes. Perguntei se queria ser batizado para chegar ao Brasil na glória do Senhor. Entendeu a pergunta, mesmo sem respondê-la.

— Vosmecê pode batizar todos nós juntos?

— Não sou eu quem batiza, é Seu vigário que pede a Ele que despeje o Espírito Santo na água e no óleo.

— Se vosmecê tiver água aí, padre, eu prefiro beber.

Expliquei que eu não poderia batizar os demais porque não falavam a língua, não saberiam fazer os votos. Estariam perdidos não porque lhes faltasse Deus, mas porque lhes faltou a gramática. Já ele, poderia ser salvo se abrisse seu coração e renunciasse às entidades da mata, que não conduziam o homem ao seu destino, como ele pensava, e serviam de âncoras para o inferno. Eu ia ao porão amiúde, pela redenção daquela alma. Falei da descida ao inferno de Teresa de Ávila e recitei de memória o relato da santa: "O chão tinha aparência de uma água, ou antes, de um lodo sujíssimo e de odor pestilencial, cheio de répteis venenosos. No fundo havia uma concavidade aberta em uma parede, como um armário, onde me vi encerrada de maneira muito apertada". O negro escutava, de olhos grandes, e me pedia um cassengo d'água. Assim foi por dias, eu respirava profundamente no tombadilho, tomava vinho, ficava uns minutos ao sol para só então abrir o alçapão e mergulhar na escuridão e no fedor do negro que devia salvar.

Começaram a morrer, sem gemidos. Fernão Goes achava que aportaríamos em Salvador em três semanas, o capitão se preocupava porque no ritmo em que morriam não haveria peças na chegada. Eram desacorrentados e jogados ao mar, para afundar entre tubarões. Foi isso que contei ao meu negro: para tomar o túnel longo e estreito que o levaria ao escuro eterno, passaria pelos dentes dos peixes. Batizado, talvez Deus o poupasse do mal que ceifava dois, três homens todas as noites naquele porão. Pediu-me água e o batismo.

Escalei eufórico até o convés, busquei meu missal no baú e voltei correndo, antes que o negro mudasse de ideia. Encontrei frei Ruy no tombadilho, com certeza estranhou minha pressa, todavia preferi não lhe contar nada. Poderia contar depois, já com tudo feito e aquela alma redimida. Encostado à coluna, o negro renunciou a Satanás e a todas as suas obras, repetiu o Credo e baixou a cabeça no *ego te baptizo in nomine Patris et Filii et Spiritus Sancti.*

"Eu te batizo em nome do Pai, do Filho e do Espírito Santo." (fórmula litúrgica do sacramento do batismo no *Missal Romano*)

Perguntou qual era meu nome. "Por que perguntas pelo meu nome?", questionei. Adotou o nome de Diogo, derivado de Jacob, aquele que roubou a bênção de Isaac do irmão Esaú, tornou-se Israel, sete anos de pastor servira Labão, pai de Raquel "serrana bela, mas não servia ao pai, servia a ela, e a ela só por prémio pretendia". Tudo isso contei a ele, na véspera de sua morte.

Ascendi ao convés, salvo. Não havia lua, somente um céu forrado de estrelas, pequenas janelas no infinito pelas quais Deus espia sua obra. Abri os braços para que Ele me visse bem e soubesse que eu havia devolvido o Seu milagre. Ele me livrara da epidemia do mal de Angola, eu agora Lhe mandava uma alma. Éramos amigos, faríamos muita coisa juntos.

Na manhã seguinte, o novo Diogo foi jogado aos tubarões com duas mulheres. Eu não assisti, estava mascando meus pimentões na popa. Vendo seu lugar vazio, tomei de uma faca e marquei minhas iniciais na coluna de madeira. Subia ao convés, entretanto no meio da escada achei por bem descer, *Jesum habemus socium.* "Nós temos Jesus por companheiro." (lema da Companhia de Jesus) Retornei à coluna e também marquei o símbolo da minha ordem: IHS. Todos os que embarcassem na *Sam Vicente* saberiam que naquele canto operou-se um batismo, o meu milagre.

Nos dias que se sucederam, Pedro Albuquerque percebeu minha alegria. Ficava à volta como um cãozinho roliço, contando casos de aldeia e repetindo planos para Macau. Ofereceu sua habilidade de sapateiro para melhorar meus calçados. Estávamos juntos no porão, dormitando, quando começaram os tiros de canhão. Era minha quarta morte naquela viagem que não terminava jamais.

Abri a escotilha, havia nuvens negras e baixas onde poderiam estar navios huguenotes. A carraca balançava enfurecida, os marinheiros corriam, e na corrida se notavam os calejados entre os novatos. A chuva começou forte, havia um exército lá fora batendo com os punhos contra o casco de boa madeira. Pelo alçapão que levava ao convés víamos clarões de raios, os estrondos de trovão eram de um deus pagão mal-humorado. Entrava água por todos os lados, tanto da chuva pelo alçapão quanto do mar pelas escotilhas, e os objetos boiavam no porão. Os novatos se apavoraram, tomavam tudo o que estivesse próximo e amarravam no corpo, cordames e pranchas eram atados com pressa. Os calejados se riam e amarravam a carga, fechavam escotilhas, gritavam: "Amanhã é banquete para tubarões!".

Eu não sabia o que fazer, estava surpreendentemente calmo agora que tinha diante de mim meu maior medo. *Morieris, stultum est timere quod vitare non possis.* A carraca escalava uma daquelas ondas enormes, apressava-me a segurar em algo para não ser jogado longe quando a nau despencava muitas braças. Encontrei um barrilete de azeite, retirei a rolha e o esvaziei; apertei bem a rolha e passei uma corda firme ao redor. De que maneira o atar? Se o amarrasse contra meu estômago, poderia boiar com a boca para cima e me afogar. Com um som seco, tudo ficou escuro e caí pesado sobre um saco de tecido embebido de água salgada.

"Morrerás, é tolice temer o que não podes evitar." (Lucius Annaeus Seneca, *Epistulae morales ad Lucilium*, "Excerpta quaedam et eidem nonnulla falso tributa", verso 39)

Pedro Albuquerque largou o bastão, desenrolou a corda de meu corpo, tomou o barrilete, amarrou-o contra seu ventre rotundo e apressou-se para o meio do porão, como dois barris em um minueto molhado. Ali fiquei caído, balançando e escutando gritos distantes.

Amanheceu, subi ao convés com dificuldade, minha nuca doía do golpe. O céu claro e limpo realçou as velas e os mastros bastante danificados. Correu entre os marinheiros a nova de que estávamos próximos de Salvador, já se viam algas em torno da carraca, de modo que os danos não nos impediriam de alcançar o porto. Pedro Albuquerque passou a mão no meu ombro dolorido.

— Como dormiste, meu bom padrezinho! Com toda aquela confusão! Ai, que me vi nos dentes desses peixes!

Disse-me que os biscoitos tinham ficado encharcados, no entanto restavam barris de água doce e a carne se aproveitava. Teríamos com o que nos manter por dois ou três dias, no aguardo da chegada. Enfim, aquilo estava por terminar. Pediu-me a confissão. Fomos ter à sacada da popa, meu vaso de pimentão amarelo tinha sido levado pela tempestade. Ali escutei a confissão de Pedro Albuquerque: tivera medo de morrer, as vigas do porão rangiam e via pregos saltando do casco, deixando orifícios pelos quais entrava água. Em vez de encomendar sua alma, tinha-se agarrado à matéria. Contou que havia tirado alguns biscoitos do barril e escondido no porão, para o caso de a viagem demorar mais do que o esperado. Contou ainda que havia bebido água doce até rebentar, se viesse a faltar antes de aportarmos. Recebeu a absolvição no momento em que se avistou terra.

Deus podia perdoá-lo, se quisesse, mas eu era o melhor amigo Dele naquela nau e não teria tanta misericórdia.

43

3 DA AMIZADE CONSIGO MESMO

"Quaeris' inquit 'quid profecerim? amicus esse mihi coepi.' Multum profecit: numquam erit solus. Scito esse hunc amicum omnibus." **(Lucius Annaeus Seneca,** *Epistulae morales ad Lucilium,* **Livro I, epístola 6, linha 7)**

"Perguntas que progresso tenho feito?", ele escreve. "Comecei a ser amigo de mim mesmo." Fez um grande progresso, nunca mais estará só. Sabei que todos podem ter esse amigo. (Lúcio Aneu Sêneca, *Epístolas morais a Lucílio*)

Em Lisboa, apaixonei-me por Sophia. Fazia mais de ano que não pensava no velho Diogo e nas suas desventuras entre os "sam paulistas", apesar de seu relato ter-me marcado fundo. Sophia era natural de Évora, porém detestava comida alentejana. Vivia de saladas e de frutas tal qual um roedor de pelo negro e grandes olhos verdes, herança da mãe lombarda. Falava aos borbotões, calava-se demoradamente olhando em volta e retomava a enxurrada de palavras que me seduzia. Tudo o que dizia tinha sentido. Não me lembro de um único dia em que não tivesse sido surpreendido por uma ideia dela ou por uma observação inesperada. Começava as frases com "sabes", eu sabia que algo estava em movimento, algum míssil verbal iria revirar meus neurônios. Sophia era magnífica. Bonita. Linda. Trocamos números de telefone em março, casamos antes do Natal, quando chovia muito.

Tão logo se mudou para meu apartamento no Chiado, tomou a transcrição das memórias do velho Diogo, das quais eu já havia falado. Contei a história da tragédia colonial no jantar em que nos conhecemos, contudo pareceu bem emocionada ao folhear o relato. Creio que ali descobriu do que eu vinha falando desde que a encontrara. Leu aquilo em uma estirada, fechou o caderno de espiral e dardejou: "Sabes, devias procurar este teu avô aqui em Portugal".

Ela havia conseguido de novo. Por que eu não pensara nisso? Foi como se eu tivesse chegado à velha cidade naquele momento, no entanto fazia tempo que eu escutava o bonde amarelo, o Eléctrico 28, quatro andares abaixo.

Terminado meu período em Cotonou, o ministério acenou com postos A. Senti-me traído. Esperava Nova York, Roma ou Paris. Vieram Copenhague, Atenas ou Lisboa. Ao telefone, o chefe do Departamento do Serviço Exterior disse-me que pensasse. "Lisboa", não havia o que pensar, respondi de imediato. Dois meses depois estava procurando apartamento na cidade, três meses mais tarde conheci Sophia no jantar de inauguração da galeria dos Couto e França. Fui apresentado pelo Vieira, disse que me levaria a "um acepipe do Alentejo".

Sophia não acreditou no que eu disse, que seu nome não queria dizer apenas "sabedoria". Acreditou menos ainda no que contei daquela tragédia, com trechos em latim. "Então és padre? Porque ninguém fala latim." Era arquiteta, para ela o latim era tão estranho quanto é para mim o cálculo diferencial. Eu havia escolhido o flanco errado. Passei a descrever as casas coloniais portuguesas de Ouidah e o gênio militar por trás do Forte de São João Baptista. Puxei um fiozinho de interesse, enrolei em um novelo, puxei outro e consegui que ela me acompanhasse ao Teatro São Carlos, na sexta-feira. Naquela madrugada, na rua do Alecrim, fizemos o dueto do "Solo per me l'infamia a te chiedeva". Ela era apaixonada pelo *Rigoletto*, e eu me apaixonara por ela. Agora iria me ajudar a procurar o velhíssimo Diogo.

"Real, real, real, pelo rei de Portugal", gritavam os cristãos ao atacarem os mouros. Sophia era a fortaleza que eu atacava aos brados, levantando-lhe a saia e mordendo suas coxas, imobilizando-a com meu peso e beliscando os bicos dos seios. Ela não gostava. Não é que fingisse não gostar, de fato não gostava de rolar no chão recém-saída do banho ou de ser jogada no sofá se estávamos atrasados para o cinema. Era daquelas mulheres que não se dão conta da própria sensualidade e se tornam assim irresistíveis. Espiava o movimento da Casa Havaneza pela janela vestindo unicamente uma camiseta, provocando o cristão com a imagem de suas nádegas com a marca de biquíni tatuada pelo sol de Cascais. Usava calcinhas de algodão tipo shortinho por achar vulgares as roupas de baixo "à brasileira".

Ao final do expediente de trabalho, eu ansiava pela visão da fortaleza moura. Sophia se escondia atrás da porta até eu entrar, fechava olhando pela fresta para ter certeza de que não fora vista sem saia e tentava escorregar para a cozinha. O ataque cristão vinha antes, eu ligava o liquidificador para a vizinhança não escutar os gritos da moura que sucumbia. Estar com Sophia era uma felicidade, esperar por ela me dava alegria, encontrá-la iniciava uma festa. Sim, lá vem o chavão: não sabia como tinha vivido sem ela.

Entrei no longo túnel no primeiro inverno depois que nos casamos. As noites eram compridas, contudo não o bastante, eu queria dormir sempre e mais. Já as horas com luz eram curtas, entretanto não terminavam nunca. A semana obesa arfava ladeira acima rumo ao sábado, que em minutos virava domingo e jogava os dias de volta aos pés da longa subida. Em seguida, veio o mal-estar. Acordava oprimido pela certeza de que fracassara em tudo, nada daria certo e estava perdendo tempo. Assistindo a um filme ou ouvindo uma música, era assaltado pela certeza da minha mediocridade, junto de um enjoo no peito. Esses ataques duravam segundos, no máximo um minuto, porém abriam a tampa do poço e mostravam cada vez mais distante a Sophia que me chamava lá do alto.

Devia ser a dieta, vinha comendo pratos oleosos e jantando demasiado tarde. Teria que ser o clima, o inverno úmido logo após um verão massacrante. Podia ser o trabalho, os casos das traficantes que eram presas no aeroporto com seus filhos e abandonavam as crianças, que tinha muita dificuldade em repatriar. Eu, que gostava dos prédios creme e dos azulejos azuis, passei a achá-los enfadonhos e a buscar a inquietação das paredes carmesins do Teatro da Trindade. Não aconteciam os ataques cristãos à fortaleza moura, virei a página do jornal alheio a Sophia debruçada na janela, sem calcinha. *Tristibus afficiar gravius, si laeta*

"Serei atingido com mais força pelas tristezas se me recordar das alegrias." (Dionysius Cato, *Monosticha*, apêndice 37)

recorder. "Filho, estás doente, é parecido com uma gripe", dizia no começo. Então, mergulhou no trabalho, espalhando plantas de apartamentos na mesa de jantar e rabiscando até eu dormir.

"Sim, como uma gripe, sem vírus", disse o doutor Bulhões. Tentei ouvir a explicação, todavia me distraí com serotonina, dopamina, acetilcolina. Não era complicado. Os antigos não explicavam tudo pelo "éter"? A explicação para meu cérebro era a mesma, o éter estava entre os filamentos das sinapses nervosas, transmitindo impulsos sem que os neurônios se tocassem. Naquele éter deveria haver certo equilíbrio de sais. Havendo equilíbrio, o cérebro desfrutava da boa mesa, enlevava-se na ópera, comprazia-se na companhia de semelhantes, fantasiava com mulheres anônimas. Não havendo esse equilíbrio, surgiam dúvidas quanto ao sentido da vida, a origem do universo, a natureza de Deus e a crueza da condição humana. O doutor Bulhões deu-me os sais no comprimido amarelo pouco maior do que a cabeça de um alfinete.

Tratei da doença sem nome, de tantas rimas terminadas em "ina", com enorme disciplina, ingerindo a tal pastilha amarela no almoço. Contava em dormir melhor, e nada aconteceu, somente dormia. Eu continuava a cumprimentar o porteiro na saída do trabalho, não veio o distanciamento da realidade, o amortecimento das paixões que esperava. Estava pronto para ondas de euforia, para súbitas epifanias que rendessem gargalhadas, para a descoberta violenta de beleza nos objetos de sempre, mas o piso ainda era o de madeira e o sofá continuava verde. Porém, a gripe sem vírus passou: Sophia retornando da rua na roupa de ginástica estava deliciosa. "Real, real, real pelo rei de Portugal!" Ela não gostou, porque nunca gostava, no entanto ligou o liquidificador.

Saindo do túnel, tive pressa de recuperar o tempo perdido. Voltei a organizar a casa, os livros, as contas e fiz o que havia meses vinha prometendo fazer: imprimir a transcrição do relato do velho Diogo em papel de boa qualidade, para encaderná-lo em capa dura. Em um sábado, fui à rua Garrett buscar a edição, trouxe-a protegida da chuva por baixo da camisa, abriguei-me no quiosque ao lado do Chafariz do Carmo e comecei a folheá-la. Meu coração se apertou com o padecimento daquele avô remoto, que me falava tão alto de tão longe. Naquele instante vieram a onda de euforia e a súbita epifania que eu aguardava: os documentos do velho Diogo estavam em Lisboa! Feliz, corri para morder Sophia, evitando pisar nas pedras pretas dos desenhos geométricos das calçadas.

O Sete de Setembro era perfeito, feriado no Brasil e dia útil no calendário português. Sophia e eu teríamos de ir à recepção da embaixada à noite, o que deixaria toda a manhã e o início da tarde livres para uma visita à Torre do Tombo. Foi o que fizemos. Seguimos para o Campo Grande, em direção à Cidade Universitária. Estacionei na alameda da Universidade, a meia quadra do prédio de formas retas, um cubo com duas gárgulas ameaçando pular da fachada sobre o incauto visitante. Gostava do nome daquele arquivo, que não era torre fazia séculos. O prédio novo, que não contava com uma vintena de anos, oferecia um contraste saboroso entre as linhas modernistas de fora e a antiguidade dos documentos lá dentro. Ali, no Arquivo Nacional, onde repousavam pergaminhos do Reino e das colônias, estariam registros do meu avoengo. *Memoria est thesaurus omnium rerum et custos.*

"A memória é o depósito e o guardião de todas as coisas." (Marcus Tullius Cicero, *De oratore*, Livro I, seção 5, linha 18)

Eu já estava no vestíbulo enquanto Sophia fechava os vidros do carro. A distância, ela percebeu minha contrariedade. "É preciso marcar as visitas com dez dias de antecedência." Sophia olhou para a senhora da portaria, que encolheu sob o peso de nossa decepção: "Não lhes posso fazer nada, a não ser agendar uma visita". Corri os olhos sôfregos pela folhinha, o próximo feriado no Brasil, mas não em Portugal, seria o Doze de Outubro, dali a cinco semanas. Marquei o regresso — para a semana seguinte. Era quando estaria doente.

Não gosto de falar ao telefone, jamais tive jeito para a coisa. Por isso pedi a Sophia que ligasse para o consulado com a relação dos males que me afligiam. Escutei a conversa do quarto, pensava se deveria ou não usar gravata para a ida à Torre do Tombo. Estacionei exatamente no mesmo lugar da visita anterior, sem gravata. Sabia da riqueza daquele arquivo, contudo estava tenso. Muito do passado havia desaparecido no grande terremoto do Dia de Todos os Santos, naquele 1755 em que ruíra a Torre do Tombo que ladeava as muralhas do Castelo de São Jorge. Parte do que resistiu ao tremor sumira na mudança às pressas da família real para o Rio de Janeiro, em 1808. Tinha esperança de encontrar traços do velhíssimo Diogo porque boa porção da história do Brasil havia sido recuperada. Eram constantes as descobertas feitas ali por pesquisadores brasileiros, por que também eu não faria a minha?

Foi assim que Sophia e eu nos acomodamos na grande sala silenciosa, espaçosa, em uma das mesas individuais tão bem iluminadas. O pessoal de apoio conhecia a natureza da pesquisa, e logo trouxe volumes com marcadores de páginas e cópias de microfilme. Abri a primeira página e ali brilhava Diogo Vaz de Aguiar, uma letra cursiva bem grande sobre papel algo escurecido. Comecei a ler com avidez e examinei febril o resto do material, todas as folhas, todas as cópias. Ali estava ele, bastante vivo, com alguns de seus hábitos, algumas de suas excentricidades, algumas das datas que marcaram sua existência. Essa vida, porém, tinha sido em Coimbra e depois em Santos, em torno de 1735. Era o mesmo Diogo que eu havia encontrado de raspão, pela internet. Fiquei sabendo que se formou em direito, morou dois anos em Lamego e voltou para Santos após a morte do pai, comerciante. Nada se falava do velhíssimo Diogo, avô ou bisavô daquele Diogo santista e setecentista. O pessoal de apoio foi solícito, novas buscas foram feitas, gavetas foram abertas, ficheiros foram desenterrados, sem traço do Diogo seiscentista.

No dia seguinte, acordei com febre e não fui trabalhar.

As pílulas do tamanho de cabeças de alfinete não me deixavam aceitar o provável extravio dos documentos do velhíssimo Diogo. Fiquei remoendo a experiência na Torre do Tombo. Se ali estavam os registros do Diogo santista, eu podia presumir que teriam sido extraviados os papéis dos cem anos anteriores. No Arquivo Nacional estavam os documentos do Diogo que estudara em Coimbra em 1735, mas onde estariam os documentos do Diogo que estudara na mesma universidade cem anos antes? "Em Coimbra", disse Sophia tentando desentalar a gaveta da geladeira. Ela havia conseguido de novo. Como eu não havia pensado nisso? O Doze de Outubro estava chegando, telefonei para a universidade e agendei a visita.

Não foi preciso preencher ficha alguma, porque um terremoto adiou essa ida a Coimbra por vários meses. No século XVIII, o grande sismo de Lisboa foi seguido por incêndio. Desta vez, um incêndio causaria grande tremor em Lisboa. Seu nome era Vanessa. Não foi amor, foi paixão. Confesso: não foi paixão, foi um erro. Amizade não deriva do latim *amicitia*, a raiz não é "pequeno amor"? Pois meu antepassado, igual a mim, conheceu amizade em uma terra nova:

Como tudo teria sido diferente se, em Salvador, aguardasse ordem do Provincial para que eu permanecesse na capital da colônia. Quanta agonia teria sido evitada. Deus não me concedeu essa graça.

Eu esperava uma breve paragem a caminho de São Vicente, não aquela escala de quatro meses. Na chegada, não percebi a Bahia em toda a sua luz. Vi primeiro o Forte de Santo António e, distante ao fundo, a Ermida de Nossa Senhora de Mont Serrat. À medida que a *Sam Vicente* avançava, a baía se abria a estibordo, logo a orla e nela, muito brilhante, a Igreja de Nossa Senhora da Conceição da Praia. No alto do morro, a vila lembrava uma fruta estragada, com os pontos negros de casas incendiadas pelos holandeses. Era uma cidade machucada.

Aportamos em Salvador no dia de Santo Irineu. Ficamos todos aglomerados no tombadilho, disputando palmos na direção do cordame e das chalupas que levariam à terra. O trajeto foi curto, em minutos eu estava no cais com meu baú. Pedro Albuquerque desceu do barco com suas coisas amarradas em uma trouxa, veio em minha direção, esbarrou em mim, nada falou e embrenhou-se na ladeira que levava à cidade alta. Fiquei perplexo por alguns instantes, aquela indiferença era incompreensível e hostil, o asco que eu sentia dele medrava em mim; porém, essa raiva esfumaçou-se diante do deslumbramento pelo inexplorado.

Então era aquilo a capital, o porto mais importante ao sul do Equador? Tanta madeira, tanto açúcar, tantas pedras abasteciam Portugal vindos daquele celeiro impreciso do outro lado do mar oceano que eu imaginava Salvador uma cidade opulenta. Não, aquilo era um arremedo de Lisboa, umas poucas ruelas e casas penduradas sobre a bela baía. Entretanto, minha curiosidade não era pela cidade. Coloquei os pés no cais já procurando índios.

Naquele momento eles se aproximaram, rindo alto e fazendo gestos largos. Eram dois homens, três mulheres e muitas crianças. Os homens traziam pintura na testa, os cabelos grudados com algum sebo, lascas de madeira nos narizes. As mulheres arrastavam seios longos apontando o chão, colares de pequenas penas verdes, vozes agudas e claras. As crianças, todas nuas, traziam frutas cujos nomes eu não saberia pronunciar. Pararam a pouca distância, por uns minutos, antes de rumarem para a encosta que levava à vila. Eram a manifestação do Criador naquelas terras esquecidas desde o Gênesis. O bronze da pele era mais reluzente ao sol do que a cabeleira oleada, os rostos ovais harmonizavam com os olhos oblíquos. As palavras límpidas brotavam em vogais e sons abertos que musicavam o cais. Eram o Brasil, que linda terra esta do Brasil! Queria vê-los como almas sedentas de Salvação, mas a beleza dos corpos, os movimentos elásticos, o riso infantil, o flautar das vozes me arrastavam para a terra. Ali estava a pureza. Ali estava a beleza incorrupta, a bondade incondicional, o equilíbrio das coisas. Ali estava Deus. *Naturae viae simplices sunt.* Que linda esta terra do Brasil! Uma gota de

"Os caminhos da natureza são simples." (expressão latina)

suor escorreu-me pela testa até um olho, enxuguei-a na manga e os índios já se tinham afastado.

Aos sete anos, meu pai trancou-me na despensa, jogado entre os barris de azeitonas, e disse que eu passaria a noite ali. Fez pior, disse-me que "ele" viria me castigar pelo que eu havia feito. Nunca soube quem era "ele", contudo essa figura perseguiu-me por toda a infância. Eu merecera o castigo porque naquela tarde havia tentado matar tio Romão. A pança daquele irmão de minha mãe me maravilhava. Perfeitamente redondo, aquele ventre era uma presença à parte, precedia tio Romão à mesa e ali ficava depois de ele ter-se levantado. Sempre que podia, eu apertava o polegar para sentir aquele couro retesado, firme e rijo, da esfera que acobertava um mistério. Era redonda por todos os ângulos, uma perfeição simétrica. Gil Lacerda dizia que dentro havia a mesma gosma branca que escorria das vísceras arrancadas dos leitões. Não podia ser, era tão rígida, lá havia qualquer coisa sólida. Na Dominga de Páscoa, perguntei a tio Romão o que escondia lá dentro. "São ideias, *mancebito*, ideias que ainda não dei ao mundo", respondeu muito sério. Quantas ideias se acomodavam ali? De que forma estariam organizadas? Peguei o punhal de meu pai e espetei aquela pança, saiu algum sangue, no entanto não consegui liberar as ideias sufocadas. Tio Romão fez o mesmo olhar vidrado dos leitões que são estripados, gritou como um deles, e a família inteira acorreu para tirar o punhal que eu tentava esconder. Ele nem morreu, por que o alvoroço? Fiquei mudo e imóvel cercado por barris de azeitona, mal respirava para não atrair a atenção "dele", até que minha mãe veio verificar se eu estava vivo.

Avistei o Provincial ao longe, algumas horas antes de ser recebido por ele, com a mesma pança perfeitamente redonda de tio Romão. Foi uma das primeiras pessoas que vi ao entrar no termo da cidade, debaixo de uma chuva de badaladas. Tive um bom presságio: assim que depositei meu baú diante do Colégio do Salvador da Bahia, começou a repicar o sino da Igreja da Vitória, ao sul. A igreja mais antiga da capital me saudava, próximo dela estava sendo reconstruído o Forte de São Diogo, atacado pelos canhões de Holanda. Também do sul veio o dobrar do sino da Igreja da Graça e logo dezenas de badalos anunciavam minha chegada ao Brasil. Na sala, para apresentar meus respeitos ao Provincial, de nome padre Matos, este pareceu-me baixo, de pele lustrosa e queixo acolchoado. Evitei espiar-lhe a pança enquanto me apresentava, temi não resistir à tentação de espetar um dedo ali. Em toda parte se lia *Ad maiorem Dei gloriam*, mas creio que a glória estava concentrada em suas tripas.

"Para maior glória de Deus."
(lema da Companhia de Jesus)

Tudo destoava da austeridade do colégio — tapetes de lã e coxins de damasco comparáveis aos dele eu não vira nem na casa de frei Mendes Costa. Um olor de bom vinho exalava da peroleira de argila. Padre Matos tratou-me com fria cordialidade, como convém a um filho-de-algo ao receber um camponês tornado seu irmão por Santo Inácio de Loyola. Esteve comigo o tempo conveniente e chamou padre Corvelo, o diácono, para me conduzir à minha cela. Achei que o Provincial iria presentear-me com algo, levou o ventre até o oratório no canto da sala e tateou o retábulo de marfim. Encontrou o tabaqueiro de prata sobre uma arca de jacarandá e acenou com condescendência. Beijando sua mão, achei que passaria os dedinhos de almofada em meus cabelos, entretanto ele os recolheu logo. Padre Matos abriu o reposteiro de canequim lavrado em sinal para que saíssemos e fechou a porta com delicadeza.

Lembro-me bem porque aquele foi o dia em que conheci António. Após tantos anos, ainda me encolho de vergonha ao recordar que pensei mal de meu leal amigo, a quem devo a vida. Antipatizei com ele no instante em que o encontrei. O corpo franzino, de barba rala e melenas muito pretas, não combinava com a atitude, que me pareceu arrogante. Era um lacaio fingindo-se de nobre. Afogado naquela sotaina maior do que ele, António não era o príncipe que queria encenar. Era o servo. Passadas décadas, sei agora que ele era de fato um servo e seguiu servo mundo afora, semeando o perfume de Deus por onde esteve. Porém, não gostei da maneira como se levantou e, sem pousar a pena, cumprimentou-me aflito para logo voltar à mesa no canto de sua cela. Encostei a porta de treliça de meu vizinho, estiquei-me no catre e ali fiquei, sem saber o que fazer.

Padre Corvelo me diria o que fazer. O diácono informou que a *Sam Vicente* ficaria algumas semanas em Salvador até terminarem os reparos. A Companhia tentaria embarcar frei João, frei Ruy e a mim em uma sumaca que rumasse a São Vicente, mas não havia previsão. Seria demorado, por isso integrou-me à rotina do colégio. Batia à minha porta na alvorada, eu o ajudava das matinas às completas, capinava a horta se ele me dizia para fazê-lo, aguava as mulas como ele ordenava, lavava e varria a sujeira que ele me apontava.

Pouco falávamos, talvez porque o desinteresse fosse mútuo. Tinha nascido no Brasil, era tudo o que eu sabia dele. Sua pele era morena demais, mesmo para quem passara a existência envolto pela luminosidade pinicante da Bahia. Despedia-se secamente no crepúsculo, para me cumprimentar com igual secura ao despontar da manhã. Foi por isso que estranhei sua afabilidade quando bateu à minha porta, tarde da noite. O diácono explicou com cuidado que padre Matos era um homem ocupado, tinha pouco tempo entre os afazeres diurnos para orientar seus fiéis, ouvir confissões e pregar a Palavra. O Provincial doava suas horas de sono aos mais necessitados, continuou, com grande abalo para sua saúde. Talvez meu rosto fosse todo uma interrogação na luz hesitante da vela de sebo, porque padre Corvelo largou-se a repetir "enfim".

— Vossa Mercê presta grande serviço à nossa Companhia se puder todas as noites, enfim, conduzir os fiéis para a bênção do nosso Provincial, porque, enfim, não se aceita que adentrem o nosso colégio desacompanhados, enfim, sem algum dos nossos.

Explicou-me como alcançar uma viela a um quarto de légua do Terreiro de Jesus para encontrar um grupo de fiéis, que me reconheceriam pelo hábito. Estes deveriam seguir-me até o colégio, após dizer uma senha. Terminada a bênção, que era sempre demorada, minha incumbência estaria cumprida ao escoltar os fiéis à saída — e ao manter a discrição própria de um irmão de fé. Lá cortei a escuridão, meio adormecido, bastante entediado, para aquela missão de içar almas de ruelas para a luz do gabinete de padre Matos.

Não foi fácil encontrar o local indicado por padre Corvelo. A um recém-chegado, aqueles becos pareciam iguais. Para mim, as tendas eram idênticas, com suas raízes, frutas e drogas da terra esparramadas. As lógeas se sucediam gêmeas e gêmeos eram os mercadores em seus pelotes de bertangil claro. Caída a noite, as ruelas se transformavam em labirinto de lama e cascas de frutas.

Por fim, encontrei a viela descrita pelo diácono. Ali aguardei pouco tempo, até que duas mulheres cobertas com mantos se aproximaram de mim. A mais alta murmurou: "Na casa do Pai há muitas moradas", era esta a senha. Fiz sinal para que me acompanhassem e tomei o caminho para o colégio, seguido por uma das fiéis, que estacou e sussurrou: "Mãe, não quero ir". A mulher mais alta deu-lhe um leve empurrão. Não entendi, na verdade não quis entender, queria apenas retornar ao meu catre, por isso continuei andando. A mãe ficou, a filha me seguiu pelas ruas, pelas arcadas do claustro, à porta do Provincial.

Padre Matos aguardava em pé, segurando um candelabro, e mandou entrar a rapariga que me havia seguido. Antes que fechasse a porta, ela me encarou de relance. Os olhos verdes faiscaram à luz das velas, os lábios úmidos estavam levemente crispados, mas havia serenidade no rosto de pele bem clara; a jovem recebia com resignação a minha surpresa diante de sua beleza. O Provincial nada me disse, padre Corvelo lá não estava, por isso eu não soube se devia partir ou ficar. Sentei-me no corredor, exausto daquele longo dia. A bênção se alongava, logo me deitei na laje fria e acordei, ainda madrugada cerrada, com a rapariga que me afagava levemente os cabelos. Levei-a trôpego à porta do colégio, a mulher mais alta, que a aguardava encostada ao cruzeiro, avançou, cobriu a filha com seu manto e ambas desapareceram nas trevas. Passei o ferrolho na porta do colégio e fui tateando a parede de taipa a caminho do meu leito.

O corredor das celas dos noviços, tão estreito, de apenas uma vara de largura, pareceu mais longo e mais apertado, meu catre ficou mais longe. Dormi por uma hora. Foi difícil manter os olhos abertos durante as matinas, os movimentos foram lentos e pesados ao colher couves na horta. Só então percebi que o Provincial jamais oficiava as matinas.

Encontrei padre Matos nas vésperas, desejei que ele me agradecesse pela noite dormida no piso de pedra, diante de seu gabinete, porém concedeu-me um cumprimento frugal, de visconde que reconhece seu pajem. Também padre Corvelo abandonou a solicitude daquele primeiro pedido de resgate de almas, esqueceu seus muitos "enfim" e adotou um código. Dizia-me "Vossa Mercê será útil" para significar minha missão de todas as noites, ou seja, a incursão pelas vielas, a escolta de quem me segredasse a senha, e a espera pelo final da bênção de padre Matos.

Essa era a missão do Provincial, que lhe custava varar as noites e perder as matinas. Ele aspergia bendição sobre mancebos e raparigas, para aumento daquelas pessoas. São tantas as incertezas da juventude que a alma verga sob o peso das dúvidas e o corpo tenta derrubar o espírito que alça voo a Deus. É o momento em que a orientação espiritual é preciosa, depois será tarde demais. *Adulescentia nihil esse melius, senectute nihil detestabilius.* Às segundas-feiras, eu conduzia os mesmos dois rapazes, mas nos outros dias os necessitados variavam. Encontrava fiéis nas vielas, ouvia "Nada há melhor que a juventude, nada mais detestável que a velhice." (Desiderius Erasmus Roterodamus, *Moriae encomium*, capítulo 38) a senha, guiava-os ao colégio, a pesada porta de jacarandá do gabinete se fechava, e eu me encolhia no corredor para dormitar até ser chamado. Exceto uma vez.

Certa feita, a porta se fechou e se abriu de imediato. O Provincial estava colérico. Chamava abafado por um certo Damião, que, vim a saber sem demora, era o padre Corvelo. Os dois santos discutiram asperamente, a espessa folha de jacarandá deixava escapar alguma coisa. O fiel era um rapaz negro, aos negros o Provincial tinha asco, sabia o Damião que os acolhia mulatos porque uma gota de sangue branco faz toda a diferença. Foi a única ocasião em que reconduzi o fiel mais cedo.

Escoltei o rapaz ao cruzeiro e vi-me na rua bem acordado, no frescor de estrelas e brisa do mar. Da porta do colégio, escutei um som ritmado, que busquei pelos becos como se uma Ariadne tivesse deitado pistas de batuques pelos caminhos. Cheguei a um pátio de areia, à esquerda estava um grupo de uns dez negros da Guiné que espalmavam as mãos para acariciar o couro de tambores de diversos tamanhos. Cada um arrancava um som curto e seco à sua maneira, o conjunto se completava, porque um batia com vigor enquanto outro desmaiava seu toque; um estapeava forte seu tambor ao passo que outro ameaçava o couro com as unhas.

Ninguém olhava para ninguém, todos miravam o alto e giravam as cabeças naquele ritmo que ia e vinha, sem se alterar. Quem girava mesmo eram as mulheres, no centro do pátio. Rodopiavam e, ao rodopiar, voluteavam umas em torno das outras, contorcendo suas cinturas tais quais víboras. Os punhos ficavam imóveis, cerrados na altura da barriga, em contraste com os corpos que ora derretiam, ora congelavam. Ri de mim próprio ao me ver batendo os pés no ritmo daquela sinfonia bárbara, para perceber que não havia motivo para riso. Fazer um homem perder o controle de seus movimentos não pode ser algo sagrado. Tentei ficar imóvel, com os braços caídos ao longo do tronco, resistindo àquele encanto pérfido. Debalde. Os dedos minhocavam, as fibras se contraíam e logo alguma parte estava dominada por aquele rufar e respondia ao ritmo. Quis partir, porém havia coisas e gentes demais para ver ali, a brisa continuava cálida. Abandonei-me. Pararam por uns instantes, aproveitei o afrouxar daquelas correntes e voltei ao colégio a passos rápidos.

"Ainda poderei dormir umas duas horas até as matinas", pensava quando entrei no corredor das celas dos noviços. Não ouvi ruído humano, mas sim uma respiração pesada de dragão que avançava contra mim naquele túnel estreito, onde nada se via um palmo à frente. Fui apertado contra a parede, um globo rijo me espremeu e forçou a passagem com hálito de vinho. Os passos curtos se afastaram na escuridão, antes que eu pudesse reagir. Segui tateando pelo negrume, repassando a sensação daquela esfera firme contra meu ventre, abrindo caminho, resfolegando.

Na cela ao lado, havia uma fresta que projetava a luz de António na parede de pedra. Estirei-me no catre e súbito me levantei, intrigado. Ele era um camundongo, não fazia ruído algum, não dormia com o candeeiro aceso. Espiei a cela vizinha, estava vazia, com uma vela de sebo caída perigosamente próxima de uns pergaminhos. Tentei abrir a porta, no entanto uma cadeira tombada impedia minha passagem. Esgueirei-me e não era cadeira, porém António sentado contra a porta, com os joelhos apertando o peito, cabisbaixo, o queixo sumido na barba rala. "Desmaiou", pensei. Peguei-o pelos ombros, deu-me um safanão e repetiu várias vezes:

— Eu não sou mulher!

António não falava, não abria os olhos, respirava baixo. Levei-o ao catre e voltei para minha cela. Pouco depois, estava em seu lugar habitual nas matinas, bastante abatido, indiferente à voz do Provincial, que naquele alvorecer recitava as orações. Padre Matos rezava olhando para mim, talvez para agradecer todas as noites que eu passara deitado na laje diante de seu gabinete.

Minha animosidade inicial por António mudou nos dias que se sucederam. Não havia nenhuma arrogância em meu vizinho de cela, nenhuma pretensão de fidalguia, apenas reserva. Passamos a conversar, ele só falava da *Charta Annua* ao Superior-Geral dos jesuítas e, ao falar dela, falava de tudo. Era um menino magro, de voz suave, mas era grande. Eu me forçava a prestar muita atenção no que ele falava. Começava divagando consigo mesmo, em voz grave; então acelerava, a voz tornava-se aguda e as ideias jorravam. Interrompia-se e olhava através de mim, por longos segundos. Havia momentos em que eu sentia que falava com ninguém; António estava defronte de mim movendo os dedos como que deslizando sobre um pergaminho.

Minha antipatia transformou-se em afeto: aquele menino não estava no mundo, tinha o mundo dentro de si e era todo ele justiça e correção. Não era António que falava do infortúnio humano, do sofrimento dos negros da terra próximos de nós, era outra criatura que falava por ele, um ser cristalino e transparente que refletia minha fealdade. Menti para ele, envergonho-me hoje de ter feito isso. Disse-lhe que havia batizado todos os escravos embarcados comigo na *Sam Vicente*. Abraçou-me longamente. Tive de mentir, a retidão de meu amigo me constrangia. Se me chamava de irmão, não cumpria o protocolo da Companhia, fazia-me de verdade seu irmão.

Nossa amizade começou quando António me deu um grande susto, no silêncio do nosso recolhimento.

— É possível que Deus e o demônio falem ambos nessa língua maravilhosa?

Levantei-me da mesa surpreso, estava tão absorto na minha declamação de Cícero que não havia percebido que falava alto. As paredes de taipa das celas tinham furos em que moravam besouros, por ali se escutavam os ruídos dos vizinhos. Tentei sorrir, entretanto aquela figura magra espiando por uma fresta da porta de treliça me espantava. Convidei-o a entrar. A princípio com delicadeza, mas logo com sofreguidão, António revirou meu baú de livros, folheando Horácio e Virgílio sem pudor algum, igual a quem visita parentes próximos. Disse-me que seu latim poderia ser melhor; se viesse a ser um Públio, ainda teria de continuar estudando porque seria como ir nadando a Lisboa, não se chega jamais. "*Omnis cognitio multis est obstructa difficultatibus*", respondi.

"Todo conhecimento é obstruído por muitas dificuldades." (Marcus Tullius Cicero, *Academica*, Livro II: Lucullus, seção 3, parágrafo 7)

Lemos nossas passagens preferidas, as minhas falavam dos homens, as dele falavam do espírito. Soou o toque para as matinas e juntos fomos para o ofício, cansados, bem felizes. Juntos ficamos nas semanas seguintes, até minha partida para São Vicente.

— Tenho sono, fome e sede — disse eu.

"O corpo inteiro é servidor do espírito." (Lucius Annaeus Seneca, *De clementia*, Livro I, capítulo 3, seção 5)

— É porque não conheces a injustiça que campeia nesta terra — retrucou —, *totum corpus animo deservit*. Queres

conhecê-la, a injustiça da terra?   "Tantas vezes quantas sejam
    — *Totiens quotiens*   necessárias." (expressão latina)
— respondi.

    Assim passamos a errar juntos pela vila. Às vezes, António interrompia o passeio e retornava às pressas ao colégio, abrasado por alguma ideia para aquela *Charta Annua* que não terminava. Tornou-se o melhor amigo que alguém poderia ter, o tanto que devo a ele não caberia nestes pergaminhos. Consegui tudo o que quis, mas pouco graças a mim e muito graças a ele.

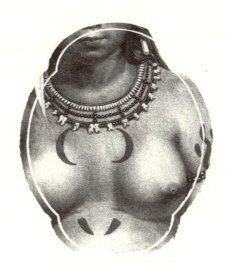

4 DA ANGÚSTIA DOS PODEROSOS

"Nam regibus boni quam mali suspectiores sunt, semperque iis aliena virtus formidulosa est." **(Gaius Sallustius Crispus,** *De co-niuratione Catilinae,* **capítulo 7, linha 2)**

Para os poderosos, na verdade, resulta mais suspeita a honestidade do que a depravação e para eles a virtude de outrem é fonte de angústia. (Caio Salústio Crispo, *A conspiração de Catilina*)

Boas notícias são anunciadas com pompa e solenidade. No mínimo, alguém as introduz com um "Adivinha o quê?". Más notícias são sorrateiras, espirros que precedem a tuberculose. Aparecem aos pedaços, são sussurradas, publicadas no pé da página, até nos envolverem aos gritos. A minha má notícia veio em um comentário casual no corredor, em que disseram: "Mas antes vão ter de esperar a chegada do Cunha Mello".

Quando assumi meu posto em Lisboa, o cônsul-geral era o embaixador Assis Nogueira. Ninguém poderia imaginar que ele partiria de forma tão súbita. Tinha sido promovido bastante jovem, por influência do pai, senador de um estado do Norte. Era viciado em golfe, andava pelo mundo em busca de campos para jogar. Muito afável, era querido por todos. Contava histórias de final surpreendente, das quais só ria depois que o grupo em volta terminava de rir. Eu estava ao seu lado naquele almoço. Recebíamos um grupo de professores universitários do interior de São Paulo, tinham vindo a Portugal participar de um simpósio em Belmonte. Assis Nogueira não teve reação. Ficou calado alguns minutos, pediu licença, desceu à rua e chamou uma ambulância por seu telefone celular. Teve um segundo infarto logo em seguida, no hospital, porém, foi salvo pela rápida cirurgia de ponte de safena. Aposentou-se no mesmo mês. Na sua despedida, ficou com os olhos marejados ao lhe darmos um taco de golfe folheado a ouro.

As especulações começaram imediatamente após a partida de Assis Nogueira. Dizia-se que o novo cônsul-geral seria o irmão de um antigo ministro de Estado. Não foi o que aconteceu: no corredor, conversavam sobre troca de carpetes e entreouvi: "Mas antes vão ter de esperar a chegada do Cunha Mello". Com os colegas, fui ao aeroporto em um domingo para recepcionar a Fiandeira, recém-nomeado cônsul-geral em Lisboa. Eu tinha mais dois anos no consulado, Cunha Mello ficaria uns quatro ou cinco anos. "Puta que pariu", fui dizer no espelho do banheiro, amassando o telegrama que oficializava a nomeação.

Fizemos fila no aeroporto para que o novo cônsul-geral cumprimentasse um a um. Surgiu sorridente, disse algo gentil a todos e para mim murmurou um: "Que bom vê-lo, meu caro". Cruzou as mãos na cintura, olhou para nós com suas orelhas pontudas e pontificou brincalhão, com pálpebras de lagarto: "Temos aqui gente boa demais, então vamos aproveitar o domingo que amanhã começa a pedreira". Demos risadas protocolares e nos dispersamos. Fui revê-lo dias depois, entramos só os dois no elevador. Bateu-me no ombro:

— Como a velha cidade está tratando você?

— Bem, embaixador, obrigado. E o senhor, já está instalado?

— Meu caro, aqui já se desembarca instalado. Parece que estou em Lisboa há dez anos.

Não terminou a conversa, paramos em nosso andar e saí aliviado do ascensor. Se não havia simpatia naquele rápido diálogo, tampouco havia hostilidade. Coitado de quem tomasse aquele elevador, teria de respirar o hálito fétido da Fiandeira. Nas semanas seguintes, cumprimentávamo-nos de maneira cordial, e ele se postava à porta de alguém, empesteando a sala, tecendo intrigas. Dona Janice, funcionária do arquivo fazia anos, ameaçou se demitir, indignada, porque era avó e não tivera romance algum com Afrânio, o motorista da secretaria.

Nunca entendi a Teoria da Relatividade. Li uma vez que dezenas de astrônomos e físicos vieram ao Brasil durante um eclipse para confirmar a hipótese de que a luz faz curvas, deformada pela força de atração de algum objeto celeste. Bastava terem me perguntado, eu teria explicado que a luz não anda em linha reta. A luz se curva atraída pelo campo gravitacional das mulheres bonitas. Foi assim quando apareceu Vanessa, todas as cores convergiram para ela e tudo em torno ficou desbotado. Também todos os colegas convergiram para minha sala, orbitando no campo gravitacional daquela loira de olhos azuis e sotaque interiorano.

Lembrando-me daqueles meses, só agora percebo que Vanessa jamais contou direito o que viera fazer em Portugal. Tinha chegado fazia dois anos e fora contratada como auxiliar local três semanas depois da posse do Cunha Mello. Colocaram uma mesa na minha sala e lá foram depositados aqueles órgãos, cartilagens e vasos sanguíneos, perfeitamente arranjados para atender aos mais universais critérios de beleza. Não evitei inspecioná-la, espiava sempre que podia sem que ela notasse. Se Vanessa falasse ao telefone, eu dava-lhe as costas e mexia em papéis nas prateleiras para melhor saborear a voz cristalina. Eu me entristecia porque ela não ria, teria de esperar que recebesse nova ligação para, quem sabe, povoar a sala com sua alegria. Os rapazes se apaixonaram por ela, eu com eles porque a tinha diante de mim o tempo inteiro.

— Eu me chamo Vanessa, acho que vamos trabalhar juntos, não é?

— Não.

— Ah, não? Foi o que me disseram...

— Não, você não se chama Vanessa.

— Ora...

— Vanessa não é nome, ninguém se chama assim. Vanessa é um apelido, de Esther Vanhomrigh. "Van" do sobrenome e "essa" diminutivo de Esther. Era uma amiga do Jonathan Swift, aquele do *Viagens de Gulliver*. Virou nome de borboleta.

— Ah, sei. Bacana. Essa mesa é a minha?

Foi um desastre. Não seria o último da minha história, eu não aprenderia nunca. Passei a tarde mortificado, tentando ler instruções de Brasília e assinando passaportes. Foi-se pelo esgoto meu dia inaugural de satélite daquele corpo celeste.

Mulher é cheiro, mas em Vanessa o perfume era leve, imperceptível. *Mulier recte olet, ubi nihil olet.* Tudo nela era discreto e suave. Falava baixo, mal erguia o rosto, prendia os cabelos tranquila, vestia-se com sobriedade.

"A mulher é bem perfumada quando não usa nenhum perfume." (Titus Maccius Plautus, *Mostellaria*, ato 1, cena 3, verso 273)

Parecia que se esforçava para não ser notada. Sorria sem graça se eu imitava seu sotaque do interior, com erres arrastados, porém mais não fazia: éramos de bons-dias e boas-noites. Nada perguntei de sua vida e tampouco ela quis saber da minha. Não recebia ligações particulares, era pontual e vegetariana.

Até que aconteceu — e eu hesitei em avisá-la. Os passaportes eram recolhidos duas vezes por dia, em uma bandeja. Vanessa empilhava os documentos e, chegada a hora, esticava-se um pouco para colocar a bandeja na prateleira. Era um gesto mecânico, contudo nossas mesas tinham tampos de vidro e nesses momentos ela entreabria as pernas. Vanessa só usava vestidos, eu percorria suas coxas rumo à virilha todo final de manhã e todo final de tarde.

Júlio César quase estragou tudo. Era um terceiro-secretário recém-chegado, passou uma semana comigo para se familiarizar com vistos de negócios. Sentado ao meu lado, logo no primeiro dia, no final da primeira manhã, percebeu o movimento da bandeja e as possibilidades que o tampo de vidro oferecia. Fixou a vista entre as coxas de Vanessa e exclamou para quem quisesse ouvir: "Que saúde, hein, filha?". Afetei indiferença, continuei marcando passaportes, não escutei aquilo, não vi calcinha alguma, não havia Vanessa na minha frente, entretanto ela se crispou. Arrumou-se na cadeira imediatamente, mudou de posição e passou um cadeado nas pernas. Dali em diante, os passaportes eram colocados na bandeja e Vanessa levantava-se para levá-los à prateleira, debaixo da vista gulosa de Júlio César.

Foi uma semana horrível. Eu contava os minutos para o garoto continuar seu estágio em outra seção qualquer. No recolhimento da bandeja, eu pegava os passaportes da mesa de Vanessa e saía da sala. Apenas Júlio César não sentia o constrangimento, falava sem parar, a ponto de perguntar: "Vocês não conversam, vocês brigaram?". Aqui é local de trabalho, não de tagarelice, não temos folga para conversar, avancei o que me ocorreu. Assim são os chatos: eles invadem e roubam. Não hesitam em cruzar a linha proibida e impor sua presença desnecessária; ao fazê-lo, subtraem seu tempo, sua atenção e seu bom humor. Júlio César era um chato de manual que se despediu de nós na sexta-feira, não sem dizer: "Agora vou com o Pedrosa, lá não tem perfuminho". Piscou para Vanessa, chamou-a de princesa, e ela, como nunca havia feito, olhou-me e soprou a franja do cabelo. Éramos cúmplices. Disse a ela que eu gostava da palavra "biltre", Júlio César era um biltre. Ela riu, sonora, repetiu "biltre" e, ao se despedir, disse que gostaria de me chamar de biltre porque a palavra era simpática, mas não podia porque eu era "gira". Repeti o "gira" com sotaque interiorano, ela me mandou um beijo. Pela primeira vez.

Já se passaram três anos, não me lembro com exatidão do que aconteceu na segunda-feira seguinte. Do que me recordo, Vanessa não se demorou mais do que de costume naquele esticar para colocar a bandeja na prateleira, nem entreabriu as coxas mais do que fazia antes do chato do Júlio César. Usava lingerie amarelo-clara e a luz realçava a penugem das coxas. Não sei o que me deu, quando caí em mim já tinha dito: "Que saúde, hein, filha?". Não foi o último desastre da minha história, eu ainda iria aprender a me calar, no entanto ela riu. "Quero ver sua cara, biltre, se eu vier sem calcinha." Fiquei sem fôlego.

Almoçamos juntos, compramos bombons de chocolate amargo com ginjinha e voltamos para o consulado falando do calor de Rio Claro. Sophia me esperava, tinha ficado sem talão de cheques e cumprimentou Vanessa com naturalidade; levei-a até o elevador e me olhei no espelho do banheiro: "Merda". Nada, na sala Vanessa soltou um "Como é linda sua mulher" e, no final da tarde, ofereceu-me as coxas grossas e a calcinha amarela. Demoradamente, olhando-me nos olhos muito séria.

Passamos a almoçar juntos na casa dela, nas Janelas Verdes. A partir daí, Vanessa vinha trabalhar sem calcinha. Sob o tampo de vidro eu via suas penugens e uma tatuagem roxa no monte de vênus, uma lua com estrelinhas e um ideograma chinês. Perguntei o que significava, explicou ser "para sempre". Na verdade, pesquisei depois, queria dizer "outra vez".

Existe aquela história do "homem é o homem e suas circunstâncias". Não sei o que quer dizer, todavia soa verdadeiro. Pelo menos, foi verdadeiro para mim. Há dois ou três acontecimentos na vida que fazem de nós aquilo que somos para nós mesmos, seja porque impõem limites intransponíveis, seja porque descortinam horizontes ilimitados. Sophia foi um desses acontecimentos. Não era eu quem existia antes de conhecê-la. O medo de perdê-la me aterrorizava. Esse medo me assaltava nos domingos à noite, eu jurava para mim que não tornaria a ver Vanessa, que a colocaria em outra sala, que explicaria meu profundo amor por Sophia. Ocorre que Vanessa também foi um desses acontecimentos que me definiram. Mulher é cheiro. Bastava sentir o perfume dela e a semana começava febril, pulsante, ansiosa.

Vivi assim dividido, na agonia e no deleite, sem que Sophia percebesse. Às vezes, comentava que eu estava alheio, distante, como fazem todas as mulheres porque são dragas de sentimentos, vórtices que aspiram atenção. Porém, jamais pronunciou o nome de Vanessa. Nem quando descobriu tudo e regressou ao Alentejo.

Vanessa e eu estávamos encarregados do controle das estampilhas, entre outras tarefas. Eram uns selos coloridos, de diferentes valores em euros. Quando alguém renovava um passaporte e pagava a taxa correspondente, colávamos estampilhas no documento e recolhíamos o dinheiro ao caixa. Da mesma forma, quando um viajante pagava um visto, trocávamos a quantia por aqueles selinhos. No final do expediente, ela verificava o caixa do consulado e as estampilhas que tinham sido usadas, antes que tudo voltasse para o cofre. Essa conferência era muito simples, e por isso aborrecida: se tivéssemos usado estampilhas equivalentes a mil euros, teria de haver mil euros em dinheiro no caixa.

Houve uma terça-feira em que Vanessa avisou que não viria trabalhar, teria consulta médica. No retorno do almoço, encontrei um envelope lacrado com anotação na letra de Cunha Mello: "Favor falar-me". Era um telegrama do Departamento de Administração, em Brasília, pedindo urgente prestação de contas das estampilhas. Pelo controle do Ministério das Relações Exteriores, verificava-se grande disparidade entre o estoque de estampilhas e o valor no caixa: faltavam dezenas de milhares de euros. Abri o cofre e contei as estampilhas. Tínhamos usado selos de valor equivalente a oitenta mil euros. Porém, no caixa só havia trinta mil euros. Onde estava a diferença, de cinquenta mil euros?

Eu havia deixado de conferir as estampilhas fazia tempo, já que Vanessa realizava essa tarefa enfadonha. Preparei a má notícia e fui conversar com a Fiandeira. O cônsul-geral mostrou-se surpreso, apontou-me o dedo ameaçador, lembrou que desvio de renda consular tinha enterrado a carreira de muita gente e exigiu uma solução urgente. Não lembro se exalava especial mau hálito naquela ocasião, saí do consulado assustado e trêmulo. Sophia encontrou-me deitado, eu havia vomitado e tentava aparentar normalidade. Tinha os pés gelados. Respondi as muitas perguntas dela com grunhidos e entrei debaixo das cobertas.

Vanessa não veio no dia seguinte. Na hora do almoço, corri às Janelas Verdes para entender o acontecido. Quem abriu a porta não foi Vanessa, mas um cacto espinhoso. Estava transformada, com olhar duro e voz rouca, toda firme. Olhou-me com repulsa, senti-me sujo e pequeno, e ela disse: "Já sei o que você quer, paga essa merda senão tua mulher vai saber de tudo". Fechou a porta, correu a tranca e escutei os passos no piso de madeira.

Na volta para o consulado, passei no banco e me certifiquei das reservas de uns onze mil euros. Bem menos do que o desvio de cinquenta mil euros. Desci a rua Serpa Pinto, sentei-me em um banco isolado do largo de São Carlos e ali, à sombra do velho teatro, telefonei para meu pai e contei a história inteira. "Você errou tanto desta vez que é possível que seja seu último erro na vida", foi o que disse. Mandou-me dinheiro, com ele completei o caixa do consulado e informei Cunha Mello de que tudo estava resolvido, não faltava renda consular. *Pecuniam in loco neglegere maximum est interdum lucrum.*

"Renunciar ao dinheiro na hora certa às vezes representa grande vantagem." (Publius Terentius Afe, *Adelphi*, ato 2, cena 1, linha 216)

Nunca mais encontrei Vanessa. Sophia, de alguma maneira, soube do ocorrido, porque partiu sem me dar notícia. Na ligação para a casa da família dela, em Arraiolos, sua mãe foi seca, com seu sotaque lombardo: "Depois do que fizeste, achas que ela vai perdoar-te?".

Cheguei ao Alentejo ao anoitecer de sexta-feira, com um vento frio que tinha especial apreço por minhas orelhas. Corri à casa de Sophia, esperei pacientemente no portão para que seu irmão viesse falar comigo.

— Esquece, ó pá! Ela não quer ouvir teu nome.

— Ela precisa ao menos me escutar. Não sei o que aconteceu, não sei o que ela quer.

— O que aconteceu? Não sei, tu tens que dizer que loura que aconteceu.

Ele ria. "Filha da puta", porém não era ele, não me importava que risse. Filha da puta, eu obtivera o dinheiro, estava tudo resolvido, só o que Vanessa devia fazer era seguir com seu ofício, mostrando a tatuagem para outros idiotas. Desconfiei que ela houvesse contado nosso caso a Sophia. Eu tinha de falar com minha mulher. Não sairia dali se não falasse com ela. Disse isso ao seu irmão: "Morro aqui, mas não arredo pé, ela tem de me escutar". Ele fez-me sinal para aguardar e fechou a porta.

Fiquei diante do portão, imóvel, perscrutando as janelas. Apoiava-me em uma perna, logo na outra, cruzava e descruzava os braços, tapava as orelhas para escapar do vento cortante. Lá pelas tantas caminhei até a estação, pedi um sanduíche com chocolate quente. Reservei um quarto no pequeno hotel ao lado da lanchonete, para tomar um banho quente e retornar ao meu posto de guarda, contudo terminei por dormir.

Ao nascer do dia, voltei à casa de Sophia. Ela havia saído mais cedo, disse-me o irmão, tomara um trem sem dizer para onde. Se não acreditava, eu que ficasse de guarda ali pelo tempo que quisesse. Ofereceu café com pastel de nata, aceitei e regressei a Lisboa. Encontrei a casa vazia. Enquanto eu fazia guarda, Sophia recolhera suas roupas.

Infidelidade é uma espécie de trapaça, mas meu amor por Sophia era verdadeiro e minha paixão por Vanessa tinha sido sincera. Juntas, verdade e sinceridade, duas virtudes, foram sufocadas pelo peso da traição. Ah, a virtude, sempre tão arredia... Esconde-se detrás dos nossos ossos, é preciso trazê-la para fora com grande esforço. Meu antepassado contou com a Inquisição para fincar a virtude de fora para dentro. Inquisidores derramavam óleo de rícino por um funil, direto na goela dos hereges. A Igreja também usava ritos e procissões para derramar virtudes diretamente na alma dos fiéis. O velho Diogo, mesmo flutuando em tanta devoção, teve seu flerte com a mentira. Como eu, ele não sabia que uma única falta pode pesar mais do que várias virtudes reunidas:

Passaram-se semanas e António não fez menção à madrugada em que o encontrei caído detrás da porta. Comecei a duvidar de que tivesse acontecido. Naquela noite, eu estava tão cansado depois dos atabaques e das danças, tão hipnotizado, que talvez tivesse imaginado o dragão de vinho no corredor estreito. Pensei que meu vizinho de cela poderia ter tido um pesadelo, afinal tinha apenas dezoito anos. Então, eu o vi agitado pela primeira vez. Arrastou-me pela sotaina a um ponto isolado do claustro e disse, em atropelo:

— Dom Luís passa por aqui. No Tempo da Graça vamos limpar o colégio e nossa Companhia. O Senhor seja louvado!

— Para sempre seja louvado — respondi sem compreender nada.

Aos borbotões, contou de uma carta que sua família tinha recebido de amigos em Olinda. Seu pai fora escrivão da Inquisição, esclareceu diante da minha incredulidade. Arranjava-se uma Visitação do Santo Ofício ao Rio de Janeiro. Nessa viagem, dom Luís Pires da Veiga passaria por Salvador e sua chegada iniciaria o período de sessenta dias em que tínhamos o dever de relatar as ignomínias que aconteciam naquele lugar. Ou seja, a ignomínia de que ele nunca tinha falado.

António e eu fazíamos caminhos novos por Salvador, mas mal me dava conta, já que as vielas e as casas eram parecidas. Quando passávamos pela Sé de pedra e taipa, ocorria-me que aquela cidade, rica e importante, não se aproximava das aldeias de Portugal, era eterna devedora. Ao cruzarmos o Paço Municipal, parecia-me irônico que ali se usasse o mesmo nome empregado no Reino, o de Casa da Câmara e Cadeia. Boa parte do edifício de taipa tinha sido trocada por pedra caiada, o teto era agora de telhas de argila cozida, diziam que o formato irregular era o das coxas dos escravos que moldaram o barro. Em algumas ruas não havia casas, porque assim não se podiam chamar as construções de madeira cobertas com folhas de palmeira.

Não compreendia como António caminhava naquela imundície, sem atentar para o chão em que pisava. O temor aos holandeses era percebido em construções que destoavam do que se via em Portugal. Por isso o porto mais movimentado do Novo Mundo tinha sua Casa da Alfândega no alto do morro, no centro da cidade, ao lado da Casa da Moeda, e não na praia.

A povoação começava na Porta de São Bento e terminava na do Carmo, e tinha se esparramado em torno da freguesia da Sé, que era movimentada por ser o centro das festas e das procissões. Contavam-se três mil almas, uns oitocentos fogos, porém os africanos deviam igualar os reinóis, além de milhares de índios aldeados nas proximidades. Meu passeio preferido era próximo ao mar, pela freguesia de Nossa Senhora da Conceição da Praia, na qual brilhava a nova Matriz e de onde se via o Forte de Nossa Senhora do Pópulo. Era um anel de rochas sobre as águas, que tão bem tinha servido aos holandeses para dali bombardearem a cidade.

Diante da nova Matriz, António olhava-me divertido, enquanto eu admirava o grupo de índios que levava um morto enrolado em sua rede. "Eles também morrem", disse-me irônico. Eram parte do mundo como nós já não éramos, respondi. Eram belos. "Sofrem", retrucou António. *"Egestas saepe ducit ad sapientiam"*, "A necessidade muitas vezes conduziu à sabedoria." (Publilius Syro *et aliorum, Sententiae* [sentença de Jani Anisii, linha 594])

> "Os necessitados comem o pão da dor." (provérbio latino)

redargui. "Antes fosse assim, *egeni manducant panem doloris*", falou meu amigo. Convidou-me a segui-los até o aldeamento.

A beleza recuou, levantou um véu e mostrou-me crianças de olhos baços. Velhas com feridas purulentas cobertas de moscas deitavam-se à porta de ocas toscas que abrigavam bêbados de cauim. Adolescentes cozinhavam, envelhecidas por seus muitos filhos. Não havia trabalho, havia espera. Alguma coisa estava por acontecer, não havia nada a fazer além de aguardar.

António se transformou. Sua voz mudou, tornou-se rouca e áspera na condenação dos sofrimentos a que submetíamos aquelas criaturas. Vieram-me lágrimas, ele me abraçou e partimos. Não senti vergonha, António chorava sempre que nos sentávamos no claustro do colégio com João de Paiva, um padre recém-ordenado. Dizia que dele fluía o Espírito Santo. Contou-me que antes tinha grande dificuldade de entendimento, todavia suas ideias se abriram depois de ter sido abençoado por João de Paiva.

Não era aquela miséria o que testemunhávamos nas missas da Sé. Havia algo de estranho naquelas mulheres em seus vestidos de igreja. Na aparência, lembravam-me as devotas de Portugal, contudo algo ali não estava bem. Eram as cores. Não usavam tons respeitosos. Tinham preferência por amarelo, no entanto o tafetá das vasquinhas estalava em verde e em azul-celeste. As saias de roda eram franzidas na cintura, em uma exuberância alegre que afrontava as imagens dos santos. Os corpinhos eram bem ajustados, o gibão e o saio não disfarçavam colos generosos. Curiosamente, as jovens eram as mais recatadas, encolhidas sob capilhas negras. As velhas entravam embuçadas em seus mantos de glória, para logo no adro da igreja revelarem a profusão de joias, as arrecadas de três voltas, as argolas de ouro de canutilho, os brincos de aljofres esmaltados. Os maridos, por sua vez, pareciam demonstrar maior respeito pelo Cristo que viveu em pobreza e que se deixou enterrar enrolado em um simples sudário. Eram poucas as casacas forradas de perpetuana acamurçada, aqui e ali se via um calção forrado de bertangil, porém abusavam da prata: abotoaduras, fivelas de cinto e de sapatos, punhos das espadas de vestir em talabartes e talins rendados, a prata era a vaidade dos homens. Nas missas, varões e mulheres limpavam os dentes devagar, para exibirem seus esgaravatadores de ouro.

Não presenciei a chegada do Visitador, durante várias semanas me recriminei por ter perdido o maior acontecimento daquele *Anno Domini Nostri Iesu Christi* de 1626. Soube que estava entre nós porque o clima mudou na cidade, as casas mantinham Ano de Nosso Senhor Jesus Cristo, na contagem proposta pelo monge Dionísio Exíguo no ano 527. portas e janelas fechadas mesmo na hora mais quente. A capital se encheu de gente. No início, estranhei em Salvador a quantidade de casarões vazios, com seus proprietários morando nos engenhos. Havia ruas inteiras desertas, becos silenciosos, largos despovoados. Com a notícia da Visitação do Santo Ofício, todos vieram à capital. Falou-se em lançar finta sobre a população para melhorar a Sé, mas abandonaram a ideia por não existir quem fosse pessoa suficiente para arrecadar o imposto. Os primeiros dias foram buliçosos, até que surgiu dom Luís e com ele veio o inverno. Os moradores se recolheram, pios e silenciosos. Nada aconteceu, no aguardo da procissão.

Eu esperava que aquele anúncio surpreendente fosse seguido de febris providências para se receber o Visitador e se expurgar o Corpo de Cristo das suas chagas, sobretudo dos cristãos-novos, que, sabíamos, continuavam praticando às ocultas suas abominações. *Omnis enim poena non tam ad delictum, sed ad exemplum pertinet.* Para minha surpresa, não se cuidou de expiações, os homens-bons se atiraram aos arranjos da procissão de São Miguel Arcanjo, que seria

"A punição, portanto, não se preocupa tanto com o delito, mas com o exemplo." ([pseudo] Marcus Fabius Quintilianus, *Declamationes minores*, linha 274)

realizada em honra de dom Luís Pires da Veiga. Mal se falava sobre a Visitação.

O Provincial encarregou-me de acompanhá-lo como secretário nos encontros de preparação da procissão. O que assisti foi a uma batalha, diferentes exércitos se aprestando naquela quinzena que faltava para o 29 de setembro, prontos para tomarem de assalto as melhores posições no cortejo. A mim parecia natural que o bispo, o pastor daquela diocese, tudo organizasse para a procissão. Qual! O bispo nem sequer foi ouvido naquelas refregas que se arrastaram por horas na Câmara. O bispado era exercido por procuração concedida ao padre Manuel Temudo da Fonseca.

Intrigou-me o cuidado com que se decidiram as posições de Dignidades, Capitulares, Beneficiados e Missionários na procissão. Resolvidas essas posições, achei que os homens-bons passariam por fim a tratar dos preparativos da Visitação. Mal sabia eu que eram apenas os lances de abertura de um tenso jogo de xadrez. Uma a uma, as pessoas de menor importância foram acomodadas no cortejo. A animosidade aumentava à medida que vereadores, juízes e párocos passaram a disputar os palmos que os afastariam do palanquim de dom Luís. A estátua de São Miguel, com um gládio de cobre na mão direita e uma lança na mão esquerda, expressão de nobre revolta talhada no cedro, era cada vez mais ignorada. A procissão de São Miguel poderia muito bem passar sem São Miguel algum.

Dois dias foram gastos para decidir quem seguraria as varas do pálio. Padre Matos perambulava pela Câmara para assegurar sua posição na vara da direita, dentro da Sé, que passaria ao provedor da Fazenda Real tão logo o ostensório saísse à rua. Ficou transtornado quando o procurador do bispo, com apoió do governador-geral, determinou que aquela vara estaria a cargo do deão da Sé, cabendo ao Provincial a vara da esquerda. Bufava, de bochechas vermelhas. Confrarias se voltaram contra irmandades. Terminadas as refregas, o Povo de Deus pôde repousar na resignação das colocações bem definidas, nem sempre confortáveis.

O cortejo de São Miguel seria a festa dos poderosos: as importâncias na vila correspondiam às posições na fila, mesmo que a procissão não constasse das obrigatórias, que as câmaras e os cabidos tinham de organizar por exigência das Ordenações do Reino. Era feliz a coincidência, sendo o arcanjo o comandante das hostes celestes que derrotaram os demônios e os empurraram para o fosso do inferno. "*Quis ut Deus*?" Nada nem ninguém.

"Quem como Deus?", junção em hebraico das raízes *miy* ("quem") *kiy* ("como") e *El* ("Deus") para compor o nome Mi-kha-el, referente a São Miguel Arcanjo.

Começou com a missa colorida e pesada, um *Te Deum Laudamus* cantado na pequena Sé que não abrigava a todos. Padre Manoel Fonseca fez um sermão terrível, com nuvens de perdigotos, sal e enxofre. Não aconteceu o aguardado sermão do

"A ti, ó Deus, louvamos", hino litúrgico católico supostamente composto por Santo Ambrósio (340-397).

Visitador, eu o via impassível ao lado do procurador do bispo, sabedor de sua condição de único São Miguel entre nós.

Ao final, correu uma tensão no ar: arrumava-se a procissão. Era o momento em que os arranjos poderiam ser desfeitos, em que se abateriam humilhações imperdoáveis sobre aqueles cujas posições haviam sido meticulosamente negociadas, caso não fossem cumpridos os acordos. Tudo correu bem, o préstito se organizou na nuvem de incenso, levantou-se o andor, ergueram-se as cruzes e partiu o cortejo.

São Miguel passou bem próximo de mim. Tinha longa peruca de cabelos naturais, olhos azuis de contas de vidro, uma túnica guerreira de veludo bordada de fios de ouro, músculos retesados, era da minha altura. O andor era um pedaço do céu: de carvalho maciço, tinha a base e as laterais folheadas a cobre com pequenos sóis e luas de ouro, incrustado de ametistas. Em meio às cruzes, todas de prata, fascinou-me a que carregava a Ordem Terceira, com um enorme rubi faiscante que era o próprio olho atento de Deus. Os brilhos, os perfumes, o cântico, a ordem, tudo ali era a glória da Santa Madre gritando aos apóstatas. *Ecclesia non moritur, a malis igitur mors abducit nos, non a bonis, verum si quaerimus.* A Igreja estava em mim, eu era ela. A procissão arrastou-se pela Sé e, depois de uma hora, adentrou o

"A Igreja não morre, a morte nos afasta das coisas más, não das boas." (atribuído a Santo Ambrósio e adaptado a Marcus Tullius Cicero, *Tusculanarum disputationum*, Livro I, capítulo 34, parágrafo 83)

Terreiro de Jesus, onde parou para que se trocassem os portadores do pálio, os eclesiásticos dando lugar aos vereadores.

Na saída da Sé, havia uma nova cidade, bastante diferente daquela em que eu havia perambulado nos dias anteriores. As ruas tinham sido varridas e enfeitadas com flores.

Das casas pendiam panos coloridos, imagens e cruzes, com uma grande tapeçaria posta à janela do casarão que acomodava dom Luís. Ao dobrar as ruas, o que se via da procissão era, antes de tudo, um grande cruzeiro de prata. Seguia o ostensório protegido pelo pálio, mas as atenções se voltavam para o palanquim que transportava o Visitador. À frente dele vinham batalhões de irmandades e confrarias, misturados nas ruas estreitas com os músicos. Logo após, acudiam o governador-geral e as autoridades leigas.

Assim foi. António e eu tomamos parte na procissão do arcanjo São Miguel, ao longe víamos dom Luís no trono dourado, nos ombros de quatro negros da Guiné, com acenos enérgicos para a multidão piedosa. Todos compareceram à primeira missa na Sé, às demais missas e à última, não havia hipótese de algum filho da Santa Madre se furtar à contrição. António apontou-me a janela no casarão de esquina do Terreiro de Jesus, em que se acomodara o Visitador. O governador-geral o frequentava diariamente. Diáconos e vigários se amontoavam com noviços para beijar as mãos que traziam arrependimento. Havia orgulho pela presença do Visitador na cidade, no entanto havia sobretudo medo. Vizinhos se entreolhavam, inimigos se vigiavam, marido e mulher se estranhavam, porque o período das denúncias anônimas estava por começar.

Não era do feitio de António fazer denúncia anônima, foi o que disse ao Provincial, de pé, muito hirto. Iria procurar dom Luís no momento adequado e relatar o episódio de sodomia de que quase fora vítima no colégio. Que o culpado fosse encontrado e que expiasse seu pecado na forma prescrita pelo Santo Ofício. Dom Luís vinha falando contra os judeus, contra blasfêmias, contra sacrilégios, contudo o que abria a lista nos monitórios afixados pelos muros era a condenação da sodomia. Eu assistia a tudo a um passo de meu amigo. Padre Matos assentiu com a cabeça, enfiava pedaços de toucinho no miolo do pão.

— Vossa Mercê devia ter-me contado há tempos, Nosso Senhor tudo vê o que acontece em nosso colégio, mas eu só vejo aquilo que me falam. Porém, esta é a oportunidade, e a Sé é o lugar para Vossa Mercê colocar aos pés do Visitador esse crime horrendo. Siga adiante. Quanto mais rápido, menor será sua culpa.

— Minha culpa, Reverendíssimo? Fui sufocado no meu sono, não fosse a chegada de Diogo batendo portas eu teria sido arrastado para o crime imundo.

— Compreendo, compreendo, e dom Luís também compreenderá. Entretanto, o Santo Ofício não compreende, ele investiga. Filho, vais condenar duas almas, a de alguém que fraquejou e a tua. Como saber que não o convidaste, por meio de atos e olhares?

António ficou perturbado. Eu fiquei ainda mais, porque refletia sobre minha entrada "batendo portas" quando o Provincial me apontou o dedo brilhante de gordura de toucinho:

— Vossa Mercê é testemunha, talvez a única testemunha. Reflita muito, reflita bem.

Padre Matos retornou a seu pão, encheu de vinho uma tamboladeira de estanho e não nos ofereceu. Eu nada tinha a refletir. Apressei-me a responder:

— É verdade, Reverendíssimo, eu a tudo assisti, o sodomita passou por mim, vi com clareza seu rosto. É meu dever relatar a dom Luís, a Santa Madre assim o exige.

— Assim seja, meus filhos. Quanto antes, melhor. Na sexta-feira, terminada a missa solene, ambos poderão elevar o crime ao Visitador. Nosso colégio será expurgado.

O Provincial cortou uma grossa lasca de queijo, colocou-a sobre o pão e fez sinal para que saíssemos.

Quebrando seu vezo, padre Matos esteve presente nas matinas. Disse que começaria por uma bênção especial, em reconhecimento aos irmãos que iriam se embrenhar nas selvas para dali regressarem com almas para o Salvador. Deteve-se no relato de febres, cristãos devorados por indígenas, ferroadas de escorpiões, picadas de serpentes, além dos demônios que cavalgavam porcos selvagens e aliciavam fiéis para as iaras. Fez-me sinal para que avançasse e ofereceu-me a hóstia consagrada. Ouvi murmúrios de reprovação, o Provincial ofertara a hóstia apenas a mim e voltou a sentar-se. Era como se a hóstia dada por ele fosse mais sagrada do que as distribuídas pelos demais oficiantes — e a mim tinha tocado aquela eucaristia sacra.

Encontrei António no claustro, furioso. Tinha sido chamado por padre Corvelo e encarregado de levar documentos a Olinda, carecia de partir imediatamente. Tentara argumentar que deveria fazer grave denúncia ao Visitador na sexta-feira, porém o diácono respondeu que uma testemunha faria o relato a dom Luís. A testemunha era eu. Estava aturdido, tinha a cabeça cheia de escorpiões, cobras e flechas envenenadas, mas procurei tranquilizar meu amigo. Não poderia desobedecer à ordem do Provincial, então que confiasse em mim, faria minha a causa dele. António suspirava fundo, cerrava as mãos, apertava os lábios e repetia sua indignação. Foi-se, pela manhã. Partiu com dois negros da terra, em cinco mulas carregadas de pergaminhos e objetos para o Colégio Jesuíta de Olinda. Quando retornasse, o Visitador já teria partido.

No meio da noite, padre Corvelo bateu à minha porta para dizer que eu poderia ser útil. Não me sentia bem, achava-me um pouco febril, no entanto segui pelas vielas. Havia três vultos, um murmurou a senha e dois me acompanharam à pesada porta de jacarandá do Provincial.

Padre Matos pediu que eu entrasse só, estreitou-me nos braços, obrigando-me a curvar para acomodar aquela pança tão redonda. Com voz pastosa, disse que seria meu pai enquanto eu estivesse no Brasil, que nada temesse, que não permitiria que as criaturas das matas me alcançassem. Que nossos laços eram fortes. Disse mais, que frei Mendes Costa era seu primo distante e havia escrito de Coimbra para que ele me protegesse dos males da terra. Ao beijar-me na face, sussurrou: "Teu testemunho no Tempo da Graça pode perder António". Tomou meu braço, fez entrar as duas mulatas e conduziu-me gentilmente à minha nova cela.

Naquela madrugada afundei em um colchão de penas, envolto por lençol de linho perfumado. Não sei quem acompanhou as fiéis à saída do colégio. No meu sonho, Santo Antão era espancado pelo demônio e gritava, nu, da sua gruta no deserto: "Eu faria qualquer coisa para dormir em lençol como o teu!". O inimigo da virtude não é o pecado, mas a promessa de noites em um colchão macio. Eu faria qualquer coisa para não ser Santo Antão.

5 DOS OLHOS QUE TANTO CHORAM QUANTO VEEM

"Neve puellarum lacrimis moveare, caveto: ut flerent, oculos erudiere suos. Artibus innumeris mens oppugnatur amantum, ut lapis aequoreis undique pulsus aquis." (**Publius Ovidius Naso**, *Remedia amoris*, **versos 689-692**)

Eu te aconselho: não te preocupes com lágrimas de mulheres, porque ensinam os olhos delas tanto a chorar quanto a ver. A mente tem incontáveis artes para assaltar os amantes, como a rocha que é batida por ondas de todos os lados. (Públio Ovídio Nasão, *Remédios para o amor*)

Escrevi para Sophia todos os dias, por dois meses. Telefonei todas as noites. As palavras foram encolhendo, os recados foram ficando curtos, porém mais objetivos. Deixei de tentar explicar o que acontecera. Explicar como, se eu não sabia o que havia acontecido? Comecei dizendo que fora uma fraqueza, no final eu dizia que em nós existem essas valas, eu havia caído em uma delas. Acabei por desistir. Escrevi uma última mensagem: "Se você retornar, nunca mais vou gritar 'Real, real, real pelo rei de Portugal', você não vai ser minha moura".

Decorrida uma semana, no jantar, veio uma resposta: "Vou poder ser visigoda? E ligar o liquidificador?". Meus olhos se encheram d'água. "Visigoda? Sem chance. Visigoda é querer demais. Já o liquidificador, sem problema, pode ligar." Na manhã seguinte, Sophia respondeu: "Eu jamais quis ser visigoda, só quis ser casada contigo e viver minha vida dentro da tua". Ela regressou naquela quinta-feira, não me perdoou porque nenhuma vez eu pedi perdão. Não falamos sobre o que tinha acontecido. Sophia não pronunciou o nome de Vanessa. Depois, ela me mordeu a orelha e murmurou: "Quando vamos a Coimbra procurar teu avô?".

Apesar de tudo o que havia acontecido — e mesmo com tudo o que começava a acontecer — fomos a Coimbra procurar meu avô. A velha escola engana o visitante casual. Parece pequena, provinciana, lembra um liceu de cidade do interior. A biblioteca grandiosa desfaz essa ilusão de ótica, o mesmo visitante casual se dá conta de estar diante do saber sistematizado por séculos. É o que acontece também no arquivo central da Universidade de Coimbra. Não é tão confortável e amplo como o da Torre do Tombo, contudo é bem organizado.

Em meia hora chegou a pilha de tomos encadernados. Voltou-me aquela sofreguidão, pus-me a ler com voracidade, segurando um papel em cada mão. Ali estava ele, perseguindo-me. Havia anotações de próprio punho, registros escolares, páginas manuscritas onde se lia *"jus in bello"* e *"jus ad bellum"* várias vezes, comentários de rábulas,

"Direito de guerra" ou "direito à guerra". (expressão latina)

colunas com despesas, tudo daquele Diogo de Santos, tudo de 1735. A pesquisa foi longa, durou toda a tarde e todo o dia subsequente, nos assentamentos de filosofia, dialética, letras e teologia. Havia diversos papéis das décadas de 1610 e de 1620, no entanto nada que tratasse de alunos. O Diogo santista eclipsava seu avô ou bisavô. Ali morriam as pistas em Portugal, parti de Coimbra desalentado.

Sem dúvida eu havia saído do longo túnel com muita energia. Trabalhava furiosamente, disputava corridas com Sophia, retornava de imediato ao mercado se me esquecesse de comprar algo, mantinha a casa organizada. Sobrava tempo para remoer a busca do velhíssimo Diogo. Como era possível encontrar com tanta facilidade os registros do santista do século XVIII e não os do paulista de cem anos antes? A documentação tinha sido bem organizada nos arquivos portugueses, era difícil que algo tivesse escapado.

Saindo do cinema sob uma chuva fina, enquanto o semáforo demorava a abrir na praça dos Restauradores, ficamos abraçados debaixo do guarda-chuva. Atravessamos a rua ligeiros, apenas o tempo de eu relancear o obelisco. Restauradores. Papéis importantes tinham sido levados para a Espanha durante a unificação ibérica; Portugal só retomara a independência em 1640, quando o velhíssimo Diogo já tinha sofrido sua sorte. Meu avoengo paulista tinha vivido no Brasil espanhol. Era isso: os documentos poderiam estar na Espanha!

Também foi feriado no consulado no dia 25 de abril, mas não na Espanha. Era uma sexta-feira, por isso pudemos ir de carro a Sevilha. Telefonei, escrevi e pedi a Sophia que confirmasse e reconfirmasse a pesquisa no Archivo General de Indias, onde se acumulavam os registros das colônias espanholas. Ali cheirava a bolor, um cego saberia estar em um arquivo. Repetiu-se o ritual de fichas e espera na mesa. Nada veio. Nada se encontrou sobre um certo Diogo Vaz de Aguiar que viveu no Brasil, colônia da Coroa espanhola, entre 1626 e 1633. O velhíssimo Diogo não existia, jamais existira. A transcrição de suas memórias era uma farsa. Comecei a achar que eu mesmo havia inventado aquela narrativa. Na volta a Lisboa, desisti da busca. Se havia algo sobre o avô dos meus avós, estaria no Brasil, e para lá eu teria de ir.

Pois para o Brasil eu fui, semanas depois, contra minha vontade.

Outro envelope com uma nota "Favor falar-me" gelou meu estômago. Na pressa, rasguei um pouco o telegrama que comunicava a abertura de inquérito administrativo e disciplinar para apurar o desvio de renda consular. Qual desvio, se eu havia reposto o dinheiro? A Fiandeira não respondeu à minha pergunta, disse que o ministério não iria esquecer uma discrepância de cinquenta mil euros no caixa. *Oblivio signum neglegentiae.* Cunha Mello não me fitava, empilhava papéis mecanicamente, ansioso para que eu saísse de sua sala. Fiquei cismado. Mais do que isso, achei suspeito, algo ali não se encaixava.

"O esquecimento é sinal de negligência." (provérbio latino)

"Tudo se encaixa, barnabé." Márcio e eu nos tratávamos por "barnabé" desde o início de nossa carreira no Itamaraty. Ele tinha tido uma vida sofrida, com problemas de pulmão que o condenaram a uma rotina burocrática em Brasília. Márcio não podia servir em posto muito frio, seus pulmões não resistiriam. Tampouco podia servir em posto muito quente, seus alvéolos inchariam até rebentar. Estava amarrado ao Departamento de Administração e ali buscou pormenores do processo que me acusava de desvio de renda consular.

A primeira página da pasta, contou-me, era um telegrama secreto do cônsul-geral que informava da discrepância no caixa do consulado e levantava dúvidas quanto à contagem de estampilhas. Ora, Cunha Mello tinha-se mostrado surpreso ao receber o pedido de prestação de contas. Contudo, o telegrama — assinado por ele — era anterior a esse pedido de prestação de contas! Anterior em dez dias. Liguei para Márcio:

— Diz aí, como que a Fiandeira podia ter avisado a Administração da falta de dinheiro no caixa se nem eu sabia?

— Claro que podia, era só ele abrir o cofre e contar as estampilhas. Um mico treinado consegue contar estampilhas. Se você consegue...

— Ele não tem a combinação do cofre. E depois, eu mudo a combinação às segundas-feiras.

— Poderes paranormais. Ou então tem uma câmera na tua sala, a Fiandeira colocou uma câmera pra ficar espiando teu rabo da sala dele.

Cunha Mello não precisava de câmera, tinha Vanessa. Havia ali um pequeno encaixe, porém estranho. Ela fora contratada no mês da chegada do cônsul-geral. Tinha a combinação do cofre, junto comigo. Desapareceu assim que o desvio foi descoberto. No entanto, o ministério movia um inquérito e a Fiandeira nada fazia contra ela. Mas quem era Vanessa?

Eu teria de esperar amanhecer para consultar dona Clarice. Era a memória viva do consulado, com seus quarenta anos de casa. Dona Clarice era também a memória cibernética: operava o cadastro de pessoas físicas, dela vinham instruções misteriosas para eu negar vistos e não renovar passaportes. Ela se comprazia em seu poder. Muitas vezes eu me divertira perguntando: "Mas dona Clarice, por que cancelar o passaporte daquele casal tão simpático?". A resposta era um invariável "Se vocês soubessem o que sei, cancelariam de outros tantos".

Na manhã seguinte, entre os formulários que encaminhei à dona Clarice, coloquei um de renovação de passaporte, preenchido por mim. Não foi difícil simular a letra arredondada de Vanessa. A resposta veio logo após o almoço: trinta passaportes estavam autorizados, um havia sido negado e o de Vanessa dependia de consulta ao cônsul-geral. Fiz os salamaleques de praxe: dona Clarice, a senhora é a espinha dorsal deste consulado, não sei por que o ministério ainda não lhe deu uma medalha, eu não conseguiria trabalhar sem seu apoio, curioso eu ter de consultar o cônsul-geral para renovar o passaporte da Vanessa.

— Se você soubesse o que sei, nem sequer consultaria.

— Se a senhora diz, não vou consultar o chefe, vou confiar na sua informação e negar o passaporte.

— Ah, mas daí ela vai falar com ele e o embaixador pode relevar, porque não é crime.

— Como assim, não é crime?

Dona Clarice baixou a voz, afastou os óculos para a ponta do nariz e fez seu melhor ar misterioso:

— Vender o corpo não é crime em Portugal, é só uma infração. Infrações podem ser motivo para se negar uma renovação de passaporte, se o cônsul-geral quiser. Igual àquilo que se escreve nos depoimentos: "Mais não disse, mais não lhe foi perguntado". Agora, faça o que achar melhor. Veja a ficha, porém não saia desta sala.

Apenas bati os olhos no cadastro de Vanessa. Havia uma anotação policial, algo sobre "acompanhante" e um certo "Escort Premium". Encontrei o lugar pela internet, com fotos de moças seminuas. Uma das acompanhantes era Valeska, mascarada, com uma tatuagem no monte de vênus, uma lua com estrelinhas e um ideograma chinês. Para sempre, outra vez.

Ainda faltava um pedaço de informação, que consegui com facilidade. Alvarão era o encarregado das contas do consulado. Ao avançar pelos corredores, as pessoas se refugiavam nas salas para dar espaço àquele corpanzil.

Trabalhava em uma sala minúscula, com uma mesa e um computador, contígua ao almoxarifado. Em uma ocasião, pedi marcadores amarelos, Alvarão se demorou na busca e pude ver que estava trocando mensagens pelo computador. A cada mensagem o computador fazia um som de carrilhão. Naquela saleta mínima, a tela do computador ficava próxima e ali estava o diálogo entre Cavaleiro Negro e Loira Gelada. Havia propostas de encontros secretos e promessas de êxtase erótico. Loira Gelada se apresentava como "a inventora do sexo oral, o que eu faço com a língua nunca ninguém fez". Foi quando soou o carrilhão e Cavaleiro Negro perguntou: "Você está aí?". Alvarão voltou nesse exato instante com meus marcadores, achei que ia ter um infarto. Gaguejou um "É só uma brincadeira", mas eu me antecipei: "Qual é a marca dessas canetas? Não trouxe os óculos, não consigo nem ver teu rosto sem eles". Alvarão reparou que eu não uso óculos. Após alguns dias, nos cruzamos no corredor e ele fez um esforço imenso para entrar em uma das salas e deixar a passagem livre para mim. Esse esforço ele não fazia nem para o cônsul-geral. Retribuí com o esquecimento e o silêncio. Foi a ele que dei uma desculpa qualquer e pedi a relação das ligações telefônicas feitas a partir do consulado naquela terça-feira em que Sophia saiu de casa.

Estava lá impresso: alguém havia chamado o celular de Sophia, de um número do consulado. O mesmo número ligara minutos depois para Vanessa. Em seguida, uma terceira ligação foi feita para o celular de Cunha Mello. Esse número era o da salinha dos fumantes, muito pouco frequentada. Na verdade, frequentada unicamente por José Cláudio, o valete do cônsul-geral, aquele que tinha tantos períodos de folga. Fumava um Gauloises tão forte que nem os demais fumantes usavam a salinha se ele houvesse estado lá. Era por isso que chamavam de "a sala da roca". Explicava-se aos recém-chegados: fiandeiras vivem com a mão na roca, alguém sempre acrescentava "e seguram firme o fuso". À medida que os fumantes passaram a evitar aquela sala, o valete a transformou em uma espécie de escritório particular.

Nunca tratei com Cunha Mello desses telefonemas. No início de maio, recebi instruções para retornar ao Brasil enquanto corresse o inquérito administrativo e disciplinar. Depois daquele incidente do tapa, em Brasília, a Fiandeira tinha perdido uma remoção quase certa para a embaixada em Madri, que era seu sonho de carreira. A mim parecia motivo suficiente para ele ter executado uma vingança refinada, mas não tinha meio de comprová-lo. *Vindictae cupidus sibi malum arcessit.* Após longo "Quem deseja vingar-se, seu dano busca." (Caius Julius Phaedrus, *Faburarum,* introdução da "Fábula III")

remoer, eu não tinha elementos para concluir que Cunha Mello tivesse contratado Vanessa como auxiliar local com o único propósito de me incriminar. De nada valia aquela racionalidade toda, minhas entranhas gritavam que ele tinha se vingado.

Pensei em aproveitar meu tempo no Brasil para montar uma retaliação ainda mais sofisticada. Achei melhor aguardar o processo em São Paulo, em vez de arcar com hospedagem em Brasília, e para lá Sophia levou seus instrumentos de desenho e suas plantas de arquitetura.

No dia da nossa chegada, assistimos na televisão a uma reportagem sobre enchentes que haviam inundado Santana de Parnaíba. "Afogaram teus avós", brincou Sophia. Foi a centelha que reavivou meu interesse pelo jesuíta. Eu teria algumas semanas de afastamento com pouco a fazer. Pouco, exceto tentar livrar-me da prisão. Precisava diluir a angústia daquela espera e assim recomeçaram as buscas pelo velhíssimo Diogo.

Meu terror diante dos olhos da lei levou-me ao trecho das memórias em que meu antepassado relata como foi vingado pela justiça dos homens. A justiça divina, por seu turno, iria no encalço dele, pelo mar, subindo a serra e varando campos, até arrancá-lo dos lençóis de linho:

Na sexta-feira, a grande cruz de ouro brilhava como nunca na Sé, polida por muitas mãos devotas. Várias outras cruzes menores pousavam sobre Bíblias adornadas com iluminuras douradas e encapadas com camurça incrustada de gemas.

Contei dezesseis castiçais de prata, quatro deles em volta do trono púrpura no altar. Ali sentou-se dom Luís Pires da Veiga, imperador dos pecados, de onde assistiu à missa solene entretido com uma cotovia que flutuava na nave da velha catedral.

A Inquisição protege a Igreja, portanto é a melhor amiga dos fiéis. Poderia ser minha melhor amiga se vingasse António e me mantivesse na maciez do colchão de penas. "Não há por que temê-la", eu pensava naquela época. De fato, o Visitador mostrou-se clemente, e igualmente misericordiosos foram os inquisidores que, anos mais tarde, espiaram a fealdade que se ocultava nos vincos da minha existência.

Sabia-se que os membros da Igreja eram braços da Inquisição, qualquer pároco poderia iniciar investigação que terminaria no Santo Ofício do Reino. Sabia-se também quem eram os familiares, homens de sangue puro e santo comportamento, e deles todos se acercavam com cautela por serem os olhos e os ouvidos do clero. Havia, porém, grande curiosidade da população sobre quem seriam os comissários escolhidos pelo bispo para andar entre o Povo de Deus atentos a heresias. Fornicadores, sodomitas e cristãos-novos ali estavam prontos a descobrir que alguém em meio a seus familiares, ou amigos, ou vizinhos, era um dos comissários. O medo se misturava com essa curiosidade.

O povo se acotovelava na doce espera de condenações. Não se via no terreiro nenhum arranjo especial, a forca ali continuava solitária, com o baraço enrolado a um canto, e não se haviam colocado estacas. Mesmo assim, crescia a expectativa.

A Visitação levou três horas para iniciar a audiência dos casos de heresia. De início, vieram as multas. Quatro comerciantes não haviam acompanhado a procissão com sua vela de arrátel, um deles porque sua lógea havia sido destruída em um incêndio, e receberam multa de seis mil-réis. Famílias inteiras nas suas propriedades no campo, que talvez ali tivessem ficado por serem os caminhos ásperos e de muitas águas, foram penalizadas em seis mil-réis.

Terminadas as multas, o primeiro caso, julgado com burburinho, foi o de Absalão Pereira, acusado por sua cunhada de suspeita de sangue. Ante um nome tão judaico — e sobrenome de cristão-novo — o rumorejo de reprovação mal deixava ecoar sua defesa hesitante. Confessou que os avós de seus avós se tinham convertido no tempo de dom João, o Piedoso, contudo ele e seus filhos viviam na fé do Cristo. Disse-lhe dom Luís: "*Redit ad auctores genus, stirpemque primam degener sanguis refert*". Absalão assentiu, cabisbaixo, apesar de não ter entendido. O Visitador perguntou molemente se cozinhava seus pratos com banha de porco. "Faz-me mal, mas assim o farei se Vossa Graça ordenar." "*Omnis enim lex est praeceptum, sed non omne praeceptum est lex*", retrucou dom Luís. Via-se o pânico na fisionomia de Absalão Pereira, talvez sua sentença estivesse naquela frase; olhou em torno, esperando ser preso. Sua cunhada, torta e desgrenhada, avançou, ajoelhou e dirigiu-se ao Visitador: "É que este desgraçado frita a carne com cebola e alho!". A evidência era forte, dom Luís voltou-se para a mesa onde os meirinhos anotavam o processo nos couseiros, a multidão silenciou, e ele fez um aceno de descaso. "Não me parece pessoa facinorosa, que ande a embaraçar a terra." O suposto marrano saiu contente por uma porta, sua cunhada saiu furiosa por outra, e foi chamado o caso seguinte.

A longa fila continuava compacta, os fiéis se adiantavam e tentavam abrir suas podridões ao mesmo tempo.

"A descendência retorna aos antepassados, e o sangue degenerado indica sua origem." (Lucius Annaeus Seneca, *Phaedra*, "Hippolytus", cena 6, linhas 907-8)

"Toda lei é uma ordem, mas nem toda ordem é lei." (Francisco Suárez, *Tractatus de legibus ac Deo legislatore*, capítulo 8, parágrafo 4)

Os meirinhos não sabiam o que anotar. O Visitador a todos escutava e abanava as mãos, era o sinal do alívio. Ninguém foi relaxado em carne à cúria secular. Em nenhum momento o Visitador pronunciou o *ecce judicium Dei* ansiado pela multidão. Desisti. Achei que jamais chegaria minha vez, quando padre Corvelo puxou-me pela sotaina e levou-me ao Provincial. Padre Matos levantou-se muito pesado, muito enferrujado, tomou meu cotovelo e colocou-me diante de dom Luís.

> "Eis a justiça de Deus", sentença que precedia a pena eclesiástica, ou *ordalium*, na Igreja Católica.

> Literalmente, "raiz infecta", expressão usada pela Inquisição para designar principalmente réus acusados de ascendência judaica.

— Reverendíssimo, *radice infecta*. Há quatro semanas, um sodomita tentou violar um dos nossos bons noviços. O criminoso escapou na escuridão, entretanto esta testemunha o viu e deve denunciá-lo a Vossa Excelência Reverendíssima. Peço que escute seu relato, se apiede de seus pecados e puna quem conspurcou nosso colégio.

O Provincial afastou-se e passou a encarar-me. Eu sentia o peso de sua proximidade e da indolência do Visitador, que, derreado de calor, mal escutava o murmúrio da fila. Respirei fundo, baixei a cabeça e relatei os fatos daquela madrugada, a partir do instante em que entrei no colégio. Fui breve, porém completo: contei do corredor estreito e trevoso, do resfolegar ansioso de vinho e da pança que me apertou contra as pedras ásperas da parede. Perguntou dom Luís:

— Vossa Mercê viu com certeza o rosto do sodomita?

— Sim, Reverendíssimo, tão claro como vejo agora a cruz.

Virou-se para os meirinhos que tudo registravam.

— Diga-nos o nome e que Deus o perdoe.

O Provincial mantinha os dedos cruzados sobre o ventre redondo, olhava por cima do meu ombro, examinava a fila que só fazia aumentar.

— Vi perfeitamente, foi Pedro Albuquerque, marinheiro da *Sam Vicente*.

Um guincho explodiu atrás de mim.

— Eu também vi, eu vi fugindo do colégio, foi um marinheiro, correu para o cais!

Virei-me de um ímpeto, a um palmo de mim estavam os olhos verdes da primeira rapariga que eu havia conduzido ao Provincial; junto dela, a mãe gesticulava e repetia frenética "um marinheiro!". Padre Matos fez sinal para eu me afastar, dom Luís ordenou que se registrasse no couseiro, que se buscasse um certo Pedro Albuquerque na *Sam Vicente* e tudo se acabou. "*Effugi malum, inveni bonum*", disse-me antes de fazer avançar a fila.

"Evitei o mal, encontrei o bem." (Desiderius Erasmus Roterodamus, *Adagia*, adágio 3, centúria 1, provérbio 2 [fórmula derivada de Demóstenes, em *De corona*, parágrafo 79])

Tampouco assisti à partida do Visitador, quando a cidade voltou a pulsar e renovou o tempero de seus vários pecados.

António ficou exultante no retorno de Olinda. Perguntou diversas vezes, queria saber quem estava na fila, fez-me repetir cada palavra. Só não perguntou quem era Pedro Albuquerque.

Na noite em que meu amigo chegou, padre Corvelo veio dizer-me que eu poderia ser útil. Saí tateando pelas vielas, até o beco onde reconheci, na lua cheia, a rapariga que havia denunciado Pedro Albuquerque, a mãe dela e um rapaz, que me disse depois ser seu irmão. Levei os dois jovens à porta de jacarandá de padre Matos. O Provincial nos fez entrar todos, serviu-me uma tamboladeira de estanho com bom vinho da Quinta da Bica e disse que estava cansado, que daria orientação a somente um dos irmãos. Pediu que eu escolhesse quem seria reconfortado, enquanto o outro aguardaria comigo. Com a tamboladeira, apontei o rapaz.

A rapariga seguiu-me pelo longo corredor estreito que leva às celas dos noviços, agarrada em minha sotaina. Abri muito devagar a porta de treliça da cela de António, entrei como um gato, esquivo e silencioso. A lua varava pela pequena janela, meu amigo estava agasalhado com uma manta de lã. Levantei a coberta para que a rapariga se aconchegasse junto a ele. António deu um salto, tentou sentar-se, mas segurei sua cabeça com as duas mãos. Sussurrei no seu ouvido:

— Tu não és mulher, és meu amigo e meu irmão.

Dali a três dias, fui chamado ao gabinete do Provincial. Apresentou-me ao capitão de uma sumaca que em breve partiria para São Vicente, insistiu que era importante levar-me a salvo e colocou moedas nas palmas calosas do marinheiro. Padre Matos abraçou-me afetuoso, repetiu que seria sempre meu pai no Brasil, mesmo que não fôssemos mais nos encontrar. Foi essa a maneira como me desalojou dos macios lençóis de linho, tão perfumados.

A invasão dos holandeses tinha atrasado meus planos de mergulhar nas almas da capitania de São Vicente. As movimentações de tropas batavas para além de Pernambuco aconselhavam que os navios partissem em flotilha, protegidos por bocas de fogo. Assim, foi preciso aguardar não só os ventos, mas que se reunisse um grupo para afinal zarpar. Tivemos sorte — frei João de Sá, frei Ruy Munhoz e eu. Em breve, um bergantim de guerra partiria para São Vicente com uma frota.

António acompanhou-me ao cais, apertando-me forte o braço. A *Sam Vicente* estava lá, restaurada. Meu amigo contou-me que estava enojado com a terra da Bahia, que na ida a Olinda tinha sido convidado a dar aulas de retórica naquela capitania e tinha aceitado. Insistiu bastante que eu escrevesse. *"Epistula enim non erubescit"*, disse-me olhando para as próprias sandálias. Nos meses que se sucederam, ao iniciar minhas muitas cartas a ele, pensava em perguntar o que fora feito de Pedro Albuquerque. No fecho das cartas, me esquecia disso, porque o que contava era nossa fraternal amizade.

"Uma carta não enrubesce." (Marcus Tullius Cicero, *Epistulae ad familiares*, Livro V, epístola 12, linha 1)

Levamos nossas poucas coisas direto para a sumaca, de onde sentia o odor que vinha do casario. "Salvador parece um vilarejo árabe", disse João de Sá. "A Sé, lá no cume, parece um minarete." Eu nunca tinha visto um minarete, para mim a Sé parecia uma fortaleza de esperança, refletindo a luz forte dos trópicos. Alta de oito braças, marcava a sofreguidão do Senhor por cobrir todas as terras. Tantas almas. A *Sam Vicente* zarpou na mesma maré com uma flotilha, da sumaca eu a vi seguir na direção do mar oceano, para Macau.

No Rio de Janeiro, frei João de Sá quis aventurar-se pelas ruelas, entretanto frei Ruy não passava bem e achei melhor ficar com ele. Pediu-me para sangrá-lo, todavia não tínhamos ali nem lancetas nem cautério e foi preciso que João de Sá e eu o carregássemos a um barbeiro na povoação. Na chegada a São Vicente, estava curado, conversava animadamente.

O capitão apontou para a serra detrás da baía dos Guaramumins e explicou que o muro verde segurava os humores do mar. As enseadas ao longe eram bocas sorrindo, tão brancas, à sombra do paredão que protegia a prata, o ouro e os milhares de almas que habitavam o planalto. Aqui e ali grupos de tamoios surgiam nas praias, olhavam a sumaca e desapareciam. "Aquelas eram as verdadeiras bocas", pensei, "pelas quais desapareciam fatias de cristãos." Contemplei as montanhas, monótonas na sua uniformidade, para sentir orgulho dos irmãos da Companhia de Jesus que primeiro afrontaram a densa cortina verde.

Atracando em São Vicente, eu não tirava os olhos da serra alta que ameaçava desabar sobre a praia, mal enxerguei a vila e o noviço que vinha correndo nos receber. Gritou que padre Fernão Ortiz mandava saudações e oferecia o Colégio dos Jesuítas para nos instalarmos.

— Com os dois pés juntos, padre, igual fosse pisar em um tronco!

Era mesmo um tronco que boiava sob meus pés, enquanto me agarrava na cordoalha da sumaca, pendurado a meio caminho entre a amurada e o mar. Não chamaria aquilo de canoa, já que era apenas um tronco cavado, no meio do qual se equilibrava meu baú. Ali, naquela enseada de Enguaguaçu, as ondas eram pequenas, mas a preocupação com meus pertences fez a praia parecer muito afastada. Chegara a meu destino, a capital da capitania. Não sabia em que lugar ficava a vila, por isso achei melhor enveredar pela trilha das pedras, atrás do remador, arrastando meu baú.

São Vicente pareceu-me formosa, diferente do Rio de Janeiro e das demais povoações ao largo das quais a sumaca fundeara. Havia uma curiosa mistura de casas de taipa com casas de pedra. Os arruamentos me pareceram salutares, as galinhas e os porcos circulavam sem incomodar os passantes, as águas sujas escorriam pelos cantos sem formar poças.

Arrastei meu baú pela poeira rumo à Igreja Matriz, de baixa frente caiada, janelas acanhadas, cheiro de umidade. Ali, na nave, aguardei padre Fernão Ortiz próximo à imagem do mártir de Saragoça. *Vincens incendia* de pouco valera quando

"Aquele que vence incêndios", alusão a são Vicente, o mártir de Saragoça.

Ruy Garcia de Moschera tudo incendiou por ali, em 1534 a notícia alcançara Portugal com alarme. Se espanhóis e franceses ousaram atacar a mais antiga das vilas, até onde não iriam? Padre Fernão interrompeu meu devaneio:

— Louvado seja Nosso Senhor, irmão Diogo!

— Para sempre seja louvado! Ele vos guardou em saúde e fortaleza, padre Fernão, os ares desta terra fazem bem a Vossa Mercê.

— Sim, existe algum ar entre tantos mosquitos e gotas de chuva.

Sorria com dentes escuros, cheio de pregas em torno da boca. De fato, uma pesada chuva começava a cair, com estalidos secos no forro de sapé da igreja. Padre Fernão explicou que eu só era aguardado para dali a uma semana, por volta da Segunda Dominga do Advento. Porém, não haveria problema, eu poderia dormir na pequena casa paroquial e continuar a jornada ao alvorecer, com os tropeiros que levariam tecidos e sal para o planalto, para Piratininga.

Naquele primeiro dia em São Vicente, eu passaria a tarde e a noite ao lado do pequeno forno de pães da casa paroquial, vendo a água descer em rios pelo arruamento deserto, com a chuva forte que não cessava. Jamais imaginei que anos depois eu cruzaria a vila com os pulsos atados, escoltado à sumaca que me levaria para Salvador e dali para a Costa dos Escravos.

Começara minha missão no Novo Mundo. A manhã brotou doce e dourada, padre Fernão veio chamar-me para acompanhar os tropeiros. A tropa talvez nem merecesse esse nome: eram apenas três mulas, carregadas com fardos de tecidos e de sal, levadas por três temiminós muito baixos. Com má vontade, amarraram meu baú na mula malhada. Mal me despedia de padre Fernão, que me beijava a face, e os índios dobravam o beco da Matriz a caminho do canal. Corri a alcançá-los e assim seguimos, calados. Na margem, nos esperava uma balsa; do outro lado daquele estreito braço de mar, a trilha se enfurnava na mata fechada.

A mula malhada ia naquele sobe e desce de piroga em maré mansa, com meus poucos livros e uma única muda de roupeta no baú. Respirei fundo. A vereda explodia de vida, com todos os cheiros e tons de flores, ramagens, pássaros curiosos, pequenos mamíferos peludos que saltavam nos galhos ou que corriam à minha aproximação. Tudo ali era vivo, aquilo tudo penetrava nos meus pulmões com a frescura radiante das novidades. *Et in Spiritum Sanctum, Dominum et vivificantem qui ex Patre Filioque procedit.* Ali estava a beleza de Deus. Conduzindo as mulas, iam Seus filhos, que ainda não sabiam sê-lo e se maravilhariam com a Boa-Nova que eu trazia no meu baú, bem encadernada em marroquino vermelho.

> "E no Espírito Santo, Senhor e fonte de vida, que procede do Pai e do Filho", passagem do Credo Niceno-Constantinopolitano da Igreja Católica.

O caminho mudou rapidamente. A trilha plana e lisa transformou-se em uma encosta onde escorria água de chuvas passadas. O solo, coberto de folhas esmagadas, cedia, e meus pés afundavam naquela massa pegajosa. Uma lama verde-escura aflorava entre os dedos, as alpercatas queriam grudar-se no chão para dali nunca mais saírem. O suor escorria-me na fronte com o esforço de, a cada passada, arrancar as canelas daquela açorda de matéria em decomposição e subir a ribanceira. Usava os talos finos como bastões, ganhando impulso com os braços para compensar o peso dos tornozelos atolados. Não desgrudava a vista do chão: apareciam raízes e galhos pontiagudos que flechariam as solas se neles pisasse por distração. Guiava-me pelos passos das mulas, com rápidas espiadas de tempos em tempos.

Tinha de ir rápido, a tropa estava bem à frente, os índios pequenos pareciam flutuar sobre aquela massa verde e as mulas marchavam firmes, despreocupadas com a subida da escarpa. Faltava-me o ar, eu aproveitava para recuperar o fôlego abraçado a alguma árvore para não escorregar, sem perder de vista a moita de flores amarelas e azuis por trás da qual desaparecera a tropa.

A ladeira ficou bem mais inclinada, eu já não conseguia caminhar. Amarrei a sotaina à cintura e fiz-me de mula, agarrando com as mãos tocos e raízes que me puxassem para cima, enquanto os pés patinavam na lama. Os pássaros haviam-se calado, nada se escutava, nem os passos das mulas. Evitava levantar a cabeça porque a nuvem de pequenos mosquitos invadia minhas narinas e orelhas. Assim seguia, agarrando tudo o que pudesse me avançar alguns palmos naquela encosta sem chão, amolecida por camadas e camadas de folhas decompostas.

No meio dos mil zumbidos da nuvem que me acompanhava, ouvi o correr de um fio d'água e logo vi uma pequena fonte, uma bica jorrando do musgo de uma grande pedra, à sombra da qual estava uma massa escura. Meu baú. Aquela devia ser a trilha, com certeza os pequenos temiminós abandonaram ali meu baú para dizer que em breve estariam a caminho. Bastava esperar, sozinho naquela mata cerrada.

6 DA ÚNICA CURA DE TODOS OS MALES

Se por acaso a alma alcançar o objeto de seu desejo, então será tomada por ânsia, "de tal modo que não há regra" naquilo que faz, como diz o poeta para quem "prazer excessivo da alma é rematada insensatez". Portanto, a cura de todos os males está exclusivamente na virtude. (Marco Túlio Cícero, *Questões tusculanas*)

"Quae si quando adepta erit id quod ei fuerit concupitum, tum ecferetur alacritate, ut 'nihil ei constet', quod agat, ut ille, qui 'voluptatem animi nimiam summum esse errorem' arbitratur. Eorum igitur malorum in una virtute posita sanatio est." (Marcus Tullius Cicero, Tusculanae disputationes, Livro IV, parágrafo 35)

Se deixar um comprimido cair ao chão, sou incapaz de simplesmente pegar outro da caixa. Prefiro levantar as cadeiras, tirar a mesa, remover o tapete, até encontrar a pílula fujona. Isso explica, em parte, minha obsessão por encontrar algum registro do velho Diogo. No entanto, havia mais. Não existia retrato que me aproximasse do avô dos meus avós. A narrativa dos seus infortúnios, de próprio punho, era o melhor retrato que eu poderia ter. Por que, então, não estava satisfeito?

Sophia saiu-me com uma frase de novela: "Na verdade, procuras por ti mesmo, filho". Senti-me como o jesuíta, procurando seu baú na mata cerrada, atolado até as canelas. Nada disso, eu ansiava pela visão de terceiros, por outros registros que iluminassem novos ângulos do sofrido antepassado. Ambos éramos apaixonados pelo latim, com certeza havia algo dele em mim, porém não era isso que eu buscava. A caminho de Santana de Parnaíba, o lugar em que ele vivera, vi com clareza: eu não escavava meu avoengo no passado, tampouco investigava a mim no presente, mas sim procurava os rastros que eu deixaria no futuro. Não quero desaparecer. O que fazer para ser encontrado de hoje a décadas, a séculos?

— Pelas fotos, está em ótimo estado.

Sophia folheava o guia.

— Porque foi reconstruída no final do século XIX. A Matriz original está debaixo dela. Essas igrejas antigas são como cebolas, construídas em camadas.

Os bairros de periferia do Brasil são todos iguais. As casas mostram suas vísceras de tijolos, canos e fios. Não há preocupação com acabamento: paredes são rebocadas em parte, rachaduras ficam à mostra, calçadas são irregulares, uma teia liga postes de concreto a forros de telha de amianto. Há sempre um veio d'água suja nas ruas. *Urbs e viris est fortibus, non aedibus.* Seguíamos por uma avenida larga, parecia uma picada na mata cinzenta e áspera.

"Uma cidade é constituída de homens corajosos, não de casas." (provérbio latino)

À direita, o rio Tietê serpenteava viscoso e flácido, era uma enorme lesma se desfazendo ao sol.

O cenário mudou quando chegamos a Santana de Parnaíba. A periferia sem identidade cedeu à vila colonial, de casas baixas, resquícios seiscentistas próximos a um rio limpo. Tudo levava à Igreja Matriz, de ampla frente branca com frisos mostarda, uma única torre à direita e cinco janelões no piso superior. Se algum dia aquela vila rivalizou com Piratininga, há centenas de anos São Paulo havia fagocitado Santana de Parnaíba tal qual um corpo vivo sugador de história e de beleza. Sobraram aquelas ruas e a taipa, sabe-se lá como a lama prensada com palha resistira ao trânsito e à poluição. Sophia quis comer um pastel com caldo de cana na praça defronte da igreja, enquanto esperávamos a abertura do portal de mogno maciço.

A nave da Matriz era especialmente bela, com piso de madeira de lei alternando castanho e preto. As amplas janelas do segundo andar vazavam luz que atingia largas arcadas. Duas capelas à esquerda e outras duas à direita, talhadas em jacarandá, pouco deviam às melhores de Minas Gerais. Padre Olavo avançou por trás do altar barroco, tímido e ressabiado. Sophia havia conversado com ele por telefone, pedira informações sobre registros de casamento, de nascimento e de batismo feitos naquela igreja. Ele nos levou a um pequeno quarto transformado em escritório bizarro, onde grampeadores de papel misturavam-se com imagens de gesso e clipes estavam espalhados sobre santinhos. Com a porta e a única janela fechadas, o quartinho logo se tornou sufocante; todavia padre Olavo pareceu não se incomodar, tamanha a vontade de descartar os importunos. O relógio marcava dez e meia da manhã.

— Vocês são bem-vindos a visitar a igreja. Por favor, não tirem fotos, nem filmem a missa.

Acomodei-me na cadeira de palhinha, com vontade de tomar café.

— Obrigado, padre Olavo, o senhor foi muito gentil em nos receber num domingo. Moramos em Lisboa, temos poucos dias no Brasil, daí nosso pedido de encontrá-lo com a maior brevidade possível.

— Entendo, entendo. Não há problema, entendo. Mas o que a senhora busca exatamente?

— Sou eu que busco, padre. Minha esposa está me ajudando, ela tem mais experiência nessa arqueologia burocrática.

Padre Olavo não sorriu, mesmo com a risadinha de Sophia. A missa das onze se aproximava.

— O senhor não ignora, padre, que os registros de nascimento, casamento e óbito eram feitos nas igrejas. Foi no tempo das Ordenações Filipinas. É isso que buscamos. Alguns registros do século XVII, entre os anos de 1628 e 1633. Como a vila era pequena naquela época, imagino que haja no máximo mil registros desse período.

— Entendo, registros. É para aquele projeto da Fundação, os senhores trabalham com a professora Marta Carrara?

— Não, não, padre, é puro interesse pessoal. Tenho antepassados que viveram em Santana de Parnaíba nessa época, estou tentando resgatar a história desses avós.

Padre Olavo abriu a gaveta da escrivaninha e retirou um cartão, que passou às minhas mãos. Era de um certo Fernando Godofredo Gonçalves, da Câmara Municipal. Contou que no início dos anos 1970 houve um grande incêndio nos arquivos da Matriz. Desde então, a Arquidiocese autorizara um convênio com a Câmara Municipal pelo qual os documentos canônicos que foram salvos ficariam arquivados na sala especial daquele órgão, à prova de fogo e com ventilação adequada. Se eram registros o que queríamos, ali os acharíamos.

— Claro que são bem-vindos para a missa.

Meu velhíssimo avô bem vale uma missa, eu devia isso a padre Olavo. Ao meio-dia, ide em paz e que o Senhor vos acompanhe, retornamos a São Paulo. Sophia comeu mais um pastel. Não se conformava com o nome, desde quando pastéis não são doces, sem recheio cremoso?

Na segunda-feira, acordei tarde, vesti uma bermuda e arrastei os chinelos pela cozinha de meu pai. Dali a poucos dias estaria de terno e gravata no consulado, na praça Luís de Camões, o Eléctrico 28 badalando sob minha janela. Desci para comprar os jornais, assustei-me com o elevador que se abriu e Sophia saltando de dentro, com um "Vamos?" muito agudo.

— Vamos aonde, filha?

— À Câmara Municipal, apura-te que fecha ao meio-dia.

Falei da preguiça que multiplicava o peso do meu pobre corpo em férias; vesti uma calça com vagar, argumentando a pouca probabilidade de encontrarmos algo na Câmara Municipal de Santana de Parnaíba; tranquei a porta do apartamento reclamando do trânsito; expliquei que era impossível atravessar trinta e tantos quilômetros na região de São Paulo em apenas uma hora. *Facere virorum est, loqui mulierum*. A periferia reapareceu, impessoal e desbotada, lambida por um rio Tietê particularmente fedido. Faltando cinco minutos para o meio-dia,

"Fazer é dos homens; falar, das mulheres." (provérbio latino)

estacionei o carro diante da Câmara Municipal. O senhor Fernando Gonçalves não estava.

— Ele trabalha aqui, certo?

As raízes brancas dos cabelos daquela senhora já tinham seus três centímetros, havia tempo a tintura ruiva precisava de retoques. Os óculos de jovem colegial não combinavam com o leve buço aloirado que se movia quando ela fazia muxoxos. Sim, o senhor Fernando Gonçalves trabalhava ali, "não voltaria hoje". Poderíamos marcar para vê-lo amanhã. Era só arquivo? Se fosse qualquer outra coisa, talvez Almeida pudesse ajudar, tão logo retornasse do almoço. Não tenho a paciência de Sophia. Ela desfiou nossa busca à senhora que poderia ser ruiva, relatou o cerco à Torre do Tombo, a marcha contra os arquivos da Universidade de Coimbra e a incursão da véspera ao padre Olavo. Discriminou os documentos que procurávamos.

— Ah! Então o padre Olavo entendeu que eram registros da igreja. Não estão aqui. Os arquivos da Matriz contêm documentos sobre a própria igreja, não os documentos de pessoas.

Sophia escorregou a bolsa do ombro e segurou-a com as duas mãos, como um terço. Os jornais ainda estavam no sofá de meu pai, talvez fosse o caso de lê-los antes de ir ao cinema e jantar no Jardim de Napoli. Na despedida, a senhora murmurou que o arquivo da Câmara Municipal não abria às segundas-feiras. Sophia voltou-se:

— Pois sim? Desculpe, eu telefonei mais cedo, justamente para não perder a viagem.

— Nossos arquivos abrem às segundas-feiras. Falo dos arquivos da Câmara de São Paulo.

A senhora explicou: os documentos antigos que buscávamos, registros de pessoas, tinham sido trasladados havia décadas para a Câmara Municipal de São Paulo. Ali era certo acharmos o que nos interessava. Foi estranho ela dizer "Obrigada", os agradecidos éramos nós.

— E agora?

Ir à Câmara Municipal, no centro de São Paulo, nem pensar. Eu iria a outra galáxia, mas não à poluição e ao barulho do centro. O carrinho de pastel lá não estava, lamentou Sophia. Não havia banco à sombra. Resolvemos descansar um pouco no frescor da Matriz, procurar onde almoçar ali, em Santana de Parnaíba, e seguir para o cinema. Em breve teríamos de fazer as malas, se não fôssemos ao cinema naquela tarde, não iríamos mais. Na quarta-feira eu viajaria a Brasília para prestar depoimento no inquérito administrativo que fora aberto para apurar o desvio de renda consular. De lá voaríamos direto para Lisboa. Afastamos a pesada porta da Igreja Matriz e sentamos no último banco, apreciando o silêncio. Sophia caminhou pela nave, examinando as capelas, e deteve-se debaixo do púlpito esquerdo. Chamou-me com gestos, ali havia uma porta entreaberta e uma pequena placa onde se lia "Cripta".

Sob o piso de madeira de lei da nave havia um porão que se alcançava por uma escada de oito degraus, com tumbas escavadas no chão seiscentista original sobre o qual se construíra o edifício de 1882. Uma fieira de lâmpadas penduradas irradiava uma luz amarelada, tão baixas que era preciso cuidado para não se queimar nelas. Sophia e eu caminhamos pela cripta com a cabeça inclinada, não havia altura para um homem mediano ficar ereto ali. As lápides se sucediam, umas coladas às outras, no cheiro abafado de morte antiga. Algumas eram ilegíveis, outras só tinham datas. No fundo, à direita, a lápide cinzenta se destacava das outras, negras, e lia-se "Bárbara Manuela Pires de Alencar Lopes, 19 de dezembro 1603 - 4 de julho 1633". A Bárbara das memórias do jesuíta, minha velhíssima avó. Acocorei-me e limpei a poeira da lápide, o resto mal se lia. Bati o pó das calças, alguém caminhava na nave, a madeira rangia sobre nós. Será que as tranças negras teriam se conservado, mesmo depois de quatrocentos anos?

Fiquei longos minutos admirando o túmulo de minha tão antiga avó. Sophia parecia enfeitiçada, ali estava em pedra o nome da Bárbara que tanto era mencionada nos pergaminhos do padre, a mãe dos Diogos todos que trespassariam séculos, o insólito amor de um sacerdote singular. Um dia haveria o nome de Sophia sobre uma lápide, em Portugal. Quem comeria pastel com caldo de cana e se esforçaria para encontrá-la? "Vamos, antes que nos fechem aqui", sussurrou. Subimos os oito degraus e emergimos para a nave em que uma única alma orava, indiferente à nossa ressurreição.

O almoço virou um prato de salgadinhos engolidos às pressas. Voltou-me o entusiasmo de Ouidah e de Lisboa. Era preciso desencavar aquela história, somente eu tinha as memórias do avô Diogo, bem como acesso aos arquivos que contariam o destino da avó Bárbara. "Às favas o cinema", brincou Sophia. Arrumamos as malas, para deixar livre o dia seguinte. O telefonema de Rocha Pombo atrapalhou tudo. Eu sei que não tenho controle sobre minha vida quando o presente empurra para o futuro as buscas pelo passado. Naquela semana, o presente significava responder ao inquérito do ministério para evitar um futuro na cadeia.

Foi um inferno chegar ao centro de São Paulo naquela manhã de terça-feira. Os semáforos pareciam mais demorados do que nunca, e era grande o descompasso entre a luz verde e o movimento dos carros à minha frente. Ninguém buzinava, mas os rostos crispados, a matrona mordendo os lábios, o taxista de cenho franzido, o rapaz da caminhonete amarela com a ponta da língua imóvel para fora, tudo aquilo gritava revolta com a imobilidade geral. Sophia e eu caminhamos debaixo de garoa fina até o hotel em que se hospedava Rocha Pombo, o mesmo onde eu o havia encontrado anos atrás. Ela aguardou na recepção enquanto eu subia ao quarto.

O homem que me abriu a porta era em tudo diferente daquele que eu conhecera antes de iniciar carreira no Itamaraty. Os cabelos aparados, a barba bem-feita, a camisa impecável com gravata-borboleta, os óculos de aro redondo, era todo seriedade. Naquele Rocha Pombo não havia espaço para falar de Flávio Josefo ou para recolher areia do Saara. Só restaram as mãos tão peludas. Ele era agora o corregedor do ministério, responsável pelo inquérito do desvio de renda consular. O sorriso que eu tinha ensaiado virou um esgar desajeitado assim que ele me fez sinal para entrar, dizendo: "Você arrumou confusão da grossa". Sentei-me inseguro em um banquinho, para me levantar de imediato ao ver que ele próprio não se sentava.

— Conte-me tudo. Amanhã vamos colher seu depoimento, deixe os detalhes para Brasília. Conte-me em linhas gerais o que foi que aconteceu.

"Quem procura, acha", diziam na minha casa. O que aconteceu foi que eu havia procurado e, portanto, achado: espantos e aborrecimentos. Nem sempre se acha aquilo que se busca. O jesuíta buscou almas e encontrou o Mal. Para ele, suas agruras teriam terminado ao galgar a ladeira íngreme, patinando na lama, perdido na mata. Se julgou que a serra era o obstáculo, foi porque ainda não havia conhecido o índio e o padre que decidiriam sua sina:

Passei a noite na floresta, abandonado pelos temiminós da tropa. Na minha aldeia em Portugal, ou no mar, ou mesmo em Salvador, a chuva tinha um barulho compacto. Era sempre igual, um chiado alto e constante, interrompido por estampidos de trovões. Uma sinfonia de nota só, que se alteava, mas não se alterava. Não era assim naquela selva. A chuva dava vida própria a cada grosso pingo, cada um tinha um som bem seu. Toda gota enorme reclamava minha atenção, senão pelo estrépito, então pela dor ao atingir meu crânio coberto com o capuz.

Arrastei meu baú para um desvão na pedra imensa sobre a fonte e ali, encolhido, assisti à música da mata. Meus pés gelaram com a água que primeiro lambeu meus dedos para logo abraçar os tornozelos. O dia ficara escuro. Sentei-me no chão molhado com o baú no colo, para proteger o pouco que trouxera de muito longe. Tirei dali três biscoitos duros e passei a roer sem pressa. Àquela altura, teriam notado minha ausência, eu não mais os seguia trôpego, e estariam voltando ao ponto em que deixaram meu baú. Restava esperar.

Amassei mil formigas com uma lasca de pedra. A tropa não vinha. A chuva amainara, os pássaros agora cantavam excitados pela incerteza do retorno do sol. Com o anoitecer veio o festival de luzes. A princípio pensei que a fome me colocava um ponto luminoso à frente. Porém, veio o segundo e vários outros, vi a maravilha daquela dança serena de dezenas de insetos espiralando entre si com a ponta das caudas fosforescentes. Eu não ousava tocá-los, só não haviam colocado fogo na folhagem porque os ramos estavam demasiado molhados. Voltearam, por duas horas, até que peguei no sono, encolhido no desvão da rocha, ainda com o baú no colo.

O amanhecer luminoso me surpreendeu naquela toca. Lavava o rosto na bica, uma dúzia de micos saltou por sobre minha cabeça e se encarapitou na grande bananeira detrás de mim. Saí à procura de uma vara fina e comprida, alcancei os cachos e derrubei umas bananas. Havia provado da fruta na África e no Espírito Santo. Com rapidez igual à daqueles micos, engoli a massa doce e perfumada que se escondia na casca amarela. *Cibi condimentum est fames.*

"A fome é o tempero da comida." (Marcus Tullius Cicero, *De finibus bonorum et malorum*, Livro II, parágrafo 28, linha 90)

Ali passei o dia, da bica às bananas, atento aos ruídos da mata, esperando a tropa. Lavei as alpercatas na fonte, raspei com uma pedra chata a massa de folhas cimentada na sola. Lavei mais uma vez. Circulei a grande pedra, tentando descobrir de onde vinha a água tão clara. Andei um pouco afastado, buscando alguma outra fruta. Um pássaro de topete púrpura, tal qual um chifre, refugiou-se no meu abrigo e ali ficou, indiferente, bicando algo voador. As copas farfalhavam ao vento, a luz se esparramava por diversos pontos e sumia. Passou-se a tarde, escurecia. Demorei-me um pouco a derrubar um cacho de bananas, quando retornei à toca meu baú não estava lá.

Um vulto apareceu ao lado da fonte de água clara, na beira da pedra grande, com meu baú nos ombros. Era um índio alto, o sol esmaecido filtrado pela ramagem sombreava cada músculo de seus braços vigorosos e de suas pernas poderosas. Olhou-me com curiosidade enquanto escalava as pedras. Aproximei-me dele, ofegante, com várias perguntas sobre quem era, quem o havia mandado, se não devíamos aguardar a volta dos temiminós. Lembrou-me o rouxinol que frei Mendes Costa tinha em

Coimbra: aquele pássaro olhava-me com pequenas pupilas opacas que sorviam o mundo fora da gaiola. Assim me olhou o selvagem, tragando cada minúcia.

O índio gesticulava com suavidade. Indicava a trilha e apontava o próprio rosto. Cruzava os pulsos, batia com os punhos nas costelas, e eu nada entendia. De tanto contentamento, eu só conseguia balbuciar o Evangelho de são Lucas: "Estava morto e voltou à vida; estava perdido e foi achado". Desalentado, virou-se e continuou pela trilha íngreme, com meu baú às costas.

A lama parecia mais espessa no escuro. A cada dez ou quinze braças, a mão enorme do selvagem agarrava-me pelo pulso e arrancava meus pés enterrados na massa de folhas. Esperava pacientemente eu recuperar o fôlego apoiado a algum tronco antes de retomar a escalada, por uma trilha que só ele via. As perguntas se multiplicavam na minha mente, mas a falta de ar impedia-me de fazê-las. De tempos em tempos, puxava-me a sotaina, para ver se eu estava vivo. Seguimos por toda a noite.

Pela manhã, sentei-me no baú, na clareira em que ele comia acocorado o beiju trazido em um embornal de palha trançada. As dúvidas cresciam, porém o cansaço era maior. Recomeçamos a caminhada, que durou o dia inteiro. Ao escurecer, a encosta ficou suave. Enveredamos por uma trilha reta, de solo firme, e a vegetação foi rareando. A mata deu lugar a um vasto campo, bem plano, e nele juncadas umas poucas casas.

Ali fui recebido por um casal branco, de pele encarquilhada pela labuta sob o sol, criadores de gado. Serviram-me pão de milho e umas lascas de carne-seca. Abandonei-me à fadiga, repousando sonolento no alpendre, com carneiros pastando na planície. Ao despertar, troquei escassas palavras com os proprietários. Eu percebia deles uma ou outra frase em português, soçobrando no redemoinho de língua selvagem. Daquela algaravia pude salvar o nome "Santo André". Falavam amiúde com o índio. Espiavam de soslaio as feridas nos meus membros, notaram que eu me coçava sem cessar. Estenderam-me então uma cuia de líquido amarelado, com forte cheiro de aguardente. "Cauim", diziam, com gestos de que eu devia bebê-la. Despejei a cuia em minha boca, a coceira cedia à medida que a bebida queimava minhas entranhas.

Deixei-me ficar, estirado em uma rede de carijó que me dava cãibras. Na partida, o casal apontou a direção na qual se lançara o nativo carregando meu baú. O ancião estancou o jorro de palavras bárbaras para, depois de uma pausa, dizer "seu índio". Não compreendi, por que "meu" índio e não "o" índio, se só havia um? Significava que eu carecia de seguir aquele bilreiro, como vinha fazendo havia tantas horas.

Andamos mais um dia pela planura daquele campo, com uma única parada na qual o índio dividiu comigo seu beiju seco e sem sal. Ao entardecer, chegamos a uma colina à beira de um rio estreito e manso. No cume, um amontoado de lama, entulho e galhos formava uma muralha; dentro, ficava a vila de São Paulo dos Campos de Piratininga. Tivemos de dar longa volta para não atolar nos tremembés, até entrarmos por um portão ao norte, escalando a trilha de terra batida que logo virava um arruamento tortuoso e apertado.

Já dentro do termo da vila, as casas brancas se sucediam entre a sujeira, vigiadas por animais soltos. Não me lembro de ter visto mulheres, mas sim tantos nativos com seus arcos que diria estar em uma aldeia selvagem, uma taba de argila branca. Era uma sucessão de moradias de dois ou três lanços de taipa de pilão, muitas com repartimentos de taipa de mão e com seus quintais. Ali não se perdia tempo com elaborações, exceto pelas rótulas nas portas e janelas, à maneira mourisca. Não se notava vivalma debaixo do telheiro dos corredores ao lado ou ao redor das casas. Os balcões no alto e os alpendres no térreo eram desabitados. Percebi que ali morava gente pela fumaça que saía das coberturas de palha aguarirana e pelos vãos das telhas.

Minhas alpercatas, cobertas com uma crosta de lama da caminhada pela planície, mergulharam em imundícies. O cheiro de podridão, de restos de animais devorados, de urina e fezes azedadas pela exposição ao sol atraía mosquitos que pairavam em nuvens como bolas negras flutuantes. Algumas corujas esvoaçaram quando o índio colocou meu baú no anexo do Colégio dos Jesuítas e retirou-se resoluto por uma viela, calado. Padre Gofredo Goes armou-me uma rede de carijó e não tardei a dormir.

Os irmãos trataram-me bem na minha passagem por Piratininga. Padre Pero Novaes cuidou dos cortes com um unguento de cheiro adocicado, recriminando a aventura no sertão sem roupeta e botas adequadas. *Vulnera dum sanas, dolor est medicina doloris.* Censurou padre Fernão Ortiz por ter permitido que eu seguisse a tropa usando sotaina e alpercatas.

"Enquanto curas as feridas, a dor é o remédio da dor." (Dionysius Cato, *Disticha*, Livro IV, sentença 40)

No segundo dia, sentado à porta do colégio, vi passar os três temiminós pequenos que conduziram as mulas desde São Vicente. Animais! Um animal não abandona um membro da sua matilha, do seu rebanho, do seu cardume, a não ser que tenha certeza de que ele está morto ou muito doente. Levantei-me de um salto e saí no encalço deles, para repreendê-los com dureza. Segui os selvagens por algumas quadrilhas, eram rápidos demais e terminei por me distrair observando a vila.

Faltava algo ali, só me dei conta no Ângelus: enquanto em Salvador as dezenas de igrejas repicavam sinos, naquela povoação triste de Piratininga só o Convento do Carmo dobrava seus badalos — a Matriz, a Igreja da Misericórdia e a de Santo Inácio, no colégio, ficavam mudas, as capelas de São Bento e de Santo António de tão humildes nem sinos tinham. Cresci acostumado a ver belas igrejas mesmo em lugarejos modestos. Tinha sido assim na capital da colônia, as igrejas baianas não se comparavam às do Reino, porém enobreciam a vila com seus ornatos. Em São Paulo dos Campos, elas eram meras casas brancas, com animais sujando os adros.

No terceiro dia, sentei-me nos degraus do pelourinho de tijolo cozido defronte da Câmara, aqueles vinte pés de altura davam boa sombra. Não passava ninguém, havia mais peruleiros a caminho do Vice-Reinado do Peru do que habitantes. Padre Gago Guimarães tinha-me estimado uma centena de fogos no povoado. Onde estariam as mil almas de brancos? Ao menos mudei minha impressão inicial: era uma vila suja, mas não havia cardos nem águas empoçadas nas ruas, que eram ladrilhadas no meio-fio para evitar covas das enxurradas. À tarde, assisti de longe a padre Clemente Couto reunindo os curumins para a aula sobre a língua geral.

Parti na manhã seguinte. Padre Pero Novaes esperava-me na porta do colégio com o selvagem que me guiara na mata e na planície. Eu tinha estado tão entretido com minhas feridas e com os odores acres daquela vila que me esquecera de agradecer ao guia.

— Seu índio mal fala português. Basta dizer *"Auîebeté ndebe"* e apontar seu baú para que ele o carregue.

— O que Vossa Mercê quer dizer com "meu índio"?

— Não lhe disseram? Padre Ambrósio o aguardava no dia de Todos os Santos. Apoema foi mandado na frente mor de trazê-lo de São Vicente, mas a sumaca chegou bem depois do esperado. Os tropeiros pediram que ele o buscasse na mata. Com a chuva, temeram arruinar a carga. Os tecidos e o sal não podiam esperá-lo para subir a serra...

— Apoema?

— Sim, o bilreiro que a redução colocou sob sua administração. Apoema é seu índio.

Beijou-me a face e entrou no colégio, deixando-me sozinho com o nativo. Já não me lembrava da palavra que deveria dizer. Virei-me para meu baú, desconcertado. Apoema seguiu meu gesto e colocou o baú nos ombros. Aquela obediência imediata aqueceu meu coração. Era, então, meu índio. Qualquer tarefa cansativa, pesada, perigosa, suja, bastava eu apontar e estaria realizada, sem fadiga e sem tardança. Senti meus braços e pernas mais firmes com a energia que vinha daquele comando. No princípio era o verbo.

A trilha monótona ladeava o rio Anhemby, que corria largo e tranquilo, sem oferecer vau para a outra margem. No sol poente, vi a paliçada e, dentro dela, a redução de Maruery. Muito arrumada, toda limpa, a aldeia em nada lembrava a vila pestilenta de Piratininga. As ocas dispostas em círculo conduziam para o centro em que estavam um cruzeiro e a pequena capela. Na porta me esperava padre Ambrósio Fagundes, alertado pelo alarido dos curumins. Eu tinha os olhos vermelhos quando o beijei, nas ocas cozinhavam com lenha verde e a fumaça ardida me irritava as mucosas. Mal conseguimos conversar, a gritaria dos curumins nos obrigava a falar alto. No crepúsculo, as matas em volta da redução foram tomadas por bandos de micos que silvavam, assustados pelo caipora e pelo *m'boi-tatá*.

Assim, no dia de santa Genoveva do Ano da Graça de 1627 eu iniciava minha missão apostólica na redução de Maruery, nas imediações de Santana de Parnaíba. Naquela época, achava a data auspiciosa: indicava a fortaleza do Senhor contra as investidas bárbaras, a força da Palavra para conter os gentios. Hoje, nesta Costa dos Escravos, acho que o bárbaro era eu. O inferno me esperava. Faria o caminho inverso, conheceria antes o paraíso, depois o purgatório.

Acordei ao alvorecer, assustado com diferentes piados de pássaros, demasiado próximos. Caminhei pela redução curioso da limpeza, parecia que alguém varria os chãos. As ocas se arrumavam em uma geometria instintiva, formando uma clareira tão bem delineada que a mata a respeitava e não avançava para dentro da paliçada. Quantos insetos não encontravam morada entre as folhas de guaricanga que cobriam as choças? Logo veio a fumaça de lenha verde.

Padre Ambrósio era um resto de visigodos deixado no norte de Portugal. Atravessava a redução com pose de guerreiro antigo: ereto, nariz bastante adunco perfurando o caminho, os cabelos ruivos ressaltando a brancura da pele e o azul límpido dos olhos. Contaram-me que era filho de um carniceiro de Bragança, seu pai o havia mandado estudar em Viseu ao se casar com a cunhada, a mãe morta de bexigas. Crocitava com uma voz grave que fazia par com as gralhas. Estava sempre cercado de crianças, uma torre alva impondo-se sobre o mar revolto de cabecinhas negras. Na primeira vez que o vi banhando-se nu no meio das cunhãs, espantei-me com a forragem de pelos acobreados, os muitos tufos que sugeriam estar vestindo a roupeta mesmo se ela estivesse embrulhada na margem do rio. Tudo nele era lento. O falar, o pousar a vista, o manusear a Bíblia, o apontar a constelação do sete-estrelo ao contar a história dos sete curumins levados pelo vento, tudo era sem pressa. Recolhia-se pontual a cada três dias, acometido das febres. Ressurgia da oca ainda mais alvo, mais adunco, mais torre. Disse-me que a terçã o aproximava do sofrimento do Filho do Homem e o depurava.

Um mês após minha chegada, preocupado com a ausência de padre Ambrósio, fui procurá-lo na choça. Estava deitado em um ninho de cunhãs, as mãozinhas enterradas nos tufos ruivos, a carne alva prateando os corpinhos das meninas. A cabaça de cauim estava vazia, coberta de formigas. Ao se recobrar, colocou uma das cunhãs sob minha administração, Amanari, uma indiazinha manca que cuidou de minha comida no tempo em que vivi na redução.

O Mal escorre entre nós. Não quero dizer que o Mal se encontra entre nós, mas sim que ele desliza lentamente, preguiçoso, porque sabe do nosso destino certo. O Mal nos espera, de cócoras, esgaravatando as unhas com espinhos e riscando a poeira. Só fui conhecê-lo nas terras do Brasil. Criança, tinha uma visão quase poética do anjo caído. Afinal, se um anjo tinha sucumbido ao peso do orgulho, da inveja e da cobiça, o que esperar de nós, carne fraca? O anjo caído era uma vítima que merecia minha compaixão, eu o reconhecia em mim. Estudante, mudei essa imagem do Mal, transmutei-o em uma bela figura filosófica. Passou a ser a ausência do Bem, como o escuro é a ausência da luz. Passou a ser o lado animal dos homens, pronto a sucumbir sob a razão e o espírito. O Mal era inerte, uma sombra adormecida que se afastava na presença de tudo o que é puro. Foi no calor de Maruery que o conheci como de fato ele é, viscoso e grudento. Ali eu o vi de perto, fétido e deformado, rouco e irracional.

Eu estava na redução fazia seis meses quando o almoço foi interrompido pelos gritos do jovem que se contorcia, arrastado pela mãe e dois irmãos. Já o tinha visto perdido pela aldeia, acanhado. Debaixo do sol, na hora em que não havia sombras de ocas e de árvores, o rapaz era outro. Da boca saía muita espuma, os olhos revirados com o branco luminoso, o corpo ondulando com violência, contido pela família. Ajudei padre Ambrósio a amarrá-lo, abri sua mandíbula com uma colher de pau para que colocássemos ali o novelo de pano que impedia a língua do rapaz de se voltar para dentro, sufocando. Não se ouvia a respiração, só um roncar fundo e um gemido leve. Padre Ambrósio nada falava, apontava-me as coisas e eu fazia o que esperava de mim: buscava mais corda para atar as pernas furiosas, enrolava uma esteira para aparar o crânio que socava o chão, molhava a testa do rapaz. Padre Ambrósio ajoelhou-se encostado ao corpo franzino que não parava de tremer, orou e untou com óleo bento. Pedia a Nosso Senhor Jesus Cristo que recuperasse o que era seu, repetia as fórmulas do batismo e pousava o crucifixo na testa do jovem que arfava. Eu não conseguia alcançá-lo; enquanto engatava um "*Sanctificétur nomen tuum, advéniat regnum tuum*", "Santificado seja Vosso nome, venha a nós o Vosso reino", trecho da oração do Pai-Nosso.

padre Ambrósio me vinha com orações a São Miguel Arcanjo; enquanto tentava acompanhá-lo no *Kyrie*, ele me saía com imprecações contra o Imundo. Tirei a bola de pano da boca do rapaz e coloquei uma hóstia sobre a língua. Ouvi um longo suspiro, cortado por um silvo, qual um pássaro no fundo da mata. O corpo todo cedeu e desabou sobre si mesmo, como quem cumpre uma ordem e aguarda a próxima. Apertou os lábios e dormiu. Naquele instante, um grupo da nação Biobeba entrou na oca chacoalhando maracás, dedilhando a guararapeba, soprando membis e batendo uaís para manter o Mal lá fora. Um carijó colocou-se ao meu lado e perguntou: *"Mba'eiko pira pire peême guará?"*.

Padre Ambrósio levantou-se de rompante e partiu para a entrada da redução. Ali estava um índio velho, com um cocar redondo de penas coloridas e dois bastões, um em cada mão. Segui apressado, tinha fome e não entendia se eu ainda era necessário. Parei próximo ao padre Ambrósio, muito ereto diante do índio velho, com seu porte de visigodo perdido naquelas matas. Os pequenos olhos negros do selvagem não traíam sentimento algum; se algo preenchia o vazio daquele rosto encarquilhado eram as penas e os colares. Bem mais baixo do que o jesuíta, o velho pajé não olhava para cima, para a cabeça ruiva que lhe fazia sombra, porém continuava mirando em frente e brandindo ritmadamente seus dois bastões. Padre Ambrósio ia abençoá-lo, levantou o braço direito e desferiu-lhe um fortíssimo tapa na face que lançou no chão o cocar colorido.

O velho pajé apanhou seu enfeite e os dois, em uma estranha coreografia, deram-se as costas e caminharam devagar. Padre Ambrósio disse-me: "Vamos almoçar". Depois eu soube que aquele era o pai de Apoema, meu índio, que a tudo assistira sentado ao pé da copaíba em flor, limpando as unhas com um espinho e riscando a poeira com um graveto.

Na minha primeira carta a António desde que havíamos nos separado, relatei que o velho visigodo tinha especial interesse pelo

Mal. Padre Ambrósio contou-me a maioria das histórias que aprendi sobre criaturas do mato que cavalgam porcos, comem carne humana, botam fogo pelas ventas e fornicam índias. Para ele, eram diferentes disfarces do mesmo Satanás que vagou pela Palestina. Escutou com deleite minha narrativa da Visitação do Santo Ofício, de passagem por Salvador. Saboreou o caso da suspeita de sangue de Absalão Pereira, o cristão-novo de tantas gerações que não cozinhava com banha de porco, contudo fritava carne com cebola e alho.

Padre Ambrósio comia todos os frutos da terra e todos os animais. Tinha especial predileção por quatis e macacos-prego, que me causavam repugnância. Surpreso com minha expressão de nojo ao me oferecer caititu moqueado, perguntou o que eu tinha contra porcos. Argumentei que aquilo não era um porco e acabei desfiando minha ascendência inteira para comprovar que não era cristão-novo. As gerações que desembocaram em mim começavam em Bragança e se estendiam pelos castelos da raia, para terminar em Pinhel. "Fico feliz, temi que Vossa Mercê desdobrasse seus avoengos até Abraão", disse rindo. *Malitia, ut peior veniat, se simulat bonam.* Nunca voltou ao assunto, entretanto servia-me carne de porco com olhar atento.

"A maldade, para se tornar pior, se mascara de bondade." (Publilius Syrus, *Sententiae*, linha 402)

No dia da Dormição da Assunta, padre Ambrósio levou-me ao sítio de Nuno Lopes, depois de fazer elogios ao oratório do lugar. A capelinha tinha um círio permanentemente aceso à Virgem Maria que dormiu e ascendeu aos céus. Ao lado, o senhor das terras havia puxado um coberto de taipa que servia para atender aos índios doentes.

Era ali que a senhora dona Bárbara Manuela Pires de Alencar Lopes gostaria de instalar uma escola para os curumins. Padre Ambrósio achava que eu agradaria ao bom casal se lecionasse os rudimentos da língua e a Boa-Nova àquelas crianças. Gostei muito da ideia, porque ensinar a língua do Reino me ajudaria a compreender o falar daquela gente. Passados meses na redução de Maruery, eu havia aprendido apenas umas poucas frases daquela algaravia sonora. Concordei em tentar, ao menos para agradar ao casal devoto. A infância em Pinhel, a juventude em Coimbra, a travessia do mar oceano, a amizade com António, tudo fora um ensaio para aquele dia inaugural da minha vida. Foi quando consegui tudo o que sempre quis: naquela dominga me perdi para tudo encontrar.

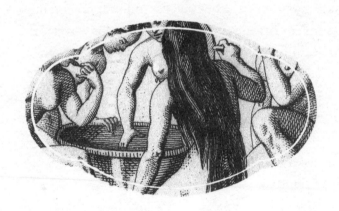

7 DA ABUNDANTE SEARA EM CAMPO ALHEIO

Adiante, pois! Não duvides de que podes triunfar com todas as mulheres; entre mil, apenas uma te resistirá. Quer cedam, quer resistam, desejam sempre que se lhes faça a corte; e, mesmo no caso de seres repudiado, que mal isso poderia te fazer? E por que haverias de fracassar, se achamos sempre mais prazer em uma nova volúpia, e aquilo que não temos nos seduz mais do que aquilo que já temos? A seara do campo alheio é sempre mais abundante e as vacas do vizinho têm os úberes mais cheios! (Públio Ovídio Nasão, *A arte de amar*)

"Ergo age, ne dubita cunctas sperare puellas; Vix erit e multis, quae neget, una, tibi. Quae dant quaeque negant, gaudent tamen esse rogatae: Ut iam fallaris, tuta repulsa tua est. Sed cur fallaris, cum sit nova grata voluptas et capiant animos plus aliena suis? Fertilior seges est alienis semper in agris, Vicinumque pecus grandius uber habet." (**Publius Ovidius Naso**, *Ars Amatoria*, **versos 343-350**)

"Se não souber escolher as palavras, vou acabar na prisão", foi só o que me ocorreu no momento em que o corregedor perguntou se eu aceitava um café. Diante da expressão sisuda de Rocha Pombo, deveria revelar todo meu envolvimento com Vanessa? O que dizer do desleixo com as estampilhas, que levou ao sumiço de cinquenta mil euros? Eu poderia começar com um "Cometi erros, falhei", mas soaria por demais patético. Cometi erros e falhei, estava tudo nos documentos do inquérito que eu via abertos sobre a mesinha de laca. Disso ele já sabia. Tratei-o por "senhor", aqueles papéis sobre a mesa esmagaram o "você" que eu havia usado anos atrás.

Contei tudo. Eu não havia roubado nada e, apesar disso, havia reposto o dinheiro desaparecido. Revelei como conheci Vanessa, quem era ela e minhas suspeitas. Talvez tenha me excedido ao falar do telefonema para Sophia que eu descobrira ter partido da sala de fumantes do consulado. Não importa, contei tudo. Ele que parasse com as ameixas brancas enviadas ao meu pai. Despediu-se com frieza, reapareci na recepção do hotel visivelmente acabrunhado.

— Que merda, hein, filho?

Pois é, que merda, caminhei com Sophia desviando das poças d'água. Tinha parecido boa ideia aproveitar a ida ao centro para pesquisar algumas coisas após a conversa com Rocha Pombo. Agora, parecia boa ideia ir para casa e aguardar quieto o embarque para Brasília, no dia seguinte, em que a comissão de inquérito iria se reunir para me ouvir.

Chegando ao prédio da Câmara Municipal, identifiquei-me na portaria muito desenxabido, os ombros me pesavam e só tinha vontade de mirar o chão. Na saída, "parecia uma cotovia de tão alegre", disse-me Sophia. Não sei o que é uma cotovia, acho que é um tipo de andorinha. Ir àquele lugar tinha sido a melhor iniciativa das últimas semanas. Iniciativa dela, como sempre — a minha foi de comermos um filé no Moraes para festejar os achados.

O Brasil por vezes surpreende com maravilhas. Uma delas estava ali: a Câmara Municipal de São Paulo guarda, intactos, mais de quatrocentos anos de documentos da cidade e seu entorno. *Miramur enim exotica, cum interdum domi habeamus meliora.* O arquivo havia sido todo digitalizado, bastava agendar um horário e um maremoto de nomes e datas se abria tão logo o elevador parasse no terceiro subsolo. Tínhamos expectativa de uma longa pesquisa em gavetinhas empoeiradas, guiados por fichinhas de cartolina marcadas por dedos oleosos. Nada disso. Não fora o trânsito, ainda teríamos ido ao cinema naquela tarde.

"Admiramos as coisas que vêm de fora, quando às vezes em casa temos coisas melhores." (Desiderius Erasmus Roterodamus, *Adagia*, adágio 3, centúria 9, provérbio 38)

Sentamos a uma mesa larga, com quatro telas de computador à frente. Um rapaz solícito explicou que não teríamos acesso a documentos originais que porventura encontrássemos, a não ser que tivéssemos autorização do secretário-geral, que só seria dada em casos de relevante pesquisa. Porém, continuou, poderíamos imprimir documentos digitalizados. Os antigos papéis haviam sido reproduzidos em cópias eletrônicas e um programa de computador convertia os escritos em texto pesquisável. Sugeriu que fizéssemos a consulta com o máximo de palavras, já que os computadores da Câmara varreriam milhares e milhares de milhares de páginas para identificar a combinação correta. Se pesquisássemos uma única palavra teríamos vários resultados. "Milhares de milhares", assenti com a cabeça.

Hesitei uma fração de segundo, sem saber por onde começar, e ocorreu-me o óbvio. Digitei o nome de minha avó, Bárbara Manuela Pires de Alencar Lopes. Esperei a volta do rapaz prestativo para mostrar-lhe na tela a longa lista de Bárbaras, Manuelas, Pires, Alencar e Lopes. Sentou-se ao meu lado e mostrou-me o que fazer: não convinha digitar o nome por extenso, a pesquisa seria melhor se cada nome fosse teclado após cada resultado de busca. Com mãos de cigarro, digitou "Bárbara", aguardou que a lista de resultados congelasse, para digitar "Manuela" e, em seguida, "Pires". Não foi preciso ir além, somente três resultados apareceram luminosos. O rapaz levantou-se, nem agradeci, hipnotizado por aquelas linhas.

Cliquei o primeiro documento e a tela se encheu com a cópia de um pergaminho bege claro, de letras muito grandes; era o casamento de Joaquim Matias Coelho com a viúva Bárbara Manuela Pires de Alencar Lopes, celebrado na Igreja de Sant'Anna de Parnahyba em 1632.

Foi como se algum médico tivesse dito que eu padecia de uma doença incurável. Encolhi-me no banco e fingi coçar o queixo para disfarçar a profunda tristeza que travava meu pomo de adão. Então, havia terminado assim. Eu nunca tinha refletido sobre o final da história de meus avós velhíssimos, contudo intuía que Bárbara choraria o degredo de Diogo e se deixaria definhar naquela vila poeirenta, arrancado de si o único amor que jamais tivera. Não, minha avó casara-se apenas dois anos depois da prisão de Diogo. Pior, o novo marido era vinte e oito anos mais velho do que ela. Sophia percebeu minha aflição e tentou me consolar:

— Mas o que querias, filho? Uma mulher jovem, sozinha naquela terra de selvagens, viúva e proprietária de terras. Ou casava-se outra vez, ou regressava a Portugal. Não esperes amor onde se cuida de sobrevivência.

Era verdade. Bárbara talvez tivesse amado o avô Diogo até a morte, chorando lágrimas de saudade quando o sol se punha no rio Tietê e fechando os olhos enquanto Matias Coelho arfava exercendo seu direito de marido. "Vamos, filho, senão fecham para o almoço."

Cliquei a segunda linha, reapareceu idêntico pergaminho. O programa não devia ser muito apurado, talvez houvesse diferentes entradas para se chegar ao mesmo pedaço de documento amarrotado pelos séculos. Deslizando a tela, dei-me conta de que o registro era mais longo, havia um acréscimo. Ali, Joaquim Matias Coelho listava as crias da casa, entre elas o menino Emanuel, "de dous annos". Minha garganta travou novamente, aquele nó ao engolir me constrangia. Emanuel, o filho de Bárbara Manuela e do primeiro Diogo.

Ali estava minha semente, o início da meada que não mudaria de paragens, sempre em torno de Piratininga, mas atravessaria os vales e os morros das décadas. Então a história não terminara mal. A velhíssima Bárbara talvez tivesse suportado as unhas sujas de Matias Coelho, no entanto confortada pela certeza de que o fruto de seu amor estava resguardado, e estaria protegido naquela terra em que aos homens-bons tudo se dava e aos de sangue infecto tudo se tirava. Emanuel teria os vastos trigais de Matias Coelho e as tantas cabeças de gado de Bárbara Lopes. Não seria o maior proprietário da vila, todavia seria o suficiente para fazer dele eleitor, quem sabe eleito para a Câmara, um vereador, um juiz ordinário, um procurador.

Sophia voltou do banheiro no instante em que eu cliquei a terceira linha. De longe, notou que algo estava errado. Aproximou a cadeira e leu comigo o testamento de Joaquim Matias Coelho, de janeiro de 1633. A relação de bens era longa, com dezenas de "índios sob minha administração", vacas, ovelhas, porcos, vários quintais de terras férteis, léguas de trigais e de algodoais, uma casa na vila, benfeitorias. Tudo aquilo o velho Matias Coelho deixava para sua esposa Bárbara. Porém, o filho do padre e da viúva, Emanuel, se esfumaçava, porque o documento seguinte era a certidão de óbito de Bárbara.

Aquela cópia amarelada não me emocionava, eu tinha na memória a lápide na cripta da Matriz de Santana de Parnaíba. Foi com frieza que percorri as poucas

120

linhas que registravam o falecimento da avó das minhas avós, até seu final enigmático: uma nota muito lacônica informava que o testamento de Bárbara havia sido encaminhado para o Tribunal da Relação pela "Correição Geral". Datada de outubro de 1633, a nota era assinada por um certo doutor Miguel Cisne de Faria, "provedor-mor das Fazendas dos Defuntos e Ausentes, Capellas, Residuos e Orphaõs"; logo abaixo, com data de dezembro de 1633, o Visitador padre Manoel Nunes escreveu: "Eu padre Visitador trasladei do proprio bem e fielmente sem cousa que duvida faça e vae na verdade a que me reporto e me assignei de meus publico a raso signaes que taes são em os quatro dias do mes de dezembro". Em letras grossas, vinha assinalado "CAN1514".

Palavra curiosa, "correição". Conto nos dedos as vezes que topei com ela na vida. Eu estava às voltas com a Corregedoria do ministério e eis que essa palavra, velha de quatrocentos anos, salta de documentos coloniais. Nada fazia referência ao bebê Emanuel. Minha meada se perdeu. Sophia viu meu desapontamento, enlaçou-me o braço e disse, vivaz:

— Mas não percebes? Tudo se arranja como querias. Primeiro porque é mais fácil encontrar registros nos tribunais das colônias do que nas paróquias. Depois, porque naquela época o Tribunal da Relação foi para Lisboa. Não é para lá que regressamos, amanhã à noite?

Ela tinha razão. Mesmo assim, eu havia chegado tão perto do velhíssimo bebê e, de novo, ele se evaporara. De onde teria vindo o Diogo que reaparece cem anos após, em 1735, em Santos? Entretanto, Sophia estava certa: agora tínhamos datas, nomes, uma tal Correição Geral, talvez fosse simples terminar a busca. Estava ali um bom pedaço da história da avó Bárbara. Era algo a se comemorar. *Testamentum est voluntatis nostrae iusta sententia de eo quod quis post mortem suam fieri velit.* Imprimi aquelas certidões e saímos.

No caminho para o restaurante, tive um lampejo: se a mais "Testamento é a legítima expressão da vontade sobre aquilo que alguém queira que se faça depois de sua morte." (Elius Florianus Herennius Modestinus, *Digesta*, Livro XXVIII, capítulo 1, parágrafo 1)

antiga das vilas, São Vicente, era de 1532 e se Santana de Parnaíba fora fundada em 1580, a que vinham aquelas letras grossas, "CAN1514"? Tive vontade de voltar ao arquivo, Sophia resistiu: "Vontade por vontade, eu quero filé com alho".

No dia seguinte, fui do aeroporto de Brasília direto para o ministério, em que me aguardava a comissão de inquérito. Esperei por uma hora para que os membros surgissem, um a um, conversando entre si sem me lançarem um olhar. Rocha Pombo foi o último a entrar na sala, cumprimentou a todos secamente e sentou-se ao meio da mesa. Havia dois embaixadores a cada lado do corregedor, lendo o relatório que este havia distribuído. Um escrivão espiava a ponta dos sapatos, alheio às pequenas pancadas no papel que dava o embaixador Brigagão, o de costeletas grisalhas e cavanhaque escuro. À medida que encerravam a leitura, os membros da comissão viravam a folha e faziam um sinal para o corregedor. Ao terminarem, Rocha Pombo acenou para o escrivão, soltou um "Vamos lá" e iniciou a leitura do documento.

Que o segundo-secretário havia cumprido três anos e cinco meses de serviço no Consulado-Geral de Lisboa sem apresentar alteração até o aparecimento de nova funcionária. Que o segundo-secretário não tinha solicitado a contratação de funcionários para auxiliá-lo em suas tarefas. Que o segundo-secretário não havia participado da seleção da nova funcionária. Que o segundo-secretário concentrou suas atividades no exame de informações consulares e delegou à nova funcionária o controle de estampilhas. Que o segundo-secretário se declarava imprudente na delegação desse controle. Que o segundo-secretário havia reposto, por seus próprios meios, a renda consular faltante. A fieira de "ques" era longa, bem longa, e alguns me surpreendiam: que o segundo-secretário havia levado ao conhecimento de seus superiores a movimentação atípica na emissão de passaportes. Eu, o segundo-secretário, ouvi aquilo tudo com muita atenção, sentado na ponta da cadeira e pronto a responder a cada um daqueles "ques". O escrivão digitava febril, olhando para o corregedor, não para a tela do computador.

Ao final, Rocha Pombo leu com vagar que aquele era o depoimento do segundo-secretário perante a comissão de inquérito, feito em Brasília naquela data, o referido é verdade e dou fé. Assinou duas cópias daquele papel e passou-as aos demais embaixadores, que assinaram, levantaram-se e saíram, falando baixo. O escrivão desligou o computador, apagou a luz e fechou a porta atrás de si. Fiquei só. Vaguei pelos corredores ressabiado, temeroso de encontrar colegas que perguntassem pelo acontecido. Saí pela garagem do prédio.

Horas depois, embarquei com Sophia para Portugal. Após tamanha aflição no Brasil, partimos para um mês de férias na Grécia. Não voltei ao arquivo, tampouco voltei às buscas, passou-se um ano até que eu me lembrasse de avoengos, testamentos, óbitos e lápides. Foi copiando fotos do telefone celular para o computador que me detive por uns segundos na imagem da tumba de Bárbara Manuela. Eu devia ter escolhido um ângulo melhor para aquele retrato, de modo a compensar a iluminação artificial da cripta. Pena que não existisse algum desenho, alguma gravura do rosto dela. Apesar disso, a descrição do jesuíta é tão minuciosa que sinto a Bárbara ancestral aqui ao meu lado, preparando sanduíches com Sophia:

Chegando ao sítio de Nuno Lopes, sentamo-nos nas raízes de um enorme jequitibá. Padre Ambrósio riscava a poeira para me ilustrar que o melhor acesso à redução de Maruery não era pelo rio Anhemby, mas por terra, atravessando o trigal nos contrafortes da serra de Voturuna. Apontou a varinha para um lado, onde estava o rio, e para outro, de onde vinha o casal. O contraste não poderia ser maior. O fazendeiro, atarracado e escuro, passaria por mouro de vasta barba e bigodeira. Dona Bárbara era uma garça ao lado daquele jacu preto. Parecia alta como o marido, creio que jamais tinha visto uma mulher em botas. Os braços delgados e longos não tinham fim, o colo mal se via, ladeado por duas tranças negras.

Senti-me lisonjeado, o casal havia procurado nas arcas seu melhor vestido de dominga, só fariam aquilo por alguma visita importante. Quando dona Bárbara levantou o sombreiro, pela fresta do manto de sarja azul brilhou uma veste de cetim encarnado que ressaltava a cintura fina, abraçada pelo pregueado da vasquinha de damasquilho verde. O forro de bocaxim tateava os pequenos seios firmes, os debruns de veludo a suspendiam, ficava mais leve erguida pelos frocos de portalegre amarelo. Ao contrário das senhoras de Salvador, era discreta nas joias, uns poucos botões de ouro, brincos castelhanos de pérolas e dois anéis de laçada, de gemas verdes da terra. O mantéu de holanda dava moldura ao pescoço de garça; os alfinetes de prata do rolete de cabeça não conseguiam domar as tranças negras que escapavam do coque na nuca.

Ao lado daquela dona Bárbara que flutuava, dom Nuno Lopes ganhava muitas arrobas, sufocado no gibão de catalufa coberto por um capote de catassol roxo. Queria ser quem não era, na figura atarracada não havia espaço para tantas voltas de renda no mantéu, as meias de cabrestilho não disfarçavam as pernas arqueadas que sumiam nas botas de cordovão. Tocou o chapéu de Bardá, talvez para mostrar o punho de prata da espada que pendia no talim franjado.

Nuno Lopes fez-me um aceno e dona Bárbara murmurou um "Seja bem-vindo, Vossa Mercê" piscando sem cessar os olhos estrelados. Mirou-me curiosa enquanto o marido desandava a falar um português engrolado, com longas frases em língua brasílica cujo significado eu tentava adivinhar pelo movimento das mãos de mercador árabe. Tratava da escola, acho eu, porque dona Bárbara acrescentou, com a beleza do sotaque minhoto, que "ali se podia cozinhar algo no tempo em que os pequenos são ensinados nos usos da Igreja, para o aumento daquelas pessoas". Concordei, sem ousar contemplar as pupilas faiscantes que me exploravam. Mesmo admirando o coberto de taipa, adivinhei a presença dela, saboreei a maneira como retirou um inseto que se enredou nas madeixas, ansiei pelo acento cantado do Minho. Um mel quente me inundou os pulmões quando dona Bárbara pronunciou meu nome pela primeira vez:

— Padre Diogo, Vossa Mercê conhece bastante latim, contou-me padre Ambrósio.

Aquela voz passava os dedos pelos meus cabelos, alisava-me a face com suavidade, pousava sobre meus ouvidos qual uma borboleta e convidava a escutar, sem nada responder.

— Perfeitamente, senhora dona Bárbara, trouxe comigo uns poucos livros que recebi de meu tio, o abade Sebastião Teixeira Vaz, de Braga.

— Vossa Mercê então é natural de Braga? Pode uma província tão pequena mandar tanta gente para esta terra tão grande? Se somos dois, já somos muitos.

O sorriso de incontáveis dentes brancos alçava as maçãs do rosto e dava traço oriental às pérolas negras que pestanejavam sem sossegar. Deus seja louvado, eu conhecia bem a região de Braga, a conversa iria sobreviver por uns deliciosos minutos.

— Infelizmente não sou de Braga, senhora dona Bárbara, mas visitei amiúde aquela terra abençoada, é como se fosse natural de lá. Sou da Beira, das cercanias da Guarda, terra de cabras, oliveiras e homens feios.

Não entendeu o chiste, porque passou a me olhar intrigada. As finas sobrancelhas, bem escuras, davam distinção à pele alva e acrescentavam novo encanto. Valha-me Pai, o que dizer antes de o sabiá terminar seu trinado? Contei três batidas do monótono monjolo pilando o milho. Também o moinho gemia com a brisa, seriam precisos mais moinhos para esfarinhar o imenso trigal que cercava a casa. Os instantes pingavam, socorri-me do marido lanoso.

— E o senhor dom Nuno Lopes, é natural de Braga?

Dona Bárbara virou-se para o fazendeiro mascavado que, alguns passos atrás, mostrava ao padre Ambrósio as ramas trançadas para reforço da cobertura da pequena capela. Os seios pequenos se arredondaram, os braços que não tinham fim penderam ao lado da cintura estreita, as cadeiras ondularam sob o damasquilho verde.

— Não, meu senhor é daqui de Santana de Parnaíba. Nasceu nesta casa, no mesmo catre em que dormimos.

125

Blasfêmia, o Todo-Poderoso não poderia permitir aquele corpo esguio e alvo enlaçado a um mouro hirsuto no aposento ao lado da Sua capela. Dona Bárbara falava algo sobre os pequenos índios. Não lhes apetecia a carne assada, buscavam pequenos animais para moquear, comiam os peixes quase crus. Aqui e ali fui memorizando uma e outra palavra do que ela dizia, enleado por aquela voz que me abraçava, envolto naquela névoa de doçura. Não tinha reparado a princípio na linha do nariz, atrevido e gracioso, que dava a ela os ares de nobreza que faltavam à gente da terra.

— É verdade, minha senhora. Estranhos hábitos de um povo bonito e puro. São almas tão próximas de Deus que basta um empurrão para que caiam no regaço do Pai.

— De fato, são muito puros. Muito limpos. Banham-se nos rios, mais de uma vez por semana. A mim não me agradou o banho de rio, com essas histórias de iaras que arrastam pessoas para o fundo. Ademais, a água é demasiado fria, não sei como não se constipam.

Nádegas brancas e firmes afundando na água esverdeada, as pequenas ondas quebrando contra seu ventre macio e encharcando sua vergonha felpuda, a espuma cobrindo os mamilos que mergulham na friagem da corrente suave, o longo pescoço de mármore desaparecendo sob o marulhar, restando à tona apenas o largo sorriso de tantos dentes alvos e as maçãs do rosto que apertam os olhos de azeitonas negras. Dona Bárbara me afastou do Senhor.

"O olho da mulher é uma flecha para os jovens." (Desiderius Erasmus Roterodamus, *Adagia*, adágio 3, centúria 4, provérbio 69) *Mulieris oculus spiculum est iuvenibus.* Ela me perdeu no final daquela manhã de·dominga, entre gritos e risadas de crianças que brincavam em uma língua estranha.

— Já tentei o banho de rio, minha senhora, mas se é como diz, melhor não repetir a façanha. Vossa Mercê pretende que eu reúna os alunos diariamente?

"Melhor reuni-los sempre que possível, assim os curumins vão-se acercando e crescem longe dos hábitos pagãos", estava ao meu lado padre Ambrósio. Nuno Lopes grasnou qualquer coisa sobre milho e beiju, concordamos que a escola começaria no dia da Exaltação da Santa Cruz, a tempo de se terminar a construção do coberto.

— Será uma alegria ouvir nossa língua próxima de casa. Vossa Mercê também dará aulas em latim?

O corpo branco e nu pingando o banho de rio, as tranças desfeitas e escorridas sobre as costas. De fato, eu não havia pensado nas aulas. Surpreendi-me por não ter percebido até então as orelhas delicadas, fascinado que estava pelas tranças negras.

— Creio que aproveitariam o latim, minha senhora. Será bastante progresso se passarem a compreender a missa.

— A mim aprazeria recordar lições de latim, a viagem para o Brasil transforma-me em selvagem.

Aquela mulher sabia ler! Filha tardia de um professor de letras, seu pai havia dedicado a velhice a ensinar-lhe o latim. Foi a única dama instruída que encontrei na vida. Os mamilos pontiagudos molhando o linho, o vestido úmido no meio das pernas, a água continuava escorrendo pelas coxas.

— Vossa Mercê é bem-vinda a escutar as aulas sempre que lhe aprouver. Meus poucos livros estão às suas ordens. Na próxima vinda ao sítio, se for seu desejo, posso já trazer algo. Um Virgílio talvez?

— Em boa ocasião conversaremos sobre o latim, padre Diogo. É gentil, mas por ora o importante é começar a escola.

— Perfeitamente.

As gotas da nuca arqueada escorrem pela coluna, adentram o sulco entre as nádegas. A água tudo explora, tudo quer conhecer. Padre Ambrósio tomou-me pelo cotovelo ao dizer: "Os senhores têm aqui uma joia, um verdadeiro tesouro que nos manda o Pai e o Reino". Nuno Lopes rosnou umas poucas palavras, sorridente, e tocou a aba do chapéu de Bardá. A senhora dona Bárbara acenou com a cabeça, muito garça, murmurando um "Agradecida pela visita". Deu-nos uma gamela com manteiga, um pote de marmelada e dois queijos.

No caminho de volta para a redução havia regatos novos, tantos, nos quais eu não reparara na vinda. Todos envolvendo Bárbara, lambendo a pelugem de sua virilha, sorvendo o sabor de seu pescoço. Padre Ambrósio dizia algo sobre Nuno Lopes ser um potentado em arcos, pessoa de grande qualidade, havia autos de justificação de *nobilitate probanda* arquivados no cartório de São Vicente. Era um dos principais da governança da terra, conhecido por cristão-velho, sem jaça nem mácula alguma, limpo de geração, nele não se achou raça de mouro nem de judeu ou outra infestação.

Os processos de *nobilitate probanda* e de *sanguinis puritate*, como diziam os forais de nobreza, eram registros cartoriais que provavam pureza de sangue e linhagem nobre.

À noite, caiu uma chuva pesada, com trovões que chegavam próximos. Amanari manquejou assustada até minha rede, aninhou-se no meu peito e entrou na roupeta de estamenha que eu abri. Bárbara molhada, saindo do rio, aquecendo-se contra meu corpo. Amanari foi Bárbara como ainda não tinha sido.

A eternidade começou na dominga em que conheci a esposa do fazendeiro, nunca ela me saiu do pensamento. Passaram-se duas semanas em que eu só tive olhos postos para a porteira de entrada da redução. Nada acontecia, não ventava, não chovia, os dias sucediam-se iluminados, os curumins gritavam estridentes junto com as maritacas. Ao despertar, eu esperava.

Terminado o almoço, eu esperava mais. Ao cair da tarde, continuava esperando, entretanto não vinha notícia do sítio. *Tempora sic fugiunt pariter, pariterque sequuntur et nova sunt semper.* Teriam mudado de ideia, talvez abandonado a escola para os curumins.

"O tempo passa da mesma maneira, segue-se da mesma maneira e é sempre novo." (Publius Ovidius Naso, *Metamorphoses*, Livro XV, linha 183)

Nuno Lopes com certeza estaria dividido entre converter almas ou manter seu domínio sobre elas. Por um lado, se mandasse os curumins para a redução, dificilmente poderia aprisioná-los ali e retirá-los da administração dos padres para colocá-los no eito de seu sítio. Trocaria braços por almas. Por outro lado, se convertesse as crianças no sítio, na escola improvisada que construíra, teria os braços e as almas — próximos do Evangelho dos padres, porém distantes da proteção deles. Pesava-me o estômago pensar que pela porteira poderia entrar um grupo de curumins do sítio de Nuno Lopes, para serem catequizados com as crianças da redução. Se fosse assim, eu talvez não voltasse a ver Bárbara.

Foi padre Ambrósio quem trouxe o recado. Poderia ter dito de pronto, na mesma tarde em que encontrou Nuno Lopes no povoado, no entanto demorou alguns banhos de rio e tigelas de cauim para afinal me avisar de que eu era esperado no sítio. "Duas vezes por semana e às domingas, depois da missa na bela capelinha deles." Eu queria estar lá todos os dias, a dominga iria demorar muito a contar daquela quinta-feira.

A dominga chegou e a missa não acabava, padre Ambrósio falava demais e era demasiado lento nos seus gestos de torre visigoda. Nuno Lopes mal se movia, de lábios semicerrados, com o assento a seu lado vazio. Ao final, veio ter conosco, todavia não mencionou Bárbara, se estaria indisposta, se não frequentaria a missa. Despediu-se como sempre, gentil, com um toque na aba do chapéu. No caminho de regresso, padre Ambrósio falava das propriedades da arnica e descrevia com minúcias a planta, para o caso de eu reconhecer alguma na mata. Nada disse de Bárbara, nada perguntei, nada, portanto, aconteceu naquela manhã desguarnecida de vida.

A semana pingou minuto a minuto, veio a dominga e lá estava ela, de linho e brocado, com o belo sorriso de mil velas de sebo. Cumprimentou-nos com um leve aceno, sentou-se e ouviu a missa bastante compenetrada. Não tirei os olhos da porta, ou de Apoema sentado no chão à minha direita, ou do altar tosco; em nenhum momento olhei à minha esquerda, onde estavam as tranças de cabelo tão negro. Padre Ambrósio só fazia falar, de costas para os fiéis e de frente para mim. Estava especialmente vagaroso, torturava-me a cada movimento comedido e cuidadoso. Ao final, arrumado o altar, fomos cumprimentar os proprietários.

Nuno Lopes era um homem ausente. Com frequência passava dias fora inspecionando seu enorme sítio, ou então descia a serra a São Vicente para vistoriar embarques de mercadorias. Também era ausente enquanto estava em casa. Se não viajava, convidava padre Ambrósio e a mim para almoçar, mas não dizia palavra durante a refeição. Talvez porque falasse um português precário, cheio de misturas com palavras nativas, escutava a conversação com indiferença, mais preocupado em atirar lascas de carne aos cachorros que cercavam a mesa. No primeiro almoço, procurei dirigir-me a ele, em respeito ao dono da casa. Abria um largo sorriso, dentes escuros em meio àquela barba cerrada que cobria sua pele trigueira de mouro, e respondia com frases curtas. Não engatava conversa. Na nossa partida, apressava-se a descer a escada do alpendre para aguardar-nos embaixo e acompanhava-nos, calado, até a porteira. Tirava o chapelão de couro dentro da capela, a pedido de Bárbara. Despedia-se com muita gentileza e nos pedia a bênção, que recebia de chapéu e cabeça baixa.

Naquela dominga, Bárbara não se dirigiu a mim, que estava próximo de seu marido, ao dizer que as aulas poderiam começar já na terça-feira seguinte. Meu coração inchou. Não sei de que falava padre Ambrósio no caminho de volta, nunca vi uma arnica.

Na data acertada, o sol que surgia encontrou-me no final da trilha da mata, adentrando o milharal do sítio de Nuno Lopes. Não sabia o que fazer na escola improvisada, coloquei dois livros na ponta da mesa, busquei um pedaço de carvão e umas cascas largas de palmeira em que desenharia letras. Os curumins foram se aproximando, calados, e sentando-se no chão. Havia dezoito crianças, de idênticos olhos negros e cabeleiras escuras. O mais velho deles era um menino alto, meio cego, soube que uma chicotada do fazendeiro tinha-lhe lastimado um olho. No fundo ficaram três cunhãs dos seus quinze anos, uma recém-parida e as outras pejadas, às vésperas de aumentarem a prole de Nuno Lopes. Perguntei se alguém falava algum português, contemplaram-me sem esboçar reação. Nem sequer o dono daquelas terras falava a língua do Reino, o que esperar das crias? Vi descortinar-se um longo caminho, pelo qual eu precisaria semear palavras se quisesse que conhecessem a Palavra. Foi assim que comecei. Escrevi vogais nas cascas de palmeira e fiz gestos para que repetissem o som comigo.

No final da manhã, uma índia gorda, a quem chamaram Emaci, acendeu o braseiro e preparou canjica. Um rapazinho magro trouxe três peixes moqueados, comemos todos e os curumins partiram sem se despedir. Quedei-me sentado por uma hora e retomei o caminho para a redução. Apoema escoltava-me cauteloso, imagino que tivesse notado meu abatimento e quisesse deixar-me em paz. Na carta a António, contei da Graça que o Senhor havia pousado sobre mim, permitindo-me levá-Lo a dezenas de crianças selvagens, porém nada escrevi sobre Bárbara.

A aula seguinte foi parecida, voltei para a redução após o almoço, ansioso pela dominga. Chegou o dia da missa, no final padre Ambrósio partiu e deixou-me na escola improvisada. Vi Bárbara descer da varanda, rodear a casa-grande e desaparecer por trás da casa de serviço, a caminho da olaria. Ou seja, a semana durou aqueles poucos segundos. Nos outros dias, nem esse relance pude ter, tudo foram carvões, cascas de palmeira e indiozinhos mudos. Apoema vinha comigo, sentava-se ao fundo e retornávamos juntos, sem dizer palavra. Só a encontraria nas missas, quando padre Ambrósio ficava entre ela e mim, tapando a figura que eu só adivinhava à esquerda e forçando-me a encarar a porta da capela.

Passei a viver um contínuo estreitar no meu peito: antes das missas porque temia que naquela dominga ela não viesse, depois porque estávamos novamente na trilha de volta e padre Ambrósio contava histórias mudas, que iriam durar até a próxima dominga.

No dia de São Judas Tadeu, desembocando da trilha com padre Ambrósio, vimos ao longe dois índios do sítio carregando um tapir. Cruzaram nosso caminho cabisbaixos, o animal que traziam pendurado era agora um rapaz magro, coberto de lanhos, alguns cortes profundos ainda gotejavam. Havia marcas de chicotadas por todo o corpo nu, mas a agonia não aparecia nos olhos escancarados, plácidos. Da boca aberta saía uma língua escura.

Nuno Lopes esperava-nos sentado à varanda. Levantou-se obsequioso e fincou-se ao pé da escada, com a saltimbarca de picote manchada de sangue e as botas de canhão sujas de lama. Foi a única vez que me lembro de ele ter-nos estendido a mão, em geral nos cumprimentava com um aceno. Sorridente, disse que iria "vestir um fato asseado, não convinha ir à ceia do Senhor naqueles trajes de eito". Logo adentrou a capela com Bárbara, ambos domingueiros e contritos.

Sempre gostei de São Judas Tadeu, um dos apóstolos presentes no Pentecostes. O Salvador veio a nós trazer a Palavra, no entanto é o Espírito Santo o vento que sai da boca de Deus e nos carrega para o paraíso. Padre Ambrósio leu a passagem sobre a Ascensão do Cristo. O casal fez o convite para almoçarmos, havia um cabrito com pirão e favas, acompanhado de um vinho do Alentejo que por milagre atravessara o mar oceano sem vinagrar.

Nossas vozes ecoavam na sala imensa. Cercada pelo bufete de cedro e pela arca de seis palmos, a principal mobília era a mesa de missagras de ferro. Apenas as cadeiras de espalda indicavam que ali morava gente de qualidade. Não havia nada contra as nuas paredes brancas, exceto um *Imagem da Vida Christã*, de frei Heitor Pinto, esquecido no poial de taipa. Em poucos minutos, uma negra da terra preparou a mesa: deslizou silenciosa no tabuado largo da sala grande, apanhou uma moringa e duas vasilhas de cerâmica sobre a cantareira de pinho; da arca de limpeza da casa retirou toalhas de pano de ruão, guardanapos de linho e toalhas d'água com abrolhos; colocou nos panos uma salva de prata de gomos, quatro pratos com meia dúzia de colheres de estanho, uma tamboladeira, um pichel com o vinho perfumado e saiu.

Sentei-me ao lado de padre Ambrósio e em frente ao fazendeiro, podia tocar suas botas sob a mesa, levemente ofuscado pela janela aberta. Acostumando a visão à claridade, não podia deixar de espiar com insistência por cima dos ombros de Nuno Lopes. Baixava o rosto para meu prato, fixava a boca de padre Ambrósio, que contava casos da redução, porém voltava a mirar a roupa branca de Bárbara secando no pátio. Penduradas em um fio, apalpadas pela brisa, estavam as peças íntimas que cobriam aquela mulher por baixo dos pesados vestidos domingueiros.

Ao tomar meu lugar à mesa, tive esperança de compartilhar a vasilha d'água de Bárbara, não a do marido, que me passava a tamboladeira com a borda gordurosa de seus lábios grossos. Eu a enxugava na toalha antes de passá-la a padre Ambrósio. Fiquei distante da esposa, contudo esse arranjo de lugares deu-me uma ideia que se provaria acertada. A toalha mostrava a que ponto Nuno Lopes e padre Ambrósio eram distintos. O pano de ruão era um mapa da distância social entre ambos. O fazendeiro apanhava pedaços de carne com três dedos, como deve ser, enfiava esses dedos no molho e deixava um rastro até seu prato; já padre Ambrósio fazia o mesmo e tinha a toalha impecável diante de si. Quando o fazendeiro mergulhava pedaços de pão na sopa, pingava no gibão e no mantéu; padre Ambrósio comia com ele da mesma sopa e trazia limpa sua sotaina. O sam paulista temperava couve e farinha com azeite na palma da mão, enfiava uma lasca de carne no bolo, deixava cair pedaços a caminho da boca e logo fazia outro bolo; padre Ambrósio fazia seu bolo com rápidos movimentos delicados, nada escapava da palma de sua mão, que lavava em seguida à vista de todos nós. Bárbara assistia a tudo aquilo e imagino que censurasse a falta de modos do marido tão rude. Seria essa a fresta na muralha?

Bárbara estendeu a tamboladeira ao marido, o saio escorregou e pude ver seu braço branco e delgado. Disparei a falar para ocultar minha perturbação. Só me dei conta do que dizia ao perceber o interesse da esposa:

— Mas o próprio conde toca violino?

Eu contava de um cabrito que tinha comido na casa do conde de Villaverde, ao som de um quarteto de cordas. Falava de um utensílio de mesa que era moda na nobreza da Grécia, uma forquilha que se usava para espetar pedaços de alimentos e levá-los à boca. O conde havia interrompido o almoço para nos mimosear com um solo de violino. Sua Graça era um virtuoso, tocava com tal técnica e emoção que marejou os olhos do bispo de Lamego.

O interesse de Bárbara se incendiou. Perguntou sobre estofados, tecidos de reposteiros, tapeçarias, a toalete da condessa de Villaverde. *Vanitas vanitatum et omnia vanitas.* A tudo eu correspondia com lembranças da casa

"Vaidade das vaidades, tudo é vaidade." (Eclesiastes, capítulo 1, versículo 2, na Vulgata)

de frei Mendes Costa, de uma das melhores famílias do Reino. Eu sabia da existência de um bispo em Lamego, porém gelei com o pensamento de que Bárbara poderia a qualquer instante perguntar o nome do conde de Villaverde.

No final, Nuno Lopes ofereceu-me jeribita, que recusei. Bebeu a vasilha de aguardente em um único gole; nos meses seguintes eu o veria fazer isso muitas vezes. Na despedida, ela acenou-me com a cabeça sem deixar de me fitar, protegida pelo chapelão do marido. Havia descoberto em mim a poeira da boa sociedade de Portugal, fiapos da Nobreza e do Clero.

Nos dias em que não havia aulas, eu saía a banhar-me no rio. Caminhava pela trilha até o milharal de Nuno Lopes, com um chapelão de palha escolhido por ter a mesma cor do milho seco. Ali, podia ver ao longe o casarão do sítio, no topo da colina, ao lado da casa dos negros. Sob aquelas telhas de barro ela bordava e lia, por trás das paredes de taipa caiada ela suspirava por salões e vestidos, quem sabe pensasse em mim ao som das batidas do monjolo.

Tudo se transformou na terça-feira em que Bárbara veio após o almoço, pegou um curumim pelos cabelos e fê-lo dizer: "Eu sou Ereíma". Explicou-me que era o filho de Emaci, a índia gorda que preparava o almoço e que tivera febres em pequena, por isso ficara surda. A índia não falava nunca com a criança e esta mal respondia em língua brasílica, o nheengatu. Era um espanto que aquele indiozinho falasse algo em língua humana.

— Estou muito surpresa, padre, acho que Vossa Mercê devia batizá-lo com seu nome para celebrar seu aluno.

— Não é meu aluno, senhora dona Bárbara, se aprender algo será por Aquele que tudo sabe e tudo quer ensinar.

— Eu sei, padre Diogo, mesmo assim estou curiosa, Vossa Mercê ainda não viu nada.

Deu uma varinha a Ereíma, que riscou "Christo" na poeira. Um arrepio enrijeceu-me as pernas, franzi a testa. Não poderia ter visto aquilo, senti a presença Dele ao meu lado, rabiscando letras nas cascas de palmeira e trazendo aqueles olhinhos negros todos para Seu calor. Ajoelhei-me e beijei o solo, as crianças riram quando Bárbara tomou do meu braço para me ajudar a levantar. Quis que suas mãos de dedos longos tivessem deixado marcas, sinais que eu acariciasse por algum tempo antes que desaparecessem.

Foi o primeiro de dois milagres. O segundo foi que Bárbara passou a assistir às aulas, sentada em um tamborete na sombra. Agora eu podia virar-me para a esquerda, cruzar meus olhos com seus olhos estrelados. Um dia, sorri para ela. Encarou-me muito séria até que eu prosseguisse com a lição. Ao final, ela sorriu para mim. Mirei o carvão que empretecia minhas unhas, os curumins sentados no chão e voltei a ela. Ainda sorria. Também sorri. Sorri demais na trilha a caminho do sítio, nas aulas sempre que nossos olhares se encontravam, no retorno à redução debaixo de chuva, à noite na minha rede de carijó enquanto apertava Amanari.

8 DA PROPRIEDADE E DO USUFRUTO DA VIDA

"Materies opus est, ut crescant postera saecla; quae tamen omnia te vita perfuncta sequentur; nec minus ergo ante haec quam tu cecidere cadentque. Sic alid ex alio numquam desistet oriri vitaque mancipio nulli datur, omnibus usu." **(Titus Lucretius Carus,** *De rerum natura,* **Livro III, versos 967-971)**

Há necessidade de matéria para que cresçam as gerações futuras; que todas, contudo, realizadas suas vidas, te seguirão; e portanto não menos que ti gerações hão caído antes e cairão. Assim as coisas não cessarão nunca de nascerem umas das outras, e a vida de ninguém é dada em propriedade, mas a todos em usufruto. (Tito Lucrécio Caro, *Sobre a natureza das coisas*)

Sophia vomitava e ria, iluminada. Prendia os cachos à nuca, procurava aflita suas sandálias e disparava para o banheiro. Voltava com seu riso cristalino. O ar-condicionado não funcionava, as janelas escancaradas deixavam entrar a algaravia da rua. Eu não entendia nada do que diziam os passantes, por isso o ruído parecia mais baixo, quase um fundo musical para os estertores de Sophia. Eram os primeiros dias de nossas férias na Grécia. Pediu-me que fosse à farmácia. Fui a três, até perceber que era perda de tempo. Os balconistas não entendiam o que eu falava, e mesmo se tivessem entendido eu não saberia ler a bula em grego do teste de gravidez.

— Deixa para lá, filho, não tenho dúvida. Só queria ver aquela fitinha colorida do teste, igual à que se vê nos filmes. Será que dá para guardar aquilo? A cor não desaparece?

Quis fazer como nos filmes, cercar Sophia de cuidados exagerados, evitar cansaços, que subisse escadas para visitar monumentos, mas achava aquilo tudo uma bobagem. Nos rincões da África, nas favelas do Brasil as mulheres têm filhos saudáveis apesar de carregarem peso e cortarem lenha. Ademais, a Grécia me fascinava, queria subir as escadas todas correndo, sou adepto do turismo de escalada. De que vale uma ruína se não se pode subir nela?

Sophia estava mudada, via-se na textura da pele e na maneira de alisar o estômago reclamando de pontadas. Tudo nela se preparava para o salto seguinte dos genes que vinham escorrendo desde sempre, sabe Deus a partir de onde, passando pelas serras de Portugal, pelos campos de São Paulo, até o meu colo. Tentava me ver dentro dela, buscava ali meus traços e manias, entretanto só via um umbigo e pensava na azia que me causam os vinhos resinados. O polvo, porém, era ótimo à maneira grega, assado na brasa sem que ficasse borrachudo.

Pelas minhas contas, o bebê nasceria no inverno. Não sabia se isso era positivo. O fato é que a notícia estragou-me as férias. A princípio, achei que me preocupavam os arranjos da casa. O espaço era pequeno, talvez tivéssemos de nos mudar daquele apartamento simpático com vista para o Chiado. Não contava com empacotar livros tão cedo, achava que ainda teria uns dois anos de paz antes de passar pela canseira de nova mudança. Em pouco tempo, contudo, bati de frente com minha real preocupação: a certeza de que não queria filho algum.

Nunca quisera filho algum, não seria agora que iria mudar de ideia apenas para me transformar naquele personagem de filme, o tal que cerca de cuidados a mulher grávida. Um filho era contrário a tudo aquilo a que aspirava, que não era muito. Gostava do silêncio, das noites bem-dormidas, das longas leituras. Sou indiferente a mãozinhas grudentas e olhinhos remelentos. Era horrível a sensação de um bebê no colo, retorcendo-se e esticando bracinhos e perninhas. E o futuro? As escolas, os médicos, as escadas de degraus de mármore, as tomadas elétricas coloridas, as quinas de mesas de vidro. Por que as pessoas tinham filhos? Para que desistiam de vidas tranquilas e mergulhavam naquele estado de alerta que iria durar anos?

Minha mulher voltaria daquela aventura biológica flácida, gorda, feia, cansada e — sobretudo — desatenta. Ela ignoraria minhas dores de cabeça, qualquer grunhido daquela criatura enroladinha em panos caros seria mais importante. Os sábados fluiriam com a criança, para a criança. As férias escoariam em

138

locais desinteressantes, com plástico e comida barata. Estaríamos misturados à manada de casais com sorrisinhos beatificados pelo sacrifício de criar um pequeno mandarim despótico. Quis aproveitar os dias na Grécia, mas esses pensamentos apressavam o regresso. Melhor enfrentar aquilo tudo sem demora, para que os anos passassem rápido. Depois de quase um mês, retornamos a Portugal.

Sophia morreu em três meses. Correu a telefonar para farmácias assim que desembarcamos, disse que não dormiria enquanto não fizesse o teste da tirinha colorida. Comprou dois testes de marcas diferentes e nenhum deu resultado positivo. Esperou pela consulta médica, fez exames de sangue e novamente o resultado foi negativo. Meu alívio durou pouco, porque ela continuava a vomitar e a reclamar de enjoos e de pontadas.

A endoscopia revelou uma gastrite moderada que jamais havia se manifestado. O tratamento do estômago durou pouco, até que Sophia acordou amarela, retorcendo-se e cuspindo bílis. A ressonância magnética revelou o câncer de pâncreas, que já havia tomado parte do fígado. O tratamento nem sequer começou, não houve tempo.

Não me despedi dela. Tento me lembrar da última vez que a vi, quais foram minhas derradeiras palavras a ela. *Mors iuvenibus in insidiis, senibus in ianuis est.* Recebi a notícia da morte de Sophia pouco antes do almoço, quando ressonava em uma poltrona de couro que grudava na pele. O elevador demorava, desci as escadas e, a caminho da saída, passei pela maternidade. Ali estavam os corpinhos rosados enrolados detrás da vidraça. Malditos sejam.

"A morte, na juventude, está na emboscada; na velhice, está à porta." (provérbio latino)

Lá se foi minha alentejana. Fiz os preparativos sem ver seu rosto. Levei sua melhor roupa ao hospital, estava coberta por um lençol ao ser colocada em uma maca. O lençol escorregou um pouco, minha última visão de Sophia foi de um seio ainda bronzeado pelo sol da Grécia. Seu irmão veio de Évora a fim de ajudar nas providências, juntos viajamos para a cidade da família.

Seus pais me pareceram resignados, talvez suspeitassem que aquela risada cristalina iria se apagar durante a velhice deles. A mãe não me largou o braço, suspirava fundo ao passarmos pelas duas torres quadradas do Castelo de Arraiolos, a caminho do cemitério. Afastei-me na abertura do caixão, não o bastante para evitar o choro do irmão. Só eu usava gravata no enterro, que foi rápido. O pai me abraçou, a mãe disse "Tu serás sempre nosso filho" naquele seu sotaque lombardo, e partiram. Nunca mais os vi, o irmão às vezes me escreve para procurar emprego no Brasil. Fiquei à beira do túmulo fresco, a família foi-se despedindo aos poucos.

O calor da tarde baixava, dei-me conta de que não tinha transporte de volta à minha casa. Tirei o paletó e caminhei até a vila. Não tinha almoçado. Deixei as alheiras no prato, um grande cálice de Cartuxa pela metade e corri atrás do ônibus que seguiria a Évora, de onde peguei o trem para Lisboa. A Fiandeira mandou uma mensagem, perguntava pelo horário de chegada do trem. Sentei-me ao lado de uma balzaquiana levemente ruiva, de sorriso encovado, lábios carnudos e olhos claros. Achei que eu fazia um tipo interessante, como viúvo recente.

Quando desci do trem, aquelas orelhas pontudas avançaram na plataforma. "Vim para dar um abraço fraterno e dizer que conte comigo", assustou-me Cunha Mello com sua solicitude. O valete estava a pouca distância dele, apenas acenou todo sério. Conduziu-me pelo cotovelo ao longo da Estação do Oriente, para meu grande constrangimento. Fiz menção de tomar o metrô, insistiu que fosse no carro dele. Ali me deixei levar, mudo, espiando o Oceanário, indiferente à Fiandeira. Puxei a gola do paletó para me proteger do seu hálito nauseante, que ricocheteava no vidro e me flechava as narinas. Despedimo-nos na porta de meu edifício. Cunha Mello desceu, estreitou-me contra o peito e disse: "Sinto muito pela sua dor". Sentou-se no banco ao lado do motorista e partiu.

A missão de sindicância desembarcou em Lisboa nessa época. O corregedor enviou um embaixador e dois funcionários para investigarem o desvio de renda consular. Logo passaram a ser chamados de "as Moiras", porque ali teceriam o destino do cônsul-geral. Cunha Mello tratava-os com cortesia. Mandou preparar uma sala especial que acomodasse a missão e encarregou uma secretária de atendê-los no que fosse preciso. No dia em que chegaram, reuniu os funcionários e pediu empenho para o bom desenrolar dos trabalhos: que se prestassem à missão todas as informações que fossem solicitadas. Feito isso, não tocou mais no assunto.

Dias depois, retomei o expediente, meio aéreo, empapado de melancolia, até que recebi o pedido de renovação do passaporte de José Cláudio, o valete da Fiandeira. Com os documentos necessários havia o *nihil obstat* de dona Clarice, o papeleto rosa que indicava nada haver contra o solicitante nos arquivos do consulado. "Nada obsta", fórmula usada pelos censores eclesiásticos ao permitir a publicação de um livro. Era, portanto, um pedido rotineiro, exceto por um aspecto: o passaporte do valete estaria válido por cinco anos e o visto de contratado local só expiraria dali a três anos. Estranhíssimo.

Acontece que vários dos funcionários do consulado trabalhavam ali exatamente para obter esse visto de contratado, que os isentava de impostos. Permitia, por exemplo, importarem carros da Alemanha a preços muito inferiores aos do mercado português. O lucro na revenda desses carros representava meses de salário. Com aquele tipo de visto, traziam coisas de toda a Europa, que abarrotavam a mala diplomática a caminho do Brasil. Dona Fúlvia, uma mulherzinha seca da contabilidade, havia se especializado em importar biscoitos dinamarqueses que eram disputados em Brasília a preço de ouro. Dizia-se que ela dobrava seu salário com esse comércio, ganhando tanto quanto o René Cintra, que mandava vir de Antuérpia os diamantes para uma sobrinha distribuir no

Rio de Janeiro. A mala diplomática, inviolável, estava ao alcance dos contratados locais. Tinham acesso àquela espécie de ponte aérea comercial privilegiada.

Tudo indicava que o valete queria trocar um passaporte válido, com visto de contratado local, por outro passaporte válido, sem esse tipo de visto tão ambicionado. Por que José Cláudio faria isso? Eu estava encrencado em desvios, um a mais não faria diferença. Assim, desviei o passaporte do valete: levei-o para casa e escondi-o dentro de um livro sobre o cultivo de uvas na África do Sul.

Não se passou uma semana e José Cláudio mandou perguntar pelo seu passaporte. Minha resposta, em três palavras, vinha pesada de satisfação: "Depende do corregedor". Não fora ditada pelo acaso, fora cuidadosamente estudada. Primeiro, para que fosse uma resposta concisa tal qual um punhal. Depois, nada melhor para instilar dúvida do que a palavra "depende". Por fim, para embutir a ameaça que vinha oculta na palavra "corregedor". Não foi da sala da roca, da sala dos fumantes, que partira a ligação relatando a Sophia minha aventura com Vanessa? Não era o valete o principal, senão o único, frequentador daquela sala? Depende do corregedor. Ninguém mais perguntou pelo passaporte.

A Fiandeira passou a procurar-me. Apoiava-se no batente da porta de minha sala e ali ficava, com frases no plural: "Estamos melhor hoje?". Perguntava pela minha saúde, as mãos cruzadas sob o ventre naquela pose de santidade que nada combinava com a chaminé do inferno que trazia na boca. Isso aumentava minha tristeza. Passei a temer que sentasse à minha frente, intoxicando-me com sua atenção exagerada e respiração putrefata. Jamais perguntou pelo passaporte do valete. Até o dia em que me convidou para jantar em sua casa.

Bufei alto ao dar o nó na gravata, vestindo-me para o tal jantar. Eu não poderia ter aceitado aquele convite, não devia ter me intimidado com a conversa de que seria um jantar especial, que a Fiandeira "me devia já fazia alguns anos". No melhor cenário, aquilo seria de um tédio infinito. Preferia uma crise de pedras no rim a prestar atenção na conversa enquanto o lustre refletia as pálpebras plastificadas de lagarto, tolerar a brisa que exalava daqueles pulmões em avançada decomposição, acompanhar o movimento das orelhas de abano. No pior cenário, estaria armado o palco para a cena vexatória, na qual ele perguntaria sobre o passaporte do valete, afetando indiferença, e eu mentiria, informando que ficara retido com a missão do corregedor. Na manhã seguinte, teria de levar o documento às Moiras para dar veracidade à farsa e assim encerrar minha doce provocação.

Aprontei-me bem antes da hora, porém cheguei atrasado, tamanha a resistência à ideia de trocar minha sacada com vista para o Chiado pela sala lúgubre de Cunha Mello. Preparei-me para ouvir todo tipo de fofoca e maledicência, noite adentro. Heróis não são forjados no sangue dos campos de batalha? Pois diplomatas são forjados nos molhos dos jantares de intrigas. Soldados não dão a vida pela pátria? Pois diplomatas dão o fígado. Parti para o embate.

Cunha Mello tinha grande habilidade com as mãos. Um quarto da residência do cônsul-geral tinha sido transformado em oficina para empreitadas de marcenaria. Fez uma réplica do profeta Oseias, do Santuário do Bom Jesus de Matosinhos, que flutuava. Disse-me que o mogno dilatava-lhe os nódulos nos dedos atacados pela artrite. A doença em breve o impediria de fabricar aquelas peças e de fazer outras coisas, como tocar sua espineta do século XVII. Tirou uma belíssima música barroca daquelas teclas de som metálico, depois de revelar que nunca tinha tentado compor algo. Levou-me por um corredor escuro a um quarto de despejo de janela estreita. Ali me apontou o jardim da casa vizinha, onde um homem gordo fumava cigarrilha, embrulhado em uma manta de lã. "Não o reconhece?", perguntou divertido. "Pois é o Ricardo Soares." "O cantor?", reagi surpreso. Levou-me à biblioteca para mostrar sua Brasiliana e a primeira edição de *O Selvagem*, do Couto de Magalhães. Foi ali que me dei conta de que estávamos sós. Nem o valete, nem a arrumadeira, nem o motorista, nem qualquer outro empregado ficava naquele casarão que apertava a solidão da Fiandeira.

Minha vinda era um grande acontecimento. Fiquei tenso, a qualquer momento ele daria o bote e perguntaria sobre o passaporte do valete. *Mirabor si sciet inter noscere mendacem verumque beatus amicum.* As "Ficarei surpreso se ele tiver a felicidade de distinguir entre um mentiroso e um verdadeiro amigo." (Quintus Horatius Flaccus, *Ars poetica*, versos 424-25)

horas se passaram em torno de uma vitela maravilhosa seguida de fios de ovos. Serviu-me um conhaque "de séculos" e abriu um livro em alemão, com esculturas de Tilman Riemenschneider. "Por favor, não comente com ninguém que me ouviu dizer isso, no entanto o que é um Aleijadinho diante de Riemenschneider?", suspirou. Apontou a gravura de uma madona com o rosto ligeiramente virado, coberta por um véu rendilhado, os olhos semicerrados de mágoa. Retornou à sua oficina e de lá trouxe uma escultura, cópia perfeita daquela madona. Exceto por um detalhe: a fisionomia era a de Sophia. "Sentirei sempre pela sua dor", disse-me quando entrei no táxi. Nada se falou do passaporte do valete.

Por aquela época, voltei a achar que o mundo entrava em um túnel. Comecei a evitar o miradouro de São Pedro porque me lembrava de Sophia, logo passei a evitar outros lugares que eu frequentara com ela e por fim mal saía de casa. A madona de mogno ficava sobre a lareira, via pelo espelho seus traços de espantosa semelhança com minha alentejana, serenos. Fui pedir a Cunha Mello que autorizasse meu regresso ao Brasil, porque a missão de inquérito levaria meses para ser encerrada. O telegrama saiu naquele mesmo dia, a Fiandeira se livrava de mim. Embarquei no final do mês e levei na mudança o passaporte do valete, José Cláudio.

Na véspera da partida, fui ao banco encerrar minha conta. Esperava sacar uns poucos euros que haviam sobrado, mas recebi um impresso azul com um saldo de cinco dígitos. Alguém havia feito um depósito de cinquenta mil euros, em espécie! O gerente não soube dizer quem fizera aquele crédito, já que operações em dinheiro não eram identificadas.

Eu não mais amaria, havia descarregado tudo em Sophia. Ao encaixotar meus livros, folheei com ciúme a narrativa da sedução de Bárbara Manuela pelo jesuíta. Ele que usufruísse aquele jogo fugaz. Se era grande meu sofrimento pela ausência de Sophia, o dele seria colossal. A paixão do velho Diogo pela mulher do fazendeiro e a falta que ela lhe faria me aproximaram ainda mais do meu antepassado. Ele compreenderia a imensidão do meu desconsolo:

Nem só de pão vive o homem, o sorriso de Bárbara me alimentava. Tudo em mim era entusiasmo pelos curumins, que aprendiam rapidamente. Outros acompanharam Ereíma e descobriram que aqueles símbolos riscados a carvão nas cascas de palmeira eram sons e que os sons se combinavam em palavras. Minha grande surpresa estava reservada para Apoema. Meu índio sentava-se ao fundo, calado, cabisbaixo, rabiscando a poeira. Não me ocorreu que escutasse as aulas, menos ainda que estivesse desenhando letras. Uma ocasião, Apoema tomou de uma casca de palmeira e nela escreveu seu nome com um carvão. Mostrou-me o feito e saiu caminhando, sem se importar com minha euforia. *Discite, o miseri, et causas cognoscite rerum.* "Aprendei, ó infelizes, e conhecei as causas das coisas." (Aulus Persius Flaccus, *Satirae*, Livro III, sátira 66)

No dia de São Francisco Xavier, depois da missa, o casal ofereceu um almoço a padre Ambrósio e a mim em homenagem a nosso padroeiro. Ocorreu então a cena mais maravilhosa. Foi servido um enorme leitão, tenro e perfumado, que Nuno Lopes desbastava em lascas com uma faca pequena. Os cachorros colocavam as patas sobre a mesa, aflitos em lamber o assado, para receber socos de punho fechado do fazendeiro. Nuno Lopes não conseguia cortar a carne, os cães o empurravam e os bebês gêmeos da indiazinha choravam aos berros. Ela devia ter seus dezesseis anos, viera morar na casa-grande com as crianças, dormia na cozinha e servia a mesa com os gêmeos amarrados junto ao corpo com uma tipoia. Estavam com fome, berravam um choro agudo de quem não pode esperar. O fazendeiro levantou-se para alcançar a faca maior quando dois mastins enormes saltaram sobre ele e o jogaram ao chão. Ergueu-se devagar, bateu a poeira do calção de perpetuana e jogou um grande naco de carne pela janela. Os cães se precipitaram em carreira para o pátio, disputaram a carne e em seguida devoraram os bebês, que Nuno Lopes arrancou da tipoia da indiazinha e lançou no meio da matilha. Súbito a sala ficou silenciosa, a cunhã voltou para a cozinha e o fazendeiro passou a padre Ambrósio uma fatia macia e suculenta do lombo de leitão com mandioca.

Então aconteceu. Recebi meu prato de cabeça baixa, agradeci àquela mão peluda que me estendia a refeição. Ousei erguer o rosto, Bárbara fixava-me intensamente, em uma troca que durou muito, porém não o bastante. Tudo estava naqueles olhos negros ladeados por tranças: a solidão profunda, a repulsa àquele bruto com quem se casara, a juventude soterrada pelo sítio. Era um pedido de socorro. Na partida, ao afundar o chapéu para receber a bênção, Nuno Lopes deixou marcas de dedos sebosos no feltro. Bárbara acenou-me polida, distante.

Não tardou, veio o que eu esperava. Bárbara nunca mais mencionara as aulas de latim. Eu não ousava lembrá-la disso, contudo sempre levava meu Horácio, que ficava em cima da mesa, esperando chamar sua atenção. Várias vezes ela se acercou, disse-me algo e partiu, sem atentar para os versos de séculos dormitando naquela terra tão nova. Enfim, Bárbara tomou do livro, folheou-o e disse: "Parece que era filho de um escravo liberto". Tentou ler uns versos, hesitou e gaguejou até confessar: "Preciso recordar meu latim, faz tantos anos". Naquela mesma tarde, conheci a sala de música da casa-grande. Chamavam de "sala de música" apenas porque ali ficava a espineta que viera de Lisboa com seus trastes. Ela não tocava o instrumento, que por isso passara a servir de mesa. Era ali que transcorria sua vida, cercada de negras da terra, lendo, orando e cosendo. Colocou outra cadeira ao lado da sua, no entanto o pé da espineta obrigou-me a recuar um pouco. De trás eu via seu perfil, os cabelos cacheados e, sobretudo, o pescoço. Quantas noites foram assombradas por aquela visão do pescoço de Bárbara!

Ali começamos as aulas. Ela lia Horácio ou Virgílio, eu corrigia e nos detínhamos em alguma declinação, para exercícios. *Legendi semper occasio est, audiendi non semper.* Perguntava-me sobre os sapatos "Há sempre oportunidade de ler, mas de ouvir, nem sempre." (Plinius Caecillius Secundus, *Epistulae*, Livro II, epístola 3, frase 9) da marquesa de Montebelo ou a festa de casamento da filha do barão de Torrealva. Mal piscava, escutando minhas minuciosas descrições de roupas e de ambientes. Era coisa de duas horas, às terças-feiras e às quintas-feiras. Minhas semanas passaram a ter quatro horas. Apoema esperava sob o telheiro do alpendre e me escoltava no retorno à redução. Deve ter pensado que enlouqueci, tanto eu falava sozinho no caminho.

Entrei na intimidade da casa alguns dias depois, enquanto Nuno Lopes permanecia na vila. Eram sete léguas de distância, por caminhos fragosos, ele não voltaria em breve. Eu já havia saído do algodoal e avançava pelas vinhas quando um curumim veio chamar-me, espantando os carneiros. Fui encontrar Bárbara na casa de serviço, entre teares, liças, aviamentos, urdideiras, caneleiros, adereços e pentes de pano fino de velame. Fiquei encabulado, ela estava distraída observando um tapanhuno que arrumava caixas de novelos. Ralhou com o negro ladino e pediu-me que a acompanhasse. Ao subirmos os degraus da varanda, não entrou na sala grande que eu bem conhecia, mas continuou pelo lado da casa, protegida pelo telheiro do corredor, até a cozinha. Queria que eu experimentasse sua produção de água de rosas daquele ano, antes que os frascos fossem levados para São Vicente, "com o clima ameno o roseiral estava esplêndido".

Bárbara deu-se conta do embaraço tão logo me sentei nas caixetas de marmelada, em meio a tachos de cobre, e as carijós se calaram. Retirou um púcaro de água de rosas do grande jarro de estanho, passou-me a vasilha e ali ficamos, acanhados. As negras da terra seguiram com a azáfama, tiravam pães do forno, enchiam peroleiras de vinagre, prensavam queijos, pilavam o almofariz e ralavam mandioca na roda. Se ela queria dizer-me algo, não seria naquela balbúrdia, com o monjolo batendo tão próximo. Restava-me fazer o cumprimento óbvio e partir.

— Excelente, já sinto minha pele melhor, se havia feridas foram lavadas por esta excelente água de rosas.

Bárbara sorriu com olhos apertados, entreguei a vasilha a uma cunhã e preparei-me para sair. Levou-me por outra porta, assim atravessamos a casa inteira. Segui os passos de botina pelo tabuado largo. Sentado no poial, fingi apreciar um painel de Santo António no aguardo de Bárbara, que apanhava a moringa na cantareira da sala branca. O que eu admirava mesmo era o aposento do casal. As alfaias da casa eram de qualidade, excelentes cadeiras de estado, bufetes marchetados de marfim, canastras encouradas, arcas de oito palmos de vinhático, candeeiros de quatro bicos em todos os cômodos. Contudo, não era isso que eu admirava. No aposento, entre um espelho com moldura de tartaruga e dois armários com incrustações de madrepérola, estava o catre. Ali dormia Bárbara, debaixo do sobrecéu, oculta pelo pavilhão de canequim. O cortinado estava aberto, da sala eu via a colcha de sobrecama de melcochado com bordados; estendida sobre a colcha, a ceroula conspurcada de Nuno Lopes.

Despedi-me dela, no entanto acompanhou-me até a trilha. Comentou que haviam aparecido insetos verdes e moles, que voavam pesados e não picavam, eram somente feios. Contou que os tais insetos não vinham dos lados do trigal, mas sim da mata, e perguntou-me se havia percevejos na redução. Foi como chegamos juntos à porteira.

Não se despediu com o aceno de sempre, porém estendeu-me dois dedos, que toquei com um sussurro de *Dominus vobiscum*. Respondeu-me com voz trêmula, "O Senhor esteja convosco", tradicional saudação usada no ritual católico pelo *Missal Romano*.

vi que engasgara quando disse "que Ele também o abençoe".

Amava-me. Fora cativada por minha juventude, enxergava em mim o homem que não encontrava dentro do bruto do marido quase selvagem. Hesitei, havia esquecido meu Horácio na sala de música.

— Vossa Mercê saberá proteger o livro. Há muito amor naquele meu livro, o amor merece ser protegido.

Bárbara corou. Amava-me, meus sorrisos se alargaram, tive de me conter ao encontrar padre Ambrósio.

Nas semanas seguintes, ela não me sorriu sequer uma vez. Estava bastante séria, machucando-me com sua distância. Se me olhava, na missa, nos almoços com o marido, nas aulas para os curumins, nas conversas da sala de música, eu procurava escavar aqueles olhos no rastro de alguma mensagem. Eu tinha-me convertido em cristal e Bárbara me trespassava, buscando algo através da minha transparência. Havia esforço naquela frieza.

Houve uma dominga em que eu contava do bacalhau que se comia no solar do visconde de Albufeira, um caolho que tivera um braço decepado em Alcácer Quibir. Inspirei-me em um porteiro de Coimbra, havia perdido um olho e um braço por coice de mula. Bárbara fingia indiferença, mesmo quando falei das joias que a viscondessa ganhara no dia dos seus trinta anos, um despropósito de ouros e rubis. Ofereceu-me outro prato de surubim, eu disse que estava satisfeito e ela respondeu com azedume: "Vossa Mercê se satisfaz com pouco". Atrapalhei-me, sumiu o fio da história, passei a falar de um visconde de Castanheira que despertou a curiosidade de padre Ambrósio:

— Mas não era de Albufeira?

— Sim, sim, ocorre que o Castanheira também é caolho — enchi a boca de peixe, sob o cenho desconfiado de Bárbara.

Chegaram as Têmporas do Advento e padre Ambrósio ardia no catre, fustigado pela terçã. Passada a quarta-feira de jejum, pediu-me que lhe molhasse os lábios com vinho do Porto. Na sexta-feira de jejum, tentou levantar-se, entretanto a vista escureceu e ele permaneceu deitado, receoso da fileira de formigas que engrossava a pouca distância de sua barba ruiva. No sábado, chamou-me para pedir que ouvisse a confissão da senhora dona Bárbara que ele lá não poderia estar. Na sua tribulação, porventura tenha pensado que eu fora ordenado em Salvador. Os dentes ainda batiam e rangiam, a terçã era uma legião de demônios que circulava em suas veias.

Na hora marcada, aguardei Bárbara de cabeça baixa, com os dedos enroscados no tosco crucifixo de argila que fizera um curumim. "Que linda escultura", a voz clara deu vida à capela. "Foi feita por um anjo, porque anjos são todas as crianças", murmurei sem levantar o rosto. As unhas longas de Bárbara tocaram o corpo irregular do Cristo, minha pele encolheu em uma friagem àquele toque. Ela retirou a peça com delicadeza, beijou-a e recolocou em minhas mãos. O silêncio durou duas batidas do monjolo. Fiz menção de falar, porém Bárbara antecipou-se:

— Eu sei, padre Ambrósio mandou avisar. Vossa Mercê ouve minha confissão aqui na capela?

Sentamo-nos no banco estreito, apoiei a testa com o punho para abençoar Bárbara. O crucifixo de argila ficou entre nós, atento. A confissão ciciada, monocórdica, era a de uma velha beata. Não a escutava, pensava nos calores da carne que deviam assaltar a jovem mulher durante as longas ausências de Nuno Lopes. Esperava com

150

impaciência que ela destampasse os pensamentos impuros e as necessidades sufocadas. Bárbara pediu penitência, tinha sido aquilo a confissão. Um inventário minucioso de faltas corriqueiras, de pequenas fraquezas que não distinguem os homens, antes os aproximam. A penitência foi mecânica, a absolvição maquinal.

Saía da capela quando Bárbara colocou outra vez o tosco crucifixo em minhas mãos. Os polegares longos e brancos apertaram-me os pulsos, os olhos negros se abriram em dois lagos fundos e lodosos, deixei-me afogar. Nossos dedos ficaram enlaçados.

— Eu também tenho algo a confessar à senhora.

— Eu sei, Diogo, não convém. Ao escurecer, se padre Ambrósio puder interromper o jejum, mandarei levar um caldo quente.

Para ela, eu passara a ser simplesmente "Diogo". As mãos se separaram, no entanto, as minhas, famintas, buscaram o braço de Bárbara. Trouxe-a para perto de mim, sentia o calor do seu hálito chamando meus lábios, mas não encontrava a boca desejada. Beijei o vácuo, Bárbara saiu apressada da capela.

Sentado no banco estreito, apertei o crânio que me queimava. Mil vezes a terça de padre Ambrósio! O estômago pesava, as pernas recusavam o movimento, um medo frio subia em cada fibra e me gelava o peito, o pescoço: Nuno Lopes. *Timor quidem sine spe in desperationem praecipitat.* O marido não me perdoaria jamais. Cada índio daquela vasta propriedade sairia a caçar-me, grunhindo ameaças horríveis. Promessas de morte lenta iriam subir daquelas

"O medo sem esperança conduz ao desespero." (Gregorius I Magnum, *Registri Epistularum*, Livro V, capítulo 2, epístola 11, col. 332)

gargantas, em palavras anasaladas e ásperas cujo significado eu desconhecia. Os curumins correriam rindo no meu encalço, uma falange de Belzebus remelentos. Bárbara não podia falar. Bárbara nada podia contar ao marido, só ela poderia manter as feras afastadas. Tinha de dizer isso a ela.

Na sala da casa-grande, não conseguia encontrar paz para me sentar. Bárbara não vinha nunca, talvez não viesse mais. Estaria naquele momento contando tudo a Nuno Lopes? O marido entrou, Bárbara hesitava encolhida atrás dele, sem fixar a vista em nada, como que buscando um inseto voador verde e mole.

— Meu bom padre Diogo, algum problema com padre Ambrósio? *Abá-pe vaikue maraã?*

O tom amigável de Nuno Lopes podia ser fingido, uma maneira de ganhar tempo enquanto os índios cercavam a casa para me pegar igual a um caititu na arapuca, um bagre no puçá. O sorriso era franco, a voz ríspida me repugnava.

— Na verdade não vim por essa razão, senhor dom Nuno Lopes. Os alunos da escola fizeram este crucifixo de argila para a senhora dona Bárbara, ela o esqueceu na capela depois da confissão. Vim apenas trazê-lo.

Bárbara deu três passos lentos e apanhou o crucifixo, cuidando de não tocar minhas mãos. Olhou-me nos olhos sem intenção, sem mensagem, despovoada de luz, e agradeceu. Nada havia dito ao marido. Despedi-me e corri para o canto dos pássaros. Preferia morrer pelas flechas dos tapuias, preferia a terçã de padre Ambrósio. Por que viera ao Brasil?

Mergulhei no inferno, não suportava o peso dos meus pensamentos e a constante falta de ar, deu-me alívio a cobra amarelada que se enroscou em minha canela e me mordeu.

Bárbara deixou de assistir às aulas. Por isso, não a procurei para nossas conversas sobre autores latinos. Passaram o Natal e o Ano-Novo. Eu me levantava com dificuldade nas manhãs em que ia ao sítio, meu corpo era uma grande rocha que devia empurrar pela trilha até a escola e despejar entre carvões e cascas de palmeira. Entregava tudo para Apoema transportar, inclusive o chapelão, se não houvesse sol. Tudo era difícil.

Não me lembrava do que havia dito aos curumins, não fazia perguntas a eles, apenas rabiscava palavras olhando de esguelha para os janelões da casa-grande. As crianças começavam a falar frases curtas em português, que eu respondia em latim, para que se calassem. Um dia, de partida, eu a vi à porta do casarão. Deu um passo para que Emaci a ocultasse, não me cumprimentou, eu havia perdido também o breve aceno de cabeça. Nas missas, levantava-se ao final e abrigava-se na sombra de Nuno Lopes. Não houve almoços com cães em volta da mesa.

Não teve meio de me evitar quando eu iniciava a trilha para a redução e ela vinha sozinha, montada, pela mesma vereda. Apoema estacou, deixando que eu avançasse só. Bárbara parou a uma distância de dez braças, o máximo para que pudéssemos nos escutar e o mínimo para demonstrar sua aversão a mim. "Boas tardes, senhor padre Diogo, que Deus o proteja na jornada" e tentou continuar. Não me movi, ela não passaria com a mula, a não ser que se embrenhasse na mata. Aproximei-me devagar, falando baixo, temendo assustar aquele animal arisco.

— Boas tardes, senhora dona Bárbara, há semanas queria falar com Vossa Mercê. Não posso mais esconder o que há entre nós.

— O que há entre nós? Quem Vossa Mercê pensa que é? Quem pensa que sou?

Percebi muitos invernos da minha serra natal na maneira como ela me olhou. Preferia que me visse com ódio ou com desprezo, nada podia ser pior do que a indiferença. Bárbara tocou a mula, forçou-me a dar-lhe passagem e seguiu trotando na direção de Apoema.

Incontinenti, escrevi uma carta ao Provincial, que não chegou a ser enviada porque antes pisei na cobra amarela. Pedi transferência

153

para as missões do Guairá, de onde vinham relatos inquietantes sobre falta de irmãos e excesso de sam paulistas que atacavam as reduções e aprisionavam índios catequizados. Não respondi à carta de António, meu estado de espírito estava distante do entusiasmo com que ele contava das aulas de retórica que dava em Olinda.

Foi a caminho do rio, com um grupo de curumins barulhentos, que não consegui andar. Aquele pedaço da trilha era de chão rochoso, nada havia de raízes e de galhos soltos que pudessem impedir meus passos. Abaixei-me para desatar o cipó que quase me fizera tropeçar. Era uma serpente amarela, que se enrodilhara na minha perna direita e ali fincara as presas. Puxei a cauda da víbora e ela me mordeu também no pulso. Soltou-me e escorregou para dentro da mata, sem que Apoema conseguisse acertá-la com uma vara. Nada senti, a dor não era maior do que a de um espinho fincado na canela, mas meu índio me carregou à redução. O alarido fez-me perceber que estava em perigo, minha vista ficou turva, e assim alcancei minha oca, desmaiado.

Jamais soube por quanto tempo estive inconsciente. Voltava a mim em soluços de lucidez e lá estava Amanari, mascando. Uma noite, acordei com a perna queimando. Junto à cunhã estava um vulto pequeno, dobrado sobre meu corpo, abrindo a ferida e tudo besuntando com uma pasta de odor azedo. Era como se tivesse enfiado uma brasa naquela fenda de carne. Amanari levantou-me o bastante para o vulto despejar em minha boca um caldo salgado e espesso. Fiquei recostado enquanto o curandeiro chacoalhava seus dois bastões; ao partir, pude reconhecer o velho pajé, pai de Apoema. Na alvorada, acordei sem dor. A ferida estava fechada, minha mão desinchara, tinha sede e fome. Bebi água abundantemente, comi grandes lascas de capivara moqueada e cambucis. Por alguns dias, vivi tal qual planta, tomando muita água e dormindo.

Despertei uma madrugada com Amanari próxima de mim. Com hálito doce e quente, passou os dedos por minha barba e sussurrou em bom português com sotaque do Minho: "Ai, filho, se tu partes, eu aqui não fico, trata de curar-te"; o vestido de tafetá e brocado farfalhou quando se levantou. Na manhã em que saí da oca, não mancava, nada doía, contudo fui banhar-me no rio por outra trilha.

Veio recado do sítio, Nuno Lopes e sua esposa perguntavam se eu já estava restabelecido para retomar as aulas dos curumins. Na dominga, fui com padre Ambrósio, caminhando a passo normal, mesmo que ele quisesse me reter a fim de poupar a perna inflamada. Após a missa, Bárbara perguntou-me se ficaria com os indiozinhos ou se ainda estava convalescendo. Havia verão no seu rosto, olhou para mim, não mais através de mim. "Vossa Mercê não imagina como senti falta de meus pequenos alunos", era mentira. Sentia falta dela, violentamente. Esperei ardendo que falasse das aulas de latim, seria o selo de confiança que me faltava para voltar a vê-la sem levantar as suspeitas do marido, mas ela apenas assentiu com a cabeça.

No almoço, Bárbara levantou-se e trouxe-me a tamboladeira de vinho. Nada disse, o que só fez aumentar a intensidade daquela carícia. O casal recolheu-se ao casarão, padre Ambrósio retornou à redução e eu reuni meus carvões e cascas de palmeira. Passei a tarde com os curumins, caiu uma chuva pesada, tive de partir depois de escurecer porque a tempestade não amainava.

Tudo voltou ao normal.

Transierunt omnia illa tamquam umbra. Quero dizer, não era normal eu contar os dias e as horas até tomar a trilha rumo ao sítio, suportar as lições aos indiozinhos, engolir às pressas a canjica de Emaci para — afinal

"Tudo isso passou como uma sombra." (Livro da Sabedoria, capítulo 5, versículo 9, na Vulgata)

— me sentar no tamborete mirando o pescoço de Bárbara e repassar declinações latinas. Porém, tudo voltou ao normal. Na terça-feira logo após aquela dominga, Emaci apontou na direção da porta da casa-grande, de onde Bárbara acenou-me igual fazia antes, convidando para nossa conversa. Amarrei um ar professoral, que ela desarmou com um largo sorriso. "Parece que hoje não tens tempo, se quiseres deixamos para outra ocasião." Nem sequer respondi, aturdido: Bárbara nunca me havia tratado por "tu".

9 DO JUNTAR AÇÃO ÀS PROMESSAS

"Verba puellarum, foliis leviora caducis, inrita, qua visum est, ventus et unda ferunt. Siqua mei tamen est in te pia cura relicti, incipe pollicitis addere facta tuis." (Publius
Ovidius Naso, *Amores,* **Livro II, elegia 16, versos 45-48)**

As palavras das mulheres são mais leves do que as folhas que caem, saem para nada, varridas pelo capricho do vento e pelas ondas. Porém, se ainda existe em teu coração algum sentimento de fé por mim, que fui deixado só, começa a juntar ação às tuas promessas. (Públio Ovídio Nasão, *Amores*)

Juro que me interessei por Bárbara sem reparar no seu nome. Antes de saber como se chamava, notei o sutiã transparente. Se me aproximei dela, foi porque os mamilos espetavam a blusa de seda e ela tomava seu vinho indiferente à música alta naquela sala apinhada de gente.

— Há muitas Bárbaras na minha família, não é impossível que você seja minha prima.

— Já ouvi coisas piores, pelo menos não está dizendo que "sou bárbara".

Não sorriu, mas continuou bebendo, talvez para me humilhar até que eu encolhesse de vergonha, acenasse para algum amigo imaginário e pedisse licença. Eu não podia fazer aquilo, os olhos negros eram lindos e ela estava sozinha.

— Eu jamais diria essa barbaridade. Descobri uns pergaminhos sobre minha família e soube de uma avó Bárbara, de quatrocentos anos atrás.

Sorriu, gostou da parte da "barbaridade", porém não acreditou na história dos pergaminhos. Bárbara só folheou meu caderno de capa dura uns seis meses após o começo do nosso namoro, quando passamos a morar juntos em Brasília. Emocionou-se com o relato do velhíssimo Diogo; fazendo a barba no banheiro eu a escutava soluçando alto na sala. Talvez tivesse me enternecido com sua reação, entretanto àquela altura tinha visto Bárbara chorando por comercial de sabonete e suspirando por desenho animado. Tive a péssima ideia de assistir com ela ao *Doutor Jivago*, logo que nos conhecemos — precisei retirá-la do cinema aos prantos, pelo menos a sala estava vazia e foram poucos os que nos mandaram calar. Confessou que tinha assistido ao filme quatro vezes. Era de São Paulo, como eu, e viciada em *polpettone* com nhoque. Nunca perguntava de Sophia, contudo olhava com carinho minha madona de mogno.

— Se não me engano, é aquele húngaro que dirigiu o filme sobre a Bósnia, lembra?

Era tempo de aproveitar tudo o que São Paulo oferecia e não se encontrava em Brasília. Tínhamos à nossa frente dez cartazes de filmes, todos tentadores. Raramente eu escolhia o filme, Bárbara sempre acertava e naquela terça-feira não seria diferente. "Vamos ver este, filmes húngaros não mostram em Brasília." Só havia posição incômoda na poltrona, virei-me, revirei-me, Bárbara pegou-me pela mão e saímos da sala escura.

Não parecia chateada por eu ter estragado sua tarde de férias, sentia nas minhas respostas curtas que ainda estava ruminando o inquérito sobre o desvio de renda consular em Lisboa. Depois de tanta demora, o relatório estava pronto, a qualquer momento eu saberia se tinha sido implicado no caso e com quais consequências. Quis me distrair, riu de coisas da minha família, fez uma analogia confusa entre constelações e mitos gregos, pediu um suflê de banana e perguntou sobre meu romance. Eu não estava lendo romance algum.

— O romance que você escreveu, não quer tentar publicar?

Fiquei chateado. Então o velhíssimo Diogo tinha virado personagem de ficção? Bárbara não tinha entendido nada sobre a transcrição do pergaminho. Ou duvidava que eu traduzisse o latim? *Ficta, voluptatis causa, sint proxima veris.* Tomamos a

"As ficções com objetivo de agradar devem estar perto da verdade." (Quintus Horatius Flaccus, *Ars poetica*, linha 338)

Marginal Tietê para evitar o trânsito do centro e, sem nada dizer, entramos em um acordo. Bastava seguir o fluxo, as carretas nos levariam a Santana de Parnaíba. Embarcaríamos em breve, mas antes eu mostraria a ela "a vila que rivalizava com São Paulo, um ninho de bandeirantes, suas origens de paulista". "Ai, como esse rio é feio aqui!", foi tudo o que disse.

O teto de madeira da Matriz amortecia o barulho dos estudantes que, mascando e formando caleidoscópios de grupos, rodeavam uma jovem professora muito empertigada e uma freira mirrada. Quando abrimos a pesada porta da igreja, o grupo começava a descer os oito degraus a caminho da cripta. Não tardaram lá; imagino que o abafamento tenha abreviado a visita. Esperamos que saíssem todos e desci com Bárbara, voltei a me acocorar diante da lápide cinza. Saudade do que jamais tivera, tomou-me uma melancolia urgente, eu dispunha de poucos minutos para estar próximo daquela avó que tanto sofrera no sítio rio acima.

Fiz sinal a Bárbara para que se aproximasse e mostrei a lápide. Ela se ajoelhou, abriu a boca em um espanto exagerado de quem diz "Pois é verdade!" e desenhou com os dedos as letras gravadas na pedra. "Lembra-se do nome dela? É o que copiei do pergaminho", porém Bárbara não respondeu. Com a palma da mão direita, espalhava as lágrimas que formavam estrelas sobre a lápide, sem soluçar.

Voltaríamos em breve a Brasília, onde um delicado caso de extradição me esperava. Era o processo de um ladrão comum, que havia desviado joias de um depósito estadual, mas, preso na África do Sul, dizia-se perseguido político no Brasil. Sabia que esse processo me absorveria, e mergulhado nos meandros da extradição eu mal teria tempo para minha Bárbara, o que dizer de Bárbaras seculares. Aqueles minutos com minha avó eram, provavelmente, os últimos.

O teto rangia sobre nossas cabeças, à medida que os estudantes andavam pela nave, esquecidos de que sob o piso de madeira de lei havia um casal e seus ossos. Decidi esperar até que partissem, aquela movimentação era irritante, os risinhos não cessavam, toda hora caía algum livro ao chão. Ainda de cócoras, iluminei com o telefone celular as lápides em redor da tumba de minha avó. Comentei com Bárbara, curioso que Joaquim Matias Coelho não tivesse sido enterrado perto dela. Minha mulher ponderou que o espaço era reduzido e, portanto, precioso. Não haveriam de se dar ao luxo de deixar espaços vazios, aguardando que cônjuges fossem sepultados juntos. Decerto os sepultamentos aconteciam em ordem cronológica.

Os estudantes tinham se sentado, eu ouvia a voz distante da professora empertigada pelas frestas do piso. Ao lado dela, a freira mirrada fazia observações, em um desagradável tom agudo. Iriam demorar, então melhor aguardar, murmurei. Se havia ordem cronológica, qual seria a sequência? As campas poderiam se suceder em filas verticais ou horizontais, no entanto as datas legíveis não obedeciam nem a uma sequência nem a outra. As lápides do centro eram antigas, as das bordas, recentes. Nos cantos havia também túmulos do século XVIII.

— É uma espiral, as tumbas mais antigas eram cavadas no centro e as seguintes iam se sucedendo em sentido horário.

Bárbara tinha decifrado o enigma, enquanto os estudantes batiam os sapatos no piso e as pancadas secas morriam na cripta. Sentido horário, bem adequado para marcar o tempo daquelas vidas. *Tempora labuntur, tacitisque senescimus annis, et fugiunt freno non remorante dies.* Acocorado, fui esquadrinhando as tumbas, até minha avó.

"O tempo corre e envelhecemos enquanto os anos estão calados, os dias fogem sem nenhum freio que os detenha." (Publius Ovidius Naso, *Fasti*, Livro VI, versos 771-72)

Formavam um caracol, as datas se sucediam, disciplinadas. Depois de minha avó, de 1633, várias campas se enfileiravam em série. Em setembro daquele ano, cinco sepultamentos haviam sido feitos no mesmo dia, os epitáfios eram ilegíveis. Antes dela, estava a tumba de Joaquim Matias Coelho.

Subimos os oito degraus de volta à nave. A professora explicava aos estudantes desatentos que tudo ali tinha significado, cada friso tinha uma razão de ser, cada floreio no jacarandá ou na canela era um recado, um bilhete para os fiéis do futuro. A freira mirrada, com rosto de nada, agregava datas e nomes com sua voz de pernilongo. Olhei o teto de madeira, de azul celestial aguado, triste. A freira complementou com um silvo: "Já era assim na igreja original, que ficava neste local".

A Matriz, disse a professora muito séria, era um tesouro de história, ainda mais porque ali se faziam todos os atos importantes da vida da Colônia. Ali se casavam, batizavam e sepultavam os moradores da vila que rivalizava com São Paulo. Esses atos eram registrados, e os registros são hoje fonte preciosa de pesquisa, guardados na Câmara Municipal. A freira mirrada acrescentou: "E no Museu do Ipiranga".

Os estudantes se levantaram, aliviados. Chilreando, saíram dois a dois pelo portal da Matriz e embarcaram com a professora no ônibus, levando seus cochichos e risinhos. A freira mirrada acenou com o bracinho fino e seco e retornou à igreja a passo curto. Quase topou comigo ao empurrar a porta pesada, a culpa teria sido dela, contudo me desculpei mesmo assim. "Vamos fechar", disse-me com a vozinha aguda. Sim, estávamos de partida, eu ia respondendo, quando explodiu a frase em uma visão que faria inveja a São Paulo na estrada de Damasco.

— Irmã, apenas uma curiosidade. A professora mencionou que os registros da paróquia são arquivados na Câmara Municipal, mas sei que estão na Câmara Municipal de São Paulo.

— Sim. E no Museu do Ipiranga.

Era isso, era o que ela havia dito.

— Que coisa curiosa. Por que haveriam de dividir os registros?

— Não foram divididos. As cópias digitais dos registros estão na Câmara e os originais estão no Museu do Ipiranga. O senhor é historiador? Ajudei o doutor Pucinelli a classificar os documentos.

— Ah, sim? Estive na Câmara Municipal de São Paulo, havia entendido que os documentos foram todos digitalizados.

— Na segunda fase, serão. Eram oito vilas na capitania de São Vicente, oito igrejas matrizes com milhares de registros. Na primeira fase, o doutor Pucinelli digitalizou somente os documentos que dessem pistas sobre a vida privada da Colônia. Testamentos são ricos em informações.

A freira mirrada olhava-me com cara de nada, mas dissera-me tudo. No caminho de volta, Bárbara surpreendeu-me:

— Você falou dos testamentos, acho que ficou tão arrebatado que não terminou a pesquisa.

161

— Como assim, como não terminei?

— Achei interessante que você tenha falado em "correição".

Eu provocava Bárbara com expressões em português castiço, dizendo coisas do tipo "supimpa" ou "é de apetite". Daquela vez, não brincava. Exclamei um "Cáspite!" sincero. Cáspite, não encontrara nada sobre a tal correição no arquivo da Câmara Municipal! Se não estava ali, talvez estivesse no Museu do Ipiranga. Não haveria tempo, retornaríamos a Brasília no dia seguinte, eu queria estar lá tão logo fosse publicado o relatório do inquérito.

A quarta-feira amanheceu nublada, Bárbara parecia preocupada desde cedo. Tinha medo de avião, ainda maior se o tempo estivesse fechado. Faltavam algumas horas para o embarque, aproveitei-as com meu pai, que talvez só pudesse nos visitar no Natal. Almoçamos juntos, circulamos por livrarias, fechamos as malas e chamamos o táxi. O motorista comentou que havia escutado no rádio algo sobre uma manifestação na avenida Paulista, sugeriu que fizéssemos um caminho sem surpresas: ir pela Marginal Tietê desde o começo. No trânsito parado, espiava as placas na beira da avenida, com várias indicações: Osasco, Pinheiros, Zona Norte, Carapicuíba. E Santana de Parnaíba.

Meu pai arregalou os olhos ao abrir a porta e nos ver de regresso, com malas e sacolinhas. Não esperou que eu terminasse o relato para dizer que iria comigo à Polícia Federal, como advogado, caso fosse preciso um *habeas corpus*. Pediu-me para repetir tudo com detalhes no telefonema ao doutor Falcão Lima, seu amigo criminalista. Assentia com a cabeça à medida que eu contava que tinha tentado embarcar para Brasília com meu passaporte; haviam me levado para uma sala onde fiquei isolado, sem explicação; retiveram meus documentos e advertiram que não deveria sair do país até me apresentar à Polícia Federal. O doutor Falcão Lima perguntou quando eu iria à delegacia. "Chego às dez horas, devo sair lá pelo meio-dia."

— Você entra às dez horas, mas não sabe se vai sair. Leve sabonete e uma muda de roupa.

Homenzinho desagradável, esses advogados juntam pouca ação a muita falação. Se eu fosse levar algo para a cadeia, seria uma foto de minha

Bárbara e o capítulo em que o jesuíta conquista a Bárbara dele. Ele submergiu no deleite, como eu próprio havia feito, até se asfixiar:

Na primeira vez que beijei Bárbara, o hálito perfumado de rosas recitava o trinado *rosae, rosarum, rosis*. Os olhos negros gargalhavam detrás da cortina séria das pálpebras entreabertas. Não me enxergava, no mundo só existia *dominus, domine, domini, domino*. O cabelo cacheado se repartia em tranças e deixava reluzir a nuca de leite e mel. Os dedos longos apontavam as linhas e batiam no ritmo de *noctes, noctium, noctibus*. As mãos compridas acariciavam as páginas, os pulsos se refugiavam nas mangas bufantes. Arfava, respirava fundo e musicava *lex, legis, legi, lege*. Arfava novamente, sentada. De pé, eu via por seu decote que Castor e Pólux procuravam a saída daquele labirinto de linho e brocado. Dela subia um vapor cálido que me amolecia.

— Ler não é pecado. Escrever pode ser pecado, porque quem escreve sabe o que está fazendo. Porém, quem lê não sabe o que vai encontrar.

Falava assim voltada para a janela, adivinhava meu espanto. A resposta esmagou a pergunta que eu pensava fazer. Tentou afetar indiferença, linho e brocado arquejaram mais forte:

— *Ars amatoria.*

Os dedos longos continuavam apontando *templa, templorum, templis*. "Poesia", balbuciei sem tirar a vista da nuca.

— Vossa Mercê sabe que nem toda poesia é para ser lida por damas. Não creio que a *Arte de amar* seja poesia para senhoras. Não sou homem de posses, trouxe comigo uns poucos livros, contudo posso deixar-lhe as *Geórgicas*. "Cansamo-nos de tudo, menos de compreender."

— Mas tu o consideras inferior? Contaste certa feita que o marquês de Amarante deve a Ovídio o pouco latim que aprendeu em Coimbra.

— Não disse isso, Ovídio é muitos poetas em um só. Apenas... Há poesia em Virgílio, há música. É bom latim.

Levantou-se e arrastou o linho e o brocado até a arca no canto da sala. Voltou com um pequeno livro bege, que abriu resoluta na página marcada por uma fitinha azul esmaecida. Leu devagar, saboreando as declinações, a estrutura das frases, a sonoridade dos verbos. Conhecia a passagem de cor, leu sem mover os olhos. Mirava fixamente as poucas letras, linho e brocado eram um fole. "*Intret amicitiae nomine tectus amor.*" Fingi ajustar o tamborete, como se estivesse bambo, para não ter de responder. "O amor entra disfarçado de amizade."

<small>Publius Ovidius Naso, *Ars amatoria*, Livro I, verso 720.</small>

Ela continuou a ler, as palavras vertiam bem lentas daqueles lábios aveludados. "*Oscula qui sumpsit, si non et cetera sumet, haec quoque, quae data sunt, perdere dignus erit.*" Reflexo de latinista, traduzi em voz alta. "Quem aceitou um beijo e não aceita tudo, merece perder aquilo que recebeu." Arrependi-me de tê-lo dito. Bárbara ainda folheava o livro bege, não notou a labareda que incendiou minha respiração e colocou duas romãs maduras na minha face. Com o olhar turvo, não a vi mover-se na minha direção. Os dedos longos me estendiam o livro bege, o hálito de rosas dizia alguma coisa que calei com os lábios. Minhas mãos subiram pelas costas dela até a nuca, sua boca me chicoteava com beijos. Apoema esperava, sentado à varanda do casarão.

<small>Publius Ovidius Naso, *Ars amatoria*, Livro I, versos 669-70.</small>

Dali em diante, Nuno Lopes não tinha meio de saber o que acontecia na sua sala de música, no seu aposento, na sua capela, na sua mulher. Nas tantas vezes que ia a Piratininga, ficava dias tratando de seus trigos e gados. Se houvesse algo a saber, seriam as longas confissões acobertadas pela Dormição da Assunta ou as aulas de latim que presenciara com enfado.

Não havia tranca na sala de música. Minhas unhas corriam suaves pelo dorso da mão de Bárbara, subiam pela penugem do braço, mas ela se dobrava quando atingiam um seio, olhando aflita para a porta. Dava-me beijos rápidos espiando furtiva em redor. Escorria ágil se eu tentasse retê-la em meu colo. No entanto, surpreendia-me com uma língua no ouvido sempre que eu achava que nada queria. Na primeira tarde em que nos encontramos depois do beijo, sussurrou: "Posso ser mulher". Acariciava-me os cabelos e afastava-se, atenta a janelas. Desejava-me com longas pestanas, que cerrava vagarosa para dizer: "Tu és lindo, lindo".

Em uma dominga, Nuno Lopes disse que não faria a confissão porque era padre Ambrósio, acamado com a terçã, o seu confessor de muitos anos. "Vá vosmecê, minha senhora, que seus pecadinhos não enchem um dedal." Mandou chamar os espanhóis que hospedava no sítio, de passagem por Santana de Parnaíba estavam Vicente Ruiz e Fernán León. Recolhi-me à capela, onde aguardei os convidados do sam paulista.

Para minha alegria, Vicente desfilou uma longa lista de faltas, esparramou na capela o cardápio do inferno, em que se misturavam pecados mortais com veniais. O rosto austero não traía aquelas carnes parcas que cediam a todas as tentações. À lista interminável seguiu-se longa penitência. A confissão durou uma hora. Já Fernán era um templo de castidade e temperança. Após alguns minutos, ouvi agoniado seu pedido de absolvição. Cutuquei faltas esquecidas, perscrutei omissões sepultadas por boas intenções, sondei blasfêmias ocultas pelo linguajar cotidiano. Nada havia, Fernán era um lírio do campo. Ajoelhamo-nos juntos aos pés do altar e sugeri que dedilhasse o rosário, com o que se passou outra hora. Até que, conforme o costume, veio Bárbara confessar-se depois dos homens, coberta com uma mantilha negra e embuçada em dois côvados de baeta escura. Teríamos no mínimo o mesmo tempo das confissões anteriores.

Havia tranca na capela da Dormição da Assunta. Os candelabros de prata eram preciosos, porém mais preciosa era a imagem vinda de Portugal, esculpida em cedro da Terra Santa. No tempo em que a família de Nuno Lopes formou seu sítio, eram comuns os ataques de guaramomis. Lembrança daquela época, uma trave de madeira que corria por anéis de ferro colocaria os cristãos a salvo caso a nação Embirabaca atacasse a capela. A tranca deslizou suave e silenciosa tal qual um lagarto ao sol, Bárbara colocou os dois braços estendidos sobre meus ombros e deu-me um longo beijo, arfando.

Sua língua minuetava a minha, apertei-a pelos quadris. Tapou o riso quando lhe tirei o saio, desatei a cinta vermelha de cochonilha e agachei-me para apanhar as bainhas do vestido de barregana furta-cor, que fui erguendo para retirá-lo inteiro pela cabeça. "Ficaste louco, ele está no pátio", soprou em um fio de voz e voltou a me beijar, segurando-me pelo pescoço. Continuei retirando peças até que restaram a Assunta no altar com seu manto azul e Bárbara toda nua cobrindo-se com a mantilha. Pelo rendilhado transparente eu admirava os bicos dos seios, almofadinhas rosadas e túmidas que mordisquei. Afastei-me três passos, sentado no banco admirei a alvura das coxas e do ventre. Bárbara virou-se envergonhada, cobrindo as nádegas firmes com a mantilha rendada. Fiz sinal para que se aproximasse, ela continha o riso. Trouxe-a ao banco, lancei longe a mantilha e sentei-a perfumada em meu colo. Passou as mãos pelos meus cabelos,

"És tão lindo", e mordeu-me o queixo. Riu quando abafei o grito. *Mulier abundat audacia, consilio et ratione deficitur.* Agarrou com força meu pulso e não me

"A mulher sobeja em audácia, mas é deficiente em ponderação e razão." (Marcus Tullius Cicero, *Pro Cluentio*, parágrafo 65 [184])

deixou cheirar os dedos que haviam explorado a lanugem escura entre suas pernas. Encaixou as coxas em torno da minha cintura e assim me recebeu, de olhos bem abertos, uma amazona de mármore no selim úmido. Sorriu maternal enquanto me esvaía nela e sorriu ainda mais ao ouvirmos Nuno Lopes dando ordens no pátio. Saindo, fechou a porta sem ruído. Ajoelhei-me diante da Assunta para pedir perdão, sem que me viessem orações: agradeci à Virgem por aquela hora que vinha prenha de tantas outras horas futuras.

As confissões aconteciam às domingas, porém não bastavam. As horas sem Bárbara não existiam, a hora com ela era pouca.

Em Piratininga, aonde fui buscar hóstias na Igreja de Santo Inácio, vi a distância as meias longas de fustão roxo de Nuno Lopes e, coberta pela baeta escura, Bárbara apoiada no fazendeiro. Desciam rumo ao porto dos frades de São Bento, no Tamanduateí, acompanhados por uns poucos arcos. Aquele momento perfurou-me. Ali estava o homem viscoso que tocava minha mulher, respirava o hálito dela ao se deitarem, reclamava seu uso ao ser assaltado por urgências de macho. Nuno Lopes tinha sido apenas o inconveniente que me impedia de estar com Bárbara. Ele era o ruído na porta, o estalar do piso de madeira, o bater de janela que assustava e interrompia meus beijos. Naquela tarde, passou a ser a doença da minha vida.

Acelerei o passo, não queria que o casal viesse a saber que também eu estivera em São Paulo dos Campos e não os havia cumprimentado. Mas não eram eles: o marido de chapéu de Verdã e botões de véstia não tinha barba, a mulher calçando chapins de Valença era uma sam paulista semelhante a outras. Não fiquei aliviado, tinha de ter mais de Bárbara, mais vezes.

Soluçou baixo porque eu disse que não tornaria a vê-la. Expliquei que não podia viver daquela maneira, em pecado da carne, com todos os meus pensamentos, palavras, atos e omissões voltados para ela. Havia milhares de almas a trazer para o agasalho do Senhor, nosso amor era uma cusparada na face do Bom Pastor. Pedi que me esquecesse. Ao partir, cabisbaixo, fui seguido pela trilha por Manhaná, a cunhã que servia a Bárbara. A indiazinha puxou-me pela manga até uma catedral de lenho, um jatobá que cinco homens juntos não conseguiriam abraçar. Compreendi de imediato.

Ao amanhecer, estava cercado pelas enormes raízes da árvore, esperando. Tinha levado mandiocas cozidas na água salgada. Pouco depois do almoço, um barulho de preá anunciou a cabecinha de Manhaná, que me espreitou pelos arbustos e correu a chamar sua ama. Bárbara acercou-se apreensiva, tinha os olhos fundos e me tateava com as palavras como que esperando um tapa. Não a deixei falar, tantos foram os beijos. "Nunca me deixes", ela suspirou. O corpo de leite brilhava contra a casca escura do jatobá, virei-a, mordi-lhe a nuca e disse: "Quero possuir-te do modo que teu marido jamais te possuiu". Naquele dia, fiz com Bárbara tudo o que o apóstolo São Paulo condena, no entanto não pequei, porque o pecado não alcança um leito de capim entre raízes, à beira do riacho onde esvoaçam libélulas azuladas.

Na verdade, não combinamos nada, os encontros foram-se acomodando às ausências de Nuno Lopes. Quando ele estava no sítio, Bárbara e eu nos aconchegávamos nas grandes raízes, Manhaná ficava nos arbustos para alertar da chegada de alguém. Quando o sam paulista partia por extensas temporadas, eram muitas as missas e as confissões na capela. Eu vivia com os dedos impregnados do odor salgado de minha mulher, seu perfume de alfazema ficava em minha barba rala, um rastro de sua saliva em meu pescoço. A cada instante nos descobríamos mais, com novas possibilidades de êxtase, e só terminava com ela me sorrindo de longas pestanas cerradas, satisfeita e marota. Continuavam as aulas para os curumins e as lições de latim na sala de música.

Em um final de dominga, em que o canto dos pássaros era ensurdecedor, eu me apressava no regresso à redução porque o ar parado cheirava a umidade. Apoema resmungava, as frases todas terminavam em *"roca ketê paraná açu"*. Afastei com as mãos as palavras que ele ciciava, quais insetos inconvenientes que me zumbissem nos ouvidos. Arrumei o pequeno altar, os trovões ao longe anunciavam que deuses pagãos viriam desafiar o Cordeiro de Deus. No fundo do cálice de prata sobrara uma hóstia, que engoli murmurando: *"Ecce Agnus Dei, ecce qui tollit peccata mundi"*. Do meio do zumbido de resmungos e de insetos brotou a música:

— *Beati qui ad cenam Agni vocati sunt.*

"Eis o Cordeiro de Deus, que tira o pecado do mundo", fórmula litúrgica cristã na eucaristia, pelo *Missal Romano*.

"Felizes os convidados para a Ceia do Senhor", fórmula litúrgica cristã na eucaristia, pelo *Missal Romano*.

Olhei para a porta, teria visto algum estranho se aproximando. Os pássaros gorjeavam mais forte, o pátio estava vazio, curumins e cachorros já se abrigavam dos primeiros pingos. A música voltou, desta vez do meu lado direito:

— *Domine, non sum dignus, ut intres sub tectum meum, sed tantum dic verbo, et sanabitur anima mea.*

"Senhor, eu não sou digno de que entreis em minha morada, mas dizei uma só palavra e minha alma será salva", fórmula litúrgica cristã na eucaristia, pelo *Missal Romano*.

Apoema, cingindo a alpercata, parecia ajoelhado em adoração ao Altíssimo. Mesmo sussurrando, mesmo ocupado com a tira de couro que não era longa o suficiente, fora muito claro. Pensei que o Espírito Santo poderia ter falado pela língua espessa daquele bruto. Levantou o rosto curioso, e eu, que estava tão apressado, agora o olhava mudo. Não tinha sido o Espírito Santo, Apoema falara em latim.

Após meses me ajudando com os curumins, de tanto me escutar recitando o missal na trilha a caminho da redução, de ouvir as aulas que eu dava a Bárbara, aquela fera se abrira para a humanidade. Apesar de Apoema estar sempre nas missas, distraído, padre Ambrósio desistira de batizá-lo: o índio se recusava a receber os óleos santos, temia ter de renunciar a seu nome. Porém, uma fresta rachou a névoa escura daquela mente primitiva e por ela passaram as palavras seculares. Quis ter certeza:

"Abençoe-vos o Deus Todo-Poderoso, Pai, Filho e Espírito Santo", fórmula litúrgica cristã ao final da missa, pelo *Missal Romano*.

Benedicat vos omnipotens Deus, Pater et Filius et Spiritus Sanctus.

"Demos graças a Deus", fórmula litúrgica cristã de encerramento da missa, pelo *Missal Romano*.

Batendo a poeira das coxas, Apoema murmurou "*Deo gratias*" e voltou a grunhir em nheengatu, algo que terminava em "*ce mukauá*". Era fato. Deus Todo-Poderoso, criador do céu e da terra, de todas as coisas visíveis e invisíveis, havia apunhalado a alma tosca com a língua da Sua liturgia. Eu, Diogo Vaz de Aguiar, tinha sido o instrumento daquela maravilha. Um elixir doce e morno não me teria dado maior prazer. Pelos meus atos e pela minha boca, aquela besta se recolhia ao aprisco do Bom Pastor e de fera passava a ser cordeiro. Ao lado do Criador, em aconchegante intimidade, eu contava quantas outras criaturas haveríamos juntos de transformar em homens. Antegozava o dia do Juízo, em que meu nome seria anunciado por um coro de anjos e as alimárias a quem ensinara latim se ajoelhariam para indicar aos mártires e santos que eu entraria no convívio dos eleitos. A viagem ao Brasil agora fazia sentido. Minha vida agora tinha destino seguro. Apoema não mais estava, saiu na chuva sem dizer nada, deixou-me para trás com o milagre da criação.

Bárbara vivia aos sobressaltos e eu entendia o porquê. Os olhos ocos de Nuno Lopes, desguarnecidos de luz contra aquela face bronzeada, podiam significar qualquer coisa. Ele estava afastado, nos trigais e nos pastos, entretanto estava em toda parte. O pouco português que falava o aproximava das dezenas de olhos indígenas que nos cercavam, olhos estreitos como os do marido detestado, plantados em carrancas da cor do pôr do sol. Nuno Lopes era quase um selvagem, não sabia de nada. Nuno Lopes sabia de tudo porque era um selvagem. Cumprimentava-me sempre tirando o chapelão de feltro, a sorrir com o semblante ausente. Dirigia-se a mim em português, era para ele "Sua Excelência", agradecia as aulas a Bárbara. Tirou a paca do espeto e foi para mim que deu o primeiro pedaço. Na abertura do barril de vinho do Dão, estendeu-me a tamboladeira de estanho antes de passá-la aos demais. Assim os índios tratavam seus prisioneiros: alimentavam-nos, davam-lhes mulheres, até o dia da grande festa em que os cativos deveriam entrar na roda da tribo para serem sacrificados com uma única e certeira bordunada. Nuno Lopes era apenas uma fisionomia carente de humanidade coberta de pele bronzeada. Desconfiaria de alguma coisa?

Em um almoço de dominga, comentei que tinha de descer a São Vicente procurar cartas de minha família. Fazia mais de ano que não recebia notícias do Reino, no entanto as novas de António vinham regularmente. Passado algum tempo, o fazendeiro mandou-me mensagem de que iria a São Vicente com Bárbara, convidou-me a acompanhá-los e aproveitar a tropa.

Viajei de volta ao litoral, reservado e respeitoso, cinco mulas atrás de Bárbara. Hospedei-me com padre Fernão, que nada tinha recebido de Portugal, mas confiou-me cartas e objetos para pessoas de Santana de Parnaíba. Não me aprazia andar pelas ruas enlameadas de São Vicente, naquela época chovia sem cessar e o barro entrava em meus calçados. Preferia caminhar pela praia, ir ao cais, contemplar a linha da serra longínqua, tão verde e alta que fazia um horizonte acima do horizonte. Minha serra natal era arredondada, não havia paredes como aquela. Esperava a dominga seguinte, em que a tropa retornaria ao sítio.

Foi em uma dessas caminhadas que encontrei o casal no cais. Já haviam descarregado fardos e baús de um bergantim, que se aprontava para zarpar naquela azáfama de formigueiro. Os índios equilibravam a carga nas mulas, sob a vistoria atenta de Nuno Lopes e o tédio de Bárbara. Pareceram felizes por me ver, creio que minhas saudações permitiram um intervalo naquela tensão de tudo inspecionar para que nada se perdesse. O fazendeiro tocou o chapéu com um largo sorriso sem expressão, ela meneou a cabeça com um "Como está passando Vossa Mercê?". Ali fiquei assistindo aos preparativos. Atracava uma sumaca com provisões e dois irmãos jesuítas.

Quando Nuno Lopes avançou, tive à minha frente Bárbara e as peças da terra, não havia pessoa alguma detrás de mim. Puxei meu capuz e mordi-lhe a orelha, coberta pelo chapelão de palha trançada. Ninguém escutou o pequeno grito, a areia soprada pelo vento entrava em meus olhos e ouvidos, minha mulher adiantou-se para ficar ao lado do marido. Vivi para aquele vento na praia, debaixo daquele sombreiro, para aquele guincho abafado.

Fomos pegos por uma forte chuva na volta, no trecho final da subida da serra. As mulas prosseguiam com esforço, parte da carga foi retirada dos lombos e colocada em varas que os bilreiros levavam aos ombros. A mula de Bárbara ameaçara tropeçar duas vezes, minha mulher tinha desmontado e enterrava as botinas na lama, apoiando-se no selim. Não parávamos de marchar, arfando e espantando nuvens de minúsculos mosquitos que grudavam nas pálpebras. Nuno Lopes ordenou aos índios que colocassem fardos na mula de Bárbara e na minha. A tropa se distanciava, com o vozerio dos bilreiros incitando os animais, e fomos nos atrasando.

A pior parte da trilha havia quase terminado, aproximávamo-nos da rocha que marcava o ponto a partir de onde o caminho se tornaria plano e pedregoso. Bastava galgar uns degraus de granito para chegar à longa pedra, comprida como um menir. As botas enlameadas ficaram pesadas e escorregadias, por isso eu subia primeiro e estendia o braço a Bárbara. Vários degraus foram escalados dessa maneira, até o último, que levava aos pés da rocha. Icei Bárbara pelas duas mãos, que continuei segurando nos minutos em que ela retomava o fôlego, toda sorridente, coberta de gotículas de suor e de chuva fina.

— Ai, filho, que se não fosses tu, ainda estava na praia!

Seu sorriso desapareceu no tempo de um bater de asas de beija-flor. Puxou as mãos de dentro das minhas e disse, em tom mais alto:

— Tenho de agradecer a Vossa Mercê, se tivesse caído teria me lastimado muitíssimo.

Não precisei me virar para compreender que Nuno Lopes estava próximo, tudo havia visto e tudo havia escutado. Bárbara jamais me havia chamado de "tu" diante de alguém. A palavra ficou no ar, com as nuvens de mosquitos, não se dissipava. O fazendeiro tinha ficado esperando pela esposa, enquanto a tropa seguia caminho.

— Estimo que Vossa Mercê esteja bem, temi uma queda feia ou alguma cobra.

Pensei em fingir surpresa ao me virar, mas não tive forças. Ele agora sabia de tudo. Alcançamos a tropa e continuamos calados para a borda do campo. Se eu fosse rápido, poderia regressar a São Vicente e lá, abrigado com frei Fernão, pedir transferência para o Guairá ou mesmo para Salvador. *Timidus nullum tropaeum statuit.* Eu já havia conseguido tanto, poderia também salvar minha vida e assim conseguir o que faltava.

"O medroso não ergue nenhum prêmio." (provérbio latino)

10 DO PESO DAS DESGRAÇAS

"Nec sine causa concussus est; inexpectata plus adgravant; novitas adicit calamitatibus pondus, nec quisquam mortalium non magis quod etiam miratus est, doluit." **(Lucius Annaeus Seneca,** *Epistulae morales ad Lucilium,* **Livro XIV, epístola 91, linha 3)**

É o inesperado que coloca a carga mais pesada sobre nós. A surpresa aumenta o peso das desgraças e todos os mortais sentem a maior dor como resultado daquilo que também traz surpresa. (Lúcio Aneu Sêneca, *Epístolas morais a Lucílio*)

Após quase um ano, saiu por fim o relatório do inquérito sobre o desvio de renda consular. Ou seja, meu destino estava impresso em folha sulfite, tamanho A4, com assinaturas nas margens e carimbos de "confidencial". Ao celular, Márcio me prometia uma cópia do documento.

— Barnabé, não vão deixar você voltar pra Brasília.

Tive de apressar o passo, não poderia me atrasar e começava a garoar. Assustei-me, tinha acontecido o pior. Exoneração, prisão e vergonha.

— Nada disso, tu não vai voltar porque tu é burro e aqui não tem lugar pra cavalgadura como tu. Nunca percebeu nada não, anta?

Comecei a perceber o tamanho da encrenca quando cheguei à Polícia Federal, em cima da hora marcada. O doutor Falcão Lima me esperava no saguão, todo antigo de paletó, colete e óculos quadrados. Meu pai achou melhor que Bárbara não nos acompanhasse. Fui recebido por duas delegadas bastante jovens, a loirinha não era feia. O ar-condicionado estava desregulado, entraram e saíram da sala gelada várias vezes reclamando da demora do técnico, até que desistiram e sentaram-se ao meu lado. O doutor Falcão Lima ficou desconfortável, esperava que elas se sentassem em frente a nós na mesa quadrada, ao meu lado deveria estar ele.

A loirinha apertava as mãos entre as coxas, encolhida sobre uma caixinha com passaportes. Sua colega abriu o primeiro, cobriu a fotografia e me pediu que lesse os dados do portador. Era o passaporte de uma certa Maria Inês. Perguntou se eu reconhecia a assinatura do emissor, respondi que era a minha. "O senhor confeccionou este passaporte em Lisboa?" Eu não me lembrava, assinava dezenas de passaportes por dia. Dezenas, ressaltei, não era força de expressão: falava de algo próximo a cinquenta todos os dias. Eu próprio verificava os dados antes da assinatura, mas não me lembraria de algum dèles isoladamente.

As delegadas me encaravam com curiosidade, parecia que a loirinha encolhida de frio me achava interessante. Tinha um nariz fino, arrebitado, que combinava com os cílios pestanudos. Esfregou os braços para aquecê-los, pegou outro passaporte da caixinha, tapou a foto com uma cartolina e de novo pediu que eu lesse os dados da pessoa. Aquela Sandra Mara tinha nascido no Espírito Santo, era um pouco mais velha que eu. Confirmei que também naquele documento a assinatura era a minha. Juntas, retiraram as cartolinas que cobriam as fotografias. Maria Inês tinha olhos violeta e nariz torto. Sandra Mara tinha a pele acinzentada e as bochechas cobertas por marcas de espinhas mal cicatrizadas. Maria Inês tinha a barba cerrada e comprida, Sandra Mara tinha bigode e cavanhaque.

Trouxeram uma pasta com informações sobre passaportes brasileiros adulterados. Lia-se na página de abertura: a diversidade étnica do Brasil permitia que qualquer pessoa se apresentasse como brasileiro. Listava os consulados com maior movimento de confecção de passaportes, portanto mais vulneráveis à falsificação. O Consulado-Geral de Lisboa estava entre os maiores, porém as apreensões de passaportes falsos emitidos por lá eram recentes. Todos os apreendidos tinham minha assinatura, estavam em posse de uma quadrilha de iranianos.

Quantos entre nós saberiam dizer se são masculinos nomes persas como Nazanin, Firouzeh, Anusheh, Rokhshaneh, Simin, Maliheh, Behnaz?

Para os falsários iranianos, Maria Inês e Sandra Mara, nomes impronunciáveis, seriam homens — diante de alguma autoridade desatenta. *Falsum etiam est verum quod constituit superior*. Não me quiseram ouvir, a loirinha recolheu a caixinha de passaportes enquanto a colega dizia que aquilo era tudo. Deram-me um número de telefone para alertá-las caso fosse de São Paulo para Brasília. "Apenas para Brasília", sublinhou a loirinha, "porque seu passaporte fica conosco e a Interpol está avisada." Saí na calçada com a sensação de ter sido preso, justo na minha última semana de férias.

> "Até o falso é verdadeiro, quando assim o decide o chefe." (Publilius Syrus, *Sententiae*, linha 222)

O doutor Falcão Lima me irritava com seu colete antiquado, mexendo o café com a colherinha apesar de não ter colocado açúcar. Tentei prestar atenção no que ele dizia, o tom de voz sem variações e as obviedades jurídicas me desanimavam. É claro que eu não diria nada que pudesse me incriminar, ele achava que eu seria tão idiota? Muito menos assinaria qualquer documento sem que antes ele o examinasse. Pior, que não fizesse nenhuma confissão. Pois bem, vou confessar tudo: em Portugal, eu assinava passaportes porque era pago para assinar passaportes. Bárbara deu uma risadinha, meu pai afundou no sofá e o doutor Falcão Lima dobrou os óculos quadrados a caminho da saída.

Combinei com Bárbara ficarmos em São Paulo, caso eu tivesse de voltar à Polícia Federal. Na realidade, eu queria aguardar os acontecimentos para evitar o vexame de ser reconduzido àquela salinha do aeroporto. Se as delegadas não me chamassem, seguiríamos para Brasília. Assim que meu pai foi levar as xícaras na cozinha, Bárbara apertou-me dois dedos e sussurrou: "Mas você sabia que eram falsificados?".

O melhor das férias é que o tempo passa a ser fungível. Todas as horas passam a ter sessenta minutos. Pode-se ler um bom livro ou assistir a um daqueles filmes do Elvis Presley no Havaí, tanto faz, são horas intercambiáveis. Não há tempo mal-empregado, porque aquilo que não se fez hoje se pode fazer amanhã. Foi esse prazer das férias que a investigação da Polícia Federal estragou. O lazer ficou tenso, as horas gotejavam, provisórias, na espera de um chamado — ou de uma prisão. Perdi a vontade de ir ao cinema, não quis visitar os parentes, em uma hibernação de iniciativa que só uma notícia ruim poderia interromper. Não vinha a má notícia, o melhor era fazer algo. A busca pelo velhíssimo Diogo ocupou meu tempo.

Eu tinha exatos oitenta reais no bolso, era o bastante para ir ao Museu do Ipiranga. Martelava no táxi como esgotar minha pesquisa, na certeza de que o inquérito que me esperava no ministério jogaria uma pá de cal sobre aqueles Diogos. Algumas coisas devem-se fazê-las todas, de uma única vez, do contrário envenenam a alma. Os Diogos eram uma dessas buscas que se devem terminar, para que não sejam reiniciadas por Diogos futuros. No carro, procurei os contatos do museu e fiz seis ligações, até falar com a pessoa certa: a doutora Nina Araújo era a responsável pelos documentos da Colônia no arquivo.

Não, não se podiam pesquisar aqueles documentos. As cópias digitalizadas deles eram somente as que estavam na Câmara Municipal. Não, não havia acesso físico aos pergaminhos, eram muito delicados. Sim, deixe-me seu nome e telefone, verei o que posso fazer.

— Você é filho da Aurorinha?

Filho da Aurorinha. Na faculdade, o temido professor Carvalho chamava os alunos à frente da classe para distribuir as provas. Ao escutar meu nome, desci a escadaria do anfiteatro, lotado de cento e vinte colegas. No meio do caminho, perguntou: "Você é filho da Aurorinha?". Não entendi, mas por que negar, se Aurorinha sempre tinha sido minha mãe? "Fui namorado dela." A vaia foi ensurdecedora. Aconteceu no final do terceiro ano, e passei o quarto ano como "filho da Aurorinha". Aquela Aurorinha que havia crescido em uma São Paulo que ainda era vila, nos anos 1950. A doutora Nina Araújo tinha sido sua colega no Caetano de Campos, juntas fizeram aulas de canto e juntas foram à festa do colégio francês que terminou em pancadaria. Ouvira dizer que eu estivera na África (no Benim, corrigi, não foi em Angola). Não sabia que eu tinha morado em Lisboa, tampouco que embarcaria para Brasília dali a poucos dias.

Alguém pensaria que a doutora Nina vendia drogas, armas ou escravas brancas no final daquele corredor do Museu do Ipiranga. Abriu uma fresta da porta, espiou por sobre nossos ombros e colocou-nos para dentro com aflição. Abraçou-me com carinho e beijou Bárbara. Queria por força conversar sobre a Aurorinha, entretanto eu não disfarçava minha ansiedade. Convidei-a para almoçar, assim terminava aquela introdução eterna. Levou-nos a uma mesa de cirurgia, ou isso parecia ser porque lá estavam luvas de látex e máscaras. Ao lado, quatro grossos volumes de couro marrom-escuro com etiquetas amarelas: 1629, 1630, 1631 e 1632. Os Diogos estavam lá, em algum lugar. Contudo, faltava o do ano seguinte, 1633, em que havia ocorrido a tal Correição Geral. Apressou-se em trazer-me também esse livro.

Eu tinha me esquecido por completo do tal Miguel Cisne de Faria, "provedor-mor das Fazendas dos Defuntos e Ausentes, Capellas, Residuos e Orphaõs", que apareceu em Santana de Parnaíba em outubro de 1633. A maneira como a doutora Nina me entregou o livro lembrou uma pintura quinhentista dos Reis Magos estendendo oferendas ao Menino Jesus. Obsequiosa, pensei que ela faria uma reverência ao me confiar o volume. Recolhi o livro respeitosamente e, com excessivo cuidado, folheei o registro da visita canônica.

Quanto de nós já estava semeado naquele pergaminho colonial: os registros, até mesmo o linguajar, eram em tudo semelhantes aos do cartório do meu bairro que tantas vezes procurei para ajudar meu pai com suas causas. O escrivão tinha sido um certo Manoel Godinho de Mattos, homem que, se não tivesse qualidades, teve ao menos uma bela letra. Anotou com rigor "si estavan sendo cumpridos os testamentos em cartorios, e nelles déra seu parecer, ordenou o registro das doaçams e pagamento dellas". Ali se contava que, dois meses depois da passagem do provedor-mor, chegou o Visitador de São Paulo, um padre Manoel Nunes, que mandou o reverendo vigário padre Jhoan de O'Campo y Medina "cuidar sempre da Igreja e suas alfaias". No cartório, o padre Visitador examinou se foram ou não cumpridos os testamentos e neles escreveu o visto com aprovação ou reprovação. Em seguida, separou dois testamentos, que levou a São Vicente e, na presença do capitão-mor Francisco da Costa, encaminhou-os ao governador-geral Diogo Luís de Oliveira para que fossem entregues ao Tribunal da Relação.

Ali estava a burocracia tão ibérica quanto a oliveira e o vinho verde, inspirada nos meandros do Tejo, ou do Douro, ou do Mondego, que buscam o oceano: "Diante do ditto capitão-mor e por elle lhe foi ditto que elle herá enformado que elle ditto capitão lloquo tenente do governador-geral...". Tudo fora feito diante de dois juízes "da vara vermelha" e anotado: "Sertifico eu m.el de mattos escrivam da camara desta villa de Sant'Anna de Parnahyba e dou minha fee eu que he verdade que...".

Outros testamentos estavam naqueles volumes espalhados sobre a mesa, que Bárbara folheava como se fossem revistas de moda. "Não acha que eles têm cheiro de omelete?", ela aproximava os pergaminhos do nariz e fechava os olhos. Com certeza, o testamento de minha velhíssima avó era um dos que haviam sido encaminhados para o Tribunal da Relação pela Correição Geral. Se o documento estivesse em um daqueles volumes, juntaria peças ao quebra-cabeça: ela havia morrido depois do marido, Joaquim Matias Coelho, portanto seu testamento teria de dizer algo mais sobre o bebê Emanuel. Em algum daqueles livros dormitavam meus avoengos sofridos. Eu não desistiria enquanto não os encontrasse.

O jesuíta confrontou desgraças até traçar seu rumo de volta para casa, escapando do sertão seiscentista tão hostil. Como eu não haveria de traçar meu próprio rumo de modo a cruzar com o dele? Eu enfrentava dificuldades, não desgraças. Estas, ele as conheceu todas como bandeirante acidental:

Arani era um cão. Dormia na varanda da casa-grande e ali velava por Nuno Lopes. Fazia tudo o que o fazendeiro ordenava e tudo o que pudesse agradar ao dono das terras. Arani costurava as botas de Nuno Lopes, amolava a espada, preparava o cavalo e levava recados. Foi quem primeiro me contou que Manoel Preto levantava dezenas de arcos na Nossa Senhora do Ó para encontrar Raposo Tavares e juntos seguirem ao Guairá.

— Dom Nuno vai com a entrada. Tapuitinga vai tudo, *oré oro-só Guairá ketê.*

Mais uma vez passava aquela ventania por Santana de Parnaíba, aqueles sonhos de ouro e de carijós, da fortuna fácil arrancada das matas, da malária e das cobras. Tinha sido assim um ano antes, quando tantos haviam partido a buscar seu remédio no sertão, para que a vila não perecesse. Porém, aquela ventania virara brisa, desde então ninguém tinha falado em botas e espadas. Dias depois, em uma dominga, Pindara, o caçador preferido de Nuno Lopes, assistiu à missa. Ficou calado ao fundo, esperou que a capela se esvaziasse e veio conversar comigo.

— Os arcos do sítio vão com dom Nuno. Não fica tapuitinga na vila. Vai ter missa só para curumim.

Fiquei intrigado. Na segunda-feira, saí bem cedo para buscar velas de sebo na povoação, seguro de que ali saberia algo sobre aquela novidade. As ruas poeirentas fervilhavam, um grande movimento tomava conta dos rostos conhecidos e dos vários rostos recentes que circulavam. Perguntei no chafariz aos tropeiros que chegavam, confirmaram a grande entrada que se formava e dali se juntaria aos homens de Piratininga rumo ao sudoeste. Retornei à redução leve, de cabeça erguida, sussurrando comigo: "Nuno Lopes partirá por muitos meses, levará aqueles olhos todos". Se a entrada fosse grande, o descimento dos guaranis tomaria no mínimo um ano.

Obajara, o braço direito do fazendeiro, esperava-me picando fumo acocorado à porta da minha oca. Se Pindara buscava a caça, Obajara era quem desferia o golpe de misericórdia no veado-campeiro agonizante. Era os pés que perseguiam os índios fugidos, as mãos que passavam as correntes por tornozelos, os tendões que açoitavam os carijós capturados. O jovem mameluco, um dos incontáveis bastardos de Nuno Lopes, não usava seu nome de batismo, Tomás. Eu evitava contato com ele, nas poucas ocasiões em que nos vimos a sós escondi-me atrás de alguma tarefa. Quando ele se aproximava, as crianças corriam, as mulheres riscavam o chão, os velhos se calavam. Se falava comigo, eu fitava os cabelos grudados no crânio com azeite de palmeira, assim não tinha de mirar as pupilas de pedra áspera, apesar de a voz ser tão fina e suave. Foi com aquela suavidade que anunciou, ajeitando o fumo no pito de argila cozida:

— Dom Nuno vai na entrada de Manoel Preto. Vossa Mercê será mais útil na entrada do que na escola. Se precisar de bota, de facão, de embornal, dom Nuno pode aviar para Vossa Mercê, meu padre.

Nuno Lopes queria-me com ele, longe de Bárbara. A mensagem tinha sido clara. Era verdade, almas iriam e almas chegariam, no entanto a Nuno Lopes interessava encomendar uma única alma, a minha, que se perderia entre mosquitos, araras e escorpiões.

— Dom Nuno Lopes muito me honra com esse convite. Estarei ao lado dele sempre que precisar.

O dia escureceu e aquela noite foi longa.

A caminho da forca, o homem calvo pousou os olhos doces sobre mim. No meio de tanta gente amontoada naquele largo, fui eu a única pessoa que ele escolheu para mirar por longos segundos. Ameaçava chover em Coimbra, por isso algumas famílias estavam inquietas: que o espetáculo terminasse logo. Porém, não havia pressa. O homem calvo não se agarrava à vida, mas também não se precipitou até o patíbulo. Olhava em volta com indiferença. Não foi o que eu esperava da minha primeira execução pública. Supus que o condenado sorvesse tudo ao redor, em um último trago ansioso de realidade. Imaginei que esperneasse, tentasse desamarrar-se das pesadas cordas, lançasse imprecações contra o carrasco. Nunca julguei que ele se deixasse levar mansamente, já morto, despreocupado de capturar as derradeiras imagens do mundo que cessaria de existir. Ao se abrir o alçapão, o baraço esticou-lhe o pescoço e seus pés tremelicaram nervosos, enquanto fezes escorreram pelas pernas. A multidão soltou um murmúrio e se desfez, uns poucos se achegaram para apreciar as pálpebras bem abertas do

181

enforcado. Cobri-me com a capa e abriguei-me da chuva, saudoso da xícara de leite fervente com canela.

Só fui entender o homem calvo de Coimbra ao partir na entrada de Manoel Preto, escoltado por Arani e Obajara. Vieram buscar-me na madrugada, eu tinha tudo arrumado e aguardava Amanari trazer-me a canjica. Não havia dormido, os músculos me pesavam e as ideias andavam enevoadas. Talvez por isso não tivesse pensado em fugir. Tampouco conseguiria fugir. *Fugiendo in media saepe ruitur fata.* Se me embrenhasse nas matas, se corresse pelos trigais ou se tomasse o rumo da picada

"Quem quer fugir ao seu destino, muitas vezes vai ao encontro dele." (adaptado de Titus Livius, *Ab urbe condita*, Livro VIII, parágrafo 24)

pela serra que leva a São Vicente, Pindara me alcançaria em poucas horas e me flecharia tal qual uma anta branca de barba rala.

Tomei meu embornal, passei algumas coisas a Apoema e ali fiquei em meio à turba cheirando a couro, sem ver ninguém, da mesma forma que o homem calvo de Coimbra não via nem o povaréu nem a tempestade que se armava. Eu iria morrer, estava ali para ser morto, sem que essa ideia me causasse medo. Causava-me torpor. Algo iria acontecer nos próximos dias ou semanas, o que me dava conforto. Eu não sabia o que me abateria, quando e como acabaria derrubado. O provável seria um golpe na nuca da borduna de Obajara, se antes não contraísse as febres, inchasse com algum veneno de inseto ou apodrecesse com picada de réptil. Levei às narinas a tira de linho que havia esfregado nas vergonhas de Bárbara. Foi o instante em que me vi morto, não voltaria a vê-la. Meu coração virou um rochedo, melhor acabar rápido com aquilo.

Os homens que vinham de Piratininga separavam-se em grupos, falando alto com os bigodes cobertos de poeira. O meu grupo aumentava sem cessar, defronte da Câmara, reunido em torno da flâmula de Nuno Lopes, dorminhoca debaixo do sol. Não sei o que falavam, entendia uma ou outra palavra em português. Imagino que sonhassem com as pedras preciosas que os tirariam daquelas vidas no pó e os levariam em um dossel para o Reino, ali os gibões de couro seriam substituídos por sedas e damascos. Havia mais índios e mestiços do que brancos, com grossas correntes de argolas sobre os ombros, que usariam para trazer os aprisionados.

Tapuitingas, era assim que os selvagens nos chamavam. Carregavam mais espadas do que escopetas, muitas delas feitas de osso lixado, de costela de vaca. Naquela gentama esbarrei em dois negros da Guiné, labutavam na carpintaria do sítio de Nuno Lopes. Esses dois tapanhunos se destacavam, mas logo reconheci barbeiros, alfaiates, ferreiros, merceeiros, sapateiros, correeiros e sombreireiros. Ali estava até mesmo o almotacel, tirando o chapelão de couro e coçando a testa. Quem examinaria pesos e medidas, quem iria fiscalizar as tabelas de preços?

Tudo me lembrava uma procissão, no colorido e na agitação das mulheres. Eu não conhecia o padre que oficiou a missa, abençoou a multidão e partiu com a primeira coluna. A flâmula de Nuno Lopes se ergueu, só então pude vê-lo, sereno e firme ao subir no cavalo amarrado ao pelourinho. As duas águias e o touro bordados no fundo vermelho lembravam-no do solar da família em Beja, onde seus avós foram vizinhos dos avós de Raposo Tavares. Não houve cerimônia que marcasse o início da entrada, a coluna moveu-se como quem vai ao rio se banhar e tomou o rumo do sul. Passamos pela capela, vazia, com portas e janelas fechadas.

Três carros de boi iam ao meio, com pesadas caixas de madeira, cercados de mamelucos de arco em punho. Dali se tomaria a estrada do Peabiru, que levava aos guaranis ambicionados. Mulheres pejadas acompanharam por algum tempo, arrastando seus ventres pesados, até que a entrada foi-se decantando em homens para afinal iniciar marcha batida pelos campos.

O abandono era geral. Longe do termo da vila, o forte de taipa no Emboaçava, às margens do Jeribatiba, estava deserto. Quem iria fazer a defesa avançada do povoado? Com tantos negros da terra caminhando comigo, quem iria cuidar dos canaviais, algodoais, trigais, vinhas? Encaixotar a marmelada? Eu ia entre os últimos, com Obajara e Arani ao meu lado. Apoema, a alguns passos, levava meus pertences mais pesados, porque ele próprio quase nada tinha de seu: além da saltimbarca no corpo, possuía um longo arco, linhas e anzóis, uma gamela de madeira e um cassengo. À testa da longa fila eu via o alferes-mor com uma gualteira de couro de anta que luzia ao sol; essa carapuça, que me pediu para benzer, havia livrado seu pai de flechas tapuias.

Na carta que deixei para António, contei que Piratininga e Santana de Parnaíba ficaram entregues às mulheres cobertas com mantos escuros e a um punhado de velhos e doentes. Escrevi a meu único amigo com orgulho, lá ia eu na honrosa missão de capelão, graças a mim aqueles caminhantes não faleceriam nas matas sem os sacramentos. Não havia medo maior do que este, pois que não tinham medo da morte.

Não posso dizer que Jerónimo Veiga fosse meu amigo, apesar de ter sido a pessoa com quem mais conversei durante a marcha pela poeira e mato esmagado que durou perto de cinquenta dias. Tinha a pele coberta de feridas, os mosquitos se enfileiravam para sugar o visco amarelo que purulava das chagas. Os homens se afastavam dele por temê-lo leproso. Andava à minha frente, com a catana em uma das mãos e a viola de pinho do Reino na outra, a colubrina atravessada às costas. Os tapuitingas faziam troça daquela arma, diziam que já era velha no tempo da tomada de Ceuta, porém Jerónimo não se importava. Não sabia tocar a viola, queria apenas conservar a herança de um pai que não tinha conhecido; disse-me que as modas estavam todas agachadas ali dentro, esperando dedos sábios que as livrassem no mundo.

Obajara e Arani se alternavam, ora um, ora outro seguia ao meu lado. Eu via o chapelão de Nuno Lopes a distância, sobre o cavalo, quando vistoriava os carros de boi acompanhado pelo ronda-mor. Jerónimo atrasava o passo e vinha ter comigo. Perguntava coisas da Corte, contava histórias picantes que envolviam mestiças, ensinava-me o nome nativo de frutas e árvores.

Debaixo de um céu especialmente estrelado pela ausência de lua, apontou-me o leste e desenhou com a ponta do punhal uma silhueta de ema. Era a constelação de Iandutim, que os carijós chamam de Guirá Nhandu, explicou, nascendo sobre Piratininga e Santana de Parnaíba.

— Olhe para a Ema sempre que tiver saudade de casa.

Eu não tinha casa, mas sob as asas da Ema estava Bárbara com suas tranças. Assim, eu rezava voltado para as estrelas de Iandutim, pedia a meu Deus que reconhecesse aquela constelação pagã e que protegesse todos os que se abrigavam nela, em especial as criaturas de longo pescoço branco, como as emas. *Alia claritas solis, alia claritas lunae, et alia claritas stellarum, stella enim a stella differt in claritate.* Meu coração se apertava ao contemplar Iandutim subindo no céu, comecei a ter medo da morte.

"Uma é a glória do sol, outra a glória da lua e outra a glória das estrelas, porque uma estrela difere em glória de outra estrela." (Primeira Epístola aos Coríntios, capítulo 15, versículo 41, na Vulgata)

Não queria desistir de Bárbara. Queria rever minha Pinhel natal, queria as noites de chuva pesada com Amanari, o leite quente com canela. A proximidade de Obajara e de Arani, demasiado atentos, tornava-se insuportável. Precisava fugir. Arani se untava com um óleo espesso cujo odor acre me revirava o estômago, eu o percebia próximo pelo cheiro. Apoema marchava duas braças atrás, indiferente à minha angústia. A coluna avançava silenciosa, os índios nada diziam e os brancos falavam baixo, só se escutava o ranger dos carros de boi no seu guincho lamentoso. As índias de Nuno Lopes não riam, seguiam o capitão da mesma forma que os pernilongos seguiam a mim. Jerónimo sussurrava suas histórias e fazia perguntas em um ciciar que as maritacas não me deixavam entender.

Prosseguia vendo minha sombra nos pedregulhos do Peabiru, sem atinar com uma saída. Fazia semanas que rasgávamos caminhos, naquela rotina de comer beiju, andar, tomar água em algum ribeirão, comer caça moqueada à sombra, andar, andar, canjica, Iandutim e dormir debaixo da capa. Os homens só gritavam nas rodas de baralho, ao jogar o truque. Eu havia trazido uma cabaça de sal e uma trouxa com pães de farinha de guerra, suficientes para dois meses. Contudo, não me havia ocorrido que nunca comera a mesma refeição todos os dias, por tanto tempo. O sabor tornou-se odioso. Só as guarirobas da mata quebravam a mesmice daqueles repastos.

O tempo era bastante firme, uma ou outra chuva leve caía. O suor ressecado deixava fios de poeira nos rostos dos brancos, ao contrário dos índios, que pareciam sempre recém-saídos de algum rio de águas geladas. Raramente algo me distraía do ruído dos passos. Uma nuvem de borboletas, um enorme jacaré morto à beira d'água, o enforcamento de um mameluco.

Pedro Cruz era um mameluco quase branco, sua mãe era da nação Biobeba, de pele clara, e seu pai era holandês. Reclamou seu achádego, dizia merecer a recompensa por ter encontrado o esgaravatador de prata de Santiago Valdez. O branco recusou-se a dar o prêmio, para ele o objeto tinha sido roubado pelo mameluco. A discussão foi rápida, quando a coluna se deu conta Pedro Cruz já tinha enterrado a meia-lua da alabarda no ventre de Santiago Valdez.

Cheguei a tempo de assistir ao alferes-mor apertando o baraço sob o queixo do mameluco, seu corpo ficou pendurado em um galho de ipê-rosa enquanto o escrivão da entrada fazia o inventário de Valdez. Começava a escurecer, entretanto as posses do branco eram tão poucas que o inventário foi terminado ainda com luz. Levava consigo todos os seus bens, a começar pela roupa do corpo. Paulo Leme, o escrivão da entrada, listou borzeguins de carneira, um ferragoulo de trezentos réis e a coura de anta. Em um embornal, o esgaravatador de prata estava embrulhado em duas ceroulas e duas camisas de sarja, com lancetas e uma bocetinha com pedra-ume e verdete. A hasta foi feita em minutos, Mateus Leitão deu dois côvados de baeta, no valor de seiscentos réis, pelas medicinas e com isso arrematou as lancetas e os remédios. Leôncio Costa deu uma pataca e meia pelo fato, borzeguins, coura e alabarda; prometeu entregar uma oitava de ouro tão logo encontrasse veio do metal, o escrivão fê-lo assinar um conhecimento registrando o bico. Ninguém quis o gibão e o calção de burel do mameluco, traziam azar.

Santiago Valdez havia morrido sem testamento, por isso sugeri que se desse o esgaravatador de prata à Igreja como *ab intestato*, para fazer bem pela alma do defunto. Paulo Leme olhou-me com ódio, rosnou que aquilo valia bem mais do que a terça parte da terça do espólio do branco. Apanhou o esgaravatador com as duas mãos, mas o largou assim que Jerónimo Veiga, acocorado ao meu lado, levantou-se ameaçador. Eu havia notado algo estranho entre os dois, naquela boca da noite ficou claro que eram inimigos.

Depois desse incidente, senti cheiro de fumaça. Demorei a ver os rolos de fuligem negra que subiam ao céu, no meio da multidão que enxameava na beira de um rio muito verde. Foi lá que paramos. Nuno Lopes apressou o passo, encontrou-se com os outros capitães brancos, homens de grande séquito iguais a ele, e naquele ponto pousamos armas e sacos no chão. Jerónimo Veiga suspirou aliviado, mal podia esperar para buscar pedras e prear índios, não tinha vindo para marchar sem descanso e apontar estrelas. Era ali que eu iria morrer.

Não tenho medo da morte porque sei que Nosso Senhor me acolherá na palma de Sua mão, serei erguido à altura de Seus olhos e Ele soprará meus cabelos com hálito morno de canela. Tenho, porém, medo da dor que precede o fim. Ao alcançarmos o rio Tibagi, não cessava de antecipar o sofrimento da morte. Poderiam queimar-me, afogar-me, jogar-me aos cães, desde que não houvesse dor. Como o enforcado calvo de Coimbra, eu não via nada em volta, mas, diferente dele, eu não queria derreter no vazio.

Na chegada, não jantei e, na primeira manhã naquele acampamento, vomitei uma bílis verde que não purgou o pavor de não ver o anoitecer seguinte. Minha pele se crispava e um vento de inverno varava meu estômago cada vez que Arani e Obajara se aproximavam. Minha visão se turvava sempre que Nuno Lopes passava ao longe, a cavalo. Eu era maior do que esses homens, mas eles iriam me esmagar e seguir sua caminhada sem fim.

Ficamos meses às margens do Tibagi, após completar um grande forte de grossas toras amarradas. Ali dentro se enclausuraram centenas de índios e de mamelucos com algumas dezenas de brancos. As cabanas eram bastante precárias, qualquer vento mais forte arrancava as folhas de palmeira que as cobriam. Também os depósitos de mantimentos eram galpões de taipa feitos às pressas, cheios de vigas desencontradas. No seu canto, Nuno Lopes construiu o melhor paiol de todos, de sólidas paredes, sem janelas, com uma única porta pesada vigiada pelos mamelucos de sua confiança. Lá colocaram as caixas de madeira e os baús que vieram nos carros de boi.

Aquela precariedade me incomodava, achava que seria morto no mato, que talvez me mantivessem vivo enquanto estivéssemos ali. Jerónimo Veiga e eu improvisamos um coberto de folhas trançadas, eu escutava histórias de cunhãs e mestiças, depois não conseguia pregar os olhos. Toda noite era minha última noite. Apoema dormia ao relento, a duas braças de nós.

Terminado o forte, partiram as expedições. Na madrugada, colunas saíam com armas, para retornarem com índios bravos. Mostravam as rodelas de madeira uns aos outros, eriçadas de flechas carijós espetadas no couro de anta, os rasgos causados pelos pelouros de barro cozido. Até que houve o ataque à missão de Encarnación. Uma febre tomou conta daqueles caçadores quando os portões deram passagem à longa fila de guaranis cativos, uma fortuna em músculos que fazia brilhar a cobiça dos sam paulistas. O forte ganhou novo ânimo, as armas eram preparadas, no entanto a aflição esfriou porque Manoel Preto recebeu os missionários jesuítas.

Nunca o tinha visto, ainda que afastado. O capitão sobressaía entre os padres, o único de fartas barbas brancas naquele grupo em que estavam a cabeleira longa de Raposo Tavares, a magreza do jovem Simão Álvares e o chapelão de Nuno Lopes. Os potentados em arcos ficaram um bom tempo à sombra da peroba-rosa que marcava o centro do forte, despediram-se cerimoniosamente dos jesuítas e em seguida a longa fila de guaranis partiu, devolvidos à missão. *Servus eiusdem naturae est cuius tu.* O forte foi só murmúrios, os boatos eram de uma ordem d'El-Rey para que

"Teu escravo é da mesma natureza que tu." (adaptado de Lucius Annaeus Seneca, *De clementia*, Livro I, capítulo 18 [a frase original é: *licere commune ius animantium Tetet: quia eiusdem naturae est cuius tu*])

regressássemos a Piratininga, os mais açodados falavam em excomunhão pelo papa. Assim se passaram quatro meses, a princípio preando índios bravos, mas ampliando as expedições até que as colunas passaram a atacar as catorze reduções do Guairá.

Aquela guerra acontecia distante de mim. Exceto pelas partidas com escopetas e chegadas com carijós acorrentados, eu nada testemunhava, mesmo porque os brancos e os mamelucos não faziam menção aos ataques em suas confissões. Manoel Preto havia construído uma capela e ali eu passava as horas em conversa arrastada com o padre Eudes Navarro. Oficiávamos duas missas por dia, Nuno Lopes vinha quando não estava atacando as reduções dos jesuítas, sem jamais me dirigir palavra. A ele coubera prear, com Manoel Mourato Coelho, as missões do vale do Tibagi, as de São José, São Francisco Xavier, São Miguel e Encarnación. Os brancos confessavam-se às domingas e antes de partirem em busca de cativos e de riquezas, tamanho o receio de permanecerem insepultos naqueles campos — e comparecerem diante do Todo-Poderoso com a bateia cheia de pecados e as correntes pesadas das culpas presas nas argolas.

O Ano-Novo começou sob chuvarada incessante, e as expedições perderam impulso por três meses. Então as nuvens se dispersaram e os homens voltaram a se juntar. Em uma noite de março, fui acordado por um Jerónimo Veiga muito apressado, que recolhia suas coisas e preparava o embornal para partirmos. Corri à capela, pensei em prostrar-me aos pés do altar e lá demorar-me até que partissem todos, quem sabe me esquecessem para trás. Encontrei as portas fechadas, em frente Obajara e Arani me esperavam, sombrios.

A coluna de Nuno Lopes estava pronta, esperava apenas que o capitão montasse seu cavalo para iniciar a marcha ao raiar da aurora. O ranger dos carros de boi, outra vez carregados com pesadas caixas de madeira, anunciou que o grupo se punha em movimento.

Às margens do Tibagi, Jerónimo Veiga me contava como havia seduzido uma mulher casada em Leiria enquanto o marido mostrava porcos ao irmão dela. Seguimos por três dias, em silêncio, margeando as águas verdes, para alcançar outro rio mais estreito, o Ivaí. Nuno Lopes mudou de direção, o grupo entrou pelos campos e subiu uma colina, onde pernoitamos.

Ao escurecer, eu via a oeste as estrelas da Iandutim afundando no horizonte e a leste os fogos da missão de Jesú María, uma pequena redução na beira do rio. Aquele era o alvo de Nuno Lopes e os padres sabiam disso: os portões foram fechados e não havia ninguém fora da paliçada, era um castelo de palha que se preparava para a ventania que iria varrê-lo.

11 DO REI ESCRAVO DE TANTOS SENHORES

"Nam iustis quidquid malorum ab iniquis dominis inrogatur, non est poena criminis, sed virtutis examen. Proinde bonus etiamsi serviat, liber est; malus autem etiamsi regnet, servus est, nec unius hominis, sed, quod est gravius, tot dominorum, quot vitiorum." (**Aurelius Augustinus Hipponensis**, *De civitate Dei,* **Livro IV, capítulo 3***)*

Porque quaisquer males que sejam impostos sobre os justos por senhores injustos não são punições por um crime, mas sim testes de virtude. Portanto, mesmo se um homem bom é um escravo, ele é livre, ao passo que um homem mau, ainda que seja rei, é escravo, não de um único homem, porém — o que é pior — de tantos senhores quantos sejam seus vícios. (Santo Agostinho, *A cidade de Deus*)

No Museu do Ipiranga, quase pude cheirar meus avós, tão perto estive da verdadeira história deles. Porém, as peças não se encaixavam e as lacunas continuavam zombando de mim.

Os registros não eram muitos. Pensei comigo: se no final do século XVI São Paulo de Piratininga tinha seus mil e quinhentos habitantes, então Santana de Parnaíba, por volta de 1630, devia ter algo por aí. Caso eu estivesse certo, a soma de batizados, casamentos e enterros não passaria de cem por ano. Se gastássemos menos de um minuto para verificar cada certidão, levaríamos cerca de uma hora por volume. Daria para examinar todos pela manhã.

Decidimos começar pelas anotações de 1632 e de 1633, uma vez que sabíamos, pelas reproduções digitalizadas da Câmara Municipal, que naquele período tinham ocorrido o casamento de Bárbara Manuela com Joaquim Matias Coelho, o registro do bebê Emanuel como "cria da casa" e o testamento

192

do marido. Também sabíamos, pelas lápides, que Bárbara Manuela e Joaquim Matias tinham sido sepultados em 1633, ele antes dela.

Assim procuramos, assim encontramos bastante coisa. Bárbara deparou-se logo com a anotação do casamento de minha avó com Joaquim, em janeiro de 1632. Era um assentamento conhecido, fazia mais de um ano que, junto com Sophia, eu obtivera uma cópia daquele registro. No entanto, tocar o pergaminho, ainda que com luvas de látex, foi perto de afagar as tranças negras de minha avó que repousa às margens do Tietê.

A mim tocou o livro mais saboroso, o de 1633, apesar de ser conhecido da pesquisa na Câmara Municipal. Virei página a página como se fossem asas frágeis de borboleta. As letras haviam sido desenhadas por duas pessoas diferentes. A primeira, até abril, tinha caligrafia larga e volteada, com amplas curvas e pontas que vazavam para as linhas de cima e de baixo. A outra, de maio para diante, tinha uma letra acanhada, medrosa, esmagada pelo peso da linha de cima e temerosa de incomodar a de baixo. Ambas as caligrafias eram legíveis. Ademais, bastava bater os olhos para ver se o assentamento era de interesse. O empréstimo de um índio forro de Lucas Nóbrega para Damião Albuquerque não tinha relação com meus Diogos. A venda de quintais de terra de Inês Portugal para Afonso Camargo tampouco lançava luz sobre minha busca.

Poucas folhas à frente, surgiu o testamento de Joaquim Matias Coelho, cuja cópia eu havia obtido com Sophia na Câmara Municipal, e na qual marcara a passagem "tudo deixo para minha esposa Bárbara Manuela". Na página a seguir, em 31 de março, estava o apontamento da morte de Matias Coelho, "falecido das febres". Depois, apareceu, nítido e risonho, o assentamento do óbito de Bárbara Manuela Pires de Alencar Lopes, morta "de bexigas", que deixava o filho Emanuel Vaz de Aguiar. Outra vez acariciei o pergaminho. Nunca mais o veria, a doutora Nina não repetiria aquela coreografia de suspense. A data, 6 de julho de 1633, não coincidia com a da lápide que encontramos na Matriz de Santana de Parnaíba, 4 de julho.

Virei a página com uma despedida, caiu um pedaço de papel amarelado. Não era pergaminho, não tinha aquela aparência aveludada dos pergaminhos seiscentistas. Era uma pequena folha, um pouco áspera. O toque era o mesmo da coleção de discursos de Cícero impressa lá por 1890 que eu comprara de um sebo. Dei para Bárbara cheirá-la, não sabia a omelete igual aos livros que folheávamos. Ela levou o papel ao nariz, atrás eu pude ler em letras grossas: "CAN1514". Por que 1514, mais de um século anterior ao ano da morte de minha avó?

Algo tinha ocorrido naquela vila de Sant'Anna de Parnahyba em 1633, porque a maioria das anotações estava nos meses de julho a setembro. Vasculhei ali umas oitenta inscrições, a maioria de óbito. Uma mencionava um falecido "e doze índios sob sua administração", sem dar-lhes os nomes. Percorri alguns poucos casamentos, uns nascimentos e dois testamentos. Voltei cuidadosamente à página do falecimento de Bárbara Manuela. Além da nota da Correição no registro, de que seu testamento havia sido encaminhado ao Tribunal da Relação, nada mais existia sobre ela, nem sobre o velhíssimo bebê Emanuel.

Um outro óbito tinha recebido idêntica atenção do padre Visitador e o testamento fora remetido a Lisboa, o de uma certa Escholastica Moraes e Pinho. Esse é um nome de que não me esqueço jamais, porque sempre o achei curioso. Tem som de escola medieval, ecoa aulas de gramática, retórica e dialética nas primeiras universidades. É um nome que evoca o colossal esforço de Tomás de Aquino para conciliar a mansidão do cristianismo com o furor da lógica de Aristóteles. Na faculdade, a escolástica me perturbava. Ensinava que toda causa tem um efeito que é diferente dela. Uma causa não pode ser seu próprio efeito. Deus, a causa primeira de todas as coisas, não pode ser o efeito de seu poder. Na sequência, perguntava: mas como, se Deus tudo pode? Fui eu quem não pôde atinar com o que haveria de comum entre essa Escholastica e a tetravó Bárbara, além de serem contemporâneas e vizinhas, para que os testamentos de ambas tivessem recebido especial consideração.

As mortes são cada vez mais vagas à medida que se recua no tempo. No século XIX, as pessoas morriam de síncopes e de nós nas tripas. Sob o amplo guarda-chuva das síncopes poderiam estar desde infartos agudos do miocárdio até acidentes vasculares cerebrais. A expressão horrenda "nós nas tripas" poderia indicar um não menos horrendo tumor maligno no colo sigmoide. Antes disso, no século XVIII, as mortes eram ainda mais fluidas, porque dependiam dos humores do organismo, do flogístico, das dietas inadequadas de pessoas sanguíneas e das fleumáticas. Um conflito de humores ligados ao fogo, à água, ao ar ou à terra poderia ser fatal ao enfermo setecentista. Nos relatos diante de mim, meus avós seiscentistas haviam morrido de bexigas e de febres. Se tivesse de adivinhar, diria que Bárbara Manuela não possuía anticorpos contra a varíola e fora acometida por aquele vírus, vindo a sucumbir em decorrência de falência múltipla dos órgãos resultante da infecção generalizada que se instalou no organismo debilitado. Já Joaquim Matias Coelho, que não tinha sinais de malária, da terça, fora picado pelo anófeles e talvez morrera de febre amarela, ou de dengue.

Que importa isso? A precisão da morte interessa apenas à fabricação de estatísticas que alimentam as tabelas atuariais das companhias seguradoras. Àquele que morre, basta a descrição vaga dos nossos avós, porque o que aconteceu foi um desequilíbrio entre o que está sob nossa pele e tudo aquilo que a rodeia. Por alguma fresta, a mão escura do mundo exterior penetra nossa carcaça e apaga a centelha. Ou então, nossas fibras se amotinam e tomam conta da nau, levando-a a pique. Tudo o que é deixa de ser, chame como quiser. *Morimur ut mortales; vivimus ut immortales.* Para mim, bexigas, febres e pestes bastam para saber que meus avós deixaram de ser, há quase quatrocentos anos, e sua escuridão não foi rápida nem indolor, deu-lhes suficiente "Morremos como mortais que somos; vivemos como se fôramos imortais." (Lucius Annaeus Seneca, *De consolatione ad Marciam; Epistulae morales ad Lucilium*, epístolas 57 e 117, citado por padre Antônio Vieira nos *Sermões de Quarta-Feira de Cinzas*). agonia para partirem com a lembrança da alegria de terem sido. Os assentamentos eram perfeitos: uma pessoa morria "doente da doença que Deus lhe deu".

Devolvi os livros à doutora Nina Araújo, coloquei sobre sua escrivaninha o pedaço de papel "CAN1514".

— Desculpe, isso estava no livro de 1633, não sei em qual página.

Ela ficou em dúvida, murmurou que não existia livro para o ano de 1514 e apressou-se para almoçar, devia retornar antes das catorze horas.

A busca no Museu do Ipiranga transcorrera mais célere do que o esperado. Era meio-dia e tínhamos repassado quatro dos cinco livros de assentamentos da Matriz de Santana de Parnaíba. Eu ainda sentia uma ânsia, uma vontade difusa de levantar algum véu esquecido. Bárbara e eu havíamos localizado o casamento de minha avó com Joaquim; o registro do filho dela, Emanuel, a "cria da casa"; a morte dela e a morte de Matias Coelho, com o testamento que jogava a história para as brumas. Faltava um livro, o de 1629, que eu queria examinar na procura da certidão de óbito de Nuno Lopes, se é que a igreja havia anotado a morte acontecida em território Kaingang.

A doutora Nina arrastou o almoço na cantina italiana, queria falar de Aurorinha e da Colônia, daqueles assassinos, genocidas, que os livros escolares alcunhavam de heróis. Discorreu sobre a preparação da taipa e comparou o tijolo colonial com os tijolos romanos que na Itália, há milênios, sustentam monumentos majestosos. Aceitou que pagássemos o almoço, tomou dois cafés e levou-nos de volta à sala, esgueirando-se como quem conduz dois fugitivos. De novo, enfiamo-nos furtivamente pela porta e olhei o relógio: catorze horas, tínhamos de partir.

O livro de 1629 ficaria para outra ocasião. Já que não aconteceu essa outra oportunidade, ignoro onde foi assentado o falecimento de Nuno Lopes. O fazendeiro não recebeu cova, quiçá não tenha recebido certidão de sua morte, a devida tumba burocrática sem a qual os direitos sobre os vivos ficam insepultos. Lamento não ter encontrado esse registro. Devo ao velhíssimo Diogo a satisfação de saber Nuno Lopes morto também nos arquivos e, portanto, na memória.

— Você planeja algum estudo sobre as visitas canônicas, as correições?

Tive preguiça de contar a ela toda a saga do jesuíta. Deveria tê-lo feito, decerto a doutora Nina era a pessoa mais bem preparada para saborear aquele drama secular de pavor e deleite. Ela ficou decepcionada ao ouvir que eu nada sabia de correições, apenas tinha curiosidade quanto ao destino de uma avoenga, cujo testamento fora encaminhado ao Tribunal da Relação pela Correição Geral de 1633. Reagiu de imediato:

— Está no Rio. Se foi para Lisboa, voltou para o Rio de Janeiro e hoje está no Arquivo Nacional, com o restante dos arquivos do tribunal.

Beijou-nos nas duas faces e fechou a porta com um adeusinho molenga.

Eu não podia ir ao Rio de Janeiro. Eu só podia ir a Brasília, se avisasse a Polícia Federal. Talvez isso mudasse após a intimação que recebi naquela mesma tarde.

A realidade me abalroou pela proa, eu andava muito enlevado com o tato e o cheiro dos pergaminhos que tratavam dos meus avós. Corri para o aeroporto assim que recebi a intimação da Polícia Federal. Eu tinha que me apresentar no dia seguinte, em Brasília, para prestar depoimento. Era pena, não veria a delegada loirinha pestanuda de nariz fino arrebitado, sabe Deus qual brutamontes me esperaria na delegacia. Não havia homenzarrão algum: um delegado gordote insistiu em falar de futebol antes de anotar minhas declarações.

O doutor Falcão Lima e meu pai chegaram no voo da manhã e rumaram direto para a delegacia, ali me encontraram pingando colírio incessantemente. A estação seca estava sofrida naquela semana, o nariz de Bárbara sangrava um pouco a caminho da Polícia Federal. Eu não devia tê-la deixado ficar na sala. Quis me afundar na cadeira quando o delegado gordote abriu a pasta e tirou uma fotografia colorida, dez por catorze centímetros. Loira de olhos azuis, esguia e elegante, com um leve sorriso maroto, a foto de Vanessa parecia gritar: "Lembra-se de mim?".

Meu pai aproximou-se, colocou os óculos e pigarreou. O doutor Falcão Lima não se moveu, porém Bárbara me olhava curiosa. Sim, eu sei quem é. Sim, essa moça trabalhou no consulado-geral. Pois é, depois da partida dela eu havia descoberto antecedentes pouco abonadores. Verdade, era minha assistente. Como assim, não se chama Vanessa?

O delegado gordote passou-me um relatório da polícia portuguesa. As fotos eram as mesmas, as legendas é que eram diferentes: uma sucessão de nomes de mulher. Todas eram Vanessa. Verônica, Valentina, Viviane, Vânia, Vera, Vitória, Valéria, todas tinham os olhos azuis, e nelas eu podia adivinhar o sotaque interiorano. Ali estava também Valeska, a foto não revelava a tatuagem roxa da lua com estrelinhas e o ideograma chinês. Espreitei os papéis, à cata de alguma menção a sinais particulares, no entanto nada constava de monte de vênus. Guardou os papéis na pasta, foi a última vez que vi Vanessa, para sempre, outra vez.

Os documentos que ela tinha apresentado para ser admitida no consulado, em Portugal, eram falsos. Havia desaparecido, não existia maneira de seguir o dinheiro porque sacou cerca de cinquenta mil euros em espécie e encerrou sua conta. Esse saque tinha despertado suspeitas e ali começara a investigação. Não usava cartão de crédito, viajava com outro nome, era esperta: não atravessaria a fronteira da União Europeia tão cedo. Meu pai perguntou:

— Se ela for presa, devolverá os cinquenta mil euros ao consulado?

Os cinquenta mil euros dele, foi o que quis dizer. Paguei meu pai com o dinheiro que alguém havia depositado na minha conta em Lisboa, entretanto não tinha contado a ele: acreditava que Vanessa, arrependida, fizera aquele depósito. Minha visão se turvou, tamanha a vergonha. Que não saísse de Brasília, a polícia receberia um documento e eu seria chamado a continuar o depoimento. "Não acho que ela estivesse envolvida nessa confusão", eu disse sem muita convicção. O delegado gordote não registrou que eu havia tentado defender Vanessa, não pelas tardes nas Janelas Verdes, mas por ter-me devolvido o dinheiro.

No almoço, meu pai não tratou do assunto. O doutor Falcão Lima desabotoou o colete aliviado, achava que não haveria maiores consequências, agora que as autoridades estavam no encalço de uma criminosa. Eu tinha residência certa e sabida, apontou para o chão, e tinha restituído o dinheiro ao consulado. Da minha parte, nada havia ganhado. Deixei-os no aeroporto. No caminho de casa, Bárbara beliscou-me o braço:

— Bonito, hein?

— Ora, você não escutou o advogado? Vai ficar claro que não tive nada a ver com isso.

— Bonita, hein?

Era bonita, sim. *Pulchritudo est modo tam alta quam cutis.* "A beleza só é tão profunda quanto a pele." (provérbio latino)

Vanessa. Bárbara nem desconfiava quanto eu tinha sido feliz nas Janelas Verdes. O que me fazia sofrer não era ter passado por idiota, sem perceber nada. O que me fazia sofrer era ter desperdiçado com Vanessa as horas que neguei a Sophia. Jurei para mim mesmo que nunca mais pronunciaria o nome da ladra. Naquela noite, eu contava a Márcio como Vanessa era gostosa. "Nome de mulher sacana", ele dizia. Olhei o fundo do copo: "Ah, Vanessa... Só o nome?".

É certo que eu tinha sido escravo das minhas paixões. Nada mais convencional, um enorme lugar-comum. Ao menos eu as conhecia, não fui surpreendido por elas. Nesse sentido, não me escravizaram, fui eu que as deixei reinar com arrebatamento. Ao pobre jesuíta, por sua vez, as paixões se apresentaram encabuladas, para em seguida tomá-lo de assalto. Para ele, "morrer de amor" não era força de expressão, e sim ser morto por causa do seu amor:

Tinha chegado o dia da minha morte. Acocorado próximo ao fogo, observava os homens de Nuno Lopes prepararem o ataque, escolhendo armas, carregando arcabuzes e escopetas, testando cordas tesas de arcos. Comia um inhambu com farinha de mandioca quando Obajara me tomou pelos cabelos e me colocou de pé.

— *Iandé açó i-keté caá rupi* — apontou para uma trilha na mata onde já estava Arani.

Obajara carregava uma lança e um terçado. Era assim que iriam me abater, no fundo da selva, enquanto a coluna atacava a missão, no fundo do vale. Avançamos em meio às árvores, os dois índios escorregavam entre os galhos que me retinham, enroscando-se na roupeta. Minhas tripas se retorciam em um grasnar de corvo bravo, em vão eu pedia que esperassem para que eu pudesse me aliviar. À minha frente ia Bárbara, de vestido de linho, com as tranças dançando no ritmo das passadas. Ela se voltava para me sorrir, eu admirava a linha do nariz e me lembrava do entardecer em que me deu uma goiaba, doce e rosada. Ria sonora, espiava-me matreira, divertindo-se com as raízes que se me enrolavam nos tornozelos. Bárbara flutuava rápida, parecia que tinha pressa na minha morte, mas depois quem se recordaria dela? Nuno Lopes não seria, Bárbara e as cabras eram iguais para ele. Persegui o riso canoro, as tranças, o perfume adocicado por uma suave descida, até que a mata rareou e diante de nós assomou a paliçada da redução de Jesú María. No meio da fumaça espessa, aparentava ser um muro de pedra, alta e negra.

Tossindo, com os olhos ardendo, segui Obajara e Arani ao longo das toras da paliçada e alcançamos o portão em chamas. No meio daquela neblina de fuligem não conseguia distinguir quem, dos vultos, eram homens da coluna e quem eram guaranis da redução. Então, uma tenaz forte apanhou meu pulso, segurou meu braço, e Nuno Lopes colocou uma espada de concha em minha mão. Empurrou-me para dentro do fumo escuro.

Ali estava a resposta para minha fraqueza, por fim o Deus de Isaías me fortificava. O punho da espada aconchegou-se na palma direita, meus dedos abraçaram o pomo na certeza de que o guarda- -mão os protegia. Minhas fibras ganharam força, a arma ficou leve, passei a ver melhor na fumaça, os gritos das mulheres soavam estridentes, os urros dos guerreiros me enchiam os pulmões de ar fresco. A nuvem escura se adensou e dela saiu um carijó de seus dezesseis anos, com as costelas salientes pintadas de urucum, aprestado para a guerra. Apontou-me um pequeno punhal. Levantei a espada, desci com firmeza a lâmina, e o metal que cortava o ar fez uma breve pausa no pescoço do menino, antes de retomar seu voo. Ele caiu de joelhos, tateando o corte do qual golfava um jorro grosso.

Levitei, acima do fogo e dos corpos que me rodeavam, inatingível. Tudo em mim virou músculos. Os membros não eram partes do corpo, porém todos uma única massa vibrante que recebera um súbito raio de energia. Com a arma em riste, entrei na névoa, os olhos não ardiam na busca angustiada por outros pescoços. Aquela pausa era deliciosa, a tenra resistência dos tendões ao fio da lâmina havia-me aproximado de um êxtase místico. Surgiu uma índia gorda agarrada a um recém-nascido. Hesitei por uma fração de segundo e desci o metal na testa da mulher. Daquela vez, a resistência voluptuosa viera acompanhada de um ruído seco de osso partido. A criancinha embaraçou meus passos, senti na sola do pé esquerdo o estalar do pequeno crânio. Tudo era regozijo, dentro da minha pele encontrei alguém potente que nunca suspeitara existir.

Avancei mais na fumaça. Um vulto maior, uma silhueta temível, pareceu ameaçar-me. Ergui os braços, ele ajoelhou-se pronto a receber o golpe, que não veio porque Apoema o puxou para trás. Ficou caído no chão, esparramado em sua sotaina de jesuíta, olhando-me aterrorizado em meio a cabeludas sobrancelhas negras e uma barba que lhe tapava a boca. Outro padre, loiro e magro, o arrastou para longe de mim.

Adiantei-me umas braças e de uma oca saíram dois selvagens, um deles espantosamente alto, inteiro nu, com uma faca em cada mão, e outro com o arco retesado mirando meu ventre. Não houve tempo de ver seus rostos. Arani levantou-se da fuligem e com um golpe de borduna afundou a cabeça do índio com o arco. Nuno Lopes esgueirou-se igual a um mico pelas costas do carijó com as facas e o apunhalou com vários golpes, até que desabasse. Ambos sumiram na nuvem de carvão, haviam salvado minha vida. Reconheci a risada fina ao meu lado, era Obajara que se divertia com o ataque.

Foi como se Deus apagasse uma chama dentro de mim, senti-me cansado a tal ponto que não faria diferença viver ou morrer.

"Caiam mil ao teu lado e dez mil à tua direita, a ti nada atingirá." (Salmos, salmo 91, versículo 7, na Vulgata) *Cadent a latere tuo mille et decem millia a dextris tuis; ad te autem non appropinquabit.* Rastejei, pesado, para fora dos gritos e dos golpes, recostei-me à paliçada e cocei os olhos. Jerónimo Veiga salvou Paulo Leme de falecer da vida presente varado por uma lança. Os dois homens se odiavam, mas não tanto quanto odiavam os jesuítas e os carijós. O escrivão da entrada gabava-se de sua escopeta oitavada, uma bela arma de seis palmos, com fechos de segurilho e coronha lavrada em pau de canela. Cuidava da arma, entretanto não tinha o mesmo cuidado com o polvarinho, os aparelhos de saca-trapo e a chaveta, porque ela falhou no instante em que ele mais precisou. Inebriado pelo cheiro de pólvora, assisti ao selvagem correr para ele de lança em punho. Paulo Leme apanhou o candeeiro, acendeu a mecha, puxou a palanca, largou o fogo, apoiou a escopeta no ombro, soltou a haste — e não veio a explosão. De onde eu estava, não conseguia ver sua expressão, pude apenas imaginar a boca aberta em pânico quando o carijó se inclinou prestes a perfurar-lhe as tripas com o chuço. Jerónimo Veiga saiu da fumaça para proteger o escrivão com sua rodela, a lança do selvagem espetou a madeira e caiu. Só então veio a explosão que partiu a perna do carijó na altura do joelho. Os dois brancos separaram-se, odiavam-se.

Apoema ergueu-me tal qual se carrega uma criança e assim fui levado por ele ao acampamento, ali dormi até que o sol estivesse alto no horizonte. Ao acordar, percebi de imediato a euforia que dominava a coluna, os brancos celebravam a tomadia. Uns poucos dos nossos índios haviam morrido ou sido feridos, o que não contava. Não se havia perdido mameluco algum, morrera um tapanhuno ladino, e, entre os tapuitingas, Manoel Godoy havia sofrido um corte profundo no pé direito, que gangrenaria e teria de ser cortado a golpe de machete.

Não havia correntes de argolas suficientes para amarrar todos os cativos. Atados com cordas e fitas de couro, centenas de carijós aceitavam seu fado de aprisionados. Jerónimo Veiga calculou o butim em umas mil e quinhentas peças, o bastante para ajeitar o destino dos brancos e dos mestiços daquele arraial.

A coluna partiu pela manhã. Continuamos ao longo da margem do rio Ivaí, embalados pelo ranger melancólico dos carros de boi. Jerónimo Veiga dizia que saíamos do território guarani para entrar em terras dos Kaingang. Eu precisaria de proteção se esses índios hostis cercassem a coluna com seus pios animalescos e sua pintura aterradora. Para meu alívio, Obajara e Arani continuavam ao lado. Se eles se afastavam, eu ficava inquieto; os dois protetores fariam falta se viesse algum ataque. Eu só sossegava ao sentir o cheiro acre do óleo que besuntava Arani.

No início da tarde, Nuno Lopes cavalgou até os carros de boi para inspecionar as caixas de madeira, o que fazia diariamente àquela hora. Trotou para o final da coluna, e, ao se aproximar, coloquei-me à frente do cavalo, que estacou.

— Vossa Mercê salvou-me a vida lá na missão, devo-lhe meu agradecimento e minha eterna fidelidade.

Olhou-me surpreso, parecia que nunca me havia visto. Conteve o cavalo.

— Como é, padre?

— Eu não fui morto na redução graças a Vossa Mercê, dom Nuno, devo-lhe minha vida e minha gratidão.

— Ah! Não quero sua vida, padre, nem sua gratidão, basta--me seu corpo.

Tocou o cavalo a trote manso, cobrindo-me de poeira. Assisti à sua volta pela coluna, altivo e vigilante. "Se mais mundo houvera, lá chegara", escreveu o poeta inspirado por homens como aquele sam paulista. Ali estava o que Portugal produziu de melhor: o caráter aliado à disciplina, a coragem casada com a serenidade. Não havia mata ou campo, rio ou mar que pudessem resistir a varões iguais a Nuno Lopes. Tirou o chapelão de couro, enxugou a fronte na manga da camisa e indicou o caminho com a resolução de quem faz do mundo seu sítio. Nos dias que se sucederam, apertei o passo e fui-me adiantando pela coluna, buscando estar próximo dele.

Há homens que exalam um misterioso conhecimento de si, do universo e do futuro. Não vacilam, porque sabem da sua força, aonde vão e o que vai acontecer. Dispensam outros homens, neles está tudo de que precisam para serem vitoriosos. São solitários na abastança da própria presença. A conquista é sua herança, cai-lhes no colo. Depois do ataque a Jesú María, eu achava que Nuno Lopes era um desses homens. *Magnitudinis animi et fotitudinis est proprium nihil extimescere.* Envergava o melhor gibão d'armas de algodão e a coura

"É próprio da grandeza da alma e da coragem nada temer." (Marcus Tullius Cicero, *De officiis*, Livro III, parágrafo 26 [99])

de anta mais resistente, protegido naquela carapaça para que sua existência garantisse a nossa. Dirigia-se a todos no mesmo tom de voz imperioso. Havia em torno dele um círculo invisível de uma braça; por onde ia, os brancos, os mestiços e os índios se afastavam para não adentrarem aquele espaço. Todos se levantavam quando ele acordava e se recolhiam quando ele se deitava. Era a alma que dava sopro àquela fila de errantes. Para meu azar, tive de escolher entre o papa, El-Rey ou Nuno Lopes.

Fui galgando espaços pela coluna, ultrapassando botas e arcos. Se antes eu seguia no final, agora já estava à frente dos três carros de boi, a poucos côvados do capitão.

Terminei por marchar ao lado do cavalo de Nuno Lopes, silencioso, na doce expectativa de que ele me dirigisse a palavra. No despontar das estrelas vespertinas os brancos faziam confissão. Cheguei a ministrar o sacramento a uns mamelucos, mas o capitão jamais se confessou comigo. Eu ansiava por ouvir na voz dele, envelopada no seu hálito de fruta, a relação de suas fraquezas. Uma noite percebi que estava acordado, coçando picadas de insetos, e sentei-me na esperança de que quisesse prosa. Nuno Lopes ajeitou-se e dormiu em meio a pios distantes e graves, fui eu quem perdeu o sono. Não éramos iguais, claro, nem sequer éramos próximos; lembrei-me do professor de retórica: "Só existe diálogo entre pares". Os cães não são iguais a nós e recebem lascas de carne, a mim bastariam uns minutos da atenção do capitão.

Jerónimo Veiga mostrou-se solícito na calmaria após o ataque à missão. Logo compreendi a razão daquela gentileza. Suas feridas aumentavam, as pústulas comiam a pele das costas, podia morrer e não deixava testamento. Era o que tinha acontecido com Santiago Valdez, assassinado fazia pouco. Temia por sua alma caso viesse a falecer abintestado, no entanto não se atrevia a lavrar testamento com o escrivão da entrada. Não confiava nele, explicou-me, e temia que Paulo Leme adulterasse o assentamento com o intuito de prejudicar seu caminho ao paraíso. Queria que eu testemunhasse, lesse seu testamento em voz alta e o subscrevesse a pedimento.

Assim fizemos, reunidas as cinco testemunhas. Deixava no mundo o essencial: botas de vaqueta, ferragoulo, calção de seguilha e gualteira de couro de vaca. Deixava também o supérfluo: para que havia trazido meias longas de barregana tão elegantes? Com o mesmo dinheiro poderia ter comprado um gibão d'armas de algodão que salvaria seu peito das flechas. O resto era o de sempre: uma rede de carijó, almofadinha com sua fronha, cobertor, umas toalhas, um prato e uma cuia de estanho, um machado grande de falquear e a catana com que havia matado numerosos guaranis. Para a Igreja, deixava como *ab intestato* sua colubrina, a arma compraria a sepultura sagrada. Para mim, deixava seu maior bem, a viola de pinho do Reino.

Jerónimo Veiga fez um testamento semelhante ao de tantos outros, com uma exceção. Primeiro, pediu-me a confissão. Contou que tivera um filho natural com sua concubina, em Leiria, que agora queria reconhecer. Rogou-me penitência e absolvição antes de contar a história toda: sua barregã tinha-se tornado esposa do escrivão da entrada, Paulo Leme. Quando este leu o assento em voz alta, não aconteceu o crime que eu previa: "Por temer a morte no sertão da parte do Brasil e para encomendar minha alma no rumo do Deus verdadeiro" até "falecido da vida presente, doente da doença de que se serviu Nosso Senhor mandar-me". Talvez Paulo Leme tivesse sabido, o tempo todo, que o filho de sua esposa era igualmente filho de Jerónimo Veiga. Os dois brancos se odiavam, mas o ódio de ambos à mata que nos cercava continuava maior.

Raposo Tavares mandou um mensageiro ao encontro da coluna, precisava de medicinas para tratar da peste geral do sertão que engolia seus homens. Os negros da terra morriam aos magotes, entretanto a febre parecia poupar os brancos, exceto os rapazes. Haviam morrido os filhos gêmeos de Garcia Velho, de catorze anos, e o enteado de Simão Proença, de dezesseis anos. O alfaqueque pedia que Nuno Lopes entregasse lancetas, escarnadores, a caixa de boticas, pinças, boticão e cautério. Isto é, tudo de que a coluna precisaria se a peste geral chegasse a nós. Houve um murmúrio de descontentamento, conosco havia vários filhos em idade de rapaz.

O mensageiro, um mameluco magricelo, parecia ele próprio doente, com ar abatido. Porventura trouxesse na pele os esporos da peste, do tabardilho que vitimava as outras colunas. Ninguém se acercou dele, deram-lhe vinho com drogas da terra e deixaram-no enrodilhado em sua manta de fustão; morreu no final do dia seguinte e foi enterrado à noite, conforme o costume. Lembrando-me daquele acontecido, penso que talvez Nuno Lopes tenha matado o alfaqueque,

206

porque as medicinas jamais foram enviadas a Raposo Tavares e a coluna retomou seu caminho.

Chegamos a um rio muito largo, mal se via a outra margem. A coluna avançava com as águas à sua esquerda. Não tínhamos visto aquele rio na vinda, achei que poderia ser o Anhemby distante da sua nascente, além de Piratininga. Ninguém me dizia o nome daquele mar de água doce acinzentada. Apoema não o conhecia. Perguntei a brancos e a mestiços, a resposta era "rio". Não há mal em se chamar um rio de "rio" ou uma montanha de "montanha", apenas tudo se torna pobre, já que os nomes enfeitam o mundo. Há coisa mais linda do que a serra da Estrela?

Atingimos um ponto em que o rio "rio" se estreitou, as águas ganharam velocidade em meio a uma fieira de ilhotas que davam vau. Um bilreiro saltou de pedra em pedra até a outra margem com uma grossa corda, que atou a um ipê-amarelo florido. Nuno Lopes desamarrou três guaranis cativos e levou-os a uma rocha pouco acima da passagem do rio, uma espécie de promontório que se debruçava sobre uma piscina em que se via o fundo de cascalho. Ali apunhalou os três carijós em diversas partes e jogou-os na água, que se coagulou de piranhas. A travessia se iniciou tão logo os peixes começaram a devorar os três guaranis e durou doze horas. De tempos em tempos, Nuno Lopes levava mais três cativos ao promontório e jogava os corpos ensanguentados para repasto das piranhas. A travessia das caixas de madeira foi demorada, seguida dos carros de boi e dos animais.

Fiz a passagem umas vinte braças distante de Nuno Lopes. Vi um tronco de árvore que se desprendeu da margem e foi arrastado pela corrente em direção à coluna. Os homens atravessavam passo a passo, agarrados na corda e aos seus pertences. Aquelas botas, capazes de palmilhar léguas e léguas de terra, estavam fora do seu elemento: rostos lívidos exploravam as pedras escorregadias, com um temor que não demonstrariam perante um ataque de onças. Folhas e galhos flutuavam na velocidade das águas, mas aquele lenho desgarrado boiava devagar, experimentando com preguiça a espuma da superfície. Nuno Lopes parou quando o pedaço de árvore se aproximou, o mestiço diante dele pulou para a pedra à frente e assim deram passagem àquele tronco que vinha mais lento do que a correnteza. Então, um grande braço bege levantou-se da água e envolveu o mameluco, que gritava berros roucos. A cauda da imensa cobra contorceu-se tateando o capitão. Apoema urrou "*Suú-curi*", a pistola do sam paulista falhou, com a pólvora molhada. Virei-me para retornar à margem, porém a coluna atrás de mim havia estacado, os olhos arregalados em suspenso nos movimentos da cobra, que agora se havia enrolado em Nuno Lopes.

No mar, tive medo de a nau cruzar com Krakens e Tritões, esfomeados por humanos. Imagino que aquele largo rio desembocasse no oceano e a serpente horrenda talvez tivesse emergido das profundezas marinhas terra adentro. Nuno Lopes não conseguia se desprender do abraço de escamas, e se a cobra voltasse à corrente ele seria levado com o mameluco para o fundo das águas. O couro do animal medonho era resistente, as facas só conseguiam perfurá-lo por entre as placas ósseas luzidias. Apoema e alguns brancos estavam ao meu lado, enterravam naquele couro terçados, punhais, pontas de flecha, tudo o que viesse às mãos. O mestiço não mais gritava, sufocado por vários rolos de cobra que se estreitavam em um movimento lúbrico.

Entrei em pânico. A qualquer momento a cabeçorra procuraria o rio, mergulharia e com ela iria um Nuno Lopes imobilizado. A coluna não poderia prosseguir sem o capitão, altaneiro sobre seu cavalo, melhor que a fera rastejante nos levasse todos. Súbito, o réptil gigante lasseou o abraço, deitou na pedra a ponta da cauda, desenrolou-se do sam paulista e, em uma manobra ágil, precipitou-se nas águas com o mameluco esmagado em meio a seus anéis. Nuno Lopes apanhou o chapelão de couro enganchado em uns galhos, agarrou-se na corda e continuamos em silêncio a travessia. Chegando à outra margem, achei que tinha envelhecido alguns anos.

Naquela época do ano, Iandutim, a constelação da Ema, aparecia junto ao horizonte e rapidamente sumia no crepúsculo. Com isso, eu não sabia com certeza onde estava o nascente, para que lado deveria orar pedindo por Bárbara. A jornada de Santana de Parnaíba até o rio Tibagi havia durado dois meses. Fazia três semanas que marchávamos, assim comecei a numerar os dias na esperança de rever Bárbara em um mês. A primeira noite do outro lado do grande rio foi sem lua, as estrelas azulejavam o céu. Contei a Jerónimo Veiga a lenda de Vishnu, que navegantes portugueses escutaram em Goa. Milhares de anos atrás, envergonhado com os erros da humanidade, o deus pagão cobrira a Terra com um veludo azul e abandonara o mundo em um canto de sua casa; com o tempo, o veludo havia puído e a luz da casa de Vishnu, filtrando através dos furos, nos alcançava fantasiada de brilho de estrelas. Jerónimo gostou da lenda e apontou-me o Tapi'i'rapé, o Caminho da Anta, uma mancha esbranquiçada suspensa no cosmos. Mostrou Tuya, a constelação do Homem Velho, apoiado em sua bengala. Com o indicador para o leste, desenhou na abóbada celeste o pássaro Alma-de-Gato, Tinguaçu, sinal de que o calor iria aumentar. Reconheci nela a constelação chamada de Touro em Pinhel. Ali estava Bárbara.

Na lua crescente, a realidade desabou do firmamento. A coluna avançava na direção de Iandutim, a Ema. Não era surpresa que eu não houvesse reconhecido o grande rio, não havíamos passado por ele na vinda. Ao invés de apontar para Tinguaçu, a Alma-de-Gato, para o nascente, a entrada se afastava dele e Bárbara ficava distante a cada passo. Comentei com Jerónimo Veiga que seguíamos para o oeste, mas ele deu de ombros. Seu norte era Nuno Lopes. O capitão não regressava à casa; com seus carros de boi e seus cativos afundava-se mais e mais no sertão.

Só então percebi que Nuno Lopes me queria para sua fêmea. Um ano após a partida da coluna, suas cunhãs haviam morrido, ou sido largadas prenhes pelo caminho. Ele agora dormia só, e, ao sair do banho de rio, entendi por que havia escolhido a mim. Os brancos e os mamelucos me esperavam na margem, rindo. Com meu corpo alvo e sem pelos, de tendões atrofiados pelo exercício da escrita e da leitura, eu era um animal diferente daqueles homens de pele tisnada do sol, torso muito peludo e músculos rijos. Procurei minhas roupas, mas não estavam sobre a pedra. Obajara trouxe alguns panos, colocou-os por minha cabeça e foi assim que me vi em uma saia de algodão grosso, com debruns femininos nas mangas e passamanes delicados na cintura. Os brancos sorriam, porém os mestiços gritavam "*cunhãporã*" e "*temiricó*", apontavam para Nuno Lopes e gargalhavam "*abaíba*". Coberto de humilhação, fui levado ao acampamento.

Ao escurecer, Nuno Lopes sentou-se a três braças de mim. Evitei olhá-lo. Essa tinha sido sua maneira de matar-me, afinal. Não bastava o tacape de Obajara ou a flechada de Pindara, sua ideia era humilhar-me daquele modo para que eu me matasse. Não lhe daria aquela satisfação. Tinha já uma boa pedra debaixo da saia. Quando ele se aproximasse com mãos calosas e respiração ofegante, eu o golpearia nos olhos.

"A desonra é pior do que a dor." (Marcus Tullius Cicero, *Tusculanae disputationes*, Livro II, parágrafo 31)

Turpitudo peius est quam dolor. Se o capitão não sucumbisse ali, pois que me apunhalasse, morreria macho dentro daquele vestido de mulher. Nuno Lopes acercou-se do fogo e mastigou um pernil de caititu com a atenção esquecida nas brasas. Tomou um gole de jeribita, colocou sua escopeta entre nós, cobriu-se com a capa e amarrou um sono profundo. Acordei, ele estava a cavalo, preparando a partida da coluna. Não fora naquela noite, seria na seguinte.

12 DOS TENDÕES E DAS ARTICULAÇÕES DA SABEDORIA

"Summa tua virtus eosdem homines et simulare tibi se esse amicos et invidere coegit. Quam ob rem Epicharmeion illud teneto, nervos atque artus esse sapientiae non temere credere, et, cum tuorum amicorum studia constitueris, tum etiam obtrectatorum atque adversariorum rationes et genera cognoscito." (**Quintus Tullius Cicero**, *Commentariolum Petitionis,* **Livro único, título 10, parágrafo 39**)

Os teus grandíssimos dons têm induzido os homens a fingirem ser amigos e, ao mesmo tempo, a te serem hostis. Por esse motivo, recorda-te do famoso dístico de Epicarmo, que os tendões e as articulações da sabedoria consistem em não confiar precipitadamente, e só quando tiveres determinado os sentimentos dos teus amigos conhecerás também as razões e as categorias dos maledicentes e dos adversários. (Quinto Túlio Cícero, *Pequeno comentário sobre solicitações*)

Burocracia, por definição, não deve reservar surpresas. Se essa é a regra, a busca por meus avós era a exceção e "surpresa" é uma palavra acanhada para definir o que me esperava entre pilhas de papéis. Eu já sabia o que havia acontecido com o velhíssimo Diogo, sepultado na Costa dos Escravos. Ele jamais havia retornado ao Brasil. Conhecia ademais o destino de minha avoenga, morta aos vinte e nove anos e enterrada em Santana de Parnaíba. Faltava desvendar a continuidade daquele sangue, avistar o caminho do bebê Emanuel aos Diogos de hoje.

Não descansei até encontrar o testamento de minha avó Bárbara Manuela. Achei o fio da meada em casa, tarde da noite, pesquisando o portal do Arquivo Nacional. Ali esperava a resposta para a última pergunta: mortos a mãe e o padrasto, a quem foi confiada a guarda de Emanuel? Contudo, foi onde encontrei outras perguntas perturbadoras. Isto é, surpresas.

Tenho uma relação de amor e ódio com a internet. Informação carece de cor. Cor vívida, não aqueles pontinhos de computador. Além disso, precisa ter cheiro e toque. O papel tem de estalar ao se virar a página. É assustador como aquela caixinha de plástico e metal tudo sabe, basta apertar uns botõezinhos na ordem certa e não é mais necessário correr o dedo pela estante, abrir o livro, percorrer as páginas, distrair-se com gravuras, para esbarrar no parágrafo que resolve o problema.

Foi para ganhar tempo que procurei o testamento de Bárbara Manuela Pires de Alencar Lopes no portal eletrônico do Arquivo Nacional. É impressionante, podem-se consultar dezenas de documentos no tempo que uma arquivista levaria para retirar uma única caixa de papéis da prateleira. Encontrei minha avó em minutos. Ali estava uma lista de testamentos preservados pelo Tribunal da Relação; haviam sido devolvidos ao Brasil quando foi esquecido o terror do incêndio de Salvador pelos holandeses e a Justiça pôde retornar à Bahia. Havia poucos, contei trinta testamentos em todo o século XVII, dos quais somente dois de Santana de Parnaíba.

A setinha brilhante escorregou na tela e iluminou a linha com o nome de minha avoenga, apertei o botão até fazer aquele som do raminho que se parte, e nada aconteceu. "Sabia, era bom demais." Bárbara levantou o rosto e voltou a mergulhá-lo na revista, com os pés sobre o sofá. Tentei algumas vezes, nada acontecia. Então abri a linha de baixo, a de Escholastica Moraes e Pinho. Os encantos da escolástica... Se Deus não tem causa, não se pode dizer que tudo tenha uma causa; porém, se Deus é a causa de si mesmo, é também efeito de si mesmo.

A linha azul virou violeta e a tela ficou bege, tomada pela imagem de excelente resolução do testamento daquela vizinha e contemporânea de minha velhíssima avó. Ali estavam as fórmulas da época e uma doação de vacas e terras para São Jorge em troca de jazigo perpétuo na Matriz da vila. Abri outros tantos testamentos, com promessas de quintais de trigo e arrobas de porcos em troca de missas e indulgências. Todos os testamentos estavam disponíveis, menos o de Bárbara Manuela. Perdera-se, fora roído pelos ratos do porão da nau, desbotara-se na umidade horrorosa de Salvador, um frade oleoso usara o pergaminho como guardanapo para limpar-se da sopa de cebola.

Devia haver algum campo naquele portal para eu enviar mensagem ao Arquivo Nacional. Ia pedir explicações, sugerir que procurassem pelo testamento no sótão. Não houve tempo, a Polícia Federal intimou-me a novo depoimento na tarde seguinte.

Meu pai telefonou aflito por não ter tempo de voar para Brasília com o doutor Falcão Lima. Bárbara ficou em casa, iria fazer sua primeira sessão de acupuntura e não queria cancelá-la. Assim, foi sozinho que me sentei diante do delegado gordote, discuti os rebaixamentos de times de futebol e os problemas financeiros dos clubes. Ele apanhou uma caixinha de passaportes, semelhante àquela que eu havia visto em São Paulo fazia poucos dias.

— É uma simples identificação — disse espalhando os documentos pela mesa.

Havia dez passaportes, dois brasileiros e o restante de diferentes nacionalidades. Passou-me um deles, ao acaso. Era José Cláudio. O valete da Fiandeira não tinha um rosto marcante, nenhum sinal característico, a não ser por leves olheiras que lhe davam um ar de faraó egípcio. Foi o único pensamento que tive sobre ele, o da semelhança com desenhos em papiros; de resto, nunca tinha reparado no homem, nem a fumaça medonha de seu Gauloises me chamara a atenção. Abri outro passaporte e mais um, todos eram do mesmo faraó egípcio, canadense, francês, venezuelano, só não tinha escolhido algum país árabe, o que lhe cairia bem.

— Não sabemos quem é — continuou o delegado gordote —, desapareceu sem deixar traço.

Iluminei-me. Eu reconhecia aquele homem. Se havia tantos passaportes com a Polícia Federal, era porque havia feito algo errado. Se havia feito algo errado, fora a mando da Fiandeira. Minha intuição se confirmava, o impulso que me levara a desviar o passaporte do valete se revelava acertado. A desconfiança rendera frutos: era, finalmente, a oportunidade de vingança. Fiquei feliz, não por ajudar na investigação, mas por implicar Cunha Mello.

213

Delícia das delícias: com seu hálito de carniça e suas orelhas pontudas, recolhido a uma penitenciária.

— Sei quem é, tenho um passaporte dele em casa.

Telefonei para Bárbara, que suspirou irritada: procuraria o livro sobre vinhedos da África do Sul. Estaria na Polícia Federal em meia hora. "E minha acupuntura?" Eu é que ia espetar mil agulhas no Cunha Mello, em um vodu judicial do qual ele jamais se esqueceria. Tolerei com ansiedade a comparação de letras de hinos futebolísticos até a chegada dela. O passaporte de José Cláudio estava lá, no capítulo sobre o Merlot da província do Cabo Ocidental.

— Este passaporte foi assinado pelo cônsul-geral, o embaixador Cunha Mello, recebi para renovação pouco antes de minha partida de Lisboa.

Contei da estranheza que me causara o pedido: por que renovar um passaporte válido ainda por cinco anos, com visto para mais três? Não me foi perguntado, porém avancei uma explicação trôpega, o passaporte teria vindo por engano com uns papéis do consulado. Repeti o nome de Cunha Mello sempre que possível. Saí de alma lavada.

— Vamos encontrá-lo. Tudo o que a Interpol sabe, neste momento, é que ele foi o agenciador da mulher V. É membro importante da quadrilha iraniana que falsifica passaportes brasileiros. Quanto custa um passaporte na Europa?

— Depende, se for a segunda emissão, custa cinquenta euros.

— Dez mil euros. Falo de passaportes falsificados. Dez mil euros.

A caminho do estacionamento, abracei Bárbara pela cintura e não a deixei escapar enquanto fazia cócegas. O delegado gordote havia devolvido meu passaporte. Telefonei para o doutor Falcão Lima e relatei o encontro. Talvez devesse ter contado também do Cunha Mello. Era importante que a humanidade inteira soubesse que aquele filho da puta ia ser preso.

— Bom sinal — disse-me o advogado —, nem sequer foi indiciado, senão teriam retido seu passaporte.

Ventou, meu carro cobriu-se de paina, a tarde estava cruelmente seca e tinha deixado meu colírio em casa. O nariz de Bárbara sangrava um pouco, ela não suportava bem a estiagem.

As reuniões do Grupo Consular do Mercosul eram de um tédio intoxicante. *Taedium vivendi erat in me gravissimum et moriendi metus.* Burocracias são órgãos vivos que

"Havia em mim enorme desgosto de viver e medo de morrer."
(Aurelius Augustinus Hipponensis, *Confessiones*, Livro IV, parágrafo 6 [11])

resistem a ambientes hostis. O adubo das burocracias são as siglas. Umas poucas letras bem alinhadas dão respeitabilidade e serventia a um grupo de pessoas entediadas. Pelo que me relataram, a reunião inaugural do Grupo de Trabalho sobre Assuntos Consulares e Jurídicos foi toda dedicada a escolher qual seria a sigla pela qual ele seria reconhecido. Parece que GTACJ não era sonora o suficiente para dar vida própria à burocracia e — melhor — protegê-la de futuras ameaças de extinção. Alguém sugeriu ACJ, outro falou em AsConJur. Discutiu-se por horas, sem se chegar a consenso, o que deixou o grupo ao relento, sem o ansiado cobertor da sigla assertiva. Sem um bom escudo de letras, quem pagaria as viagens? A plenária trimestral seria no Rio de Janeiro e para lá fui com Bárbara, a fim de retirá-la da seca em Brasília, que já durava cem dias.

Naquela terça-feira, o encontro do Grupo Consular seria realizado no hotel em que se hospedaram as delegações. A reunião começou no horário marcado, e na quarta linha do segundo parágrafo escondia-se a primeira vala: a concessão de franquias a terceiros países seria decidida por meio de "consultas mútuas". "Consultas coletivas", ponderou o representante da Venezuela. "Simultâneas", acrescentou a delegada muito magra da Argentina. "Mútuas e coletivas", argumentou o baixinho boliviano, "não implicavam necessariamente consenso, que era o que se buscava ali." Sussurrei ao meu chefe que não me sentia bem, iria tomar um remédio e encontrei Bárbara a duas quadras do hotel. Eram dez e meia, ela havia agendado nossa pesquisa no Arquivo Nacional para as onze horas e o trânsito estava horrível.

Chegamos atrasados. Bárbara queria admirar por fora o edifício neoclássico, "parece um palácio vienense", não larguei seu braço e juntos nos encostamos ao balcão. Um rapaz bastante jovem parecia bem treinado, ao menos enfileirava frases que tinham sido decoradas para receber pesquisadores. Subindo as escadas, ele abandonou por um instante o figurino de funcionário e perguntou-me qual o interesse do Itamaraty nos processos do Tribunal da Relação Colonial. Empaquei. Não havia preparado uma boa história, achei que bastaria um ofício do ministério para abrir as gavetas com os testamentos seiscentistas de Santana de Parnaíba. Afinal, burocracias, tais quais órgãos vivos, se entrelaçam por sinais, por letras dispostas sobre papéis com formatos específicos. Aquele rapaz queria mais, buscava o significado daquelas letras, e não me havia ocorrido algum.

— Toda a política consular se assenta em bases históricas. Não se pode inovar no presente sem conhecimento de como os registros eram feitos no passado. Se as expressões consagradas nos testamentos atravessaram os séculos, deve haver um bom motivo para isso.

"Ah, claro", murmurou ao abrir a pesada porta de madeira e nos apontar duas cadeiras. Bárbara me olhou, divertida. Tinha sido dela a ideia de encaminhar um pedido pelo canal oficial, porque a consulta àqueles documentos era vedada a pesquisadores, a não ser que obtivessem expressa autorização de um certo conselho que não se reunia nunca. Em minutos, o rapaz trouxe uma elegante pasta de couro, com bordas de metal dourado, recheada de pergaminhos.

Eram os testamentos do século XVII que havia visto na tela do meu computador, agora com ruído de folhas e cheiro de cebola caramelizada. Esperei pelas luvas cirúrgicas, entretanto o rapaz afastou-se, de maneira que abri a pasta e folheei os documentos. Bárbara teclava em seu telefone celular, dando risinhos, o que sempre fazia quando trocava mensagens com as amigas. Fotografou a mim, inclinado sobre a pasta, com a legenda "O melhor amigo do mofo". Não achei graça, estava na segunda passada e não encontrava o testamento da velhíssima avó.

Pela internet, eu havia contado trinta testamentos, contudo faltavam três. Li e reli o documento de Escholastica Moraes e Pinho, com sua doação a Sam Georgii. Se lá estava a vizinha e contemporânea da velha Bárbara, por que não estaria o testamento da avó das minhas avós? Chamei o rapaz.

216

Ele não soube explicar a razão de o documento não estar na única pasta que guardava testamentos vindos do Tribunal da Relação, de Lisboa. Bárbara apanhou um pedaço de papel no chão e entregou a ele. Era idêntico ao papel que me chamara a atenção no Museu do Ipiranga, ou seja, não era pergaminho, porém um papel áspero, com as grossas letras "CAN1514". Voltei à pasta e ali estavam mais dois papéis daqueles. "Curioso, faltam três testamentos e aqui foram colocados três papéis, parece outra classificação de arquivo."

A arquivista-chefe tinha um longo título, perdi-me logo na terceira palavra. "Arquivar é encontrar", disse assim que nos cumprimentou. Alguém dirá que essa é a primeira lição do manual de arquivologia, no entanto para mim foi um achado. *Scribitur historia ad narrandum, non ad probandum.* Expliquei que não havia encontrado o que buscava, portanto ou não havia

"Escreve-se a história para narrar, não para provar." (adaptado de Marcus Fabius Quintilianus, *Institutio Oratoria*, Livro X, capítulo 1, parágrafo 31)

sido arquivado, ou havia sido arquivado errado. "Ou arquivado em outro lugar", olhou-me sobre os óculos. Folheou a pasta de pergaminhos, retirou os três papéis e teclou qualquer coisa em seu computador.

— Desta vez foi fácil, são os da Cúria Metropolitana.

Não soube dar uma explicação, disse apenas que três testamentos estavam em poder da Cúria Metropolitana de São Paulo. Partimos, intrigados. De novo, a busca dos avós apontava para um canto inacessível, um dos milhões de nichos em que a burocracia faz suas tocas.

Voltei à reunião do Grupo Consular, a discussão avançara para a segunda página. O almoço tinha terminado, e os delegados pareciam cansados: a troca de uma vírgula por um travessão e a busca de sinônimo para a palavra "inequívoco" haviam exaurido as energias dos funcionários. Assim foi até o terceiro dia, quando meu celular não parava de tocar, era Márcio.

— Fala aí, barnabé, foi por amor?

Não entendi nada.

— Não leu o *Correio Braziliense*? Corre, página quatro. Depois me liga.

Saí da reunião e caminhei para o aeroporto, onde encontraria os jornais de outros estados. Estava ali no *Correio*: a foto de Cunha Mello, ereto e sério, olhando diretamente a câmera, com a legenda "Foi por amor".

Li a reportagem com sofreguidão em um banco do aeroporto, contendo o riso. Aquela era a pá de cal na carreira da Fiandeira. Antes de mais nada, fiquei aliviado: eu não era mencionado. A matéria tratava do "amante do cônsul-geral", um homem sem nome que havia convencido Cunha Mello a contratar uma mulher sem nome para juntos falsificarem e venderem passaportes brasileiros. "Dez mil euros cada", a reportagem citava fontes da Polícia Federal. A mulher sem nome desviara "dezenas de milhares de euros" da renda consular porque o homem sem nome não lhe havia pagado o prometido. Ao final, Cunha Mello se dizia vítima e explicava por que a contratara: por pressão do amante, "foi por amor". Telefonei para Márcio.

— Estou telefonando por amor.

— Teve sorte de me encontrar, hoje eu só vim trabalhar por amor. Leu?

— Li tudo, dez vezes. Li por amor.

— Ele está sumido, a Fiandeira. Parece que foi internado em Lisboa. Leu muito Camilo, *Amor de perdição*. Está perdido.

Perdido? Por amor? Ah, se eu pudesse contar ao Márcio a história do jesuíta, da destruição de utopias, de inimigos e de amigos. Não é difícil se perder, basta não se procurar:

A saia de algodão era fresca e leve. Descalço, com uma touca vermelha, fui colocado no último dos carros de boi. Seguia entediado o movimento da coluna, encostado a um dos caixotes de madeira, de frente para a fileira que marchava.

Os mestiços ainda riam com escárnio, mas os brancos evitavam me afrontar. Muitos deles haviam-se confessado comigo. Não vinham de São Paulo? Que escutassem o Apóstolo e não abrissem jamais as portas do inferno. Foi da minha boca que ouviram a Epístola aos Romanos: "Os homens, deixando a relação natural com a mulher, arderam em desejo uns para com os outros, praticando torpezas homens com homens e recebendo em si mesmos a paga da sua aberração". Eu sabia o que faziam com os índios. Os mamelucos caçoavam, porém os brancos reconheciam que, em um vestido de algodão, eu era seu pastor.

Ouvi o trote do cavalo de Nuno Lopes. Reclinei-me sobre o caixote e fingi dormir. Não o queria morto, sufocado pela cobra na travessia do grande rio. Preferia, isto sim, que a cobra o tivesse feito de fêmea, abraçado seu corpo peludo, acariciado o capitão com seus anéis cada vez mais voluptuosos, beijado o queixo voluntarioso com a bocarra dentuça, quebrando as pernas do sam paulista antes de engoli-lo inteiro. A ele cabia um padecimento asqueroso e degradante.

Enquanto eu fingia dormir, a coluna adentrou uma floresta tão cerrada que escureceu e terminei por pegar no sono, embalado pelo guincho do carro de boi. Acordei com a quietude. A marcha havia cessado, os homens olhavam extasiados para o alto, julguei ser o dia da vinda do Cristo. Voltei-me: no cume do morro havia um sonho. Lá estava o castelo da minha Pinhel natal.

O lugar chamava-se Itatinguaçu. Era em tudo uma fortaleza portuguesa. Na verdade, ali se erguera uma cidadela, tantas eram as almas que podia abrigar. Altas muralhas tinham sido construídas com a pedra esbranquiçada da beira do grande rio. Tinha o formato de diamante, que era o melhor da arquitetura militar. Torres de vigia se alternavam com ameias, eu adivinhava um soldado detrás de cada merlão, pontas de arcos e de lanças desfilavam pelo adarve. Era uma vila de mármore que ninguém esperaria ver do outro lado do mar oceano. Os vastos campos davam às sentinelas a visão total dos quatro azimutes.

Um caminho estreito levava ao portão de grossas toras, que se abriu com vagar à nossa passagem. A coluna adentrou em silêncio, maravilhada. Um grupo de brancos esperava no pátio. Dele saiu o chefe daqueles domínios, Gaspar Lopes, de braços abertos para estreitar seu irmão Nuno. Arani devolveu minhas roupas, tirei aquele vestido sob o riso dos guardas nas muralhas.

Casas, paióis, becos, poços, plantações, animais, tudo ali era lembrança de Portugal. Nos dias que se sucederam, o assombro não cessou de crescer. Jerónimo e eu vagamos pelo forte, admirados a cada passo. As moradias eram sólidas, bem construídas, cobertas por telhas de barro, as rótulas mouriscas e as camarinhas imitavam as do Reino. As ruas, calçadas com pedras planas, desenhavam ângulos retos e em cada esquina havia um chafariz de água pura. As nascentes ficavam dentro das muralhas, bem como os pastos para cabras e vacas. Uma vara de centenas de porcos errava em um cercado ao fundo. Plantavam-se culturas da terra, milho e mandioca, contudo também havia maçãs e peras. Em Itatinguaçu provei da melancia, um tipo de melão grande, que me fez mal. *Perfecta beatitudo ab homine haberi non potest.* Existiam aves de diversos tipos, os perus eram maiores que os de minha terra, as galinhas deitavam ovos de casca branca. Apoema nunca tinha visto ovelhas tão gordas, passava incessantemente as mãos pela lã.

> "Felicidade completa não pode ser conseguida pelo homem." (Sancti Thomae de Aquino, *Summa theologiae*, Livro I, questão 3, parágrafo 21, artigo 2)

Aquilo era um mundo, em Itatinguaçu se encontrava de tudo. Havia oficinas de ferreiro, de carpinteiro, de oleiro, de sapateiro, de alfaiate, de barbeiro, de sombreireiro, de correeiro, de tecelão e de tanoeiro. A dúzia de rocas tirava fios do algodão plantado nos campos, que outra dúzia de teares tecia em panos grossos, sendo depois tingidos. As lógeas ofereciam esses panos e todo tipo de utensílios e de ferramentas. O forte se bastava.

Passada uma semana, Obajara veio buscar-me. Levou-me até um paiol onde conversavam Nuno Lopes e seu irmão Gaspar, sentados a uma mesa em que faiscavam saquinhos com ouro. Haviam aberto as caixas de madeira e os baús que vieram nos carros de boi, cheios de escopetas, arcabuzes, bacamartes, garruchas, espadas, adagas e pontas de lanças. Em um canto do paiol, colocaram alguns sacos de enxofre. No canto oposto, estavam vários sacos de salitre. Bastava misturar cinco partes deste com uma parte daquele, juntar uma parte de carvão moído, e desse modo fabricar pólvora para aquelas armas. Pelo que pude ver no paiol, em Itatinguaçu havia mais bocas de fogo e lâminas do que se usara na derrocada de Alcácer Quibir. Com aquele arsenal, Gaspar Lopes, o chefe da fortaleza, se tornaria uma espécie de imperador das matas. Era bem diferente de Nuno Lopes, de pele clara e cabeleira ruiva. Dirigiu-me a palavra pela primeira vez:

— Este é o mundo novo dentro do Novo Mundo.

Fiz menção de me sentar, entretanto os irmãos demonstraram desaprovação e não ofereceram banco. Ali a História recomeçava, Gaspar Lopes principiou a explicar-me. Itatinguaçu não era um reino, e sim propriedade dos tapuitingas e dos mamelucos que ali decidiram viver. Todos contribuíam com seu trabalho e com seus bens, os frutos das plantações e das criações de animais eram repartidos por igual. O Mal não cruzava aquelas muralhas, continuou, porque no forte não havia crimes. Ele era o chefe porque assim haviam querido os brancos, isso não o fazia melhor do que ninguém. Ali não havia papa, nem El-Rey, disse com solenidade. Reagi escandalizado a essa abominação:

— Nem papa nem El-Rey? Tudo o que me é mais sagrado!

— Mais sagrado do que as tetas da minha mulher?

Nuno Lopes bateu na mesa com a mão espalmada. Fiquei atarantado, olhando para o chão. Ele sabia de tudo. Gaspar Lopes levantou-se, passou os dedos pela minha barba, enfiou um polegar entre meus dentes e abriu-me a boca. Espiou atentamente e virou-se para o irmão:

— Quatro onças, o mesmo que Afonso Henriques prometeu a Inocêncio II pela coroa.

Nuno Lopes balançou a cabeça.

— Quatro onças paga-se em Salvador. Aqui, longe de tudo, valerá muito mais, sabes disso. *Endé ere-nhe'eng munira-pe awa'ré etá?* Mas, se não o queres, ele volta comigo.

Gaspar empurrou dois saquinhos de ouro para o irmão.

— Cinco onças, é o bastante. Toma, homem! Há outras coisas a discutir.

"O dinheiro é o nervo da guerra civil." (adaptado de Publius Cornelius Tacitus, *Historiae*, Livro II, parágrafo 84 [a citação completa é: *"Sed nihil aeque fatigabat quam pecuniarumn conquisitio: eos esse belli civilis nervos dictitans Mucianus, non jus aut verum in cognitionibus, sed solam magnitudinem opum spectabat."*])

Nuno Lopes passou os saquinhos para seu lado, onde estavam outros. *Pecuniae belli civilis sunt nervi.* Percebi, então, que em Itatinguaçu não havia igreja, tampouco havia padres. Tão logo começaram a discutir o preço do carregamento de armas brancas, Obajara pegou-me pelos cabelos, como costumava fazer, e levou-me para fora. Fui negociado naquela avença, agora pertencia àquela cidadela de apóstatas, sem Deus nem Reino. Era precioso, valia cinco onças de ouro, por isso havia sido vestido de mulher, para que os Kaingang não me matassem caso surpreendessem a coluna a caminho do forte.

Encontrei Jerónimo próximo das mulas, admirando os animais. Abracei-o alheio às pústulas, aliviado. Não me iriam matar, eu era propriedade daquela gente e ali viveria enquanto precisassem dos santos sacramentos. Se houvesse oportunidade, pensei consolado, fugiria pelas matas e retornaria a Bárbara. Antes disso, o importante era sobreviver até que Nuno Lopes e sua coluna partissem, levando com eles minha morte sempre iminente. Havia tantos pássaros ali, o entardecer era um concerto de flautas molhadas na luz dourada. Itatinguaçu era linda. Apoema trouxe-me uma fieira de preás que havia caçado no milharal. Sentei-me na roda de baralho e pedi que me ensinassem a jogar o truque, carecia de passar o tempo para que viesse minha libertação.

Passou pouco tempo e não veio minha libertação, porque foi um erro Gaspar Lopes ter disparado o canhão contra os índios. Também foi um erro ter permitido que mulheres e crianças assomassem às ameias para espreitar os Kaingang reunidos, às centenas, diante das muralhas. Só fez aumentar o horror, que se prolongaria por várias semanas.

O alarme foi dado ao nascer do dia, assim que os Kaingang começaram a sair da mata para ocupar os campos em volta do forte. Eram legião, ladravam e uivavam quais guarás, coloridos nas suas penas, uma lama cor de cobre que escorria da floresta para empoçar em torno de nós. Faziam gestos que eu não compreendia, gritando e rindo, que só pararam com o tiro de canhão. Correram ao ponto em que caiu o pelouro de chumbo, marcaram o local com varetas e traçaram uma linha. Sabiam que nada poderia lhes acontecer detrás daquela raia, nem tiros de mosquete nem flechas os alcançariam além daquele limite. Ali ficaram.

Todas as manhãs, corríamos aos adarves para ver a multidão de selvagens que não parava de aumentar. Tinham-se transformado em uma massa compacta que fazia um anel avermelhado em torno de Itatinguaçu. A mata recuava, a golpes de enxós e foices, para dar espaço aos clãs que não cessavam de chegar pelo rio "rio" e fazer novas fogueiras. De tempos em tempos, arremessavam flechas, no entanto não atingiam a fortaleza. Era uma grande festa, tinham alimentos abundantes para esperar pelo tempo que fosse preciso. Esperar pelo quê? Nada tínhamos a oferecer que já não tivessem: frutas, cereais, caça, água, tinham de tudo. Só não tinham as armas e a muita pólvora com que o forte os afastava cada vez que tentavam se aproximar para escalar as muralhas. Era isso o que desejavam, tinham todo o tempo do mundo.

As mulheres taparam os olhos das crianças, contudo elas próprias não desgrudaram o olhar da cena pavorosa. Os moradores correram às muralhas, atraídos pelos berros. Os índios abriram uma clareira entre eles, ampla o bastante para que víssemos, do forte, o que iriam fazer. Trouxeram dois espanhóis que gritavam por piedade e pediam aos brancos que os salvassem. Foram despidos, jovens Kaingang corriam com partes das vestimentas em um Entrudo grotesco. A nudez dos cativos brilhava em meio às peles bronzeadas dos nativos. O primeiro espanhol foi colocado de joelhos, um velho adiantou-se vagaroso e desferiu um golpe de borduna. Os selvagens urraram quando o espanhol caiu, correram a amarrá-lo em uma vara e colocá-lo sobre brasas, olhando para Itatinguaçu enquanto enfiavam os cinco dedos nas bocas risonhas. Das ameias, assistíamos imóveis aos cortes de carne sendo distribuídos aos guerreiros e às prenhas. Os ossos chamuscados do espanhol foram retirados da vara e trazidos até defronte dos portões por dois curumins que gargalhavam. Fizeram silêncio para que ouvíssemos com clareza os gritos do segundo branco, que foi igualmente colocado de joelhos, para logo ser assado.

Escoados três meses de cerco, ninguém em Itatinguaçu contava os esqueletos de brancos empilhados junto às muralhas. Crianças, que a princípio choravam sem cessar, voltaram a brincar nas ruas lajeadas, a turba em torno da cidadela e os gritos passaram a ser parte do cotidiano. Entretanto, começou o estranhamento.

A princípio, circularam rumores de que Gaspar Lopes pedira ao irmão que partisse, apesar do grande risco de a coluna ser massacrada pelos Kaingang. O forte se bastava, mas para seus fundadores.

As mais de mil pessoas que chegaram com Nuno Lopes drenavam os mantimentos, os porcos já haviam sido todos abatidos. Em seguida, o capitão decidiu diminuir o número de bocas. Abriram-se os portões e uns quinhentos guaranis foram empurrados para fora. Os brancos não se conformavam, escoava-se uma fortuna em cativos, todavia o milho e a mandioca rareavam. Os Kaingang investiram contra os carijós, que foram mortos em minutos. Dali a uma quinzena, os guaranis que restaram foram empurrados para fora e dizimados de pronto. Por fim, os brancos de Itatinguaçu hostilizavam aos berros os brancos da coluna de sam paulistas. Só haviam restado sacos de trigo e mantas de carne-seca, os Kaingang estariam ali para sempre.

Jerónimo calculou que as provisões durariam uma semana. Foi ele quem me acordou à noite e apontou para um grupo se formando próximo de nós. *Fames acuit animantibus ingenium*. Era o vulto de Obajara, que, com mais dois índios, esgueirou-se pelos portões. "A fome aguça a inteligência dos seres vivos." (Gaius Iulius Phaedrus, *Fabulae Aesopiae*, fragmento da fábula 20) Lamentei a escuridão, eu não veria os Kaingang trucidando o detestável braço direito de Nuno Lopes. Na aurora, Jerónimo e eu circulamos em busca do mameluco, não o encontramos.

Obajara reapareceu dois dias depois. Trancou-se com Gaspar e Nuno Lopes no paiol, ali ficaram a tarde inteira com um pequeno número de brancos. Saíram cada um para seu lado, sem se falarem. Os irmãos, que partilhavam a refeição nas matinas, encontravam-se para almoçar no final da manhã e jantavam juntos ao pôr do sol, passaram a ser vistos comendo separados. Nuno Lopes, que dividia com

Gaspar a sólida casa de pedra em uma pequena elevação, passou a dormir no paiol, com suas caixas de armas.

Os preparativos para a partida foram rápidos. Despedi-me de Jerónimo e de Apoema. Hesitei, pensei em dizer a meu índio que contasse de mim a Bárbara, porém seria arriscado. Desisti, ela terminaria por saber, com certeza os relatos da entrada correriam toda Santana de Parnaíba. Desisti, sobretudo, porque Apoema e o resto da coluna não atravessariam vivos os Kaingang que esperavam exatamente por isto, que se abrissem os portões da cidadela.

Os carros de boi foram alinhados diante da saída, para transportar um único baú com o ouro que Nuno Lopes havia ganhado do irmão em troca das armas e da pólvora — e de mim. Quando me deitei, estava reconfortado: com o número de habitantes reduzido, o forte voltaria a plantar e a criar animais, poderíamos resistir ao cerco por anos. Havia escopetas e munição para combater aqueles bárbaros e muitos mais. Decidi que iniciaria a construção de uma capela, com o consentimento de Gaspar Lopes, tão logo os Kaingang se dispersassem.

Deitado no meu canto, assisti ao movimento de sombras contra o céu estrelado. Acordei com o som de correntes, imaginei que tivessem sobrado alguns poucos guaranis dos aprisionados em Jesú María. As pesadas caixas de madeira foram recolocadas nos carros de boi e, com elas, sacos de trigo e mantas de carne-seca. Fui levantado às pressas por Arani, Obajara adiantou-se com minha saia e, de novo, vi-me disfarçado de mulher. Os portões se abriram sem despertar Itatinguaçu. A coluna avançou lenta e calada. A duzentas braças de distância, ouvi um pelouro zunindo antes mesmo de escutar a explosão. Do alto das muralhas, os brancos do forte se acotovelavam, descarregando arcabuzes a esmo contra a escuridão e gritando imprecações.

No alvorecer, estávamos entre os Kaingang, abrigados pela linha de segurança que haviam demarcado. Nuno Lopes esperava sobre seu cavalo a aproximação de Ximbang, o chefe de todos os clãs reunidos em torno da cidadela. O índio velho achegou-se solene, o capitão desmontou e retirou as tampas das caixas de madeira, repletas de armas. Um língua da terra traduzia a conversa, de onde eu estava só me chegavam murmúrios. Outros Kaingang arrastaram os carros de boi com as caixas, deixaram apenas as provisões e o baú com o ouro.

A multidão de selvagens se abriu como o mar Vermelho para a travessia de Moisés. Os Kaingang se afastaram para dar passagem aos tapuitingas e aos mamelucos. Pelas ameias da fortaleza, homens, mulheres e crianças assistiram à partida da coluna rumo ao grande rio. Os brancos passavam mosquetes municiados a Gaspar Lopes, que em vão disparava contra o irmão, gritando:

— Serpente! Ao inferno contigo, Judas! Que te leve o Satanás!

Nuno Lopes não se voltou. Estávamos embrenhados na mata escura quando se ergueu o alarido dos índios, correndo com flechas e tochas para tomar o forte desprotegido. Alcançando o grande rio, víamos das margens os grandes rolos de fumaça que se desprendiam do sonho de Gaspar Lopes. Pouco me afligia o destino daquele delírio de tapuitinga. No meu vestido de passamanes, pensava que eu não era mais importante para Nuno Lopes. Ele estava cercado de gente de sua confiança, menos eu. O capitão havia embolsado suas cinco onças de ouro, ele me mataria na primeira ocasião. As tetas de sua mulher eram sagradas.

Passaram-se três dias. A coluna marcharia por um quarto de hora na espera do anoitecer. O alferes-mor, Frazão Peixoto, tirara a gualteira, tornando fácil distinguir sua cabeleira grisalha entre o capim alto. Por mais que a fileira procurasse prosseguir em linha reta, às vezes a curva era tão apertada que eu perdia Frazão Peixoto de vista, para ele logo reaparecer no meio do mato que se fechava à sua passagem. Ouvia os passos leves de Apoema atrás de mim, o último homem da coluna, mas não o via, oculto por feixes grossos de capim que cortavam as mãos. As folhas deixavam um cheiro oleoso e doce na roupeta.

Apoema parou. Eu não notaria se os moscardos cessassem de zumbir ou se os grilos calassem seu cantar. A quietude de Apoema, porém, fez-me estacar. A coluna continuou seu caminho, eu não veria a cabeça grisalha de Frazão Peixoto se me demorasse muito. Mesmo assim, não conseguia me mover, o silêncio de Apoema emudeceu meus movimentos. Achei prudente aguardá-lo.

Bateu uma ventania à frente, o capim alto ondulou furioso, os feixes açoitavam a fileira de homens. Os gritos foram seguidos de pancadas cavas, os golpes de borduna não se repetiam. Antes que um bando de inhambus cruzasse os céus, toda a coluna tinha sido dizimada pelos Kaingang. Quarenta e dois crânios foram esmagados em quarenta e dois segundos, ninguém havia corrido para dentro do capinzal.

Sentei-me trêmulo e fiquei imóvel, sem achar o crucifixo que me caíra do pescoço. Fugiu-me coragem para rezar, os Kaingang podiam cheirar o medo e escutar meus pensamentos. Não queria baixar o rosto, melhor ver a borduna, melhor ainda desejar que a fera segurasse o golpe por temor de Nosso Senhor. No entanto, ele não vinha, o guerreiro enraivecido besuntado de urucum tardava. Os moscardos zumbiam e os grilos cantavam, para eles nada de novo havia acontecido naquele capinzal acostumado à morte. Outro bando de biguatingas sobrevoou o capim pontilhado de gibões, botas de couro, chapelões e miolos. Escurecia. Ouvi os selvagens se afastando, despreocupados, com passos pesados, partindo ramos e calando os grilos.

Continuei sentado, olhando para cima, inebriado com o cheiro de óleo doce do capim esmagado. Apavorei-me quando espantei uma nuvem de mosquitos, senti que acenava aos Kaingang. Não escaparia nunca dali. Se eles não me achassem, eu próprio não acharia a direção. Alguma serpente, alguma onça encontraria caça fácil e tenra. O céu coalhado de estrelas encharcadas de lua cheia só fazia me diminuir mais. Qual o sentido em deixar o leite com canela de Coimbra para desaparecer no Brasil sem que os grilos se calassem em respeito? Já estava de pé, o pavor comandava meus movimentos, importava seguir avante. Andar, andar era o que importava.

Segui a trilha de capim amassado porque era o único caminho que não oferecia resistência. Meus olhos acostumaram-se à noite clara, percebi com nitidez as mechas grisalhas de Frazão Peixoto, o nariz enfiado no chão, o corpo todo descansado da longa jornada de picadas de insetos e vaus de rios. Além estava o indiozinho cujo nome não conseguia pronunciar, o magricelo que aguava os bois. Sobre ele, repousavam os braços estirados de Pero Coutinho, inúteis na tentativa de aparar o golpe da borduna que lhe abrira um fosso na testa. Jerónimo Veiga e Paulo Leme, que se odiavam, haviam morrido lado a lado, mas a viola de pinho do Reino estava intacta e os selvagens não haviam pegado o esgaravatador de prata que escorregava do bolso do escrivão. Índios e mamelucos caíram com disciplina, guardando seus lugares na fila. *Mors sola fatetur quantula sint hominum corpuscula.* Obajara tinha a cabeça grotescamente apoiada no ombro, com o pescoço quebrado. Não encontrei nem Pindara nem Arani. Amanhã estariam cobertos de aves rasgando as carnes fibrosas e as peles ressequidas.

"A morte por si só revela o quão insignificante são os corpos franzinos dos homens." (Decimus Iunius Iuvenalis, *Satirae*, sátira 10, linhas 172-73)

Cheguei à dianteira da coluna pisando cadáveres, e caí tomado de irresistível fraqueza. Talvez fosse melhor ficar por ali, onde havia víveres e água, pois que os Kaingang não voltariam para esmigalhar duas vezes os mesmos crânios. Vigiar e orar. Rezar e pedir a Deus que me poupasse daquele fim sujo, que me erguesse com Sua voz poderosa e me pousasse em uma sumaca na rota de Salvador. Dali eu faria o resto até minha Pinhel natal, não precisaria da Graça do Senhor.

    Sentei-me próximo de uma borduna caída, seca de sangue, ainda enfeitada com três penas. Senti o peso daquele cajado tosco, que procurava a palma da minha mão a fim de nela se agarrar, como que convidando ao golpe. Dormi segurando a borduna. Eu conseguiria escapar, eu havia conseguido tanto naquela terra áspera, faltava pouco para conseguir tudo.

13 DO COMER MUITO SAL COM ALGUÉM

> *"Non enim debent esse amicitiarum sicut aliarum rerum satietates; veterrima quaeque, ut ea vina, quae vetustatem ferunt, esse debet suavissima; verumque illud est, quod dicitur, multos modios salis simul edendos esse, ut amicitiae munus expletum sit."* (**Marcus Tullius Cicero**, *Laelius de amicitia*, **capítulo 19, parágrafo 67**)

> Não deveria haver saciedade de amizades como existe para outras coisas; e, como no caso dos vinhos que melhoram com o tempo, as amizades mais antigas devem ser as mais deliciosas. Além disso, é verdadeiro o conhecido adágio: "Não confies em ninguém, a não ser que tenhas comido muito sal com ele". (Marco Túlio Cícero, *Diálogo sobre a amizade*)

— Puta que pariu!

Levantei-me e corri para o banheiro. Só consigo exclamar "Puta que pariu!" olhando-me no espelho. Fingi ajustar o nó da gravata até sair o rapaz da limpeza e, sozinho, disse alto: "Puta que pariu!". Cunha Mello havia sido nomeado chefe do departamento, estava no Boletim de Serviço. Do meu departamento. Isto é, meu chefe. Puta que pariu!

Subi três lances de escada sem perder o fôlego e aguardei de pé que Márcio terminasse uma conversa ao telefone. Fazia sinal para eu me sentar, no entanto eu estava muito agitado, queria entender aquela novidade.

— Pois é, tenho duas boas notícias. Uma é que você foi inocentado no inquérito. A outra é que Cunha Mello está de regresso a Brasília e vai ocupar a sala ao lado da sua. Vocês podem voltar a namorar.

— Mas como ele pode assumir o departamento? Não foi afastado, não responde a inquérito?

— Respondia. Também foi inocentado. Perdeu o posto em Portugal, nada impede que assuma um departamento em Brasília.

Então era isso mesmo. Todas as manhãs, eu abria com medo o Boletim de Serviço, para cada boa notícia havia dez outras péssimas. Naquela manhã não tinha sido diferente. *Fortuitos casus nullum humanum consilium providere potest.* Márcio procuraria fazer cópia do inquérito para eu entender o que havia acontecido, mas isso levaria algum tempo. Poucas semanas depois, perdi o sono imaginando que a partir do dia seguinte teria de conviver com a Fiandeira.

> "Nenhuma intuição humana pode prever os acontecimentos fortuitos." (Flavius Petrus Sabbatius Justinianus, *Digestorum seu pandectarum*, Livro L, capítulo 8, parte 2, parágrafo 7 [fragmento atribuído a Eneo Domitius Ulpianus])

Sobreveio a segunda-feira e com ela o previsível, Cunha Mello parou à minha porta, cruzou os dedos sob o ventre e inundou a sala com seu hálito de lixeira:

— E agora, como vamos fazer para comer pastéis de nata?

Tive um instante de pânico, ele jamais imaginaria as atrocidades que se esconderam no meu sorriso forçado. Assim, recomeçamos a rotina. A Fiandeira empacava diante de minha escrivaninha, cruzava as mãos com uma lufada de pântano e eu deixava cair algo ao chão, para tomar ar. A gorducha do almoxarifado, ele dizia, chegava atrasada ao serviço porque tinha uma aula de ioga. "De ioga", reforçava com um sorriso malicioso, abanando as orelhas pontudas. A senhora do protocolo só ficaria ali até a morte do velho embaixador Cândido Menezes, então "estaria paga a fatura por serviços prestados", insinuava melífluo. A moça da limpeza arrumava a mesa do terceiro-secretário loirinho melhor do que a dele, "ali deve estar tudo lavadinho, limpinho, perfumado". Tecia redes, conexões e atalhos que envolviam todos no seu mundo lodoso. Por detrás daquelas pálpebras de lagartixa estavam olhos ávidos por minúcias. Qual pássaro nefasto, com fiapos de detalhes construía portentoso ninho de maledicência e nele se acomodava, soberano. Havia voltado ainda mais detestável.

Antes que Cunha Mello percebesse, desenterrei a madona de Riemenschneider com que me havia presenteado em Lisboa. A proximidade daqueles dois palmos de mogno esculpidos com capricho era perturbadora. Inacreditável que uma cavalgadura igual à Fiandeira tivesse tanta habilidade no seu passatempo, que conseguisse tirar dos veios da madeira um rosto delicado de assombrosa semelhança com Sophia. A imagem ficava às minhas costas velando pelas lides burocráticas. Ao me virar, aquela escultura enchia a sala de profunda melancolia. Cunha Mello não se fez de rogado: "Esta é a única madona que fiz", passando o dedo odioso pela face da estatueta. Foi como se acariciasse Sophia. Gostaria que ele morresse.

Aconteceu algum alívio daquela rotina asquerosa. Estive por uma semana em São Paulo a visitar meu pai, internado para uma cirurgia de emergência; uma válvula de seu coração apresentava problemas. Acompanhando sua recuperação, eu saía pelas manhãs e passava as tardes no hospital. Na véspera de minha partida, ele acordou logo depois do almoço e, um pouco sedado, escutou dormitando minha conversa com Bárbara.

— Lai — murmurou.

Acheguei-me ao leito, segurei os pulsos dele e repeti:

— Lai?

— Quando eu sair daqui, faço para vocês.

Meu pai voltou para casa após dezenove dias, recuperado, e atirou-se à LAI, Lei de Acesso à Informação. O velho advogado mergulhou no estudo com prazer, ali estava uma inovação jurídica que o fascinava, no fundo queria mais aprender do que me ajudar. Sem ele e seu interesse sempre efervescente, eu não teria alcançado o testamento de quase quatrocentos anos da nossa avó, minha e dele.

A Lei de Acesso à Informação iria obrigar a Cúria Metropolitana a liberar o testamento da antiga Bárbara. Naquela semana em que meu pai se recuperava da cirurgia, eu havia marcado encontro com o chanceler, um certo padre

233

João Nogueira Mutti. Chegando ao hospital, Bárbara logo reparou que algo havia dado errado. Contei a ela o encontro estranhíssimo. Padre Mutti me recebera com grande gentileza, arriscara uma piada óbvia ao saber que eu era diplomata, disse que era chanceler, mas não "aquele chanceler de vocês, lá no Itamaraty". Explicou-me suas funções na Cúria, basicamente as de arquivista e de notário, serviu bolachas. Entreguei a ele meia folha de caderneta com o nome de minha velhíssima avó Bárbara Manuela e sua data de falecimento. Não precisei aguardar muito para que ele retornasse, seco e ríspido. "Aqui não há nada, passar bem." Sua expressão era oblíqua, evitava me encarar, torcia as mãos dentro dos bolsos enquanto se impacientava, próximo à porta, para que eu me despedisse. *Veritas nihil veretur nisi abscondi*. Aquilo tudo me irritou, puxei uma cadeira e disse que esperaria até que encontrassem o testamento. "Pois vai esperar até o Juízo Final", saiu da sala e não voltou.

"A verdade só teme ser ocultada."
(provérbio latino)

— No dia do Juízo, esse padre Mutti e eu vamos tomar escadas rolantes diferentes. A minha é a que sobe.

O que mais me irritara naquela confusão tinha sido minha resposta. Antes de bater a porta, o padre Mutti disse que não poderia fornecer o documento por se tratar de arquivo histórico. Um pouco perplexo, só pude balbuciar "Mas eu quero". Bárbara sorriu distraída. Escutava sem ouvir, coçando os pés e assistindo à televisão muda daquele quarto de enfermaria. Humilhava-me a lembrança da minha própria voz hesitante, "Mas eu quero". Foi ridículo, e contando a Bárbara senti vergonha alheia, em que o alheio era eu mesmo.

Meu pai escutou o relato e revoltou-se com a resposta da Cúria Metropolitana. Depois do almoço, no hospital, só sussurrou "LAI", porém nos dias seguintes reuniu diversos antecedentes e várias opiniões doutrinárias para construir uma sólida ação contra a Arquidiocese. Ali se argumentava que a Cúria Metropolitana não era órgão público, entretanto estava em posse de documentação de propriedade do Estado, e se exigia a liberação de toda e qualquer informação relativa a Bárbara Manuela Pires de Alencar Lopes. Meu pai requereu o mandado de segurança na segunda-feira, na quinta-feira o juiz deferiu o pedido e com esse aríete jurídico penetramos as muralhas da Arquidiocese. Eu procuraria o testamento assim que viajasse a São Paulo, no Natal.

Duas semanas depois da decisão do juiz, fui chamado ao gabinete do ministro das Relações Exteriores. Pediram que eu comparecesse às catorze horas, levantei-me do sofá grudento da recepção às dezoito horas. Sua Excelência é adepto da escola realista de política, para ele o poder é a capacidade de impor sua vontade a terceiros, tal como fazê-los esperar uma tarde inteira. Às quatro horas de espera corresponderam quatro minutos de conversa. *Potenti irasci sibi periclum est quaerere.*

"Zangar-se com um homem poderoso é procurar para si o perigo." (Publilius Syrus, *Sententiae*, linha 483)

Nos quatro minutos, Sua Excelência perguntou se eu conhecia o artigo 116, inciso nono, da lei 8.112 de 1990. "Qual artigo?", fui surpreendido. O ministro folheou uns papéis e leu em voz alta: "Inciso nono: manter conduta compatível com a moralidade administrativa." Perguntou então se eu conhecia o inciso segundo do anexo do Código de Ética dos servidores públicos. Não precisei responder, Sua Excelência apressou-se a ler: "O servidor público não poderá jamais desprezar o elemento ético de sua conduta. Assim, não terá que decidir somente entre o legal e o ilegal, o justo e o injusto, o conveniente e o inconveniente, o oportuno e o inoportuno, mas principalmente entre o honesto e o desonesto". Recomendou que eu estudasse o capítulo cinco da tal lei 8.112. "Das penalidades", esclareceu. Na despedida, perguntou se eu me lembrava da primeira visita de Estado do presidente da República, logo após sua posse. "Ao Vaticano", respondi. "A Igreja, meu caro secretário, é católica, é de fato universal. Estude a lei." Despediu-se de mim, no quarto minuto.

Não entendi o recado. Zanzei pelos corredores, atordoado. É claro que havia uma ameaça no ar, que eu não conseguia decifrar. Qualquer que fosse essa ameaça, era demais: eu não suportaria, ao mesmo tempo, a pressão do ministro de Estado e a convivência com a Fiandeira. Fui à Divisão do Pessoal solicitar remoção para o exterior.

Incomodava-me o ministro de Estado, no entanto importunava-me mais, muito mais, a proximidade do Cunha Mello. Sua sala era separada da minha por fina divisória de madeira, dali ele me brindava, sempre às quinze horas, com uma alternância de arrotos e flatulências a que se seguiam leves suspiros. A Fiandeira era tão pontual quanto um Big Ben nas suas emanações gasosas.

Na segunda-feira fui chamado à Divisão do Pessoal. O chefe, o velho conselheiro Alfredo Rego, falava com um tique nervoso que levantava as sobrancelhas ao final de cada frase. De sobrancelha em sobrancelha, lembrou que o Regimento impedia que eu fosse removido de um posto A, como Lisboa, para outro posto A ou para um posto B. Sendo assim, havia postos C disponíveis, e, no meu caso, ele oferecia a embaixada em Seul. A capital da Coreia do Sul fica exatamente à margem daquele abismo em que se precipitavam as caravelas no século XV. Os navegadores antigos sabiam que os oceanos desaguavam em algum ponto, ali as ondas se despenhavam no vácuo e iam molhar as estrelas. Aquele ponto era Seul, o posto que acabara de me ser oferecido pelo conselheiro Alfredo.

— O Chiquitito?

Márcio conhecia tudo e todos, era um compêndio de apelidos e biografias. "Paixão antiga, o Chiquitito", explicou. O conselheiro Alfredo Rego e o embaixador Cunha Mello tinham servido juntos no início da carreira de ambos, em Paris. Haviam se desentendido com a chegada do valete da Fiandeira. Teriam passado anos sem se falar, às turras, porém se reconciliaram na época em que o conselheiro Alfredo teve um câncer grave, cujo longo e caro tratamento foi facilitado pela permanência na casa de Cunha Mello. Há quem diga que a Fiandeira teria pagado pelo tratamento, ou por parte dele, mas o fato é que um quarto da casa foi transformado em enfermaria nos meses em que o conselheiro Alfredo lá ficou recebendo quimioterapia.

Cunha Mello descobrira que eu tinha pedido remoção para o exterior, bem como soubera de Seul antes de o fim do mundo ser oferecido a mim. A partir daquele episódio, julguei ver um sorriso maroto na sua boca putrefata. Com certeza, estava encostado às portas de outros funcionários e empesteando salas com o comentário de "Sabe quem quase foi parar em Seul?". Imagino que ele próprio tenha escolhido o posto, talvez tenha hesitado entre alguma capital infestada por malária na África e alguma daquelas ilhas do Pacífico onde a eternidade se esconde porque nem sequer existe televisão. Eu o quis preso, depois desejei sua morte, agora o queria esquartejado e que salgassem sua sala no ministério.

Eu tinha que pensar, tinha que arejar as ideias e isso não seria em Brasília. Aleguei que meu pai havia sido internado e segui com Bárbara para São Paulo. Foi quando enriqueci. Tornei-me tão rico que Seul, ministro de Estado e Cunha Mello passaram a ser parte da minha pré-história. Eles tinham suas amizades antigas, ao passo que eu era companheiro dos meus novos sonhos. Para alcançar minha fortuna, eu precisaria matar o passado e desconfiar de novos amigos, como havia feito o jesuíta. Regressei feliz à minha cidade, ele também — ambos achávamos que o futuro era um depósito de delícias:

Dormi poucas horas, agarrado à borduna. Despertei de um salto ao amanhecer, com um alarme troando nas têmporas: fugir. Disparar para longe dali, antes que voltassem os Kaingang. Minha garganta palpitava, os dedos vacilantes se abalaram a revirar a carga para dali retirar algo de comer. Meu medo tinha pressa, um pensamento gelou-me o peito quando começou a clarear. Onde estava Nuno Lopes? O primeiro corpo, deitado de lado preguiçosamente, era o de Felipe Rosas. O ronda-mor, que falava de saias e de perfumes, agora jazia estremunhado à frente de todos da coluna. Na luz mortiça da manhã abafada, vi que o capim tinha sido amassado na trilha adiante da fileira de homens caídos. Os Kaingang haviam levado Nuno Lopes.

Virei-me para correr, mas para quê? Ali me achariam, como me achariam mais além, caso retornassem para recolher os trastes esparramados. Segui pela trilha de capim amassado, com uma lasca de carne-seca em uma das mãos e na outra a borduna que haviam abandonado. Não me importavam os grilos estridulando aflitos, nem o zumbido alto dos moscardos que crescia à medida que o sol despontava, ainda menos os muitos assobios que vinham da floresta cerrada defronte de mim. Avancei.

A mata parecia ter sido escovada. O solo limpo, de vegetação rasteira, era varado por feixes de claridade que enganavam as copas das árvores. Um desses feixes iluminava as botas de Nuno Lopes. Encostado a um pau-d'alho, com os membros abandonados, acenou sem esforço. Imaginei um tronco carcomido, não reconheci de imediato um corpo humano. Corri para o capitão, tomei-o pelos ombros e ele sorriu. Os olhinhos de comerciante árabe relampejaram. Meu alívio foi imenso, talvez juntos conseguíssemos escapar. Perguntei o que tinha acontecido, entretanto daquele fio de boca só saíam palavras engroladas, um nheengatu que eu não compreendia.

— Em português, homem! Eu não percebo o que vosmecê diz!

Ele sorriu com descaso. Continuou a dizer coisas e a sorrir. Não se movia, não abanava os braços, só sorria com piscadelas mouras e falava palavras baldias. "Agora terás Bárbara", acho que disse. A ira nasceu-me nos pés, subiu pelas pernas, inflou meus pulmões, levantou meus punhos e foi ela quem abateu a borduna sobre os olhinhos faiscantes de Nuno Lopes, com uma força que nunca tive.

Sentei-me e assim teria ficado, admirando a madeira enterrada no crânio odiado, se não fosse por Apoema. Sem nada dizer, o selvagem retirou a borduna da massa de lascas e miolos, puxou-me pela roupeta e adentramos a mata de chão tão limpo. Eu o acompanhei, não queria pensar, não queria saber onde estivera meu índio aquele tempo todo, não queria sentir, apenas andar atrás dele.

Caminhei pesado por dois dias. Apoema e eu seguíamos afastados dos rios, evitando as margens, e andávamos na hora mais quente, que é quando os Kaingang se refugiam nas sombras e desenrolam seu beiju. Dormíamos separados por uma boa distância, de modo que se um fosse surpreendido, o outro talvez escapasse. Comíamos frutas e favas. Meu índio nada falava, só marchava e marchava, olhando para a frente.

No décimo anoitecer, parou bruscamente e acocorou-se, imóvel. Ajoelhei-me apavorado próximo dele, esperando o golpe que viria de cima; voltou-me o cheiro gorduroso e doce do capim que tínhamos deixado com a coluna. Apoema retomou a caminhada, agora na direção do rio e da chama hesitante de uma pequena fogueira em que a madeira verde estalava. Os dois homens que cercavam o lume correram assustados para o mato, abandonando o preá que assavam. Não eram índios, corriam quebrando galhos e agitando as folhagens. Apoema sentou-se ao fogo e eu, exausto, sentei-me com ele. O preá cheirava bem e haviam largado um saco com boa quantidade de pães de farinha de guerra, aquilo me bastava.

Emergiram devagar do mato, os pássaros emudeciam enquanto se aproximavam. Eu saberia dizer de que moita surgiriam. Avançaram duas figuras escuras, uma muito alta, outra muito seca, com os rostos tensos iluminados pelas brasas.

— *Alabado sea nuestro Señor Jesucristo*.

— Para sempre seja louvado — respondi com voz firme.

Pelas roupetas gastas, adivinhei-os irmãos jesuítas. A energia dos gestos, o fulgor nos olhos, os movimentos decididos não combinavam com os corpos maltratados. Sentaram-se conosco e se apresentaram, eram Simón Maceta e Justo Mansilla. Com um arrepio, reconheci as cabeludas sobrancelhas negras e a barba espessa que tudo cobria; eu quase havia matado aquele homem na redução de Jesú María. O outro padre o havia salvado com Apoema, também me lembrei dele, loiro e magro. Não sei se me reconheceram, nada disseram.

Começaram a contar do massacre. Os sam paulistas encurralaram os guaranis da mesma forma que estes emboscavam peixes. Fizeram um caiá em torno da missão, o jirau era formado pelos tupis, que eram centenas e obedeciam aos tapuitingas. À medida que os tupis atacavam, colocando fogo nas ocas, os guaranis corriam e saíam pela boca do caiá, e lá os esperavam brancos e mamelucos. Ali mesmo eram selecionados: velhos, crianças de colo e doentes caíam no fio da espada ou na ponta das flechas, os aproveitáveis eram engatados em longas correntes de ferro. A operação era metódica, os homens de São Paulo mal olhavam os cativos, preocupados unicamente em não matar os padres. Apoema, calado desde o massacre da coluna, perguntou algo em língua brasílica. A resposta veio em guarani. Voltando-se para mim, os irmãos traduziram:

— *Cantidad. Miles de miles.*

Acalmados pela narrativa tétrica, perguntaram por fim quem éramos. Não me haviam reconhecido, acreditei naquela hora. Apresentei-me e apontei para Apoema, meu índio. "*Su indio*", repetiram ambos. Fiz meu relato do ataque dos Kaingang, que pareceu pequeno diante das atrocidades descritas por Maceta e Mansilla. Parecia ainda menor agora que estávamos fora do território deles, a uns trinta dias de marcha até Piratininga.

A conversa foi rareando, o cansaço escurecia as emoções daquele encontro e começamos a nos preparar para o repouso. Mansilla e Apoema recolheram-se. A sós com Maceta, perguntei por que os espanhóis consentiam tamanhos assaltos às missões, pois que elas forneciam índios para as *encomiendas* da mesma forma que nossas reduções permitiam que os nativos trabalhassem nos sítios. Achei que o padre não compreendia o português. Havia entendido, contudo sua resposta lenta, ao colocar mais uns galhos no fogo, revelou o constrangimento em ter de explicar a um irmão que tratava ali de almas, não de braços.

— *Es que los paulistas dicen "mis indios", son como cosas que uno puede poseer para su desfrute.*

De costas para as labaredas, senti o calor que abrasou minha face, mal pude responder que "por vezes os paulistas dizem 'meu índio' para se referir a um irmão em Cristo, com quem partilham suas alegrias e suas agruras". Achei que devia uma explicação àquele estranho, porém irritou-me essa obrigação inesperada. Eu iria negar que Apoema estivesse sob minha administração? Murmurei *"Nobiscum Deum esse"* e mal ouvi o *"Verum est nobiscum Deum semper esse"* sussurrado pelo espanhol.

"Deus esteja conosco", saudação eclesiástica da Igreja Católica, no *Missal Romano*.

"Deus está verdadeiramente sempre conosco", resposta de saudação eclesiástica da Igreja Católica, no *Missal Romano*.

Nas noites que se sucederam, sempre ao pé do fogo, os espanhóis prosseguiram a narração da vida na missão e do massacre pelos sam paulistas. Foram alguns milhares de almas trucidadas, súditos de Filipe IV e de Urbano VIII. Por isso, os padres espanhóis iriam primeiro ao governador-geral, em Salvador, e depois a Madri e a Roma, se fosse preciso. Denunciariam que entre as muitas flâmulas de Piratininga não havia nenhuma com o brasão d'El-Rey.

Caminhávamos desde a aurora, no rastro da coluna de Simão Álvares. A cada ceia perguntavam se os sam paulistas estavam longe, era evidente que não queriam se reencontrar com os captores, mas seguir a trilha dos cativos. Aquilo me inquietava. Se os alcançássemos, o que poderiam fazer dois padres desarmados? Esperavam convencer os brancos a libertar os carijós cativos com ameaças de excomunhão? Jamais alcançamos a coluna, no entanto não desviávamos dela, já que bastava palmilhar o caminho do Peabiru marcado pelos cadáveres dos guaranis que não haviam resistido à longa marcha.

Ao anoitecer, encolhiam-se próximos das brasas em longas conversas com Apoema. Uma ou outra frase em nheengatu do meu índio indicava que tratavam da rotina diária em Santana de Parnaíba. Aquilo me agastava. Estávamos sob a mesma Coroa, não obstante o interesse dos espanhóis pelos hábitos das vilas da capitania de São Vicente expunha uma curiosidade incômoda. Eram intrusos na nossa terra, deveriam se calar em orações. *Peregrini autem atque incolae officium est nihil praeter suum negotium agere.* Se tinham interesse pelas coisas e pelas gentes de Piratininga, por que não perguntavam a mim, que era seu irmão?

> "É dever do estrangeiro não fazer nada fora do que lhe diz respeito." (Marcus Tullius Cicero, *De officiis*, Livro I, capítulo 34, parágrafo 125)

Aquelas histórias dos padres espanhóis, tão caridosos, tão encharcados de fé, me cansavam. Todas aquelas paradas para orações nos atrasavam e me deixavam ainda mais distante de Bárbara. Pois não conheciam o capítulo seis do Evangelho de São Mateus? "Quando orares, entra no teu quarto e, fechando a porta, ora ao teu Pai ocultamente"? Desde que os havia encontrado, eu não podia ordenar a Apoema de fazer coisas, um embaraço havia brotado entre mim e meu índio. Tive um único momento de alegria, em que os padres, nas matinas do dia seguinte ao nosso encontro, entoaram um *Pater noster, qui es in caelis* e se calaram perplexos ao escutar Apoema, que continuou

> "Pai Nosso que estais no céu", trecho da oração do Pai-Nosso.

com um *sanctificétur nomen tuum, advéniat regnum tuum.* Sorri para dentro, orgulhoso do meu índio. Como eram desinte-

"Santificado seja Vosso nome, venha a nós o Vosso reino", trecho da oração do Pai-Nosso.

ressantes aqueles homens de alma cristalina, nada ali havia a se adivinhar ou a se interpretar. Quão enfado-nhos eram na sua busca da perfeição, tão afastada da humanidade de seus dedos calosos e de seus pés lace-rados pelas ervas rasteiras. Eram retos no dizer e no pensar, sem os volteios e as sutilezas que convidam a melhor conhecer as pessoas. Pesavam tanto quanto meu corpo cansado.

Nas cercanias de Santana de Parnaíba, vieram pro-curar-me, muito cerimoniosos. Agradeceram o conforto e a companhia naquela jornada, antes de anunciarem que dali continuariam para o Espírito Santo e depois para Salvador. Cumpririam o voto que haviam feito de levar a tragédia do Guairá ao conhecimento das mais altas autoridades.

Não cuidei de disfarçar minha alegria por aquela separação já ansiada, o esforço de dissimulação foi para toldar minha contrariedade: com eles seguiria o "irmão Apoema". Iria guiá-los na direção de Araribá até o morro do Forte, onde os padres da capela de São Roque os em-barcariam para a capital. Disse que ficava feliz por con-tarem com a ajuda do "irmão Apoema", que certamente voltaria para Maruery após encaminhar os santos no cum-primento de seus votos.

Retomei a trilha furioso, aqueles jesuítas haviam acoutado meu índio. Regressei a Santana de Parnaíba no dia de São Benedito, em que só se falava de festas e de *Te Deum* pela coluna de Simão Álvares. Bárbara estava no sítio, talvez não soubesse da morte de Nuno Lopes.

A entrada de Manoel Preto retornou a São Paulo dos Campos aos poucos. A cada semana surgia um grupo diferente, alguns apenas com seus arcos, outros com longas correntes de ferro arrastando as presas. Minha vinda passou despercebida, cheguei com um grupo que ia para São Vicente, não atentaram quando me desgarrei e me deixei ficar em Maruery.

Foi um regresso horrível. Dei-me conta da doença de padre Ambrósio assim que adentrei a redução; a desordem no ar prenunciava a ausência do gigante visigodo. A terçã tinha se agravado, padre Ambrósio estava prostrado por muito mais tempo do que o usual. Curumins vagavam sem destino, faltava-lhes em torno de quem correr com os olhinhos remelentos. Desabou sobre mim um grande abatimento, mistura de dor, frustração e medo. Então era aquilo que o futuro me guardava, uma terçã que roeria minha disposição por anos até me levar em uma tarde chuvosa, sem deixar nenhuma marca no mundo? Amanari esperava-me com o fogo aceso e beijus.

Por dois dias estive inerte na minha oca, temendo entrar na de padre Ambrósio para não tropeçar no seu corpo caído, embebido de cauim, coberto de cunhãs com frio. Era o mesmo que conspurcar um templo de palha. Só tive forças para escrever uma carta a António. Em golfadas, regurgitei todo o acontecido no Guairá: como eu havia arriscado a vida para conter a selvageria dos sam paulistas, de que forma havia ajudado os padres Mansilla e Maceta a denunciar o massacre, a extrema-unção que eu ministrara a um Nuno Lopes agonizante. Enfim, informei meu bom amigo dos eventos dramáticos dos meses anteriores. *Turpe quid ausurus te sine teste time.*

"Se vais praticar algo vergonhoso, teme a ti mesmo, ainda que não tenhas testemunha." (Decimus Magnus Ausonius, *Septem sapientum sententiae*, "Anacharsis Scythes", verso 1)

Padre Ambrósio, embora com febre, queria pormenores da campanha, mas eu não encontrava ânimo. Por fim, veio um mensageiro do sítio: dona Bárbara perguntava se ele estava bem e, caso não estivesse recuperado, se poderia enviar-me em seu lugar para rezar missa na capela da propriedade.

Acordei com vinte anos. A poeira do Peabiru tinha sido lavada do meu corpo, as feridas estavam fechadas e secas, os tendões descansados e elásticos, tinha uma fome enorme. Havia pouco ar no mundo, tanto que eu queria respirar. Avancei pela trilha a passo rápido, avistei Bárbara sentada diante do casarão, aguardando. Talvez velasse ali desde bem cedo, acenou-me a distância, desceu alguns degraus para logo voltar a sentar-se.

Vi sua alegria na voz, no sorriso e também, igual a toda mulher, nos panos. As arcas tinham sido reviradas, dali Bárbara havia tirado o que possuía de melhor. Deixou tombar o manto de sarja. Arregalei os olhos, espantado com aquela riqueza. Havia escolhido seu vestido de igreja mais caro, uma vasquinha de cetim roxo adamascado de passamanes e espiguilhas de melcochado. Sob o gibão de tobi, reconheci a cinta vermelha de cochonilha que eu desatava na capela antes de nos enroscarmos na confissão. Havia numerosos botões de ouro, de prata eram as placas dos chapins de Valença que calçava. Ao retirar a touca de volante, brilharam a gargantilha de ouro esmaltado de verde e os brincos de filigranas esmaltados de branco. Segurei-lhe as mãos, cheias de arrecadas de três voltas com pernas de aljofres. Bárbara trazia sobre suas carnes mais mil-réis do que valia o sítio e sua produção inteira. Abracei-a naquela maciez de sedas e joias.

Minha mulher procurava esconder sua ansiedade. Continuava segurando-me as mãos com um largo sorriso, seu braço tremia enquanto as pupilas fixas calavam perguntas que se amontoavam. "Nem parece que estiveste na mata." Sentamo-nos na sala de música, frente a frente, mudos, bebendo os traços dos rostos. Éramos os mesmos. Ela riu divertida, apesar de eu nada ter dito. Rimos os dois. Tudo estava acabado, não existia ninguém entre nós, aquele era nosso primeiro dia. Bárbara fechou as janelas, a porta sem tranca, deixou tombar o restante dos panos e sentou-se no meu colo, toda nua. No tempo em que eu me deleitava com a carícia anterior, ela já havia avançado para o beijo seguinte. "És tão lindo, lindo", mordeu-me o queixo. Nunca tínhamos saído do aconchego das raízes do jatobá.

Também a mesa fora preparada para aquele jantar único. A limpeza da casa era tudo o que se encontrava nos melhores solares do Reino, toalhas com três rendas ao meio, cadilhos à roda, as de sobremesa de linho de Portugal, guardanapos de Flandres. Não havia uma única peça de estanho, apenas faiança e prata: púcaros, salvas, alguidares e tamboladeira. Vieram o cordeiro assado e o bom vinho do Dão. Naquela noite, dormi no catre de Nuno Lopes. Esparramado sobre os bordados de tafieira da Índia, pela fresta do cortinado eu via as coxas de Bárbara refletidas no espelho de moldura de tartaruga.

Padre Ambrósio restabeleceu-se e voltou aos banhos de rio com as cunhãs. Ficou emocionado com meu relato da entrada, entristeceu-se ao saber do ataque dos Kaingang e da morte de Nuno Lopes. "Pois então era verdade!" Contou-me os rumores de que a coluna tinha sido massacrada, de que só eu fora poupado por ser padre. Gostou de saber que Apoema escapara e ensinava caminhos aos irmãos espanhóis. Na dominga, pediu-me que o acompanhasse à capela da Dormição da Assunta, onde queria rezar missa em intenção da alma do fazendeiro.

Bárbara e eu não precisávamos combinar nada, pensávamos como uma única pessoa. Recebeu-nos com muita formalidade, tratou-me de Vossa Mercê, chorou copiosamente na missa. Lamentou a distância do sítio a sete léguas da vila por trilha áspera, o isolamento, os curumins que não paravam de aumentar sem o conforto dos sacramentos. Revelou planos de se mudar para Santana de Parnaíba, de modo a estar próxima da Igreja. Padre Ambrósio ordenou-me que viesse ao sítio com mais frequência, que fizesse uma relação dos curumins a serem batizados, que catequizasse os casais que viviam em pecado, enfim, que trouxesse a Palavra. Bárbara escutou aquilo toda séria, despediu-se de nós no topo da escada.

"És tu que vais nos casar?", provocou-me brejeira detrás do jatobá, "porque vivemos em pecado." Apertei-lhe os dois seios nus e belisquei os mamilos. "Isto aqui não é pecado, o pecado é feio."

Comecei a visitar o sítio três vezes por semana. Logo de início, assustei-me: Pindara e Arani atravessaram o pátio. Bárbara contou-me da morte de Obajara com Nuno Lopes e que, por serem batedores, aqueles dois índios haviam se esquivado do massacre e retornado a Santana de Parnaíba. No início das chuvas, eu disse a padre Ambrósio que desceria a São Vicente a fim de enviar cartas e assim estive longo período alcovitado no catre de Nuno Lopes.

Passei a ficar com Bárbara de dominga a dominga, só passando pela redução de Maruery nas jornadas ao povoado, para buscar víveres. Manhaná nos acordava com o sol alto, deliciados pelo aroma de pão de milho saindo do forno. Bárbara espancou-a porque não serviu fiambre com ovos e laranjas, já havia surrado a cunhã na véspera por ter trazido frio o angu de mandioca. Passeávamos pelo riacho em busca de uma rara fruta amarela de oito gomos, colhíamos espigas de milho ainda verdes para serem cozidas na água fervente, separávamos o leitão do almoço. Eu tomava cassengos de jeribita, embalado pelas batidas secas do monjolo. Vistoriávamos os recém-nascidos com a intenção de escolher crias da casa, deitávamo-nos no trigal, voltávamos às raízes do jatobá. *Amor est parens multarum voluptatum.* "O amor é pai de muitos prazeres." (provérbio latino)

Eu não me saciava de Bárbara, de suas tranças negras e do riso claro, das respostas inesperadas e das longas pestanas cerradas enquanto eu explorava seus guardados debaixo de vestidos. Minha profissão era fazer prestança. Passados tantos anos, custo a crer que nossa convivência tenha durado tão poucos meses. Aquela foi minha vida, o que veio antes era preparação, o que sucedeu é saudade.

  Emaci tinha sido recolhida por Bárbara fazia cinco anos. Criança, depois de uma febre muito alta, ficara surda. Durante o dia, eu era testemunha daquela surdez: tinha de esperar que ela se voltasse para mim, então pedia algo. Objetos caíam ao chão, cachorros latiam, maritacas grasnavam, mas Emaci não se perturbava. Só tinha existência no mundo que se via, o mundo que se escutava era escuro. Durante a noite, porém, eu temia aquela surdez. Mesmo sem lua, quando uma nuvem de carvão cercava tudo, eu abria cauteloso a porta do quarto de Bárbara, com medo de despertar a índia que dormia enrodilhada em uma esteira. Pindara e Arani me ignoravam, raramente eu os enxergava próximos ao casarão. Não me ameaçavam. Foi Emaci quem me perdeu. Olhava tudo o que não podia escutar, viu tudo o que não podia ouvir.

14 DA PROPORÇÃO ENTRE O INFINITO E O FINITO

"Praeterea, medium per quod res cognoscitur, debet esse proportionatum ei quod per ipsum cognoscitur. Sed essentia divina non est proportionata ipsi creaturae, cum in infinitum ipsam excedat; infiniti autem ad finitum nulla sit proportio." (**Sancti Thomae de Aquino**, *Summa theologiae,* **parte 1, questão 2, artigo 3, parágrafo 4***)*

O meio pelo qual uma coisa é conhecida deve ser proporcional àquilo que é conhecido por ele. Mas a essência divina não é proporcional à criatura, uma vez que aquela ultrapassa esta infinitamente, e não há proporção entre o infinito e o finito. (São Tomás de Aquino, *Suma teológica*)

Bárbara queria mandar fazer óculos novos, porém insisti em que fosse comigo à Cúria Metropolitana. Convenci-a argumentando que iria provocar o padre Mutti com o mandado de segurança em uma das mãos e uma mulher bonita na outra. A espada e a balança, como na estátua da Justiça. "Qual balança?", pareceu intrigada. "O balançar dos teus quadris de morena gostosa", esclareci, antes de levar um beliscão.

Não aconteceu essa provocação, padre Mutti não estava, por isso seu auxiliar, um rapaz leigo tão alto que se curvava, levou o mandado de segurança para alguém examinar. Voltou com ar indiferente e com indiferença nos acompanhou por corredores amarelo-claros até uma grande sala, de pé-direito bastante elevado, com estantes em trilhos que eram movidas por enormes maçanetas. Ali nos esperava uma senhora de sorriso bondoso, que me estendeu um papel. A Igreja não era apenas católica, universal, eu devia ter dito ao ministro de Estado, mas também onisciente. Naquele papel estavam meu nome, endereço, número de identidade e uma declaração de que eu havia obtido acesso aos documentos que tratavam de Bárbara Manuela Pires de Alencar Lopes, falecida em 1633. Era demasiada informação, o formulário não fora preparado naqueles poucos minutos, estava pronto para ser assinado fazia semanas. A mesma Igreja que aguardava o Apocalipse e que esperava pela Parúsia havia antecipado minha chegada. A senhora bondosa me passou uma pasta com dois pergaminhos.

Eu era pobre quando abri aquela pasta e senti o leve cheiro de omelete dos pergaminhos de séculos. Passados dez minutos, terminada a leitura, eu era muitíssimo rico. Os documentos davam a mim, herdeiro legítimo de Bárbara Manuela, boa parte da cidade de Santana de Parnaíba, onde hoje operam indústrias, lojas, escritórios, e fica a sede de um grande banco. Tudo nas minhas terras.

O primeiro pergaminho deu-me uma grande alegria. Apoiei o queixo nas duas mãos e me detive longos minutos examinando o contorno das letras, a textura rústica do material poroso, as manchas e os nomes que saltavam do texto. Experimentei um conforto entre as costelas, sentia ter tomado uma xícara de chocolate quente e espesso em uma noite úmida de inverno. Naquela folha diante de mim estava o final da vida atribulada de meu avoengo. Ali não havia nenhum pormenor da sua morte, contudo seu filho Emanuel relatava que "morrera em costa d'África, coberto de pústulas, fiel a Nosso Senhor Jesus Christo e a El-Rey".

Era uma ação movida por Emanuel Vaz de Aguiar contra o Bispado em Salvador, que havia seguido para o Tribunal da Relação por envolver questão de terras. Aquilo para mim era uma fórmula de física quântica, bem pouca coisa fazia sentido, no entanto me deliciava mesmo assim. Pelo que entendi, no século XII, um certo monge Giovanni Graziano havia escrito uma *Concordia Discordantium Canonum* com soluções da Igreja para casos práticos, umas tais *quaestiones*, que não se aplicavam à disputa que o velhíssimo Emanuel elevara ao Tribunal da Relação. Depois de citar preceitos do direito teodosiano e do justiniano, além de leis germânicas, passava a listar decretos de Bucardo, capitulares de Henrique I e de Otto I, o Concílio de Latrão e Ivo de Chartres. Perdi-me naquela barafunda de nomes, até chegar ao que importava: Emanuel argumentava que as leis da Igreja não se aplicavam ao caso dele e pedia reparação a El-Rey. Que lhe devolvessem as terras doadas, reclamava.

Tudo ficou claro quando passei para o segundo pergaminho. Enfim, ali estava o testamento de Bárbara Manuela. Nas três folhas, que eu vinha buscando com tanta inquietação por tanto tempo, estaria o outro lado das memórias de meu antepassado, a sequência da história daquele casal impróprio, a começar pelo destino do bebê. Fotografei as páginas com meu telefone celular, e ao transcrevê-las marquei em negrito as passagens principais. O testamento era um primor de contorcionismo verbal. As "terras doadas" de que falara o filho do jesuíta, Emanuel, eram as que ela havia doado a Nossa Senhora da Boa Morte.

— Não acredito! Ela tentou subornar a Inquisição! Mas que mulher!

Mostrei o pergaminho a Bárbara, que abria a boca mais e mais à medida que escorria o dedo pela caligrafia castanha. Afinal, ali estava o "Testamento e escrittura de doaçam, que fes Bárbara Manuela Pires de Alencar Lopes a Nossa Senhora da Boa Morte e a Igreja de Santa Anna de Parnahyba".

Era um documento longo, de primeiro de maio de 1633, repleto de doações valiosas. Iniciava reconhecendo o jesuíta Diogo como pai do bebê Emanuel: "nas cazas do Reverendo Padre Vigario desta Villa Gaspar de Brito, onde eu publico Tabelliam fuy chamado, e ahi logo appareceu Bárbara Manuela Pires de Alencar Lopes aqui moradora e por ella foe declarado que Dyogo Vaz de Aguiar é pae natural de seu filho Emmanuel que baptisou Emmanuel Vaz de Aguiar". Em seguida, fazia a promessa surpreendente da doação de uma fortuna ao Santo Ofício: "doaçam a Nossa Senhora da Boa Morte na Capella Dormiçam da Assunta Virgem Maria em mercê da Inquisitio Haereticæ Pravitatis Sanctum Officium que deu tençam final condemnando Dyogo Vaz de Aguiar em o que pela parte autor era requerido pela prova dos autos e pelo cumprimento da sentença de desterro perpétuo e tinha a elle declarado por excomungado". Adiante, fica claro que a doação de "uma vinha, cinco léguas de terras, trinta vacas, e dous touros" era condicional ao perdão do jesuíta pela Inquisição: "se a Inquisitio Haereticæ Pravitatis Sanctum Officium mandar absolver o ditto Dyogo Vaz de Aguiar da ditta excommunhaõ por algum ecclesiastico do Reyno e perdoar a sentença de desterro perpétuo". Lançado o anzol, Bárbara Manuela fisgava o Santo Ofício: "se o sagrado e muy piedoso Inquisitio Haereticæ Pravitatis Sanctum Officium julgasse as faltas e pecados do ditto Dyogo Vaz de Aguiar tam graves que não se poderiam perdoar a tençam de desterro perpétuo e a sentença que tinha a elle declarado por excomungado, ella entam em virtude d'este instrumento revogava a sobreditta doaçam a Capella Dormiçam da Assunta Virgem Maria e destinava as couzas que havia dotado a ditta Capella a seu filho Emmanuel Vaz de Aguiar e a seus herdeiros legítimos".

No final, fazia uma segunda doação, tão valiosa quanto a primeira, em troca de sepultura eterna na igreja da vila: "que dava e doava deste dia para todo o sempre a igreja de Santa Anna de Parnahyba o sitio Cariaçu de Joachim Mathias Coello, na paragem chamada Apoteroby, termo da villa de Santa Anna de Parnahyba da capitania de S. Vicente, com obrigaçaõ delles dittos padres lhe concederem jazigo perpétuo a ella a seu esposo Joachim Mathias Coello e a seu filho Emmanuel". Entre as testemunhas constava um certo padre Ambrósio Teixeira Fagundes.

Bárbara fez uma careta:

— Quero um carro novo e um apartamento em Nova York!

Ela havia entendido tudo. A velhíssima Bárbara Manuela, tendo registrado o bebê Emanuel como filho natural do Diogo desterrado em costa d'África, doara patrimônio imenso a Nossa Senhora da Boa Morte se seu amado fosse perdoado pelo Santo Ofício. Caso não o fosse, aquela riqueza reverteria para seu filho — e para seus descendentes. A careta de Bárbara dizia que ela havia rapidamente montado o outro lado da equação: porque o velho Diogo não havia sido perdoado, toda aquela fortuna passara a seu filho e seus herdeiros. Quero dizer, herdeiro, porque eu era filho único... A fim de apaziguar a Igreja, "para fazer bem por sua alma" dizia-se então, minha avoenga também havia feito uma doação à capela de Santana de Parnaíba, em troca de missas e de jazigo perpétuo. Os padres haviam cumprido com sua parte, o jazigo dela estava lá, faltava o de Emanuel. Talvez tivesse morrido em outro lugar, em Santos, onde teria dado origem a uma linhagem de mercadores de lã.

Não era assim que as caravelas adentravam o Tejo, na volta gloriosa das Índias? Velas enfunadas, mastros eriçados, cheias de bandeirolas, cobertas de poeira da vitória e recebidas por salvas da Torre de Belém? Assim adentrei o ministério, rico, grande, alto, magnânimo, acenando para contínuos e para embaixadores do topo da minha con-

dição de proprietário. Havia comprado meu tempo, para sempre. *Opes autem non rapiendae: divinitus datae multo meliores.* A grande herança que eu estava na iminência de ganhar não seria

"As riquezas não devem ser roubadas: são muito melhores as dadas pelos deuses." (Hesiodi Ascrael, *Opera et dies*, verso 320)

destinada a gravatas da moda ou a carros do ano. Pensava, não sem alguma decepção, que minha rotina mudaria bem pouco. A corrida antes do café da manhã, por exemplo, continuaria, fosse pobre ou rico. De igual maneira, minhas leituras à noite não sofreriam mudança. Meus restaurantes seriam os mesmos, apenas a gorjeta poderia ser mais polpuda. Bárbara continuaria encantadora. Porém, aquele dinheiro me compraria o tempo.

Não sabia ao certo se venderia meus imóveis ou se procuraria obter algum arrendamento. Meu pai talvez pudesse ajudar, quando terminasse a ação que preparava contra a Arquidiocese para que reconhecessem meu legítimo direito à propriedade daquilo tudo. Não existia hipótese de esse direito me ser negado, o cânone 4 era bastante claro. Inequívoco.

Na consulta ao testamento, na Cúria Metropolitana, encontrei outra vez um velho papel áspero com as grossas letras "CAN1514". A senhora bondosa explicou-me ser uma referência ao Código Canônico, o arcabouço legal da Igreja, especificamente ao cânone 1514. Não soube dizer o que fazia na pasta aquele papel tão antigo, tampouco por que havia três testamentos ali arquivados, todos com referência a esse cânone. Enrolou-se em um xale, apesar de não fazer frio, conduziu-nos pelos corredores amarelo-claros e se despediu sem pressa. Desconfiei que ela não me teria dado aquela atenção se eu não fosse rico.

A Cúria Metropolitana está instalada em um casarão creme em Higienópolis, espólio de algum barão do café ansioso por imitar a Paris oitocentista. Esperei Bárbara fechar o portão de ferro atrás de si para perguntar se gostaria que eu comprasse aquele palacete. "Tocamos os padres para fora", ela riu e disse que tinha fome.

Andei umas quadras até o restaurante, procurando no celular a íntegra do tal cânone 1514. Não fazia sentido: "Os termos da controvérsia, uma vez estabelecidos, não podem alterar-se validamente, a não ser por novo decreto, por causa grave, a instância de uma das partes, ouvidas as demais partes e ponderadas as respectivas razões". Qual novo decreto poderia haver naquele caso? Que instância é essa de tantas partes? Li e reli o cânone durante o almoço.

Naquela tarde, comprei o Código Canônico e dediquei-me a estudá-lo, curioso. Havia ali um quê da Roma decadente, da descomunal disposição do imperador Justiniano de colocar no papel todas as situações possíveis, com as respectivas soluções. Transpirava sofreguidão para tudo antecipar e tudo controlar. A mesma Igreja que flertava com o infinito e com o eterno tentava aprisionar naquelas linhas uma realidade que é ilimitada e infindável por definição. Tanto faz, confortou-me o cânone 4: "Os direitos adquiridos, e bem como os privilégios concedidos até o presente pela Sé Apostólica a pessoas, quer físicas quer jurídicas, que estão em uso e não foram revogados, continuam inalterados, a não ser que sejam expressamente revogados por cânones deste Código". A Igreja não havia revogado o jazigo perpétuo da velha Bárbara Manuela, da mesma forma não poderia revogar meu direito à herança daquela avoenga. O doce cânone 4 era minha rampa para uma vida sem surpresas, a vida dos ricos.

É delicioso como a fortuna derruba muros e aplaina caminhos, o mundo fica amplo e simples. Eu vinha na direção contrária à do jesuíta, cujo mundo encolhia sem cessar:

O inferno é um grande formigueiro em que somos enterrados de cabeça para baixo, para que saúvas vermelhas nos piquem com ferrões de brasa por séculos. Quando Satanás se cansa, tira-nos de lá para jogar no poço das piranhas, que mordem e mordem sem jamais nos devorarem. Pela eternidade, não há beiju, não há cauim, resta apenas fome, frio e sede. *Fames ac frigore quae miserrima mortis genera sint.* É uma vida sem morte que só conhece a dor. Arapongas gritam nos nossos ouvidos sem findar e andamos

"Fome e frio são as formas mais lastimáveis de morte." (Titus Livius, *Ab urbe condita*, Livro XXVII, capítulo 8, parágrafo 44)

pelo escuro segurando as entranhas, que se espalham pelos cortes no ventre feitos por caiporas. A *m'boi-tatá* vem a cada hora beijar-nos com uma língua de fogo, as iaras nos afogam nas fezes dos condenados.

Assim descrevi o inferno para Apoema no dia em que reapareceu em Santana de Parnaíba. Ele não fora batizado, recusava o sacramento por medo de perder seu nome, mas temia a danação eterna. Estava de volta à redução fazia tempo, contudo não me fora procurar no sítio. Cabisbaixo, ouviu em silêncio a descrição dos tormentos que esperam pelos índios que traem seus senhores. Deus aprecia a lealdade, Nosso Senhor Jesus Cristo disse ao Pai: "Faça-se a Sua vontade". No Juízo Final, o Espírito Santo perguntará se traiu seu amo. Naquela mesma madrugada, retornei ao sítio e ordenei que viesse comigo. Ele ficou na redução, não era mais "meu índio".

Tomei a trilha para o milharal, pesaroso. Pois eu havia tolerado aquele estafermo, permitido que me acompanhasse na entrada de Manoel Preto, havia lhe ensinado latim. Apoema agora me desafiava. "Foram os padres espanhóis", pensei. Haviam feito um longo percurso juntos, aqueles homens de cristal talvez tivessem embaralhado as ideias do meu índio.

Subitamente, parei horrorizado: quiçá Apoema tivesse contado a eles sobre a morte de Nuno Lopes. Toda a vila sabia que fomos atacados pelos Kaingang, o sam paulista recebeu um ferimento fatal, sangrou até o fim, a coluna foi massacrada, eu escapei por ser padre, mas por que Apoema havia sido poupado? Decerto por isso ele não quisesse ir ao sítio, para evitar associação com o extermínio de Nuno Lopes. Aquele índio poderia ser o verdadeiro culpado da tragédia. Por que ele estacou antes do ataque? Quem atraíra os Kaingang?

Deus, em cuja face resplandece a beleza, a bondade e a justiça, não haveria de querer esses animais no paraíso. Por que Ele permitiria esses brutos cobrindo suas fêmeas defronte dos olhos de anjos que entoam o Hosana? Ele consentiria que santos e mártires desfrutassem do hidromel tão próximos ao odor nauseante do cauim? Como elevar preces aos pés do Altíssimo se essas bestas grunhem na sua língua blasfema, enquanto vistoriam tudo com olhinhos oblíquos? Onde encontrar uma alma imortal naquelas carnes escuras despudoradas em que só habita o medo do trovão? Deus fez os homens à Sua imagem e semelhança. Aquela não era a imagem da beleza, da bondade e da justiça. Aquela era a imagem da imundície tosca. Ali não estava Deus.

Apoema surgiu no sítio passados três dias. Mandei reunir as peças de serviço, de curumins a anciães, e pedi a um língua da terra para traduzir: que Apoema era um índio leal e sábio, era meu braço direito, que obedecessem a ele da mesma forma que obedeciam a dona Bárbara e a mim, eu relaxaria às entradas os índios que não respeitassem Apoema. Essa mensagem final foi a única que provocou reação — depois do Anhangá, o que aqueles selvagens mais temiam era morrer nas entradas sob o peso dos fardos dos sam paulistas.

Meu índio não aparentava satisfação com a importância que havia ganhado. Estava sempre ao meu lado, igual ao que tinha sido no início, porém ausente. Aquele era um animal estranho. Cunhãs não o tentavam, nem cauim nem rapadura. O poder tampouco iria tentá-lo, não era parte da nossa humanidade e, portanto, não poderia ser salvo. Foi por isso que estranhei seu pedido de ensiná-lo a ler a Bíblia. Para mim, era um passatempo. Terminado o jantar, no revoar das garças, eu sentava-me com ele à varanda e construía palavras. Ele já havia aprendido a desenhar sons, escrevia o próprio nome, de modo que dali em diante aprendeu a ler com bastante facilidade. Em breve lia sozinho trechos inteiros.

Uma dominga, em uma visita de padre Ambrósio ao sítio, pedi que Apoema nos lesse em voz alta a Epístola de São Paulo a Tito. Encarei-o fixamente ao escutar a passagem: "Os servos devem ser em tudo obedientes aos seus senhores, dando-lhes motivo de alegria; não sendo teimosos, jamais furtando, ao contrário, dando prova de toda a fidelidade". Padre Ambrósio inspirou-se e falou uma boa meia hora sobre o valor da lealdade perante o cenho severo do Senhor. Meu trabalho estava feito. Contudo, Apoema desapareceu depois de cinco semanas, levando com ele o mistério da morte de Nuno Lopes.

Padre Ambrósio comentou que Apoema fora visto em Piratininga. Aquilo me enfureceu. A ordem natural das coisas estava sendo subvertida, estrelas se despregariam do firmamento e jabutis ascenderiam aos céus se a um índio fosse permitido vagar por onde quisesse. *Oboedite praepositis vestris et subiacete eis.* Deus, consentindo naquela abominação, estava testando minha paciência como fizera a Jó. "Ou o demônio", murmurou o carcomido jesuíta. Lembrei-me do jovem índio que fora trazido com olhos revirados e boca espumante, também do tapa que padre Ambrósio dera no velho pajé, pai de Apoema. A torre visigoda sabia do que falava, ele tocava o Mal que escorre entre nós. Perguntei se achava que meu índio tinha sido tomado pelo Pai da Mentira. Deu de ombros, "que sei eu, para isso existe a Inquisição".

"Obedecei aos vossos dirigentes e sede-lhes dóceis." (Epístola aos Hebreus, capítulo 13, versículo 17, na Vulgata)

Havia-me esquecido do Santo Ofício, tão distante, em Salvador, e tão grandioso para cuidar de um mero bilreiro. No entanto, padre Ambrósio lembrou-me dos comissários da Inquisição. De fato, o Santo Ofício não estava ali, mas eu poderia ir ao Tribunal. Bastava procurar padre Manuel Pereira, no convento de Nossa Senhora do Carmo em Sant'Anna das Cruzes, e a ele fazer a denúncia. "Mandará capitães do mato buscá-lo", acrescentou. Talvez estourassem o peito de Apoema com um arcabuz, arrancassem seu coração e assim matassem o corpo e seus segredos. Não demorei a procurar padre Pereira, dele nada omiti. Escutou-me com impaciência, até que ofereci a prova maior: o índio falava latim, por isso não era ele quem falava por aquela boca, e sim o anjo caído. As providências seriam tomadas, voltei mais leve ao sítio.

Bárbara estranhou a ausência de Apoema, minha explicação de que ele "havia se comportado mal" não foi suficiente. O sol era cálido naquela época do ano, o catre de palha e penas de ganso era macio, os pães de milho, saborosos. Uma manhã se passava com ela enrodilhada em mim, logo uma tarde e uma semana. Bárbara perguntou se já era Endoenças, tomei um susto: não atinava com o mês em que estávamos. A felicidade é um único longo dia, ou, para mim, uma única longa noite de amor. Passamos a Páscoa abraçados.

Eu vinha do algodoal quando percebi que algo estranho acontecia. Bárbara gesticulava muito, padre Ambrósio tentava acalmá-la com o chapéu nas mãos e Manhaná espreitava ao pé da escada. Ao me ver, Bárbara entrou no casarão e bateu a porta. Padre Ambrósio fez-me sinal para que esperasse e caminhou para mim. Aguardei-o à sombra da paineira, no chão forrado de flocos brancos.

— Desculpe, peço perdão, eu devia ter falado com vosmecê primeiro.

— Falado o quê, padre?

Eu o julgava um visigodo. Na minha serra natal, visigodos foram raça nobre e pura de braços fortes, avós dos cristãos devotos que não hesitaram em jogar a própria vida contra os mouros, a fim de ganhar colinas e vales para a Santa Madre Igreja. Aquele era um preá do mato, encolhido e medroso, com sua respiração curta de animal acuado. Minha ausência tinha ido longe demais, ele disse. "Toda Santana de Parnaíba comentava aquela situação." Dona Bárbara era viúva, decerto, porém viúva recente. Um padre não poderia jamais se casar com ela. Armava-se ali um escândalo, era melhor resolver rapidamente aquilo, "antes que chegasse a ouvidos importantes em Salvador". Em suma, que eu apanhasse minhas coisas e retornasse com ele à redução de Maruery, para nunca mais voltar ao sítio.

Era inveja, padre Ambrósio não podia tolerar minha felicidade. Aquele coelho minúsculo à minha frente caminhara sob o sol para me fazer ameaças e destruir a única vida que eu tivera.

— Quais ouvidos importantes, padre? Eles sabem que vosmecê vive coberto de cunhãs? Conhecem o vício do cauim? Também saberei procurar ouvidos importantes. Antes, vou ao padre Pereira para informar a Inquisição da apostasia de vosmecê. Parta, padre, saia daqui!

Ele pareceu não entender. Os límpidos olhos azuis se apagaram por uns instantes, enquanto padre Ambrósio remoía o alcance da minha ameaça. Por bem menos, gente fora queimada nas estacas de Évora. Mesmo no Recife houvera gente enforcada por delitos de menor gravidade. Padre Ambrósio que retornasse à sua febre terçã e me esquecesse! *Delicta paria mutua compensatione tolluntur.* Entretanto, ele não arredava pé, encarou-me com brandura para dar a estocada final.

"Delitos iguais dissolvem-se por mútua compensação." (expressão latina)

— Sabem todos muito bem que eu não vivo em pecado porque as negrinhas da terra estão sob minha administração. Já vosmecê, transformou o sítio em um alcouce.

Ele podia dizer o que quisesse de mim, mas não que Bárbara fosse uma meretriz. Palavras podem ser riscadas no pergaminho, todavia não há maneira de recolhê-las após serem ditas. Eu talvez devesse ter ficado quieto naquele momento, não contive o desprezo que jorrou igual a um vômito. Respondi com idêntica brandura que o bispo em Salvador saberia das vendas das bulas de composição. Pior do que cobrar taxa desproporcional às dívidas, como ele vinha fazendo, era colocar no próprio bolso as esmolas para sustento dos lugares santos. Se o bispo anulasse as bulas de composição vendidas por padre Ambrósio, vários pecadores teriam de devolver tudo aquilo que não lhes pertencia e que a Igreja havia permitido que retivessem.

Foi um alívio vê-lo tomar a trilha a caminho da redução. Voltei ao casarão furioso, Bárbara estava nua à mesa cortando grossas fatias de queijo, que molhava no cassengo com vinho do Porto. Em poucos minutos eu não me lembrava de Apoema e de padre Ambrósio, só havia minha mulher.

Depois de seis meses com Bárbara, fui preso, amarrado qual peça da terra e degredado no mais malcheiroso dos porões de nau.

O trigal pouco ondulava com a brisa suave de maio, nas longas horas em que Bárbara bordava infinitamente. Na varanda, eu espiava o campo aloirado pela manhã, e pela tarde o sol não deitava sombras quando se punha detrás da extensa planície dourada. As maritacas faziam algazarra no alvorecer, os açuns-pretos cantavam breves no meio do dia e as maritacas reapareciam com sua algaravia no crepúsculo. Eu me deitava e, ao despertar, tudo estava no seu lugar. Às domingas, eu engolia a missa na capela, só para Bárbara, Manhaná e um ou outro curumim. Não podia evitar as domingas, para o povo de Santana de Parnaíba aquela era a razão de eu ter-me mudado para o sítio. Ao menos tinha eliminado a homilia, a missa fora encurtada de uns bons quinze minutos.

Recebi a última carta que António me enviaria no Brasil. Contava de conversões em Olinda e do desejo de seguir mais para o norte, no encalço de almas insuspeitas. Minhas lágrimas escorreram pela barba rala, eu sofria por meu amigo, tão puro e tão bom. António era tudo o que eu quisera ser, caso tivesse conseguido erguer-me e olhar o mundo por cima da muralha dos meus desejos. Que destino amargo lhe fora reservado, sem o assar do leitão e o perfume do vinho do Alentejo. O Senhor havia escolhido as mãos dele para fazer Sua obra, não as minhas, mas lhe havia negado Bárbara. António vivia para um futuro que eu já tinha esquecido, eu vivia para o canto dos açuns-pretos durante a digestão. Respondi com o relato do meu trabalho pastoral no sítio e do amparo que dava a uma viúva frágil na sua solidão.

Os dias começavam à noite, tão logo Emaci acendia os candeeiros de azeite de amendoim. O angu com peixe era jantado às pressas, eu me estirava na rede de carijó e, assim que escurecia, não me importava se as tábuas do assoalho rangessem no percurso para o aposento de Bárbara. Ali me aninhava, com os cachorros debaixo da janela latindo a cada ruído que escapava dos lençóis de tarlatana bordada. Ao amanhecer, voltava para a varanda, o vento de maio ondulava as espigas, e tomava meu cassengo de jeribita, contando as batidas do monjolo enquanto esperava pelo almoço. Bárbara passava as manhãs na casa de serviço, ralhando com os curumins que demoravam a deitar a água de rosas nos frascos. O sol abrasava a varanda, eu levava meu cassengo para o corredor ao lado da cozinha e dormitava ao embalo da roda de ralar mandioca e da prensa de queijos. Bárbara ralhava então com os negros da terra que preparavam caixetas de marmelada. Esperava pelo jantar. Emaci acendia os candeeiros, o aroma de amendoim inundava as paredes brancas da sala, eu ia ao encalço de Bárbara para fazer prestança.

Pressentia que viriam tempestades pela revolta do trigal. Antes mesmo que viessem os ventos fortes, a planície tremia, as espigas apontavam para todas as direções sem poder fugir. Bem depois irrompiam os trovões, e o campo de trigo se quedava imóvel, resignado com a força das águas. Os rumores que surgiam de Quitaúna eram sinais da tempestade que se aproximava. Arani, o cão, foi o primeiro a me anunciar que Raposo Tavares, embrenhado na mata, fora chamado para discutir o que fazer com a autoridade que chegava. O trigal ondulava quando ele me relatou essas novas, pensei que choveria. O cão não sabia dizer "autoridade", falava "homem alto" e gesticulava. Contava-se na vila que uma sumaca vinda do Rio de Janeiro dava conta de preparativos de comitiva. Devia ser alguma visita de gente do governador-geral ao capitão-mor, especulava-se. Ninguém vinha a Piratininga, menos ainda a Santana de Parnaíba. Fazia dez anos que o ouvidor-geral da Repartição do Sul tinha visitado a região, onde não fora bem-vindo. De qualquer maneira, nada daquilo mudaria as espigas e meus dias na varanda, esperando anoitecer.

No final de maio, formou-se a tempestade. Os rumores eram verdadeiros, Raposo Tavares reuniu os homens-bons, o clima era de revolta. Centenas de arcos saíram dos sítios para Piratininga, via-se a povoação no topo da colina triangular cercada de fogueiras dos índios. A Câmara fervilhava no entra e sai de armas d'algodão, lá havia mais botas e espadas do que se conseguira reunir na maioria das entradas. Bradavam com estrondo, só se ouvia: "*Máháta nhahã camarára omunhã putári?*". O que aquele sujeito quer fazer? Acima de todos, vociferava Raposo Tavares: "*Xa rekó ce yaporá cetá, xa rekó mira ceiia*". Tenho vários arcos meus, tenho muita gente. Havia sido preso fazia três anos por levantar a população contra os espanhóis de Vila Rica, por isso era ouvido. Nenhum conflito podia ser pior do que o conflito com alguém de fora. Nenhuma interferência podia ser mais odiada do que a proibição do descimento de carijós, os homens-bons tinham de buscar seu remédio no sertão para que a terra não perecesse. Aquele elemento estranho vinha tudo perturbar, uma ameaça sem forma nem tamanho, que talvez mudasse seu curso ao escutar o vozerio da assuada.

Não houve mudança de rumo. Sem alarde, despontou o escrivão da Real Fazenda, Francisco da Costa Barros. Subiu a serra acomodado em uma rede de abrolhos. Era uma comitiva melancólica para figura de tal importância, uma tropa pequena e três brancos alcançaram a paliçada de São Paulo dos Campos. No final do séquito, dois freis muito magros cavalgavam a mesma mula: os padres Maceta e Mansilla, a quem eu havia emprestado Apoema para colocá-los na rota da Bahia. Tinham conseguido chegar a Salvador, haviam se encontrado com o governador-geral Diogo Luís de Oliveira, a quem relataram as atrocidades do Guairá. A pressão da Companhia fora enorme, cartas vieram de Lisboa e de Madri, até que o governador-geral por fim cedesse, enviando o escrivão da Real Fazenda para verificar a exatidão das informações dos dois padres. Apoema veio com eles, após meses desaparecido, porém não o soube naquela hora — só fui encontrá-lo no dia em que me prenderam.

Nada disso eu vi, estava na varanda com panos molhados em volta do pescoço, derreado de calor. "Aqui temos tudo, não vamos sair do catre nunca mais", acordei dizendo a Bárbara. Fios, tecidos, vestimentas, frutas, pães, carnes, teto, arcos, não precisávamos de nada além daquilo ao nosso alcance. Caí no chão de terra batida, meus dentes rangeram com a poeira que me encheu a boca, não consegui abrir os olhos tamanho o golpe que havia levado na nuca.

Ouvi Pindara dizer: *"Jaje'oi na, mpobe!"*. Vamos embora, cachorro! Arani ria-se de uma risada feminina, alta e aguda. Como aquele animal ousava chamar-me de cachorro? Tentei respirar, para depois me levantar, no entanto logo se ajoelharam sobre minhas pernas e pisaram em meus punhos. Emaci pedia que trouxessem a mula. Pensei com amargura: as febres fizeram-na surda ainda criança, mas antes disso tinha aprendido a falar. Falou, com voz estridente, e chamou

Pindara de *tibira*, meu irmão mais moço. Este e Arani respondiam *teindira*, minha irmã. Eram uma família de cães, contudo o amarrado era eu. Colocaram-me sentado na montaria e, rindo, enterraram-me um chapelão de feltro. Com grande alarido, tomamos o caminho para a vila de Parnaíba. A meia légua da casa, cercada de cunhãs no roseiral, Bárbara não teve chance de passar as mãos por minha barba rala pela última vez.

Chovia fino, gotejava a aba do meu chapelão. Meus ouvidos zumbiam, os pulsos amarrados ao dorso inchavam, os ossos doíam a cada passo da mula, os índios não paravam de tagarelar. Passamos pela redução de Maruery, revi a oca de padre Ambrósio. As cunhãs desapareceram, não havia fumaça nem movimento das velhas. Padre Ambrósio teria parado aquele cortejo grotesco, com seu nariz adunco e cabelos ruivos teria gritado: "*A-sem taba suí!*". Arani voltaria a ser um cão, Pindara correria para a mata.

Segui cabisbaixo e foi assim que, na entrada da redução, encontrei o vácuo dos olhos negros do velho pajé. Eu o tinha visto em uma única ocasião, desde que fora esbofeteado por padre Ambrósio. Foi na madrugada em que me deu a poção para veneno de cobra amarela. Naquele dia, não havia penas, nem colares nem os dois bastões, apenas os olhos de carvão que me encaravam com tanta indiferen-

ça. O crânio zunia, as palavras não me vinham, só formava frases em latim. *Morsque minus poenae quam mora mortis habet.* Se houvesse palavras, diria que padre Ambrósio tinha me conta-

"A morte causa menos mal do que a espera da morte." (Publius Ovidius Naso, *Heroides*, capítulo 10, verso 84)

do sobre o pequeno Apoema, o filho mais velho retirado da oca do pajé para ser criado na Palavra de Cristo, longe do

Mal, e que nunca aceitara o batismo. Perguntaria por que Apoema recusava ser batizado, que desavença tinha ele com o Pai. Escutei-me a mim mesmo tentando dizer "*membira, membira*", entretanto a cabeça girava. Queria dizer a ele que seu filho Apoema estava sob minha administração. O grupo conversou com o velho pajé, pouco entendi. Pindara e Arani o chamaram de *xeru*, pai velho. Cães. Uma enorme família de cães, todos irmãos de todos, primos entre si, filhos do pajé.

Alcançamos Santana de Parnaíba no início da tarde. A vila não notou minha chegada, as atenções se voltavam para o escrivão da Real Fazenda, que naquela hora estava reunido com os homens-bons na Câmara de Piratininga. A mula subiu a colina em meio a numerosos arcos. Pressenti algo anormal bem antes de cruzar a paliçada. Fui desmontado pelo pequeno grupo e levado aos empurrões, assustando porcos e galinhas que vagavam pelas vielas fétidas. Não havia tapuitingas, as ruas estavam tomadas por negros da terra alheios àquele castigo.

As têmporas latejavam em disparada, não sentia as mãos que tinham sido pisoteadas, mil sapos coaxavam nos meus ouvidos. Não havia comido desde a véspera, só haviam me dado água. Sofria tanto que não me perguntava o porquê.

Fui empurrado até a porta da Câmara. Com alívio, vi Apoema e padre Mansilla. Afinal, respirei fundo, estava livre dos cães. "*Laudate Dominum Deum nostrum*", gritei com grande alegria e avancei na direção do meu irmão jesuíta. Apoema adiantou-se, deixando-me confuso: não sabia se perguntava onde ele tinha estado aqueles meses todos ou se pedia que me desamarrasse imediatamente.

"Louvado seja Deus Nosso Senhor", saudação religiosa originária do Livro de Judite, capítulo 13, versículo 14, da *Bíblia de Jerusalém*.

Caminhou para mim e deu-me um tapa no rosto. Caí de joelhos e ali fiquei, enquanto padre Mansilla dava-me as costas e entrava na Câmara. Ouvi a voz de Apoema dando ordens, minha cabeça tinia em sinos, os braços doíam muito e ele se afastou.

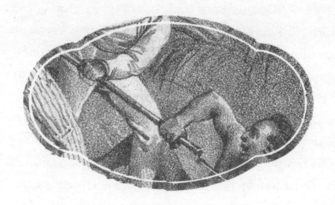

15 DO ROSTO SORRIDENTE PARA AS INJUSTIÇAS

"Potentiorum iniuriae hilari vultu, non patienter tantum ferendae sunt: facient iterum, si se fecisse crediderint." (Lucius Annaeus Seneca, De ira, Livro II, título 33, parágrafo 1)

As injustiças dos poderosos devem ser suportadas não só com paciência, mas também com rosto sorridente. Eles repetirão a ofensa se estiverem convencidos de que obtiveram êxito na primeira vez. (Lúcio Aneu Sêneca, *Sobre a ira*)

De volta ao ministério, agora como homem rico, muito rico, verifiquei meu saldo negativo pelo caixa automático do banco e subi as escadas até o meu departamento. A secretária apressou-se a telefonar para Márcio, avisando que eu chegara. Dali a minutos, um contínuo deixou um envelope pardo sobre minha mesa. Algo poderia ser feito em relação a esses envelopes, deveriam ser abolidos pela ansiedade que provocam com sua coloração inexpressiva. Tudo pode vir dentro de um envelope pardo, qualquer coisa, eu pensava, quando Márcio telefonou.

— Recebeu?

Sim, havia recebido uma cópia do inquérito, mas aquilo não mais me interessava. O inquérito era o passado. Eu tinha sido inocentado, poderia agora me dedicar ao desfrute da enorme riqueza que aguardava o final do processo judicial contra a Arquidiocese. A expectativa de ser rico era tão boa quanto ser rico em si, talvez por isso tanta gente apostasse em loterias. À diferença dos apostadores, meu resultado não era incerto, pois que a letra da lei me amparava.

O envelope pardo passou dias esquecido sobre a mesa, acabrunhado com sua cor insossa. Levei-o para casa no final da semana e ali ficou na desoladora companhia de receitas médicas e contas que precisavam ser conferidas. Em uma tarde de sábado, Bárbara cochilava na varanda e eu tinha lido os jornais,

coloquei-o na pilha de papéis a serem desbastados. Aberto, derramou páginas xerox com timbre do ministério. Sentei-me silencioso ao lado de Bárbara, o sabiá soprou sua flautinha desafinada a poucos metros do beiral pelo tempo em que eu lia aquelas folhas, um pouco ofuscado pelo sol poente. Por sorte, li até o fim.

O impulso inicial tinha sido o de somente examinar se o inquérito havia registrado com exatidão minhas declarações, o resto era sem importância. Fiquei satisfeito, tudo o que eu havia declarado estava ali, em especial as menções à Fiandeira. Eu tinha salpicado meu depoimento com sementes de dúvida. Não me conformava que houvessem inocentado Cunha Mello, apesar de tantos indícios. Foi por essa razão que quis ler o depoimento do cônsul-geral. Márcio havia copiado a totalidade das declarações da Fiandeira, havia umas quinze páginas. Cada uma delas continha um susto. Terminei a leitura e antes que Bárbara acordasse parti em caminhada, para me refazer do choque. Eu só sei raciocinar andando. As grandes notícias, também só sei processá-las andando. Estava ali uma notícia enorme, eu teria de andar a cidade inteira.

As declarações de Cunha Mello eram de uma sinceridade constrangedora. Começava por relatar como tinha conhecido o valete e se apaixonado por alguém sem identidade. Com documentos falsos, o valete o havia acompanhado pelo mundo, e a Fiandeira jamais soube quem era, na realidade, seu amante. Aquela narração de uma paixão adolescente em um homem de meia-idade o tornava ainda mais abjeto.

Lá pelo meio do depoimento, passava a falar "do Secretário". Elogiava integridade, desempenho profissional impecável, rígidos princípios éticos e conduta irrepreensível. Encolhi-me em mim mesmo — decerto era o prólogo de um bombardeio à minha reputação. Contava da aflição que o tomara ao inteirar-se de meu caso com Vanessa. Era uma amiga do valete, explicava no depoimento, a qual ele contratara por muita pressão do seu amante. Perguntado se eu havia participado da seleção da assistente, isentou-me de qualquer responsabilidade. Informou a Comissão de Inquérito de que foram dele a iniciativa da contratação e a escolha da funcionária, a quem eu só fui apresentado quando começou a trabalhar no consulado.

Sobre o controle de estampilhas, mentiu. Disse que Vanessa fora incumbida da contagem por determinação dele. Ao descobrir a diferença entre essa contagem e o valor arrecadado, prosseguia o relato, comentou com seu valete. Foi este quem sugeriu que a discrepância fosse imputada a mim. Porque se recusou a fazê-lo, declarava Cunha Mello, o valete teve reação violenta, ameaçou abandoná-lo e revelar todo o caso à imprensa. Atarantado, cometeu o erro do qual se arrependia enormemente: decidiu omitir-se e deixar as investigações a cargo do ministério. Com o desaparecimento de Vanessa, entendeu que aqueles cinquenta mil euros eram dinheiro prometido a ela pelo valete em troca de cumplicidade na falsificação de passaportes. Porque não recebera o combinado, Vanessa passou a desviar renda consular, para depois abandonar o emprego e esfumaçar-se. Elogiou meu senso de correção e de probidade, informou à Comissão que, ao saber do desvio, eu havia reposto o dinheiro do meu próprio bolso. Contou da morte de Sophia e da maneira como havia me apoiado.

Para máximo espanto, anexou um comprovante de depósito de cinquenta mil euros em minha conta bancária. Cunha Mello havia depositado aquela quantia no dia em que solicitei remoção de Portugal para o Brasil.

Caminhei pelas quadras de Brasília até tarde da noite. O celular tocava e tocava em meu bolso, enquanto os pensamentos se contorciam, rememorando episódios de Lisboa, ditos da Fiandeira, momentos com Sophia e com Vanessa. Detinha-me sob um poste de luz para reler algum trecho do depoimento de Cunha Mello, o papel se cobria de mariposas e besouros. Pois Iahweh não havia dito a Moisés, na sarça ardente, "Eu sou quem eu sou"? Ali estava a Fiandeira berrando nos meus ouvidos: eu sou quem eu sou. Aquele Cunha Mello era uma ficção, aquele homem nada tinha a ver com a criatura que cruzava os dedos sob o ventre e exalava um hálito asqueroso, abanando orelhas pontudas. Aquele Cunha Mello eu queria abraçar na sua fragilidade. *Admiratione afficiuntur ii qui anteire ceteris virtude putantur.*

"Causam-nos admiração aqueles que achamos que superam os demais em coragem." (Marcus Tullius Cicero, *De officiis*, Livro II, capítulo 10, parágrafo 37)

Eu jamais poderia agradecer-lhe o testemunho, o inquérito era confidencial, aquela cópia nas minhas mãos não existia. Para todos os fins, a Fiandeira continuaria sendo um filho da puta. Um filho da puta altivo, forte, correto, fiel às suas paixões. Vá lá, um grande filho da puta.

Bárbara queixava-se de que eu andava "calado como um lambari". De fato, atravessei longos períodos remoendo o depoimento do embaixador. Só quebrei o mutismo depois da consulta a Silva Bueno: não havia maneira de ficar em silêncio diante do que estava para acontecer.

Viver no passado deve ser bem agradável, não apenas porque o futuro é conhecido, mas também porque o universo é limitado. Ali não nasce ninguém que já não tenha nascido, não morre ninguém fora de hora, e o amanhã deles é idêntico ao nosso ontem. *Praeterita semper meliora.* Quando escolheu a profissão de genealogista, Silva Bueno optou por viver no passado. Seu escritório no centro de São Paulo poderia ser um anexo do Palácio Imperial de Petrópolis, a começar pelo estandarte da monarquia ao lado da mesa de trabalho. As fotos retratam episódios do século XIX, tudo são cavanhaques e cartolas, saias armadas e sombrinhas. Não gostei dele. Disse quanto cobraria pela pesquisa antes mesmo de explicar como montaria a árvore genealógica de que eu precisava para minha ação contra a Arquidiocese. Em quase quatro séculos, calculou, haveria uns dezesseis registros necessários para construir toda a linha que me liga ao velhíssimo Diogo. Cobrava por registro, independentemente da dificuldade de encontrá-los. Mencionei o Diogo Vaz de Aguiar de 1735, de Santos, respondeu com um "Ah!" desanimado. Firmamos um contrato e ganhei as ruas, fulgurante. Tudo caminhava bem.

"O que passou sempre foi melhor."
(provérbio latino)

Meu pai teria iniciado a ação contra a Arquidiocese em seu próprio nome, afinal era herdeiro como eu. Porém quis ter as mãos livres para atuar no papel de meu advogado. Espalhou os documentos ali, na mesa da cozinha, sem receio de que o pão de queijo manchasse de óleo a petição. O caso era simples, dizia. Melhor, animava-se, havia precedentes. Contou-me a pendenga da família real brasileira contra a União. Tanto abusou dos termos jurídicos e das manobras processuais que Bárbara levantou-se tal qual um gato e foi buscar a poltrona da sala com seu pratinho de pães de queijo. Pelo que entendi, a República havia desapropriado o Palácio Guanabara, que era residência da princesa Isabel e do conde d'Eu. No exílio, ambos ingressaram com ação para reverter o que acusavam de espoliação ilegal. Algumas gerações haviam se sucedido, enquanto a ação singrava as plácidas lagoas dos tribunais, no aguardo de decisão definitiva. Isto é, um processo poderia, sim, durar séculos. O erro da família real, ele achava, foi não ter proposto um acordo à União. No nosso caso, era o que meu pai pretendia fazer, tão logo o juiz concedesse uma liminar.

Os argumentos eram sólidos. Em linhas gerais, meu pai alegava que a enorme doação feita por Bárbara Manuela tinha sido condicional ao perdão, pela Inquisição, de Diogo Vaz de Aguiar. Caso ele não fosse perdoado, os bens reverteriam a seus herdeiros. Ora, o jesuíta não tinha sido perdoado! Em seguida, alegava que a dádiva não fora feita à Igreja, e sim a Nossa Senhora da Boa Morte. Caberia à Arquidiocese juntar aos autos a procuração assinada pela santa, beneficiária da doação...

Já estávamos de posse de dois documentos fundamentais, que nos haviam custado alguns milhares de reais para obter. Um era a precisa demarcação, por um topógrafo credenciado junto ao Tribunal de Justiça, da área a que fazia referência o testamento de Bárbara Manuela. Naquele espaço estava meu pequeno reino, em pontinhos sobre o mapa de Santana de Parnaíba. Ali tudo era meu. O segundo documento picotava meus domínios em cacos de ruas, quadras e prédios. Meu pai achava que não deveríamos perder tempo com imóveis que hoje seriam propriedade de leigos. Haveria ali várias usucapiões, posses centenárias, escrituras de décadas, tudo muito difícil de contradizer. Deveríamos concentrar a petição nos imóveis de propriedade da Igreja. No mapa, dentro do meu reino, estavam ilhas pintadas de azul que assinalavam os pedaços de mundo que eu reclamava para mim. Não era tudo, mas não era pouco. Em um anexo, vinha uma relação desses imóveis, com registros.

Decidimos entrar de pronto com a ação, o relatório de genealogia e outros papéis poderiam ser juntados no decorrer do processo. Bárbara e eu fomos com ele ao Fórum, protocolamos a petição e de lá seguimos para o aeroporto. Era uma segunda-feira. Na quarta-feira começava o pesadelo.

Foi na quarta-feira, no ministério, que hesitei em prosseguir pelo corredor quando vi entrando o ministro de Estado e seus assessores. Os passos ressoavam no mármore, todos avançavam de ternos pretos como uma prensa que ameaçava me esmagar contra o elevador. Sua Excelência cumprimentou-me gentilmente e segurou a porta para que eu entrasse. "Precedência dá quem tem", lembrei-me de uma das lições básicas do Itamaraty. Eu não ia tomar o elevador, não planejava subir ou descer a lugar algum, mas a precedência nos tira do rumo e nos joga em caminhos estranhos. No intervalo entre dois andares, disse-me: "Para entrar com ação judicial, você tem de estar no Brasil, se for removido para Seul vai ficar difícil". Olhei-o atônito. "Já não tínhamos conversado?", perguntou enquanto saía do elevador, um cometa pomposo seguido por sua cauda de auxiliares.

Era possível? Podia o ministro saber da ação que eu havia protocolado fazia dois dias? Eu não revelara aquilo a ninguém, meu pai insistia em que eu mantivesse o processo em segredo, até que o juiz nos desse a liminar. Não resisti. Voltei ao meu oráculo, meu velho colega Márcio, que arfava com seus problemas de pulmão. Não falei da ação, jamais mencionara a ele as desventuras do velhíssimo Diogo, porém procurei saber mais sobre nosso ministro. Márcio tudo via, tudo ouvia, tudo lia, tudo sabia.

— O ministro comuna ou o ministro carola?

Ali se havia operado um milagre, contou-me. O ministro tinha sido militante estudantil, participara de um grupo da esquerda armada no final dos anos 1960, sua missão era levar sanduíches aos combatentes. Conseguiu fugir quando o Exército cercou o Congresso da União Nacional dos Estudantes, em 1968, em Ibiúna, e ficara escondido na igreja da cidade por algumas semanas. Dali saíra outro homem. Abandonou o curso de filosofia e se inscreveu no Seminário Pater Ecclesiae, em Mogi das Cruzes, na periferia de São Paulo. Concluído o curso, não se ordenou padre, mas ingressou na carreira diplomática. Seu primeiro posto fora a Santa Sé. Seu posto mais recente, antes de ser nomeado ministro, também tinha sido a Santa Sé. Ali estava a resposta para minha suspeita.

Não foi difícil fechar o círculo: o religioso que acolheu o ministro na paróquia de Ibiúna foi o padre João Carlos Gutierrez. O diretor do seminário, na época do ministro, era o bispo João Carlos Gutierrez. Esse mesmo dom Gutierrez que é hoje o cardeal arcebispo de São Paulo. Foi ele próprio quem me telefonou no final da tarde daquela quarta-feira, convidando "para um café".

Passei a compreender meu antepassado a partir daquele momento. Até então, Estado e Igreja eram palavras grafadas com maiúsculas, sem existência corpórea. Agora, falavam no elevador, faziam convites ao telefone e projetavam sombras enormes sobre a fortuna que me libertaria deles. Estado e Igreja foram cruéis comigo, porém sem violência. No entanto, foram violentos com o jesuíta, e deram a ele bastante tempo para que se alagasse na própria brutalidade. Ou melhor, roubaram tempo dele, já que os anos do calendário não são iguais aos da prisão:

Fiquei prisioneiro na Câmara de Santana de Parnaíba, ali passei a noite. Tinha as mãos horrivelmente inchadas, as veias dos pulsos saltavam violáceas, mal consegui erguer a gamela de angu que me deram tão logo clareou. Pelas paredes de taipa, ouvia as vozes exaltadas, uma ou outra frase em português. Falava-se do escrivão da Real Fazenda. De súbito, a casa esvaziou-se.

Sobreveio um longo silêncio, eu remoía sem cessar: Apoema, cão entre cães, havia tudo contado aos padres espanhóis sobre a morte de Nuno Lopes. Não havia problema, aquilo se resolveria nas próximas horas. A cena voltou-me à mente centenas de vezes, enquanto me certificava de que só o índio e eu estivéramos naquela mata, após o ataque dos Kaingang. Diante do juiz ordinário, seria minha palavra — em português e em latim — contra a daquele selvagem — em nheengatu. Não havia problema.

Naquela manhã, todos tinham pressa. Manoel da Costa do Pino, o juiz ordinário, surgiu ofegante, queria seguir com os demais para acompanhar os acontecimentos em Piratininga, a vila estava em fervura. Nem sequer se sentou. Se eu soubesse que me esperava aquela Excelência, não estaria vestido de cote, teria ao menos me coberto com uma marlota de pano roxo, ou procurado meias de cabrestilho. Recebeu alguns papéis de padre Mansilla, leu-os com impaciência, puxou o tamborete e deteve-se no que lia. Contemplou-me desconfiado e fitou padre Ambrósio, que acabara de chegar.

— O escrivão da Real Fazenda traz graves acusações contra Vossa Mercê, padre Diogo. Sabe do que falo? O governador-geral ordena que se investigue a morte de Nuno Lopes, diz aqui a testemunha que Vossa Mercê foi o único homem que esteve com ele naquele dia.

Pesou-me o coração no peito, respirei fundo para combater a fraqueza que amolecia meus ombros. A dor nos braços só fazia aumentar, não contive um gemido ao movê-los. Era o que eu temia. Não havia problema.

— Todos sabem, excelente dom Pino, que a coluna foi atacada pelos Kaingang. A fé e a Graça de Deus livraram-me da morte, mas dom Nuno não foi poupado. Muito me estranha que se diga agora, passados nove meses, que foi minha a mão que tirou a vida de um cristão.

— Sabemos todos, padre, mas... Não compreendo bem. A testemunha é Vossa Mercê, padre Mansilla?

— *No, señor juez ordinario, el testigo fue del indio de padre Diogo, que ha visto el crimen. Apoema es su nombre, acá está. A mi me tocó traer los papeles. Pero si usted me pregunta, contesto que sí, acá está el hombre que ha matado a Nuno Lopes. Lo reconozco alli.*

Padre Mansilla mostrou-me com um gesto de cabeça, era a mim que reconhecia. Apoema levantou-se. Aquela foi a última vez que vi meu índio, apontava-me um dedo acusador. Manoel Pino lançou os punhos cerrados ao alto, com um grande suspiro.

274

— Senhores, senhores, algo de bastante grave nos espera em Piratininga. Como posso julgar um homem-bom com o testemunho de um pagão? Os negros da terra vão nos condenar nas Cortes do Reino? Vamos tirar-lhes as penas, dar mantos de seda aos índios e deixá-los decidir quem somos? Por favor! Por favor! Por quem sois!

O juiz ordinário levantou-se para enrolar os papéis, seu cavalo aguardava à porta da Câmara, com ele aprontaram-se dois vereadores e os demais homens-bons. Padre Ambrósio precipitou-se para Manoel Pino, sua sotaina cobriu o distintivo da vara vermelha que o magistrado trazia ao peito, e sussurrou-lhe algo. Afastou-se. Manoel Pino parecia não concordar.

— Não se podem resumir desinquietações, não é homem prejudicial, não tem fama de facinoroso.

Padre Ambrósio tornou a segredar no ouvido do juiz ordinário. Manoel Pino fixou-me então um olhar terrível, ali havia a condenação de mil réus, e sentou-se sem desenrolar os papéis. *Iustitia nunquam nocet cuiquam.* Não tirava os olhos de mim, enojado. Pediu que trouxessem o *Horas de Rezar* e ordenou que eu prestasse juramento sobre o livro santo, estendendo a mão direita. Não consegui mover os membros doloridos, não encontrei forças para erguer o braço.

> "A justiça nunca faz mal a ninguém." (Marcus Tullius Cicero, *De finibus bonorum et malorum*, Livro I, capítulo 16, parágrafo 50)

— Assim tudo muda de figura. Não queremos sangue infecto na nossa vila, porém nada posso fazer. Fosse uma peça da terra, um tapanhuno, um bastardo, eu o enforcaria aqui à frente da Câmara e iríamos todos para Piratininga.

Não voltei a encontrar padre Ambrósio depois daquele dia. Muito respeitoso, pediu ao juiz ordinário que ao menos mandasse me darem chibatadas, para que servisse de exemplo. Dom Pino recusou-se a fazê-lo:

— É homem-bom. Vou despachá-lo para São Vicente, dele cuidará o capitão-mor. Não é caso para mim, caberá à Relação proferir tenção. Tirem daqui essa ignomínia. Imediatamente!

Fui colocado sobre a mula como um fardo de trigo e conduzido com o grande número de índios que iam para São Paulo dos Campos. Atravessamos o Ajapi, acompanhamos o rio Jeribatiba para alcançar o forte de Emboaçava e dali subimos a Piratininga, para que as montarias não atolassem nos tremembés. Chegamos ao anoitecer. Eu estava exausto, depois daquelas sete léguas por caminhos fragosos, temi desmaiar assim que adentramos o termo da vila.

Logo na primeira quadrilha, percebi que aquela não era a povoação vazia que eu conhecia. Havia luz através das rótulas mouriscas, vultos se moviam agitados nos balcões e nas varandas das casas brancas. Até as camarinhas, sempre tão desertas, estavam iluminadas. Já na porta travessa de Nossa Senhora do Carmo, as mulas empacaram, tamanha a multidão. O grupo deu a volta pelo convento e estacou outra vez defronte da Matriz; o adro da igreja de taipa vomitava o povaréu furioso. Passada a Igreja da Misericórdia, seguimos pela rua Direita que vai para São Francisco, rumo ao pelourinho. Era muita gente, mal se viam as testadas das moradias.

Fui apeado no terreiro ao lado da Casa da Câmara e arrastado para a cadeia, onde se recolhiam cavalos e cabras. Também ali os alpendres estavam ocupados por dezenas de botas coléricas, eu escutava os passos no tabuado acima. Poderia escapar, se quisesse, a cadeia estava em ruínas, com frestas largas e rótulas soltas por toda parte. Escapar para onde?

Começou uma gritaria diante da Câmara, entornou pelas ruas, contudo eu a escutava como se estivesse dentro de minha cabeça. A assuada tornava-se violenta, gritavam "Viva El-Rey, morra Barros!". Senti um grande alívio. Era o povo selvagem, rude e altivo de Piratininga reafirmando a distância que guardavam do capitão-mor em São Vicente, do governador-geral em Salvador, dos tribunais em Lisboa e mesmo d'El-Rey em Madri. Quis gritar com eles, no entanto doía-me tudo. Ouvi o retesar dos arcos e o impacto das flechas contra portas e janelas. Francisco da Costa Barros devia estar agachado detrás de uma arca, apavorado com a fúria dos moradores de São Paulo dos Campos. Que se fosse, rápido, o escrivão da Real Fazenda, para que se resolvesse minha situação e me devolvessem ao lençol de algodão grosso de Bárbara.

Um calafrio percorreu-me inteiro, abriu-se como uma fenda gelada no chão e nela escorreguei. Não havia visto Bárbara. Quando voltou do roseiral, teriam contado a ela que fui atacado na varanda? Não preguei olho, atento aos ruídos da rua, com o crânio latejando e a língua grossa de sede. Ela devia estar acordada, aflita, sem entender o acontecido. Teriam dito a ela que tentei salvar Nuno Lopes dos Kaingang, mas eles o mataram igual a um guará ferido?

Começaram piados distantes, a luz filtrou pelas rachaduras na taipa e me tiraram do meio do estrume. Pedi água e comida, ninguém falava comigo. Fui colocado novamente no lombo da mula e ali fiquei desdenhado, esperando, na chuva fina. Vieram Francisco da Costa Barros, três brancos, quatro índios, e a tropa partiu. Respirei aliviado, aquilo tudo ia acabar. Prendi a respiração: não era o caminho de Santana de Parnaíba, tomamos a trilha para São Vicente. Era o dia de Santa Joana d'Arc, minha penitência iria começar.

Na realidade, foram várias penitências. O que é um homem perante o Estado? Códigos e Ordenações são muralhas, Cortes viram catedrais, autoridades se transformam em gigantes, palavras soam quais trombetas. Quem é um homem perante o Estado? Na última descida da serra, iniciei minha existência de cisco na mesa empoeirada do poder. O tempo se dividiu, minhas horas, minhas semanas e meus anos caíram em um desvão sem importância. Dez anos no meu calendário correspondiam a dez minutos no relógio das autoridades.

Os padres espanhóis falavam a língua do bilreiro e meu índio era o que eles mais prezavam no Novo Mundo: a fagulha pura do Criador, massacrada pelos sam paulistas. Se pudessem, abandonariam suas sotainas para se converterem em Apoemas. Tudo o que aquele cão lhes contara em língua brasílica virou um relato em castelhano na boca dos jesuítas e cristalizara em português na ordem de investigação assinada pelo governador-geral. O Estado é a verdade e a verdade era Apoema. O que pode um homem perante a verdade do Estado? *Imperare sibi maximum imperium est.* Foi assim que algumas palavras e umas tiras de pergaminho colocaram-me, dolorido, sobre aquela mula descendo a serra.

> "O governo de si mesmo é o governo mais importante." (Lucius Annaeus Seneca, *Epistulae morales*, Livro XIX, epístola 4 [113], parágrafo 24)

Já se sabia em São Vicente da humilhação a que fora submetido o escrivão da Real Fazenda. Até o capitão-mor, Pedro da Mota Leite, viera esperar Francisco da Costa Barros na entrada da vila para conduzi-lo à Câmara. Nos dias que se sucederam, muito tiveram a tratar, pouco se ocuparam de mim. Debruçados sobre assuntos de Estado, mal examinaram aqueles poucos papéis que gravavam a infâmia de Apoema e a solícita cumplicidade dos jesuítas espanhóis. A audiência com o capitão-mor durou poucos minutos. Eu era um homem-bom, é fato, contudo a acusação era grave e podia afetar também a Companhia de Jesus, por isso seria despachada ao ouvidor-geral, em Salvador. Eu quis balbuciar uma pergunta sobre minha acusação, porém o Estado tratava de assuntos distantes e elevados, Pedro Leite não me ouvia. Voltei à prisão da Câmara.

Na descida da serra, houve um momento em que minha mula patinou e quase me precipitou em uma greta de rocha. Melhor seria cair naquele abismo. Morri para Bárbara, mas ela viverá comigo até nosso reencontro no Brasil. Eu já não mais era, meu derradeiro suspiro tinha sido na varanda do sítio, quando ela entrou para apanhar seu bordado e da cozinha veio o aroma doce do beiju. Não viria visitar-me, talvez nem soubesse que eu ali estava. Pelo tempo que me mantivessem em São Vicente, Bárbara não poderia descer a serra para me ver, a barriga não a deixava montar.

Os padres espanhóis regressaram ao Guairá. Não conseguiram o que buscavam, malditos sejam, que agonizem com seus índios imundos. Apoema, cão entre cães, que sofra todas as febres para definhar leproso no fundo da mata, abraçado com o caapora e o Anhangá, esquecido de Nosso Senhor Jesus Cristo. Quanto a este, *culpa fontis est, si unda turbida.* "Se a água está turva, a culpa é da fonte." (provérbio latino)

A qualquer instante me empurrariam dali para um porão e eu seguiria no curso de Salvador. Ao final da tarde, um fio de luz projetava um triângulo dourado na parede encardida, e eu pensava que Bárbara talvez pudesse descer a serra em uma rede de abrolhos, carregada por quatro nativos fortes. Sem solavancos, conseguiria trazer-me seu ventre inchado. Ao escurecer, esse pensamento me machucava, Bárbara não poderia fazer a viagem. Como desfilar por Santana de Parnaíba, Piratininga e São Vicente, pejada de cinco meses de um marido morto havia nove meses? Não veio, nunca mais vi meu único amor. No amanhecer, eu me acalmava. Nada havia contra mim, unicamente a palavra de um cão da terra. Aquilo terminaria em Salvador, eu seria inocentado e recorreria à amizade de frei Mendes Costa, de uma das melhores famílias do Reino, para ficar no Brasil. Bárbara viria a Salvador, aquilo tudo terminaria em Salvador.

Não foi assim que aconteceu, nada terminou em Salvador. Ainda escuro, fui retirado da cela e levado a pé, com pus e escarro, atrás da tropa que rumou para o Enguaguaçu. Amarraram-me a um dos mastros da sumaca enquanto carregavam o barco. Fizemos vela, não havia índios fortes descendo a parede da serra carregando uma rede de abrolhos. O cais estava deserto, desabitado dos gritos de marinheiros, mal se ouviam as ondas suaves. A vila de São Vicente era bege, cor de palha. O bege mergulhou no verde, o paredão virou uma linha e para sempre deixei São Vicente, quatro anos, uma morte, uma mulher e um filho.

Passados tantos anos daquela viagem, lembro-me sobretudo do cheiro muito forte da maresia. Logo estava em Salvador. Desesperei-me ao desembarcar, não conseguia contar os dias desde que me abateram na varanda do sítio.

As janelas eram estreitas e altas na prisão do antigo edifício do Tribunal da Relação, porém da cela se escutava tudo o que acontecia na rua. Foi o que me impediu de enlouquecer. Fui preso a grossas argolas, chumbadas na parede de pedra onde escorria um fio d'água. Outros condenados iam e vinham, acorrentavam-nos voltados para direções diferentes. Trocávamos frases curtas, porque os homens conversam se olhando. Os que sofrem podem nem sequer falar — desde que continuem se olhando. Pelas janelas eu escutava os sons das procissões e dessa maneira sabia a data do calendário.

Fiquei atado por quarenta dias, comendo com uma única mão aquilo que era colocado na gamela à minha frente. Uma manhã, para meu espanto, o carcereiro livrou-me os pulsos, fiquei só com um comprido grilhão em um dos tornozelos. Na festa de São Lourenço

Mártir, dei-me conta de que estava lá fazia já um ano. Veio outra festa de São Lourenço e ninguém me dizia o que eu aguardava na masmorra. Isso não me incomodava, afligia-me não ter notícias de Bárbara. Foi quando tive uma fresta de esperança.

Levaram-me para uma cela menor, bem limpa, em que António esperava sentado a uma mesa. Vi no semblante do meu amigo como minha aparência devia estar horrível; António mal conteve a ânsia de examinar os andrajos me cobrindo, a barba crescida disfarçando o rosto encovado, a pele macilenta dos meus braços ossudos, os pés cobertos de picadas de insetos. Abraçou-me longamente, suspirando "Meu irmão, meu irmão". Parecia que nos tínhamos visto fazia poucas semanas, entretanto quase sete anos haviam-se passado. Trazia duas notícias.

Primeiro, tirou do hábito uma carta de Bárbara. Foi um frêmito, apertei os joelhos e só pude murmurar "Ai, Deus meu!". Era uma carta de apenas duas folhas, endereçada não a mim, mas a António. Dizia que não conhecia o meu paradeiro, o que muito a entristecia. Achei pouco, gostaria que tivesse escrito que minha ausência a martirizava. Pedia a António que procurasse saber do meu destino. Caso ele me encontrasse, continuava a letra miúda, que comunicasse o nascimento de Emanuel e o seu casamento com Joaquim Matias Coelho, do sítio Cariaçu. Juntos, os dois sítios se aproximavam da Miranda do Corvo, na fronteira com Sant'Anna das Cruzes. Emanuel herdaria tudo aquilo. Informava António de que Apoema tinha regressado e estava agora sob a administração dela no sítio, onde era bastante útil. Ao final, "pelo que foi dito e feito, peço a Vossa Mercê que conte a padre Diogo que Emanuel foi batizado e assentado como deve ser e que diga a ele para não falecer, e sim receber estas novas que lhe hão de dar ânimo".

Cabisbaixo, voltei a ser Diogo, da serra da Estrela. Solucei alto, gemendo uma saliva grossa que se misturou às lágrimas. Balançava a cabeça, no entanto a dor ficava ali, grudada nas barbas, entrando pelas narinas, apertando a garganta e o peito. Entendia o casamento de

Bárbara com um Joaquim Matias Coelho tão mais velho. Revelei tudo a António. Meus quatro anos no planalto saíram aos borbotões, misturando poeira com cobras e com beijos ocultos por paredes de taipa. Ele me olhava, absorto. Creio que entendeu. Minha mulher havia batizado nosso filho "como deve ser". Era nosso filho, nosso Emanuel, que eu correria a estreitar junto ao coração assim que ambos chegassem a Salvador. Algum dia.

Não haveria esse algum dia, era a segunda notícia de António. Antes, lembrou de que seu pai, Cristóvão, tinha sido funcionário da Inquisição e que a família se mudara para Salvador fazia vinte anos justamente porque ele fora nomeado escrivão no Tribunal da Relação. Pelos contatos do pai, soube que o ouvidor-geral pensava em condenar-me a uma pena de degredo. Porém, por se tratar de um caso de pessoa de qualidade, sua alçada estava limitada a penas de até cinco anos. Mau sinal, suspirou abatido, isso indicava que seria uma pena mais longa. Bem mais longa.

Explicou-me devagar, escandindo as sílabas para ter certeza de que eu o entenderia: o Tribunal da Relação declarava-me inocente, contudo — apressou-se a completar — havia novas evidências. A situação era complicada porque o crime era grave, ainda que as provas fossem frágeis. Por isso, o conde de Miranda tinha encaminhado o processo ao Tribunal da Relação, em Portugal, daí os meses de trâmite, a maior parte deles perdidos em navios cruzando o Atlântico. As causas cíveis gozavam de precedência, as causas penais tomavam anos. António viera visitar-me pela carta de Bárbara e para me alertar de que ouvira algo sobre eu ser levado ao Reino. Eram muitos tribunais e autoridades. A cada nome daqueles, eu via erguer-se um Adamastor à frente, um Pantagruel devorador de pergaminhos, um Gargântua alimentado a processos.

— Faz todo o sentido, António! Não vês? Não é porque sou de qualidade que me levam a Lisboa, é pelas mãos de frei Mendes Costa! Ai, que Deus proteja aquele santo homem! Não vês, António?

Uma das melhores famílias de Portugal, frei Mendes Costa tem os ouvidos d'El-Rey...

Eu não havia sorrido em três anos. Espantei-me com minha alegria. O cenário não podia ser melhor. Seria absolvido na velha capital, visitaria minha família na serra, de quem não tinha carta fazia tempo, e voltaria ao Brasil. Joaquim Matias Coelho não iria permanecer entre nós, já beirava os sessenta anos. Poderia casar-me com minha mulher e levá-la a Pinhel, ali ninguém saberia da história dos Kaingang e dos anos acorrentado. Na minha euforia, perguntei a António se a vida o havia tratado bem desde que nos separamos. *Gaudere cum gaudentibus, flere cum flentibus.* Contou da mudança para Olinda, que viera percorrendo as aldeias in-

"Alegrai-vos com os que se alegram, chorai com os que choram." (Epístola aos Romanos, capítulo 12, versículo 15, na Vulgata)

dígenas no caminho para Salvador. Seus olhos brilharam ao falar dos índios e brilharam mais quando contou que na véspera tinha pregado seu primeiro sermão público, sobre a Quarta Dominga da Quaresma, na Igreja de Nossa Senhora da Conceição da Praia. Na Matriz que tanto visitamos juntos. Seria ordenado padre no ano seguinte, se tudo corresse bem.

— Não são só os índios que nos cabe proteger sob o manto da Igreja. Nossa fé será universal se outros irmãos vierem juntar-se a nós, iguais na ceia do Senhor. Falo dos cristãos-novos, Diogo.

Observou-me por longos segundos, talvez esperando que eu respondesse algo, mas minha felicidade havia afogado as palavras e as ideias.

— Não há cristãos-novos, Diogo, há apenas cristãos. Como eu. Como tu, meu irmão.

Voltou a fitar-me atento e pareceu decepcionado por não ter resposta. Retirou um tesouro da sotaina: uma folha de pergaminho e pedaços de carvão com que eu pudesse escrever a Bárbara. Abraçou-me com força e repetiu o que dissera havia sete anos: "Meu irmão, meu irmão!". Prometeu retornar em uma semana para buscar a carta que eu escreveria à minha mulher. Beijamo-nos na face e António partiu. Eu teria êxito, porque alcanço tudo o que quero. Conseguiria dizer a Bárbara que estava vivo e iria recuperar minha liberdade. Aquilo era tudo, eu tudo iria conseguir, bastava esperar.

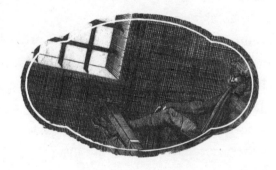

16 DAS RÃS E DOS REIS

"Credite, mihi: assem habeas, assem valeas; habes, habeberis. Sic amicus vester, qui fuit rana, nunc est rex." (**Gaius Petronius Arbiter,** *Satyricon,* **capítulo 77, parágrafo 6**)

Crede-me: valemos pelo que possuímos. Mais possuís, mais sereis considerados. Tomai o caso do vosso amigo, que era uma rã, agora virou rei. (Caio Petrônio, *Satyricon*)

Cheguei na hora marcada para o café com o cardeal arcebispo de São Paulo, que deve ter seus setenta anos, mas passaria facilmente por um homem de cinquenta. Eu já tinha visto dom Gutierrez em fotos e na televisão, sempre mais alto do que as pessoas à sua volta. Isto é, eu não esperava um velhinho alquebrado, de mitra e báculo, a me olhar com dificuldade por trás de óculos redondos. Também não esperava que entrasse na sala aquele homem ereto, espadaúdo, sorridente, que me cumprimentou com vivacidade ao apontar um lugar ao seu lado no sofá. Não tinha rugas no rosto bronzeado, parecia um velho galã retornando de férias em Ibiza.

— Quer café com ou sem hóstia?

Não tive como não rir da piada, a presença leve de Sua Eminência enchia a sala de simpatia. Aproximou de mim um prato com suspiros, o primeiro deles derreteu sob minha língua, deliciosa baunilha com canela.

— Meu caro, obrigado por ter vindo. Eu não o chamei aqui para criticá-lo. Agradeço muitíssimo sua gentileza, chamei-o para melhor explicar a situação. Você chegará às suas próprias conclusões depois de ouvir o que tenho a revelar.

Nas mãos largas, de dedos longos, estava um anel que eu talvez devesse ter beijado. Cruzou as pernas com elegância, apontou-me cavalheiresco o pratinho de suspiros e perguntou de quanto tempo eu dispunha.

— Todo o tempo do mundo, Eminência, não se preocupe.

— Como vai o Dado? Quase não nos vemos. Soube que teve uma queda.

Era verdade, o ministro de Estado havia caído do cavalo nas férias, contudo nada grave. Andara enfaixado por duas semanas, mas não tivera sequelas.

— Ah, que ótimo! Então, deixe-me ver por onde começo. Talvez pela gripe espanhola.

A gripe espanhola de 1918. Contou que imigrantes se instalaram em Santana de Parnaíba após seu desembarque e ali inocularam o vírus. A peste europeia fez dezenas de mortos. De fato, centenas, porque houve os que abandonaram a cidade para morrer em outras partes. O pequeno cemitério da Igreja Matriz se encheu de tumbas, logo não havia mais espaço para os corpos que o vírus entregava todos os dias. Naquela ocasião, a diocese decidiu exumar antigos restos mortais e reaproveitar o espaço nos túmulos. Porém, surgiu uma dificuldade.

— A Igreja, meu caro, não é apenas universal, ela é eterna. As promessas da Igreja, feitas há quatrocentos anos, serão mantidas até o final dos tempos.

A dificuldade era o grande número de jazigos perpétuos. Boa parte das tumbas de Santana de Parnaíba fora reservada a famílias em troca de doações, com a promessa de missas e com a certeza de que os mortos reconheceriam sua vila quando se levantassem dos túmulos ao soar das trombetas do Juízo Final.

Naquele ano de 1918, a diocese fez um levantamento minucioso dos testamentos de cada um dos mortos e identificou as tumbas prometidas como jazigos perpétuos. Aquelas não foram tocadas, as demais foram reaproveitadas. Porém, ali apareceram algumas questões. Titubeou ao escolher a palavra "questões". Achei que diria "problemas". Encheu nova xícara de café, ofereceu-me com modos de fidalgo e retomou o relato, cauteloso.

— Isso aconteceu em outras cidades, cada diocese tem seus próprios casos. Ou seja, alguns desses testamentos tinham outras promessas, com implicações mais amplas, que criavam vácuos jurídicos.

— Sim, imagino. Li o testamento de minha tetravó. Há várias promessas ali.

— Sim, há várias promessas ali. Todas respeitadas.

— "Os direitos adquiridos, e bem assim os privilégios até ao presente concedidos pela Sé Apostólica a pessoas, quer físicas quer jurídicas, que estão em uso e não foram revogados, continuam inalterados, a menos que sejam expressamente revogados pelos cânones deste Código."

O arcebispo sorriu, deliciado. Reconheceu de imediato o cânone 4.

— Vejo que fez sua lição de casa.

— Fiz em parte. Algumas coisas não compreendo. Encontrei uma referência ao cânone 1514 com os documentos de minha tetravó. Não faz sentido. Fala em controvérsia, novo decreto, ressarcimento. Creio que quem me deve ressarcimento é a Igreja.

Eu entrara no assunto, afinal. O arcebispo curvou-se sobre o sofá, esticou o ombro atlético para alcançar um livro sobre sua mesa e voltou a sentar-se. Folheou e leu em voz alta:

— "*Voluntates fidelium facultates suas in pias causas donantium vel relinquentium, sive per actum inter vivos, sive per actum mortis causa, diligentissime impleantur etiam circa modum administrationis et erogationis bonorum.*" Eu sei que você conhece o latim, creio que entendeu, não?

Repetiu a leitura lentamente, à medida que eu traduzia:

— "A vontade dos fiéis que deixam seus bens, por doação ou por testamento, para instituições consagradas deve ser executada da maneira mais fiel possível, também no que se refere à maneira desejada pelo doador para administração e uso desses bens."

— Muito bem.

— Mas o que é isso?

— Cânone 1514.

— Não é aquele da controvérsia, novo decreto?

— Não o de 1917. Esse que você conhece é do novo Código Canônico, de 1983. Falamos aqui do Código Pio-Beneditino. Anterior, de 1917.

— Com isso o senhor só reforça os argumentos da minha ação contra a Arquidiocese...

— E seus argumentos estão corretos! Há vários outros dispositivos canônicos que apoiam sua tese.

Um suspiro derreteu em minha mão, achei que não devia lamber os dedos diante de Sua Eminência, muito menos limpá-los no sofá. Apertei-os e mantive a palma fechada, as unhas grudando, intrigado com o que me dizia o cardeal arcebispo. Ele continuava:

— Por exemplo, alguém pode argumentar que a doação de sua tetravó não foi à Igreja, mas sim à Inquisição. Nesse caso você recorre ao cânone 7.

Voltou a folhear o livro.

— "Os nomes Sé Apostólica e Santa Sé no Código significam não só o Romano Pontífice, mas também, se a natureza do assunto ou o contexto dos cânones não indicarem outra coisa, as Congregações, Tribunais e Ofícios de que o papa costuma servir-se para expedir os negócios da Igreja universal." Não é perfeito? Fala de Ofícios, portanto do Santo Ofício.

— É verdade, vou juntar à minha ação...

— Isso. Daí alguém vai argumentar que o Santo Ofício não mais existe e, portanto, a doação de sua tetravó perdeu-se nas brumas dos séculos. É quando você alega o cânone 1501.

Folheou o livro sem pressa.

— *"Exstincta persona morali ecclesiastica, eius bona fiunt personae moralis ecclesiasticae immediate superioris, salvis semper fundatorum seu oblatorum voluntatibus, iuribus legitime quaesitis atque legibus peculiaribus quibus exstincta persona moralis regebatur"*.

Pedi a ele que repetisse e fui traduzindo frase a frase:

— "Se uma pessoa legal deixa de existir, seus bens devem passar a pertencer à pessoa legal imediatamente superior, salvaguardando-se sempre a vontade e as intenções dos fundadores e benfeitores, os direitos legalmente adquiridos e as leis especiais que governam as pessoas extintas."

Ele guardou o livro, sentou-se na poltrona à minha frente e apoiou os braços bem abertos. Lembrou-me um jogador de futebol cansado.

— Mas com isso Vossa Eminência aumenta ainda mais minhas chances de ganhar a ação contra a Arquidiocese.

— Meu caro, não há como você ganhar a ação. Não quero entristecê-lo, imagino sua expectativa, porém não existe essa possibilidade.

— O senhor acha que a Virgem Maria vai depor contra mim?

Arrependi-me de ter dito aquela grosseria. Foi um espasmo, algo como um pensamento meu para mim mesmo que escorregou pela garganta e vazou pelas cordas vocais. Arrumei-me no sofá para me desculpar, entretanto dom Gutierrez sorria.

— Não foi o que Ela me cochichou... Entre todos os seus argumentos, esse é o mais fraco. Talvez você nem devesse tê-lo incluído na petição. Ah, eis que chega nosso padre Mutti!

O chanceler estava mudado. Aquele rosto crispado que me mandara esperar "até o Juízo Final" era agora um semblante quase angelical, que refletia na sua baixa hierarquia a luz emanada do cardeal arcebispo. Beijou o anel de dom Gutierrez com respeito e apertou-me a mão, avançando incontinenti no prato de suspiros. Deixou uma pasta sobre a mesa e reclinou-se na poltrona.

— Ninguém melhor do que o padre Mutti para nos contar sobre essas doações a santos.

— Ah, Vossa Eminência quer cópia da petição?

— Não, não, padre. Conte-nos apenas sobre esses casos de doações a santos.

Eram vários os casos, foi algo corriqueiro até meados do século XX, começou padre Mutti. Foram muitas as ações de pessoas contra a Mitra Diocesana com a alegação de que a Igreja não teria procuração para representar os interesses dos santos. O argumento era sempre idêntico àquele que constava da minha ação, prosseguiu: "Ninguém poderá pleitear, em nome próprio, direito alheio, salvo quando autorizado por lei". Os santos não têm personalidade jurídica, alegam os autores dessas ações. Outros argumentam que a transferência da propriedade não se fez na forma prescrita pela lei, acrescentou. Porém — apanhou alguns suspiros — era matéria pacificada no Superior Tribunal de Justiça. "Nas declarações de vontade se atenderá mais à intenção nelas consubstanciada do que ao sentido literal da linguagem", é o que diz o Código Civil, recitou de cor. As decisões do Tribunal presumem que a doação a um santo é doação à Igreja, concluiu o padre Mutti. Creio que viu a incredulidade na minha fisionomia, enquanto tentava desgrudar os dedos melados de suspiro derretido.

— Posso mandar algum caso recente para seu e-mail, se houver interesse. Por exemplo, a doação de terras para São Sebastião, feita em Paracatu em 1930, que foi julgada há duas semanas.

Não me importei, não era aquele o argumento central da minha petição. Ou melhor, incomodou-me o preparo do padre Mutti. Decerto havia estudado o processo e estava muito bem orientado por advogados. Afundado na poltrona, saboreando suspiros, padre Mutti parecia alheio ao desenlace de uma ação contra a Arquidiocese que sabia natimorta. Achei melhor acusar o golpe para adiantar aquela conversa amarrada.

— Interessante, nunca tinha ouvido falar disso. Imagino que a Arquidiocese vá recorrer da decisão se eu ganhar em primeira instância. Se for esse o caso, talvez seja melhor concentrar o recurso na questão principal, a do perdão que a Inquisição negou a meu tetravô.

Pensei na Inquisição por uns segundos. O carrasco amarrava o herege a um poste, tocava fogo à pilha de lenha, esperava que o cheiro de cabelo tisnado virasse cheiro de churrasco, e só então ia para casa. Desculpava-se com a esposa pelo atraso e mastigava uma fatia de queijo da serra da Estrela com um naco de fiambre de Trás-os-Montes, regados pelo vinho do Dão em uma caneca de estanho. Comentavam o calor, as dívidas, as febres e iam dormir. Com essa indiferença de carrasco, o padre Mutti estendeu-me uma pasta e, com ela, matou meu sonho.

— Ele foi perdoado. É o que apresentaremos ao Tribunal.

Naquele pergaminho tão bem conservado estava um selo de autenticidade, certificado pela doutora Nina Araújo. A mesma "amiga da Aurorinha" que me havia ajudado no Museu do Ipiranga ajudava agora a Arquidiocese a se livrar de um incômodo. Ironia do destino, quem assinava o édito era o bispo da região natal do jesuíta Diogo, dom Francisco de Castro, bispo da Guarda, inquisidor-geral naquele ano de 1645. Perdoava o "irmaõ Dyogo" de "crises de fé", revogava a excomunhão e pedia que abjurasse a heresia para comutar a pena de degredo perpétuo em costa d'África em desterro para o Brasil. As muitas referências a clemência, misericórdia e contrição eram, na verdade, sinônimas de agradecimento do Santo Ofício pela generosa doação de Bárbara Manuela — a quem o édito não fazia menção.

Havia mais e havia pior. Com o documento vinha uma carta, igualmente certificada pela doutora Nina. Nela, Jerónimo Dias Coelho, capitão da nau *Santa Cruz*, relatava ao inquisidor-geral que no porto de nome Hogbonou ou Adjacê havia tentado entregar a Diogo Vaz de Aguiar o édito de perdão. Meu velhíssimo avô tentara rasgar o decreto, no que fora impedido por Dias Coelho, e teria dito: "Aqui não há Deus nem santos, por que haveria papa e El-Rey?". Censurado pela heresia, Diogo teria respondido: "Nesta terra sou Deus e não perdoo nem à Inquisição nem a Portugal". O capitão Dias Coelho encerrava a carta sublinhando que aquelas foram palavras de Diogo Vaz de Aguiar, não dele, que era filho leal da Igreja e súdito devotado da Coroa.

Quando me dei conta, chupava os dedos melados de suspiro. Como fizera o bispo da Guarda há quase quatrocentos anos, o cardeal arcebispo de São Paulo demonstrou clemência. Falou ao telefone por alguns minutos, dando-me tempo para engolir a novidade, enquanto o padre Mutti organizava papéis na sua pastinha. Ao sentar-se, dom Gutierrez teve a gentileza de não enunciar o óbvio, ou seja, que se o herético Diogo tinha sido perdoado, então minha ação não teria chance de prosperar.

Talvez os verdugos modernos não sujem as mãos nem sintam o cheiro de carne queimada, mas a indiferença diante da morte é a mesma. O carrasco que injeta uma substância letal ou que aperta o interruptor de uma cadeira elétrica também retorna à casa, assiste à televisão com a família e logo vai dormir preocupado com o conserto de seu carro. Antes de retomar sua vida, o padre Mutti deu-me a injeção fatal e ligou a corrente elétrica.

— E o senhor nem sequer é descendente do padre Diogo de que trata sua petição.

Fui atropelado pela humilhação mais requintada. Dissimulando minha contrariedade, lembrei-me de como meu antepassado também havia sido espezinhado por bispos e cardeais, a ponto de se transformar em quem nunca quis ser. Não aconteceria comigo o que se passou com o jesuíta. Perderia a ação contra a Arquidiocese, contudo não corria o risco de perder a vida:

Dobrei a folha de pergaminho dada por António e voltei à minha cela, porém não conseguia pensar em Bárbara. Com raiva, só me vinha Apoema à mente. Não sentia ódio a ele, mas sim ao bilreiro ocupar minha atenção naquele momento precioso, em que eu tinha em mãos um velino de qualidade e carvão para escrever à minha mulher. Era uma nuvem de pernilongos que não se afastava. Apoema tinha regressado ao sítio. O que pretendia o filho do pajé? Sua acusação contra mim caíra em uma vala porque não fora batizado. Era isso que buscava, um batismo tardio que o transformasse em ser humano? Melhor seria se padre Ambrósio batizasse uma cascavel, não cabia em Apoema o *Abrenuntio ergo Satanae et omnibus operibus eius et omnibus pompis eius.*

"Renuncio a Satanás, a todas as suas obras e a todas as suas pompas", fórmula litúrgica do sacramento do batismo, na Igreja Católica.

Ao amanhecer, no silêncio, sentei-me com o pergaminho aberto ao colo e escrevi minha única carta a Bárbara. Dobrei a folha e enterrei-a em uma fresta seca da parede, em que aguardaria o retorno de António.

"Minha senhora e senhora de minha vida,
Procuro tuas tranças negras em cada letra da carta que enviaste a António. Há quase três anos estou nesta masmorra. Na aurora, um feixe de luz passa pela pequena janela e clareia um nó da viga de jacarandá. É quando me lembro da manhã em que vi teu pescoço pela primeira vez, escapando do vestido de damasquilho verde. Ao meio-dia, o feixe alumbra uma rachadura no muro e lembro-me dos perfumes do teu corpo, do flautar da tua voz. Antes de escurecer, uma última

nesga de brilho acerta a coluna de pedra e lembro-me então dos teus dedos enlaçados aos meus, no despertar. Um dia esta cela úmida será destruída, mas a claridade continuará a varrer as ruínas, como meu carinho por ti continuará a iluminar nossa história muito depois de termos desaparecido.

Nosso amor está em Emanuel. Ele se parece contigo? Quero vê-lo crescer a nossos pés. Deus, que o abençoou no batismo, esteja com ele em cada instante de sua existência e nos mantenha sempre próximos dele. Hei de vê-lo homem feito.

Meu sofrimento está por terminar. Disse-me António que me vão julgar na Relação de Lisboa. Não tenho crime em mim, se minhas mãos erraram não foi por meu comando, cabendo só a Nosso Senhor decidir se carrego alguma falta. Não há testemunho contra mim, tampouco há provas, porque não há delito.

Tenho apenas esta roupa de estamenha puída e as alpercatas rotas. Se mais tivesse, tudo daria para deitar a teu lado entre as raízes do jatobá. Se tudo desse para estar contigo, seria pouco. Já te entreguei cada minuto do meu pensar, nada resta.

Assim que for libertado, irei a Pinhel receber o que é meu por direito. Vou doar minha herança a Nossa Senhora da Boa Morte em agradecimento pelo perdão que receberei. A Igreja tem-se compadecido dos filhos que colocam suas posses aos pés do Trono de Pedro. Com parte dessa herança, voltarei a Santana de Parnaíba para buscá-la e ao nosso filho. Em um canto do Reino vamos acalentar nosso amor por Emanuel. Em uma aldeia de Portugal, plantarei semente do nosso jatobá.

Esquece aquilo por que passamos, os dias à nossa frente contam-se aos milhares e cada um desses dias vale por muitos anos. Neles repousa a nossa vida, luminosa e leve.

Vigia a trilha do bosque, minha senhora querida, quando menos esperares eu subirei por ela. Sopro neste pergaminho, aqui vai meu espírito.

D."

Mal terminei a carta, trouxeram-me calção de estopa e um largo ferragoulo de picotilho grosseiro. O carcereiro cortou meus cabelos e aparou minha barba descuidadamente, sem disfarçar a repulsa pelos fios oleosos habitados por piolhos. Abriu-me a boca e, com um único repelão, puxou um dente podre que balançava na gengiva inchada. Nada disse ao fazer aquilo, mas não tive medo, não se cuida de um prisioneiro para enforcá-lo. Sufoquei a ideia que vinha crescendo, como uma ânsia morna: preparavam-me para ser libertado, a sentença saíra enfim.

Acorrentaram-me os pulsos, fui empurrado aos trancos por escuros corredores de pedra e cal à presença do ouvidor-geral. Era um homem ocupado, seria breve. O Tribunal da Relação não aceitara a denúncia por ausência de elementos para me julgar pelo homicídio de Nuno Lopes, já que a única testemunha era um negro da terra. Contudo, havia novas evidências que levaram a Coroa a interpor agravos à Casa de Suplicação. Por essa razão eu seria julgado em Lisboa, ali seria proferida a tenção. Um alferes me reuniu com outros dois presos, juntos fomos lançados em um carro de boi e embarcados no porão da nau *Christo-Rey*. António nunca buscaria a carta para Bárbara, os ratos iriam roê-la antes de a umidade descorar as palavras. Zarpamos com a maré.

Durante a travessia do mar oceano, repisei meus argumentos para o julgamento que se avizinhava. Parecia-me natural que agora me levassem para Portugal, pois que as invasões holandesas forçaram a mudança do Tribunal da Relação de Salvador para o Reino. O meu caso, por envolver homem-bom, eclesiástico e assassino, só poderia ser examinado pela Casa de Suplicação. Nenhuma autoridade da Colônia teria competência para decidir meu futuro. Porém, quais seriam as "novas evidências" de que falara o ouvidor-geral?

Mentalmente, dividi meu caso em duas partes. A primeira dizia respeito à morte de Nuno Lopes. Havia uma única testemunha, se é que Apoema tinha mesmo testemunhado o desfecho. Reconfortava-me o que havia dito o ouvidor-geral, que esse depoente solitário não falava a língua das leis. Custava-me crer que se daria tamanha inversão de valores no julgamento, com um negro da terra incriminando um homem-bom. O precedente seria terrível. Repetia isso para mim próprio a cada batida de onda no casco da nau. A segunda parte do meu caso preocupava-me mais. Minha ligação com Bárbara, após a morte do marido, estava em uma névoa. Alguém veria na situação algum furto? Naquela nuvem poderia haver muitos crimes ou crime nenhum, eu não atinava. Minha história era sólida, exceto por um alicerce bambo: padre Ambrósio deveria confirmar que eu me mudara para o sítio com autorização dele. Não havia documento que comprovasse tal autorização, era minha palavra contra a do velho vigário, corroído pela malária e pelo cauim.

"Um século forma as cidades; uma hora as destrói." (Lucius Anneus Seneca, *Quaestiones Naturales*, Livro III, seção 27, parágrafo 2)

Em Lisboa sofri a pior das torturas, a injustiça. Ali foi selado meu destino da maneira que eu menos esperava. Meus grandes crimes passaram impunes, eis porque a mão violenta e pesada do Reino desabou sobre minhas pequenas faltas. Na partida, desejei do fundo do coração que se abrisse uma fenda na terra para tragar a velha cidade no fogo. Lá estava ela fazia séculos, o porto seguro dos fenícios, dos romanos, dos visigodos, dos mouros, a Lissabona medieval, não era justo que ali continuasse enquanto eu seguia para meu fim. *Urbes constituit aetas: hora dissolvit.* Que o Anjo do Senhor a envolva no seu manto de sangue e traga a devastação total.

Desembarquei no dia da rainha Santa Isabel, mas, em vez de rosas, no meu regaço só havia rancores. Fui levado em uma carroça até a enxovia do Limoeiro. No caminho, vi aproximarem-se as torres da velha Sé fortaleza e as muralhas do Castelo de São Jorge debruçadas sobre a cidade baixa, assistindo indiferentes àquela covardia. Eu não tinha substância entre aquelas paredes ásperas, o povo estava mais atento aos cavalos do que àquele homem sujo, de longa barba, com ossos pontiagudos furando a velha camisa de picotilho, atado qual um bicho. Quase não tinha dentes, minha língua escapava entre os lábios, igual fazem as serpentes.

Fiquei na prisão umas poucas horas. Estufei de felicidade: jogaram-me baldes d'água, deram-me roupa de fustão, tudo isso sinal de que eu compareceria diante de alguma autoridade. O processo correria célere. Amarraram-me e fui levado para o cárcere do Aljube.

Era um calabouço escuro. A cela estreita mergulhava no solo úmido, a luz escoava por um tijolo que havia sido retirado da parede. Não me acorrentaram, o que não fazia diferença tamanha a dificuldade para me mover naquele cubículo. Às domingas, eu ouvia os gritos dos presos nas celas da frente, que conseguiam ver suas famílias no terraço da Sé. Era assim que eu percebia ter-se passado uma semana. Dormia sobre uma prancha, no inverno recebia coberta e havia uma latrina no canto. Ou seja, mais humana do que a masmorra em Salvador. Melhor, sabia que o julgamento seria a qualquer instante. Nada podia ser pior do que nada acontecer. Ali fiquei oito anos.

Soube que chegara o desenlace pelos arranjos de praxe: o corte de cabelo, o banho, a veste nova. Uma manhã idêntica às outras, sem chuva nem sol, sem pássaros nem vento. Antes que o dia terminasse, eu estaria livre. Repassei minha história mais uma vez e outra vez, escolhi as palavras que mereciam ênfase, conversei comigo próprio. Estava pronto.

Fora da cela, vi uma carroça estacionada no pátio, nela me levariam para a Casa de Suplicação. Porém, fui empurrado por três lances escada acima, até uma antessala com cheiro de nobreza, iluminada por castiçais de prata que faziam cintilar bordados de ouro na toalha de seda. Não me atrevi a sentar nas almofadas de veludo, nem lancei mão das frutas na salva de cristal. Mal me recordava do meu nome, foi preciso que me chamassem três vezes para eu me virar.

Achei que sonhava ao ver António. Foi como se minha existência se limitasse aos minutos de alegria que ele me concedia nas masmorras, entre eles havia um torpor. Só existe tempo quando acontece algo, aqueles oito anos tinham sido um longo bocejo entre a ida de meu amigo à prisão na Bahia e aquele momento em que ele murmurava meu nome com doçura. António não havia chegado, ele tinha permanecido junto a mim todos os segundos desde sua última visita.

Fitou-me longamente. Não havia mudado, seus olhos bondosos dominavam a barba rala, continuava muito magro, um pouco curvado. Estava vestido com apuro. Quis sorrir para ele, contudo tive o cuidado de não abrir a boca para que não visse minha gengiva murcha, com escassos dentes que teimavam em se agarrar à carne. Abraçou-me, tive vergonha de meu cheiro, de minha pele oleosa contra seu traje tão elegante. Sentou-se ao meu lado no banco acolchoado, tomou minhas duas mãos e segurou-as durante todo o tempo em que esteve comigo. Perguntou sobre os anos passados, queria minúcias de uma vida que não tinha acontecido. Contou que havia retornado à prisão em Salvador dias depois do nosso encontro anterior. Olhei para ele, atônito:

— A carta?

— Sim, querido amigo, os guardas encontraram tua carta na fresta da parede, entregaram-me quando voltei para visitá-lo. Eu a encaminhei a Bárbara aos cuidados de um noviço. Tua mulher a recebeu, no entanto não mais soube dela nem de teu filho.

"Tens razão ao considerar que se deve esconder o erro do amigo." (Publilius Syrus, *Sententiae*, linha 625)

Solucei alto no ombro de meu irmão. Não contive o ganido que subia pela garganta, enquanto ele me abraçava forte. Pedi que se esquecesse de mim, eu não existia. António sorriu com ternura:

— "Estive na prisão e foste me ver." Rasgaste teu São Mateus? Como és pretensioso, não estou aqui por ti, mas sim por Ele.

Não pude conter o riso. "Confessa-me", implorei. Ajoelhei-me no piso de mármore, sem largar as mãos de meu amigo, e comecei a desfiar meus pecados. Ia completar onze anos prisioneiro, não havia o que confessar de atos e de omissões. *Peccatum amici recte velandum putas.* No entanto, os pensamentos de vingança e as palavras de ódio eram pecados suficientes para assegurar minha danação. Feita a confissão, António olhou-me com afeto:

— É tudo? Não há mais nada que queiras colocar aos pés Dele?

Desviei o rosto, envergonhado. Continuei:

— Há mais coisas. Lembra-te dos negros que con-

"Eu absolvo teus pecados em nome do Pai e do Filho e do Espírito Santo", fórmula litúrgica do sacramento da penitência ou reconciliação da Igreja Católica.

verti e batizei no porão da nau, ao largo d'África, a caminho da Bahia? Menti para ti, não os batizei todos. Converti e batizei apenas um e isso me encheu de orgulho. O que é pior, o orgulho ou a mentira?

— Perguntas a mim qual o pior pecado? Não bastam os meus e os teus? Há muitos anos, em Salvador, conheci mulher. Somente tu o sabes. Ou esqueceste que pequei contra a castidade? Há faltas que são quase bênçãos. Pensa, irmão querido, isso é tudo o que deves confessar?

Assenti com a cabeça. Como havia feito oito anos antes, pareceu-me desapontado no *"Ego te absolvo a peccatis tuis in nomine Patris et Filii et Spiritus Sancti"*. Colocou-me sentado no banco e disse-me em voz baixa:

— Não deves ter falsas esperanças, porém devo prevenir-te: levei teu caso a dona Luísa. Ela se compadeceu, perguntou muitas coisas de ti, acho que vai interceder por tua libertação. Foram longos anos, já pagaste o que devias aos homens.

Vi minha curiosidade refletida na reação de meu amigo. Percebeu que eu não sabia do que ele falava. Contou-me então da Restauração. Nos meses em que Lisboa fervia e Portugal se livrava do jugo dos Filipes espanhóis, eu ficava ali no catre, remoendo piedade por mim mesmo. Falou-me das lutas, da volta da monarquia portuguesa, do rei dom João IV e da rainha dona Luísa. Olhou as botinas lustrosas para dizer, quase culpado, que ambos o tinham em alta conta e que era agora o Guardião da Coroa. "Estranhos caminhos", murmurou, "mas não te abandonarei."

Beijou-me na face e chamou para que abrissem a porta. O soldado postou-se contra a parede para António passar, tratava meu amigo não com o medo da força — com que eu o via olhar o capitão da guarda —, mas com o respeito pela grandeza, ainda que fraca e curvada.

Não tornei a me sentar, abriram-se duas portas formidáveis e estavam todos lá, naquele amplo salão. Lembrava a corte d'El-Rey, tamanho o luxo e tantos os mantos e as tiaras.

Diante de mim havia um trono de espaldar alto, nele o arcebispo equilibrava sua mitra reluzente enquanto folheava papéis com anéis faiscantes. Vigários o cercavam em casulas roxas, assistidos por diáconos em dalmáticas verdes. As estolas eram vermelhas, os dois bispos auxiliares cobriam-se com barretes violeta. Detrás de dom Rodrigo da Cunha pendiam duas vastas tapeçarias, com o batismo do Cristo e a queda de São Paulo. Vozes bordadas em fios dourados saíam das nuvens: "Lisboa, Lisboa, por que me persegues? Não sou eu teu filho amado, em quem te comprazes?". Outra larga tapeçaria mostrava o Cordeiro deitado ao pé de uma cruz reluzente. "Eu tirei comigo o pecado do Novo Mundo, tende piedade de mim." Os lábios do cordeiro haviam sido tecidos com fios brancos, parecia sorridente, igual a um cão que tive em Pinhel que rasgara a boca em briga com outros e aparentava estar sempre debochando.

As janelas eram pequenas para aquela sala abafada, trabalhada em madeira. O ouro dos castiçais e da grande cruz ao lado do arcebispo devia ser do Brasil. Ao meu lado, a mais bela tapeçaria de todas: cobrindo a parede inteira, ilustrava as possessões de Portugal, tendo ao centro Jerusalém como uma antiga Lisboa. Acariciei o litoral do Brasil com a vista, segui de Salvador pela costa até São Vicente e desloquei minha visão umas polegadas para o interior. Ali estava Bárbara, com meu filho ao colo, morna e perfumada, aguardando minha libertação.

Escutei meu nome, pronunciado com indiferença por um bispo auxiliar. Iriam começar a acusação.

"Erro de alvo." No direito penal, dano acidental a pessoa, erro na execução de um crime.

Tive o segundo espanto. O primeiro aconteceu quando, recém-saído da masmorra escura, eu me dera conta de que

"O ônus da prova recai sobre o autor." (expressão latina)

não seria conduzido à Casa de Suplicação. Acima de minha cela reunia-se o Santo Ofício, e era ali que o caso seria examinado. Se meu crime era o de assassinato, por que me haviam conduzido à Inquisição? O segundo espanto foi quando o bispo auxiliar leu muito pausadamente a sentença do Tribunal da Relação, que havia arquivado meu caso por insuficiência de elementos probatórios. Levantei o rosto ao escutar "*aberratio ictus*". Arregalei os olhos porque ouvi "*actori incumbit onus probandi*". Soube que tinha sido absolvido no instante em que o bispo auxiliar baixou os papéis e declarou solene: "*Probare oportet, nec sufficit dicere et factum asseverans onus subiit probationis*". Nenhum Horácio, nenhum Virgílio, nenhum Ovídio jamais soara tão doce. "Não basta afirmar, é preciso provar, cabendo a prova a quem acusa." Ora, não havia provas, portanto não havia crime.

> Expressão latina adaptada do Código de Justiniano 4,30,10.

Minhas grossas lágrimas estalavam contra o piso de madeira e explodiam quais estrelas. Minha Bárbara querida, por fim acabou! Aqueles anos ficaram com meus dentes e com meu viço, no entanto tudo estava acabado, eu retornaria à casa.

Levantei-me e os soldados forçaram-me a sentar. Dom Rodrigo da Cunha apontou sua mitra na minha direção e determinou que se prosseguisse com o julgamento. O outro bispo auxiliar avançou, franziu o cenho para melhor enxergar a letra apagada do pergaminho e iniciou a leitura do relato de um comissário do Santo Ofício, o padre Ambrósio Teixeira Fagundes, da redução de Maruery, na capitania de São Vicente, na parte do Brasil.

> Literalmente "raiz infecta", expressão usada pela Inquisição principalmente para designar réus acusados de ascendência judaica.

Achei que tinha tido todos os espantos do dia, mas na verdade mal haviam começado. Em que momento padre Ambrósio havia escrito aquela longa carta à Inquisição, entre as manhãs de banhos de rio com cunhãs, as tardes encharcadas de cauim e as noites com ataques da febre terçã? O velho visigodo, tão interessado no Mal e tão curioso quanto às minhas origens, dera o bote. Decerto temia que eu fosse torturado na prisão e revelasse tudo o que acontecia dentro de sua oca durante a estação das chuvas. Talvez se adiantasse para invalidar qualquer depoimento que eu viesse a fazer, conspurcando-o de *radice infecta*. Porque era disso que me acusava: de marrano que mantinha práticas judaicas imundas, acobertado pelas florestas espessas do Novo Mundo.

Minhas lágrimas no chão, que se prateavam à medida que secavam, pareciam ter sido vertidas em outra vida. Tudo recomeçava. O que pensariam meus avoengos, esparramados de Bragança pelos castelos da raia e agora subitamente vestidos de aljubas e desterrados para Sião? Meu bom pai Vicente, de risada sonora, transformado em hebreu lendo escondido o Talmude para sua prole semita? "Ali, o rio corrente de meus olhos foi manado; e, tudo bem comparado, Babilónia ao mal presente, Sião ao tempo passado."

Na carta, padre Ambrósio afirmava que, no nosso longo convívio, não me havia visto comendo porcos ou cozinhando com banha de porco. Descrevia a maneira de eu fritar a carne, com muito alho e muita cebola. Dizia que eu me embriagava de cauim na Páscoa em celebração da *Pessach* e não da Ressurreição de Nosso Senhor. Eu me aproveitava do Natal, continuava, para celebrar em segredo o *Hanuká*. Insinuava que eu sodomizava curumins, para depois me tachar de fornicador de índias. Detestava tanto El-Rey que nem sequer me recordava do dia do aniversário de Sua Majestade, acrescentava. Concluía com a evidência irrefutável: diante do juiz ordinário da vila, eu havia me recusado a jurar com a mão direita pousada sobre o *Horas de Rezar*.

Não houve tempo para eu me recobrar da perplexidade. Já dom Rodrigo da Cunha me esmagava com sua mitra, perguntando como eu me declarava perante aquela grave denúncia.

Lembrei-me de Absalão Pereira em Salvador, acusado por sua cunhada de suspeita de sangue e absolvido com magnânima displicência pelo Visitador dom Luís Pires da Veiga. A Igreja era misericordiosa. Os cânticos elevavam minha alma à vizinhança dos santos, os báculos dos bispos me conduziam seguro pelas matas do mundo, não havia cor mais bela do que a púrpura nem brilho mais nobre do que o dourado, o incenso limpava meus pensamentos conspurcados. Na Igreja eu crescia, extravasava além de minha pele, flutuava acima do mundo mesquinho e provava do sublime. Eu era imundo, a Igreja imaculada perguntava da minha culpa.

— Confesso minha culpa, Reverendíssimo, e peço perdão. Que a Santa Madre Igreja me aplique a punição justa que mereço e me receba purificado em seu seio.

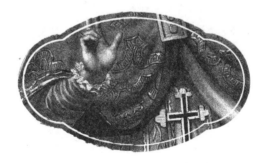

17 DO PROPÓSITO DAS COISAS

"Denique consilium rerum omnium sapiens, non exitum spectat; initia in potestate nostra sunt, de eventu Fortuna judicat, cui de me sententiam non do. 'At aliquid vexationis afferet, aliquid adversi.' Non dominatur latro quum occidit." (**Lucius Annaeus Seneca**, *Epistulae morales ad Lucilium*, **Livro II**, epístola 14, linha 16)

Enfim, o sábio vê o propósito de todas suas coisas, não o resultado. O início está em nosso poder, o resultado é a sorte quem decide. Eu não reconheço nela o direito de julgar-me. "Mas ela trará contratempo, algo adverso." Não se condena um ladrão à morte. (Lúcio Aneu Sêneca, *Epístolas morais a Lucílio*)

Nem sequer sou descendente do velhíssimo Diogo? Até aquele ponto da conversa com o cardeal arcebispo, eu havia mascarado minha surpresa com alguma habilidade. Estava refugiado na ideia de que meu pai encontraria argumentos jurídicos para refutar tanto a legalidade das doações a santos quanto o perdão que meu avoengo recebera — e recusara. No entanto, o pergaminho secular, outro com o certificado da doutora Nina, fez-me desabar. Ali morriam minhas buscas dos últimos anos, juntamente com a ação contra a Arquidiocese.

Quem era eu, se o bebê Emanuel havia morrido aos três anos? Era o que atestava o registro da Câmara de Piratininga, declarado pelo padre Ambrósio em setembro de 1633. Mais tarde, com meu pai e Bárbara, encontrei na Câmara Municipal de São Paulo a cópia digitalizada da certidão de óbito. Naquele momento, só pude balbuciar: "Mas não há tumba para ele em Santana de Parnaíba...". O padre Mutti meneou a cabeça, enquanto eu limpava na calça os dedos melados de suspiro.

— Não sabemos qual é, podemos identificá-la por testes de DNA caso haja resíduos do bebê e da mãe. Com certeza, o pequeno Emanuel ganhou um jazigo perpétuo e uma das lápides cuja inscrição o tempo apagou.

Explicou-me com frieza que foram muitas as mortes naquele inverno de 1633, a maioria por tifo, de modo que algumas lápides foram feitas às pressas, em pedra porosa. Apesar disso, o bebê Emanuel estava lá, próximo da mãe. No que dependesse da Igreja, ali ficaria para sempre.

Li e reli o registro da morte do meu tão jovem avô colonial. Contudo, não era meu avô. O fio se rompera. O que me ligava agora ao padre Diogo e à viúva Bárbara? Aquele assentamento fora considerado significativo o bastante para ser incluído no arquivo da Câmara Municipal. Em vão eu o procurara nos registros de Santana de Parnaíba, estava em Piratininga o tempo todo. Era uma das várias tumbas anônimas daquele setembro de 1633.

Se o bebê Emanuel morrera ainda na infância, só havia uma explicação: o Diogo santista de 1735 e o seu sobrinho, o Diogo de Coimbra, eram coincidências. Não havia nenhum laço que os unisse a mim, apenas uma loteria de nomes na qual alguns teriam ganhado idêntico prêmio. Quantos nomes e sobrenomes poderia haver naquela colônia seiscentista? Era razoável que se combinassem, sem que houvesse o mais remoto parentesco. Diogo era certamente um nome comum naqueles tempos. Vaz, já existira o Pero Caminha da carta inaugural. Aguiar eram muitos os da região da Guarda, na Beira. Não seria difícil arranjar essas três palavras em diferentes pessoas, sem com isso fazer delas uma família.

No entanto, a tristeza vinha em marolas pelo filho daquele casal improvável. É possível que o bebê Emanuel não tivesse recebido cuidados do padre Ambrósio, que havia declarado o óbito. Fora enterrado com outros quatro meninos, no mesmo dia. Bárbara não soubera da morte do filho, fora-se antes. Diogo também ignorava aquela morte, foram com ele à Costa dos Escravos, onde jamais recebeu a notícia. Emanuel morrera sem ter quem o pranteasse; se sua lápide estava gasta, ilegível, não foi pelas lágrimas de quem o tivesse amado.

Meu rosto iluminou-se por um instante, sentei-me na ponta do sofá para melhor ser ouvido, contudo não foi preciso. O padre Mutti adivinhou o que eu iria dizer e tratou de exterminar aquele fiapo de esperança.

— Houve um Emanuel Vaz de Aguiar que reclamou do bispado de Salvador junto ao Tribunal da Relação, uns trinta anos após a morte do bebê.

Achamos que era algum primo do degredado Diogo. Mas a ação não prosperou, foi arquivada. Eis uma cópia dela.

O cardeal arcebispo voltou a folhear seu livro e leu-me em voz alta:

— "Todos os apóstatas da fé cristã e todos e cada um dos hereges ou cismáticos incorrem *ipso facto* em excomunhão; se depois de admoestados não se emendam, devem ser privados dos benefícios, dignidades, pensões, ofícios ou outros cargos que tiverem na Igreja, e ser declarados infames, e aos clérigos, repetida a admoestação, devem ser depostos."

O padre Mutti não perdeu a oportunidade:

— Se aquele parente tivesse direito a reaver os bens doados, ele o teria perdido pela apostasia do jesuíta. Aqui se aplica o cânone 2314. Por isso a Relação negou o pedido. Casos como este são raros, vou encaminhar ao Vaticano para que tenham um precedente.

Aos derrotados cabe a mansidão. *Clades scire qui refugit suas, gravat timorem*. Ao cabo de um intervalo constrangedor, vi tudo com clareza. O cardeal arcebispo sabia que minha petição não tinha perspectiva de prosperar.

"Quem recusa conhecer sua desgraça agrava sua inquietação." (Lucius Annaeus Seneca, *Agamemnon*, linhas 419-20)

Podia simplesmente ter apresentado aqueles documentos em juízo. Teria ganhado a causa e caberia a mim, a parte perdedora, arcar com as custas do processo. A Arquidiocese poderia até pedir algum tipo de indenização. Diante do pratinho de suspiros e do café perfumado, dom Gutierrez havia afastado essas possibilidades. Nada precisei dizer, essa dúvida foi marcando minha expressão e se espalhando pelo silêncio.

— Porém, meu caro, a questão é complexa e peço que considere nos ajudar.

Por fim, veio a explicação. Mais do que uma explicação, era um pedido, daqueles que homens de bem não recusam porque são feitos para que homens comuns sejam transformados em homens de bem. Dom Gutierrez passou a falar de "vácuos jurídicos". Poderia haver várias situações envolvendo donativos à Igreja, muitas delas duvidosas. Em geral, a prática era simples: a família do réu fazia uma doação e, em seguida, o condenado era absolvido. Ocorre que nem sempre a doação e o perdão aconteciam nessa ordem, de maneira linear e previsível.

O cardeal arcebispo supôs que houvesse casos de condenados que teriam recebido a clemência de Lisboa antes de o donativo ter sido entregue no Brasil. Seria legítima uma doação feita em troca de perdão que já havia sido concedido? Mencionou a hipótese de réus que teriam morrido para só depois serem perdoados pela Inquisição, e seus bens teriam revertido à Igreja mesmo assim. Essa doação com mercê após a morte seria válida? Imaginou um prisioneiro absolvido pelo Santo Ofício, mas cujo édito não teria sido recebido a tempo pela justiça civil, que levou a cabo a execução, o "relaxamento em carne" como diziam. Teria validade a doação feita em troca de perdão concedido, mas não efetuado por erro processual?

À medida que ele falava, ficava evidente para mim que não tratava de hipóteses. Detrás daqueles casos complicados havia histórias concretas, todas com um elemento comum: ameaçavam o patrimônio da Igreja. A esses perdões confusos correspondiam doações generosas, e tal incerteza poderia dar margem a questionamentos. O cardeal arcebispo repetia a palavra "hipótese", mas a palavra-chave era "publicidade". Seria melhor que não se falasse daqueles casos, a começar pelo meu. Sem nada dizer, dom Gutierrez me pedia silêncio.

Aos derrotados cabe a mansidão, foi por isso que eu disse ao cardeal arcebispo de São Paulo que não se preocupasse, eu retiraria minha petição e não diria uma palavra sobre aquilo.

— Você não vai levar suspiros porque vão derreter no seu bolso, no entanto leva minha amizade.

Estendeu-me a mão com o anel. Não hesitei: em reverência, beijei a joia venerável e aceitei sua bênção. O padre Mutti despediu-se de mim calorosamente e levou-me até a rua. Senti uma vergonha imensa. Jamais diria uma palavra sobre aquilo, por vergonha.

Foi essa vergonha que me levou a contar o ocorrido primeiro a meu pai, depois a Bárbara. Meu pai não se abalou com os tais antecedentes de doações para santos, tampouco se preocupou com o perdão dado ao velhíssimo Diogo, contudo ficou surpreso com a morte do bebê Emanuel. Convenceu-se de que iríamos perder a ação, reclamou da sede que lhe dava a pizza de anchovas e perguntou se eu não preferia peixe grelhado com cuscuz marroquino, ali eles o faziam no ponto certo. Acompanhou-me à Câmara Municipal para ver a certidão de óbito de Emanuel e nunca mais falou do caso. Bárbara, por sua vez, admirou-se de eu ter desistido da ação sem verificar a autenticidade dos documentos que a Arquidiocese havia me apresentado. Insistiu em procurarmos a doutora Nina para investigarmos aquilo e arrependeu-se de ter cortado os cabelos *à la garçonne* porque tinha orelhas muito pequenas.

Cunha Mello encostou-se à minha porta, como sempre fazia, zombeteiro. "Vamos?" Pediu que o seguisse, afetando mistério. Percorremos os corredores de mármore, atravessamos a ponte que leva ao palácio e esperamos poucos minutos antes de sermos chamados ao gabinete do ministro. Colocou-se ao lado, com a mão no meu ombro, ouvindo Sua Excelência me felicitar pela promoção. Fingi gratidão, porque aquela promoção era tardia, e colegas com menos tempo de carreira já haviam me ultrapassado. Não foi uma surpresa tão grande quanto a da remoção.

— Mande lembranças minhas ao Alfredo.

— O senhor fala do conselheiro Alfredo Rego?

— Não, secretário. Falo do Alfredo de Roma. Se for jantar lá, mande lembranças minhas.

"A inveja é a amargura que se sofre por causa da felicidade alheia." (Marcus Tullius Cicero, *Tusculanae Disputationes*, Livro IV, parágrafo 8)

Foi assim que soube que iria para o Vaticano, assumir a seção consular da embaixada junto à Santa Sé. Minha remoção causou estranheza, já minha promoção foi recebida com indiferença. *Invidentiam esse dicunt aegritudinem susceptam propter alterius res secundas.* Houve um grupo que chegou a falar em abaixo-assinado, porque eu não poderia ir para um posto A, na Itália, tendo vindo de outro posto A, em Portugal. A portaria foi assinada e publicada no Diário Oficial, houve um mal-estar pelas salas, porém dias mais tarde só se falava da promoção de uma certa Maria da Penha. Ela tinha sido amante do ministro de Estado anterior e não contava com o tempo legal de interstício para ser promovida. Se eu havia violado um mero regimento interno, ela havia violado a lei, a maledicência voltou-se contra ela e fui esquecido.

Acabei por contar toda a história a Cunha Mello, na segunda noite em que veio jantar na minha casa. Mostrei a ele a transcrição dos pergaminhos, omiti uns detalhes da busca do velho Diogo, carreguei nas cores em algumas passagens, porém relatei o essencial. Mencionei que tinha desistido de minha ação, não era correto me apropriar de bens da Igreja por força de erros cometidos há séculos. "Esse dom Gutierrez é cheio de amigos no ministério", limitou-se a dizer.

Os olhos de meu pai encheram-se de lágrimas, achava que eu ficaria ao menos um ano sem encontrá-lo. Quando Bárbara e eu embarcamos, passado o controle de passaportes, voltei uns passos para vê-lo. Estava lá, sereno. Acenei e mandei um beijo. Foi internado três meses depois, retornei às pressas para estar próximo durante sua cirurgia, que correu muito bem. Um filósofo disse que um carvalho pode cair em uma floresta, mas se ninguém testemunhar é como se não tivesse caído. Aquele carvalho continua firme, com sua copa protegendo a família.

Não, não fui fraco, e sim astucioso. Fraco foi o jesuíta, que se deixou esmagar. As caravelas furtavam a força dos ventos e com isso chegavam aonde queriam. Fiz igual. O velhíssimo Diogo quis colocar uma tempestade no bolso e foi soprado para onde menos esperava. Como ele, fui mandado para terras estrangeiras. Diferente dele, eu me transformei — evitei sofrer aquilo que mais temia:

Nunca fui padre. Por isso terminei denunciado ao governador-geral em Salvador, preso em Santana de Parnaíba, condenado pelo Santo Ofício em Lisboa e degredado nesta costa d'África. Era somente um irmão jesuíta, não tinha sido ordenado padre quando embarquei para o Novo Mundo. Esperava tomar os votos em São Vicente. Eram tantas almas, éramos tão poucos.

Onde poderia estar a gravidade dessa falta, se levei a Palavra a centenas de negros da terra e oficiei os sacramentos com Deus no meu coração? Não fui ordenado padre, se houve crime quem o cometeu foi o Espírito Santo por meu intermédio. Ademais, eu já tinha confessado um judaísmo que em tempo algum pratiquei. Eu não era cristão-novo, sempre gostei de carne de porco, no entanto foram tamanhas as ofensas cometidas sem castigo que julguei merecer punição por culpa que jamais tive. A Misericordiosa saberia reconhecer em mim seu filho contrito. Que me libertassem logo, aquilo não terminava. De cabeça baixa, aguardei a sentença, ansiei pela absolvição.

Passaram-se minutos. O bispo auxiliar que havia anunciado o arquivamento de meu caso pelo Tribunal da Relação avançou, com uma pilha de pergaminhos. Meu peito inflou-se de alegria, era a ele que cabia dar as boas notícias. Tomou do primeiro papel e leu uma certidão, um curumim que eu tinha batizado em Maruery, a quem dera o nome de Romão, tal qual meu tio. Leu outra e mais uma, leu certidões de casamento e, por fim, uma carta de Nuno Lopes a padre Ambrósio na qual o fazendeiro, em português impecável, agradecia as missas que eu passara a rezar na capela do lugar. Fui invadido por grande angústia. Nuno Lopes não sabia assinar seu nome, aquela carta decerto tinha sido escrita por Bárbara. Lá estava a letra miúda dela, cálida, nas mãos geladas daquele bispo auxiliar que dobrou o papel como se fora uma inconveniente cobrança de dívida.

Tudo ficou claro. Padre Ambrósio tentou me atingir, mas foi Apoema quem acertou o alvo e os carrascos foram os padres Simón Maceta e Justo Mansilla. Aqueles documentos, as certidões de batismo e de casamento assinadas por mim, a carta de Nuno Lopes, tudo tinha sido roubado por Apoema no retorno a Santana de Parnaíba, após sua jornada com os padres espanhóis. Com o precário latim que aprendera comigo e sua pouca leitura, soube reconhecer os documentos de que precisavam os padres. Desapareceu depois porque foi encontrá-los, ou encontrar alguém que levaria as provas a Salvador. Dali, os padres espanhóis me denunciaram ao Santo Ofício, antes de voltarem a Piratininga com meu índio. Sem ter sido ordenado padre, eu não poderia ter ministrado aqueles sacramentos e consagrado hóstias nas missas.

Eu era uma farsa criminosa. Estavam vingados todos. *Vindicta bonum est vita iucundius ipsa.* Padre Ambrósio continuaria com seus segredos bem guardados dentro da oca. Apoema "A vingança é um bem mais agradável do que a própria vida." (Decimus Iunius Iuvenalis, *Satirae*, capítulo 13, verso 180)

estaria saboreando a desforra de seu pai, o velho pajé humilhado, e a sua própria. Os padres espanhóis estariam celebrando a condenação do irmão que participara da entrada ao seu tão amado paraíso do Guairá. Os fazendeiros e o Reino estariam se felicitando pelo golpe na Companhia de Jesus que tanto os incomodava. Mais que todos, estava vingado Deus porque eu encobrira Sua luz no Novo Mundo.

A Inquisição pode acariciar um marrano com sua clemência, foi o que fizera o Visitador com Absalão Pereira, em Salvador. Porém, nem mesmo o Todo-Poderoso consegue perdoar um hebreu que se passe por sacerdote cristão com o propósito de solapar a Fé. O mais velho dos diáconos entregou um livro ao arcebispo, que estirou os braços para melhor ler minha sentença. Ali estava a maioria das palavras que se encontravam nos monitórios do Santo Ofício.

Heresia. Apostasia. Fornicação. Sodomia. Não falava de assassinato, mas falava de morte. A minha morte, porque essa era a sentença daquele sacro tribunal: eu seria relaxado em carne, garroteado e meu corpo já morto incinerado até as cinzas, que seriam espalhadas para que não repousasse em nenhum campo santo. A Igreja desfazia-se de mim desfazendo-me em partículas ao vento. Eu não queria ser soprado na brisa que ondula o Tejo, eu queria voltar para Bárbara.

Não houve tempo para o medo, porque dom Rodrigo da Cunha a um gesto chamou frei Mendes Costa. Cada pelo do meu corpo se eriçou, apertei os punhos como que estreitando junto ao peito o velho mestre, meu mentor em Coimbra, meu segundo pai. Procurei-o com os olhos, entretanto ele ficava de costas para mim, muito cerimonioso diante do arcebispo e dos bispos auxiliares. Fez uma breve genuflexão, sua voz clara e grave ressoou na sala abafada. Contou da minha juventude em sua casa, da dedicação de estudante às Escrituras, da assiduidade a todas as festas e procissões da cidade. Disse que fora ideia sua que eu prosseguisse meus estudos no Colégio dos Jesuítas, para catequizar o Novo Mundo. Relatou a aflição de minha família, durante anos sem notícias do filho embrenhado nas matas pestilentas do Brasil. Lembrou, por fim, que eu era sobrinho do abade Sebastião Teixeira Vaz, principal auxiliar do arcebispo de Braga, que intercedia por mim. Que o Santo Ofício considerasse esses fatos na mesma balança em que pesavam minhas tão graves faltas.

Era tudo um teatro. O arcebispo não hesitou em rever minha pena, pois tinha conhecimento da intercessão que faria meu mentor, e por isso havia uma segunda sentença pronta, no mesmo livro que permanecia em suas mãos. Ouviu com enfado frei Mendes Costa, estirou os braços e leu a sentença reformada, em que se falava de piedade, de misericórdia e de degredo perpétuo em costa d'África.

Eram ridículos, em suas roupinhas coloridas cobrindo banhas cuidadosamente acumuladas nos banquetes custeados pelos fiéis. Gastavam umas poucas horas do dia recitando fórmulas ocas em língua pomposa para um Deus de carne e osso, o resto do tempo se fartavam de vinho. Que Deus se deixaria perfurar por espinhos? Quem pode adorar um Deus humilhado, pendurado em um madeiro, implorando que o amemos antes de ser devorado por urubus? Que Igreja é esta que pede caridade enquanto debocha dos fiéis com seus ouros e seus veludos? O sorriso amargo e irônico do Cordeiro da tapeçaria era a verdadeira Igreja. Ninguém é melhor do que outro porque se cobre com um triângulo de pano e carrega um bastão de ponta enrolada. O cheiro do incenso me dava náuseas, aqueles não eram homens: não gargalhavam, não se chamavam uns aos outros pelo nome, não usavam as manhãs de dominga para jogar cartas. Nada produziam e tudo queriam. Que arrastassem suas existências vazias, em encontros escondidos com barregãs e comilanças abjetas. Já haviam sido degredados em si próprios.

Enchi-me de alegria. Frei Mendes Costa avançou na minha direção, agora me olhava enfastiado. Tinha envelhecido, contudo ali estava o porte de uma das melhores famílias de Portugal. A maneira de andar era a de um filho-de-algo, mantinha sua expressão altiva. Parou diante de mim, curvou-se para me beijar a face e sussurrou: "Quem te salvou foi António, quero que apodreças". Estendeu-me a mão para que eu a beijasse e cuspiu-me no rosto.

Fiquei preso por duas semanas. Uma noite, amarraram meus tornozelos e jogaram-me de bruços em uma carroça. O trote dos cavalos pelas ruas de pedra machucava-me os lábios, eu me contorcia para espiar, pela última vez, a silhueta do Convento do Carmo naquela lua clara — a igreja do condestável ficaria ali para sempre, ao passo que eu rumava para o desaparecimento. A carroça ficou empacada por horas, eu escutava as ondas e o piar das gaivotas no dia que clareava.

Ao me conduzirem, vi o castelo de cedro-de-goa sendo carregado por um enxame de marinheiros: a *Sam Vicente* partiria para as Índias, porém daquela feita eu era parte da carga.

Éramos velhos amigos, a carraca da minha primeira viagem ao Brasil e eu. Conhecia cada tábua do convés, cada mastro, cada cordame, conhecia sobretudo a sacada sobre o leme da popa onde tanto masquei pimentões amarelos. Fui levado por um galego forte ao porão e atado a uma coluna. O galego deve ter pensado que enlouqueci, ajoelhei-me ao ver minhas iniciais marcadas a faca na madeira e, logo abaixo, o IHS. *Jesum habemus socium*. Nós temos Jesus por companheiro. Não quero o judeu por companheiro, preferia ter ali o negro que batizei naquela coluna e que me ensinaria a suportar uma vida sem horizonte dentro de um corpo que só traz sofrimento. Escolhia como meu salvador o iorubá que morreu, não o palestino que ressuscitou.

Cumpri minha pena a bordo da *Sam Vicente* assim que cruzamos o Equador. Nada por que passei nos anos precedentes pode ser comparado ao martírio daquela travessia. O calor úmido e o fedor eram antigos camaradas, mas não a doença. Padeci do mesmo mal que havia dizimado os negros na minha viagem anterior naquela carraca. Meu corpo ossudo não retinha líquidos, o que dizer de alimentos. A diarreia era um jato morno que me escorria pelas pernas e formava poças. Quando os joelhos fraquejavam, não tinha alternativa a não ser sentar-me nos meus excrementos e escutar minhas tripas peleando. Não conseguia sustentar a cabeça, que ficava pendida sobre o peito, na maciez da barba empapada de vômito. Um marinheiro de Penafiel passou a dar-me água misturada com um pouco de mar. Trazia-me biscoitos duros e nacos de presunto defumado, que meu estômago tolerava por algum tempo. Não me podia encostar à viga, as pústulas ardiam ao contato com a madeira. A pele se fendia e mostrava ao mundo o que coagulava debaixo dela, amarelado. O crânio latejava incessantemente,

314

o Salvador havia-me enterrado uma coroa de espinhos em penitência por meus pensamentos. *Mors et fugacem persequitur virum.* A sentença de morte seria cumprida, por fim.

"A morte persegue até o homem que dela foge." (Quintus Horatius Flacco, *Carmina*, Livro III, ode 2, verso 14)

O marinheiro de Penafiel veio desamarrar-me, depois de me fazer beber vários cassengos de sopa. Perguntei, com um fio de voz, se havíamos chegado ao Forte Duma. Contou-me que aquele forte não existia mais havia algum tempo, e que a Fortaleza de São Jorge estava nas mãos de Holanda fazia cinco anos. Tínhamos navegado ao largo da Mina e iríamos ancorar a leste, no lugar que chamavam de Hogbonou ou Adjacê, a fim de não encontrar holandeses. A estada seria rápida, o suficiente para abastecer a *Sam Vicente* de água e víveres. Ergueu-me sem esforço e subiu comigo ao convés. Fui baixado a um barco, que oito marinheiros remaram para a praia. Outras chalupas acompanharam.

Deixaram-me sob uma árvore frondosa enquanto se dispersavam atrás de caça, de frutas e de fontes para encher as pipas. Ao entardecer, todos entraram nos barcos e retornaram à *Sam Vicente*, que enfunou velas e levou seus cedros rumo ao sul, apressada em desafiar o cabo das Tormentas. Nem sequer me disseram adeus. Era isso o degredo em costa d'África, livrar-se de um doente sem nome em uma praia que não estava no mapa. Dormi o mais profundo dos sonos.

Acordei cercado de crianças rindo e puxando meus pelos. Mulheres envoltas em panos coloridos aproximaram-se e deixaram ao meu lado uma cabaça d'água e umas bananas. Tinham desenhos nas têmporas e na fronte, cicatrizes simétricas. A água saborosa e as frutas trazidas por eles foram devolvendo-me as forças. Procurei um terreno elevado, de onde pudesse ver a entrada daquela baía, e ali construí um abrigo à moda brasiliense, isto é, de argila socada com palha e teto de folhas de palmeira trançadas. *Aliena quaerens regna, deserui mea*. Desta minha varanda, escrevo lembranças e vejo a árvore frondosa a que fiquei recostado.

> "Para ganhar um reino estrangeiro, abandonei o meu."
> (Lucius Annaeus Seneca, *Medea*, verso 477)

Passou-se um ano, àquela altura eu já havia perdido a noção do calendário. Meu passatempo era melhorar o abrigo com móveis rústicos e me divertir com as palavras daquele falar estranho, cheio de sons nasais e estalidos de língua. Mentalmente, iniciei a construção de uma gramática daquele idioma e de um dicionário — não por interesse naquele povo, mas para ocupar as ideias e afastar pensamentos dolorosos.

As crianças me cercaram com alarido, apontavam a flotilha que adentrava a baía, calcinada pelo sol implacável. Eram portugueses; uma nau, uma carraca e três bergantins fundearam e baixaram seis chalupas. Fui esperá-los na praia, ansioso por ouvir minha língua, porém me trataram com indiferença. Não perguntaram meu nome, minha origem, o que eu fazia ali enrolado naqueles panos coloridos e aninhado no topo de um morro, queriam saber a localização das fontes e dos terrenos de caça. Partiram depois de uma semana e após dois meses nova flotilha fundeou na baía. Minha orla virou possessão do Reino, houve dias em que vagavam mais portugueses por ali do que nativos. A chegada de naves portuguesas tornou-se tão comum que as crianças nem vinham me chamar para ver as velas dobrando a barra.

Uma manhã, fui despertado aos berros por um marinheiro. Pediu-me que o seguisse, o capitão queria ver-me.

Olhei de relance minhas coisas, nada ali merecia ser levado de volta para Lisboa. Caminhei alegre para, enfim, encontrar minha redenção. Sob a árvore frondosa estavam Olamilekan, o chefe daquela gente, e o capitão do navio, com dois contramestres. Sempre achei pretensioso aquele povo se chamar de "nação", ou ainda de "reino", Adja de Arde. Para mim, era apenas uma tribo, tão tribo quanto a da redução em Maruery e a dos Kaingang. Eram mais avançados do que os negros da terra de São Vicente, não havia dúvida. Faziam objetos de ferro muito bonitos e bem práticos, isso devo conceder-lhes. De resto, eram selvagens como os nativos do Brasil, com suas comidas asquerosas e suas danças excomungadas. Olamilekan estava sentado porque em costa d'África quem é importante senta. Disse-me o capitão, com impaciência:

— Anda, explica para essa gente que só queremos homens, não há espaço para mulheres nem para crianças.

Não entendi o sentido, mas traduzi o que havia escutado do português. O *báàlè* não tirou o cachimbo da boca, explicou pausadamente que as ordens do *obá* eram aquelas: ou todos, ou nenhum. Chamou-me *ojubonã*, "professor", pela primeira vez. O capitão se irritava, virava-se para os contramestres, cochichavam. Pediu que eu traduzisse que partiriam, existiam outros portos poucas léguas ao sul. Olamilekan assentiu com a cabeça, levantou-se e suas esposas levaram o banco de madeira lavrada com figuras de lagartos e estrelas. O capitão retornou ao barco e eu subi para meu abrigo, desconsolado. O que acontecera nada tinha a ver com meu regresso a Portugal. Dali a horas vieram me chamar. Olamilekan voltara a sentar-se sob a árvore frondosa, fumando, cercado de suas esposas, e o capitão, em pé diante dele, pediu-me que traduzisse:

— Para cada quarenta homens, aceito dez mulheres ou crianças. Quarenta! Jovens, bons dentes.

No final do dia, uma multidão de negros acorrentados surgiu na orla, foram embarcados e ao alvorecer a flotilha levantou ferros.

"O destino dará reinos aos escravos e triunfos aos cativos." (Decimus Iunius Iuvenalis, *Satirae*, sátira 7, verso 201) *Servis regna dabunt, captivis fata triumphum.* No meu abrigo, assei um porco com favas enquanto assistia às velas se afastando, lânguidas. Naquela noite, Olamilekan deu-me uma esposa, Olubunmi, que facilitou bastante minha vida.

Os carregamentos sucediam-se a cada dois meses, à medida que eu crescia em mulheres, peças de ferro, brocados finos, baixelas de prata, tapeçarias de Flandres e carnes. Passado mais ou menos um ano, Olamilekan veio à minha casa, cercado de esposas, filhos e dignitários, e deu-me um banco. Sentamo-nos frente a frente, todos me chamavam *ojubonã*. Foi assim que me chamou António, na carta que recebi com lágrimas do capitão do *Sagres*.

António dizia que minha fama se espalhava pela Corte, a do "professor" que prestava assistência aos portugueses a caminho das Índias. Recebera a notícia com muita surpresa e alegria, uma vez que me julgava morto. Agora que conhecia o meu paradeiro e que eu gozava de boa saúde, iria redobrar suas gestões junto a El-Rey e ao Vaticano para me obter perdão. Li e reli tanto a carta de meu amigo que hoje a conheço de cor. Era pergaminho da melhor qualidade, letra bem desenhada em boa tinta e a escrita afetuosa dele.

Na Dominga de Ramos, fundeou na minha baía a *Santa Cruz*, a nau de Jerónimo Dias Coelho. O capitão jantou em minha casa, elogiou meu Madeira e a farofa de milho com azeite da terra, servidos em cristal de Murano e louça da China. Era de Trancoso, a poucas léguas da minha Pinhel natal, assim trocamos lembranças da freguesia.

Pediu-me um favor especial. Estava a caminho do Reino, contudo retornaria no mês do Nascimento da Virgem para transportar panos muito cobiçados em Goa. Pelo que me contou, tinha uma dívida de gratidão com o Vice-Rey que desejava pagar, ao mesmo tempo que entrevia uma oportunidade comercial. Pediu-me uma carga de donzelas, virgens de no máximo quinze anos, com que presentearia dom João da Silva Telo e Meneses. As que o Vice-Rey não quisesse ele venderia, para comprar a pimenta e a canela que lhe permitiriam retirar-se para sua quinta na serra, longe de monstros marítimos.

Simpatizei com Dias Coelho, passamos duas semanas juntos em visita à nação de Olamilekan. O *báàlè* de pronto concordou em preparar a carga solicitada, pelo arranjo de costume, o que deu muita satisfação ao capitão. Antes de partir, Dias Coelho, constrangido, disse-me que não sabia como saldar nossa avença, por ser antigo no mar, mas recente naquele comércio. Ofereceu-me dez luíses de ouro.

— De que me servem moedas nesta terra perdida? Vossa Mercê pode, isto sim, prestar-me um grande serviço pelo qual serei eternamente grato.

Narrei ao novo amigo minha história, desde a capitania de São Vicente até aquele dia. Não despregava olhos de mim, à luz das velas de sebo nos castiçais de marfim que me dera o capitão da *Luzitania*. Apoiava o queixo nos punhos e sugava o tutano dos ossos de galinha, sempre atento. Ao final, exclamou um "Deixe comigo!" muito alto. Dias Coelho se comprometia a levar uma carta minha a António, que entregaria em mão. Meu pagamento seria a resposta de António, que o próprio capitão me traria. Deu-me cem folhas de pergaminho, penas e tinta.

Corri a escrever a carta, contei a António tudo sobre minha vida no degredo. Agradeci sua intercessão junto ao Santo Ofício, que me evitara a pena de morte. Relatei minha doença no porão da carraca, a cura auxiliado por aquela nação, falei de Olamilekan e suas esposas, da casa no topo do morro, soberana sobre a baía. Pedi humildemente que me permitisse abusar de nossa amizade. Queria colocar fim ao meu desterro e regressar para Bárbara. Fui econômico nas palavras, porém pródigo na afeição e exagerado na aflição. Os pergaminhos que restaram, usei-os para escrever estas memórias que ninguém jamais lerá, mas que esvaziaram minha mente.

EPÍLOGO DO NÃO ACRESCENTAR MAIS PALAVRAS

"Inde fit ut raro, qui se vixisse beatum dicat et exacto contentus tempore vita cedat uti conviva satur, reperire queamus. Iam satis est. ne me Crispini scrinia lippi compilasse putes, verbum non amplius addam." (Quintus Horatius Flaccus, *Satyrarum*, Livro I, sátira 1, versos 117-121)

Raramente acontece de encontrarmos alguém que diga ter vivido feliz e que deixe a vida com contentamento, como um hóspede satisfeito, quando seu tempo tiver se esgotado. Bem, isso é o bastante. Não acrescentarei mais palavras, ou pensarás que pilhei os rolos de pergaminho do remelento Crispino. (Quinto Horácio Flaco, *Sátiras*)

Não queria ter aprendido a língua dos negros desta terra em brasa. Não há nada que me possam ensinar ou que eu possa dizer a eles. Basta-me ouvir sua música ao longe, na madrugada, enquanto preparo este último pergaminho para minhas memórias. Eles estão lá, reunidos, comentando o velho português mergulhado em faiança, veludo e prata. Imagino que se riam de mim, de pele tão clara debaixo do sol furioso, sem ter para onde ir, tendo vindo de lugar algum. Não que sintam piedade: para isso, peço a Deus Todo-Poderoso que lhes dê alma. Pois se me acham um estranho nesta costa em que sobram mar e poeira, é porque não imaginam quanto mar tenho nos olhos nem quanta poeira soterrou minha juventude.

Afinal fui alcançado pela maleita que tanto me procurou no sertão do Brasil. Bem-vinda! Os dias sem as febres são de escutar as ondas e esperar as noites. Os dias com as febres, infelizmente, são fugazes, tento agarrar-me a eles. Continuo a rilhar os dentes e a tremer, mas a terçã foge do meu abraço e se recolhe a um canto da casa, ali fica acocorada espiando minha solidão. É nas febres que sinto o perfume de Bárbara, vejo suas tranças negras, o trigal ao vento e ela sussurrando o nome de meu filho. Emanuel. Queria sentar-me ao seu lado e contar nossa história. Falar do meu avô nas serras de Portugal, do meu pai na ribeira de Tourões, do amor e do medo molhados pelo Anhemby, dos Diogos que foram e dos que virão. Nesta página final das minhas memórias, compreendo quão pouco deixo para ele, além do muito que vivi.

Os capitães de naus falam de António com respeito, os que o chamavam de "padre Vieira" agora o tratam de "Excelência". A esta altura, ele já terá recebido minha carta e usado todo o peso de sua influência junto a dom João IV a fim de obter o perdão real. Só me resta esperar. Antes que o ano termine, estarei de volta a Santana de Parnaíba e saberei de meu filho. O meu nome não é *ojubonã*. Deixarei aqui esta riqueza, pretendo chegar ao Brasil sem nada para do nada recomeçar. Vou conseguir, como consigo tudo o que desejo. Exceto amar meu semelhante, porque ele não sou eu.

Não quero desaparecer. O que fazer para ser encontrado de hoje a décadas, a séculos? Eis que deixo rastros no futuro:

— Ele foi batizado!

Os passageiros das poltronas ao lado olharam assustados. Espremido na fileira do avião, eu lia o trabalho que Silva Bueno havia terminado às vésperas da minha partida. Aquela genealogia toda se tornara inútil, eu tinha desistido da ação contra a Arquidiocese, mas já que havia pagado por aquilo poderia guardar o relatório para gerações vindouras. A viagem até Roma seria longa, aquele era um dos papéis separados com o intuito de matar o tempo. Como diz o fado de que gostava Sophia: o tempo não passa, a realidade é que o tempo fica, as gerações é que vão passando. O primeiro dos meus avós havia passado.

Em 14 de junho de 1634, um certo Apoema, índio sob a responsabilidade do degredado Diogo Vaz de Aguiar, tinha renunciado a Satanás e sido batizado na capela de Sant'Anna de Parnahyba por um padre Ambrósio Teixeira Fagundes. Tomou o nome cristão de Miguel e o sobrenome do senhor que dele cuidara, Vaz de Aguiar. Morria Apoema, nascia Miguel Vaz de Aguiar. Dei um grito.

Fui invadido por grande euforia, não conseguia falar tantas eram as palavras disputando a mesma boca. "Achamos!", só conseguia repetir, enquanto Bárbara pedia para eu falar baixo. Achamos o fio que se rompera. Aliás, procurávamos o novelo errado. O verdadeiro fio começava ali e prosseguia pelos registros dos anos seguintes, todos meticulosamente organizados por Silva Bueno. Neles se contava como o juiz ordinário da vila decretou Apoema, isto é, Miguel Vaz de Aguiar, forro pela extinção dos laços que o uniam ao Diogo excomungado e condenado — e, portanto, sem direito de propriedade sobre nada nem ninguém.

Miguel Vaz de Aguiar batizara seu primogênito, Francisco Vaz de Aguiar e, um ano depois, batizara seu segundo filho, Diogo Vaz de Aguiar. Nos assentamentos subsequentes, não há registro do óbito de Miguel Vaz de Aguiar. Teria se mudado para São Vicente e dado semente aos Diogos de 1735, em Santos? Havia, porém, o registro de nascimento de outro filho, Emanuel Vaz de Aguiar, o que tinha entrado com ação judicial contra o bispado de Salvador. Ali estava meu avô colonial, Miguel, o Apoema. A busca terminara, se o voo aterrissasse no horário eu conseguiria almoçar no Trastevere e passear pela ponte Sant'Angelo.

Bárbara gosta de teorias conspiratórias. Aproveitou aquelas longas horas no avião para especular sobre o interesse do padre Ambrósio no batismo de Apoema. Não adiantava eu explicar que escravos e "índios sob administração" às vezes tomavam os nomes das famílias de seus senhores. Para ela, o padre havia batizado Apoema por achar que Diogo jamais seria perdoado pela Inquisição. Com isso, os bens da doação a Nossa Senhora da Boa Morte reverteriam aos sucessores do degredado. Insistia que o padre Ambrósio teria fabricado herdeiros, para deles se beneficiar. "Pois ele não foi uma das testemunhas do testamento de Bárbara Manuela?" Arrumei meu travesseiro, cobri-me com a manta rala oferecida pela aeromoça e perdi o sono. Bárbara tinha um ponto, o padre Ambrósio foi um dos que denunciaram o jesuíta.

A meio caminho entre Diogos passados e Diogos futuros, Bárbara e eu tivemos o nosso Diogo. Minha esposa deu à luz em Roma, no final do inverno. Tive o orgulho de, como cônsul, fazer o registro de meu próprio filho. Dei-lhe o nome em homenagem a meu pai, que recomendou: "Guarde a transcrição das lembranças do padre, esses nossos Diogos gostam de histórias". Em casa, o bebê é chamado de Pema. Eu o chamava de Apoema, mas ele não consegue repetir tantas vogais. Quando aprender a ler, vou emprestar-lhe meus autores latinos. A começar por Horácio, que também foi descendente de escravo liberto.

É a você, meu filho, que dedico este relato. Os Diogos são vários e são únicos. Honre a estirpe dos seus velhíssimos avós que pelejaram no sertão e enobreça a linhagem dos netos que ainda vão lutar por um mundo menos selvagem. Tenho um pedido a fazer. Em algum arquivo, em algum museu, em alguma pasta na prateleira, em alguma caixa no sótão está aquela carta que nosso jesuíta escreveu a Bárbara, da prisão em Salvador. Encontre-a e guarde-a para sempre junto dos Diogos que esperam, dormindo no futuro, a hora de vestirem seu nome.

AGRADECIMENTOS

Erika, companheira de mais de trinta anos, que inspirou as personagens Bárbaras e Sophia no que elas têm de melhor e tolerou as longas fases de mutismo de um autor iniciante perpetrando seu desvario literário.

Eugênia Ribas Vieira, da Agência Riff, que acreditou no autor novato e arriscou sua sólida reputação ao propor a publicação do manuscrito pela Editora Tordesilhas.

Isa Pessoa, editora dos melhores autores que se dispõe a ler também os piores, destemida e audaz, agora amiga, que desbastou o manuscrito e o tornou legível.

Lúcia Riff, agente literária dos grandes autores que não tem preconceito contra os minúsculos e criou a oportunidade para publicação deste livro, com o mesmo empenho com que há anos vem alargando e aprofundando o mercado editorial do nosso país.

Maria Luiza de Moraes Barbara, preparadora implacável, que apontou erros, imprecisões, excessos e omissões, entre outras tantas falhas, tornando digerível um texto cru.

Roberto Pompeu de Toledo, jornalista, articulista, radialista, analista, ensaísta e paulista, sempre excelente, cujo monumental *A capital da solidão* motivou este livro, que é uma pálida homenagem ao brilhantismo daquela obra e de seu autor.

Vanessa Bárbara, a melhor escritora de sua geração, quem primeiro leu o manuscrito e, exercitando a virtude da caridade, sugeriu que fosse tentada a publicação, sendo portanto responsável pelo que o leitor ora tem em mãos.

CRÉDITOS DAS IMAGENS

Capa, pp. 2, 3 e 325:
Acervo Fundação Biblioteca Nacional Brasil
Título: Arbores ante Christum natum enatae [Iconográfico] : in Silva Juxta Fluvium Amazonum

pp. 8 e 320:
Acervo Fundação Biblioteca Nacional Brasil
Título: Bota-fogo [Iconográfico]
Autor: Sebatier

pp. 43 e 328:
Acervo Fundação Biblioteca Nacional Brasil
Título: Nègres a fond de calle [Iconográfico]
Autor: Johann Moritz Rugendas

p. 61:
Acervo Fundação Biblioteca Nacional Brasil
Título: Femme Camacan Mongoyo [Iconográfico]
Autor: Charles Étienne Pierre Motte

329

p. 80:
Acervo Fundação Biblioteca Nacional Brasil
Título: Danse de sauvages de la Mission de S. José [Iconográfico]
Autor: Charles Étienne Pierre Motte

p. 97:
Acervo Fundação Biblioteca Nacional Brasil
Título: Canot indien [Iconográfico]
Autor: Victor Adam

p. 116:
Acervo Fundação Biblioteca Nacional Brasil
Título: Préparation du Caouin = Zubereitung des Cauin [Iconográfico]
Autor: Ferdinand Denis (desenhista)

p. 136:
Acervo Fundação Biblioteca Nacional Brasil
Título: Fazenda du Secrétario : Municipe de Vassouras (2) [Iconográfico]
Autor: Louis-Julien Jacottet (gravador)

p. 156:
Acervo Fundação Biblioteca Nacional Brasil
Título: A serpente e o coelho [Iconográfico]

p. 191:
Acervo Fundação Biblioteca Nacional Brasil
Título: Forêt Vierge : Les Bords du
Parahïba [Iconográfico]
Autor: Charles Étienne Pierre Motte

p. 230:
Acervo Fundação Biblioteca Nacional Brasil
Título: Chef de Bororenos Partant pour une
Attaque [Iconográfico]
Autor: Charles Étienne Pierre Motte

p. 248:
Acervo Fundação Biblioteca Nacional Brasil
Título: Chef de Botocudos avec sa famille =
Ein Anführer der Botokuden mit seiner Familie
[Iconográfico]
Autor: S. Montaut

pp. 266 e 333:
Acervo Fundação Biblioteca Nacional Brasil
Título: Guerillas [Iconográfico]
Autor: Victor Adam

p. 284:
Acervo Fundação Biblioteca Nacional Brasil
Título: A prisão [Iconográfico]

p. 303:
Acervo Fundação Biblioteca Nacional Brasil
Título: S. Bras [Iconográfico] : Bispo e martir
Autor: Alfred Martinet

Copyright © 2019 Tordesilhas Livros
Copyright © 2019 José Ricardo da Costa Aguiar Alves

Todos os direitos reservados. Nenhuma parte desta edição pode ser utilizada ou reproduzida – em qualquer meio ou forma, seja mecânico ou eletrônico –, nem apropriada ou estocada em sistema de banco de dados, sem a expressa autorização da editora.

O texto deste livro foi fixado conforme o acordo ortográfico vigente no Brasil desde 1º de janeiro de 2009.

EDIÇÃO Isa Pessoa
CAPA E PROJETO GRÁFICO Amanda Cestaro
PREPARAÇÃO Ibraíma Tavares
REVISÃO Nana Rodrigues, Raquel Nakasone
ASSISTENTE EDITORIAL Ana Clara Cornelio

1ª edição, 2019

Dados Internacionais de Catalogação na Publicação (CIP)
(Câmara Brasileira do Livro, SP, Brasil)

Aguiar, Ricardo da Costa
  Das terras bárbaras / Ricardo da Costa Aguiar. -- São Paulo : Tordesilhas, 2019.

ISBN 978-85-8419-096-6

1. Romance brasileiro 2. Romance histórico I. Título.

19-26406   CDD-B869.3

Índices para catálogo sistemático:
1. Romances : Literatura brasileira B869.3
Iolanda Rodrigues Biode - Bibliotecária - CRB-8/10014

2019
Tordesilhas é um selo da Alaúde Editorial Ltda.
Avenida Paulista, 1337, conjunto 11
01311-200 – São Paulo – SP
Tels.: (11) 3146-9700 / 5572-9474
www.tordesilhaslivros.com.br

 /tordesilhas   /tordesilhaslivros   /etordesilhas

Este livro foi composto com as famílias tipográficas
Caslon Pro e Roboto. O miolo foi impresso sobre papel
RB 65 gramas para a Tordesilhas Livros, em 2019.